O EXTRAORDINÁRIO

SE PROCURAR APARECE
SE AJUDAR ACONTECE

Agradeço o trabalho de Mustafa Yazbek que foi incansável na sua assessoria literária, a fim de que minhas histórias ficassem mais legíveis.

Meu muito obrigado a Luciano Lagares que me obsequiou a capa e as divertidas ilustrações alegrando a leitura.

O EXTRAORDINÁRIO

SE PROCURAR APARECE
SE AJUDAR ACONTECE

HISTÓRIAS DE
GYÖRGY MIKLÓS BÖHM

Ilustrações de Luciano Lagares

São Paulo – 1ª edição – 2016

© Copyright 2016 György Miklós Böhm
1ª edição, 2016 – Em conformidade com a Nova Ortografia.

Todos os direitos reservados.
Editora Nova Alexandria Ltda.
Av. Dom Pedro I, 840
01552-000 — São Paulo — SP
Fone/Fax(11) 2215 6252
Site: www.novaalexandria.com.br
E-mail: novaalexandria@novaalexandria.com.br

Revisão: Maria Tereza Terraquini
Editoração Eletrônica: Viviane Santos
Capa: Luciano Lagares

DADOS INTERNACIONAIS DE CATALOGAÇÃO NA PUBLICAÇÃO (CIP)
ANGÉLICA ILACQUA CRB-8/7057

Böhm, György Miklós
    O extraordinário : se procurar aparece se ajudar acontece / György Miklós Böhm ; [coordenação de Mustafa Yazbec] ; [ilustrações de Luciano Lagares] . – São Paulo : Nova Alexandria, 2016.
    328 p. : il.

ISBN: 978-85-7492-410-6

1. Viagens 2. Memória autobiográfica I. Título II. Yazbec, Mustafa III. Lagares, Luciano

16-0577   CDD 910.41

Índices para catálogo sistemático:
1. Viagens

Todos os direitos reservados. Nenhuma parte deste livro pode ser reproduzida sem a expressa autorização da editora.

CONTEÚDO:

0	Viagem pela memória	7
1	Primeiras viagens	12
2	O menino que sonhava com o Brasil	17
3	Índios, finalmente!	22
4	Aprendendo a viajar	41
5	Primeiro solo	52
6	Grande Caruso	61
7	O Met	65
8	Gloria Caruso	69
9	*Vedere Napoli e poi morire*	74
10	Museu – depósito, berçário e cemitério	78
11	Cidades revisitadas	85
12	"Antigamente"	92
13	Viajar é coisa séria	98
14	Arqueologia e epidemia	100
15	Altos-relevos de Angkor	123
16	Congresso na Bahia e um pouco mais...	132
17	África – Tempos felizes	142
18	Serra-leonenses	155
19	Quando as coisas dão errado	161
20	Quando as coisas dão certo	166
21	Ocaso em Carrasco	170
22	O desagradável que enriquece viagens	178
23	Vivências diferentes (conto de Moisés Steffanelo)	187
24	Médico na Patagônia	194

25	Mistérios entre Roma e Nápoles	201
26	Espião em Moscou	208
27	*Mi Buenos Aires querido*!	213
28	O livreiro de Calcutá	219
29	Histórias de ópera	224
30	Histórias de crianças	232
31	Minha árvore de Natal	240
32	Ninguém volta o mesmo da Índia	248
33	Morte do Chico	260
34	Sortilégio nas Filipinas	264
35	O mergulho entra na minha vida	273
36	Wakatobi	279
37	Sangalaki	286
38	Fugitivo aposentado	290
39	A última visita à Índia	303
40	Península de Izu	311
41	Caçando fantasmas	319

0
VIAGEM PELA MEMÓRIA

A aposentadoria compulsória bateu à minha porta como visita há muito anunciada. Veio me recordar o ditado "que a vida só pode ser vivida olhando para a frente e apenas entendida virando para trás". Bem-humorada, chamou atenção para a fugacidade do tempo que se parece com o rolo de papel higiênico: à medida que se esgota, gira cada vez mais rápido. Enfim, aconselhou-me reviver o passado, fazendo uma confortável viagem pela memória.

Sem ser escritor, gosto de escrever. Após duas biografias e um romance policial, decidi que chegou a hora de dizer algo pessoal. Considerei minha vivência na Universidade de São Paulo, afinal nunca fui outra coisa senão docente em Regime de Dedicação Exclusiva à Docência e à Pesquisa nas suas duas faculdades de Medicina: em Ribeirão Preto e São Paulo. Viajei pelo tempo e retrocedi à época em que fui estudante na Faculdade de Medicina de Porto Alegre nos anos cinquenta, quando éramos conhecidos como "doutorzinhos" na capital gaúcha e engajados no tratamento de doentes desde o primeiro ano. Bem mais valorizados pela sociedade do que os alunos de hoje.

— Opa! Precisa enxotar pensamentos negativos — falou meu Anjo da Guarda.

Tentei. Mas como moscas em tardes abafadas, ocorrências dos anos mais recentes me incomodavam. Em 1956, ainda não tínhamos quase trezentos cursos médicos espalhados por este Brasil afora e as trinta e poucos faculdades existentes ofereciam aprendizado, bem ao contrário destas espeluncas abertas às pressas que jamais formarão médicos. Naqueles tempos não se forçava a importação de médicos de fora, já que profissionais estrangeiros não faltavam e eram de competência certificada, enquanto estes recém-chegados, impostos pela violência estúpida, exercem a profissão à revelia do Conselho Federal e dos Conselhos Regionais de Medicina. Será que há alguém esclarecido e sem comprometimento político que não desconfia que parcela desta leva importada nem médico seja? Este programa de Mais Médicos seria uma vergonha inconcebível nos meus anos de formação. As universidades públicas, absoluta maioria federais, eram modestas, porém dignas, em que se estudava seriamente. O aprendizado da Medicina lograva-se no curso de graduação e não uma competência postergada à Residência Médica, aliás, que só existia em São Paulo naquela época.

Escrevi umas cem páginas e parei desgostoso e esgotado. Como cansa mexer neste caldo grosso, mistura de incompetência e má-fé! Verdade que iria abordar os acontecidos na Faculdade de Medicina de Ribeirão Preto, pitorescos e de grata memória, pois foi lá que comecei a vida profissional universitária, em 1962. Depois, seguiria pelas entranhas da Casa de Arnaldo, onde passei trinta anos produtivos até me aposentar pela compulsória. Entretanto, meu relato deveria ser abrangente e não podia coletar minhas recordações apenas nos Campos Elíseos; era forçoso chafurdar no lamaçal que cresceu exponencialmente nestes últimos anos. Joguei a pena e abortei o projeto biográfico da minha vida profissional.

Neste momento de desânimo e incerteza, um piparote do cotidiano apontou o rumo a seguir. Tive algo a fazer na Faculdade e na calçada, próximo ao Serviço de Verificação de Óbitos, encontrei Geraldo Lorenzi-Filho, o popular GêGê, cercado por alguns assistentes. Cumprimentos calorosos, bom papo e devo ter contado algum episódio de recente viagem, porque GêGê, com seu sempre presente sorriso, perguntou:

— Professor, por que não escreve contando suas viagens?

Respondi com uma inconsequência qualquer que não me recordo. Mas, ao voltar para casa, a frase começou a encontrar eco no meu espírito desalentado. E por que não? Durante o desfile das memórias universitárias e médicas naturalmente afloraram episódios paralelos à vida profissional, alguns divertidos e bons de lembrar, coisas que já contei e recontei a familiares, amigos e conhecidos.

Foi assim que nasceu este livro, uma ode à alegria, como na Nona Sinfonia, quando me recusei a prosseguir os tons sombrios e os pesados acordes da biografia pretendida. E me fez bem, como os versos de Schiller na radiante versão de Beethoven.

Contar viagens. Geraldo definiu o estilo dominante: histórias de vivências a um grupo de amigos. No entanto, não há como ignorar que me considero tanto narrador como ouvinte. Tal como Carmen na ópera, *Je chante pour moi même*.[1] Preciso esclarecer que não fiz esforço algum para homogeneizar esta série

---

1. Eu canto a mim mesmo.

de vivências, umas tiveram como fontes antigas descrições ou anotações, outras tão somente a memória. Assim, algumas histórias parecem relatos jornalísticos, outras, contos nascidos da imaginação e, entre estes extremos, aparecem matizes de todo tipo de elaboração.

Curiosamente, nunca peguei gosto pelas viagens, nasci com ele. Certamente há genes que codificam gostos e paixões. Entre as dádivas que recebi estão o prazer sensorial que me causa a voz humana e a fascinação por outras terras, povos e culturas.

Desde que me conheço por gente, ansiava por conhecer os quatro cantos do mundo. Sonhava com palmeiras, ilhas, índios, animais e florestas. Fantasias de menino europeu que nunca viu o mar e nem os trópicos. Não eram desejos, antes obsessões que perturbavam minha imaginação. Não uma coisa racional, mas um impulso emocional que queimava. Algo que tinha fome, fome atroz, fome que tinha que saciar senão me devorava. Não confundam esta inquietude com vontade ou curiosidade de viajar. Seria confundir vício com hábito; entender amor como apreço, trocar vital por importante.

Pegou fogo não sei quando e, provavelmente, nunca saberei. Senti suas labaredas em Tenerife, ao comer uma banana cujo perfume não esquecerei jamais! Ardeu em muitos lugares e queimou em muitas aventuras. A oxidação do meu corpo imposta pela idade anuncia o apagar destas alegrias. Só espero que não seja como a chama de uma vela cujo pavio chegou ao fim, mas um rojão que, ao final de sua trajetória, num último espocar, ilumina a noite de São João.

Me desculpem, voei pelas asas da emoção e preciso colocar os pés no chão e pôr o assunto na perspectiva correta. Sem abafar as paixões com que nascemos, é preciso educá-las a conviver em harmonia com as realidades da vida, cada qual ocupando o nicho que merece. É preciso conhecer a si mesmo e nutrir o que está ao nosso alcance e não o ilusório que desilude sempre. A decisão de ser professor universitário venceu e os outros desejos lhe foram subalternos. No fim da adolescência já tinha boa ideia das minhas potencialidades: não tinha físico de aventureiro profissional e nem genética para triunfar na música. Por outro lado, gostava muito de estudar, fui abençoado com uma boa memória e desenvolvi minha capacidade de concentração ao máximo. Assim, permiti-me perseguir minhas paixões na medida em que não perturbassem o objetivo principal. Até que as desfrutei bastante graças à disciplina de zelar pelo tempo. O *carpe diem*, que Horácio usou por desconfiar do dia de amanhã, aprendi a transformar em *carpe vitam*, justamente por acreditar no porvir.

E o que devo contar? A maioria das memórias que carregamos na vida é como o despertar ao sexo e aos primeiros amores. Inesquecíveis para quem os viveu, experiências únicas, envolventes e inteiramente pessoais, entretanto pouco ou nada dizem a outros. O comunicável é mesmice, igual ou semelhante ao que ocorreu a todo mundo; a singularidade está na emoção que só se valoriza quando transformada pela arte.

> *O poeta é um fingidor.*
> *Finge tão completamente*
> *Que chega a fingir que é dor*
> *A dor que deveras sente.*

Fernando Pessoa toca a essência da arte, separa-a da realidade, com beleza e simplicidade irretocáveis. O mais deslumbrante pôr do sol que se vê na vida não é arte, porém uma tela cheia de cores querendo representá-lo poderá ser. Não ficou fácil? Daria tudo que escrevi na vida por estes quatro versos.

Sei que não sou artista, como sei, também, que a exibição de vivências corre o risco de ser tediosa. Quem já não sentiu vontade de bocejar ao ver fotografias de viagens dos outros? Quem? Corcovado, Torre Eiffel ou Taj Mahal não mudam e a emoção de quem as tirou não passa através dos retratos. As maravilhas da natureza e os tesouros da humanidade, badalados por todos e anunciados nos jornais de turismo como de visita obrigatória, já foram cantados em prosa e verso, e documentados de mil formas. Nenhuma contribuição tenho ao imenso acervo existente. Tampouco competência. Portanto, não esperem nestas páginas descrições da joia urbanística que é Praga, da maravilha gótica de Chartres, das belezas dos fiordes noruegueses e da imponência de Angkor Wat, não. Procurarei me restringir a acontecimentos pessoais cujo compartilhamento julgue de interesse aos ouvintes. Que vou falhar tenho certeza, apenas não sei quanto.

Penso que só vale a pena mostrar algo peculiar e surpreendente, o extraordinário. Mas calma, cuidado que o extraordinário é mais ordinário do que geralmente se pensa. Está muitas vezes presente sem que se perceba. Surge do nada em toda parte, até no cotidiano: se procurar, aparece. Também existe dentro de nós e, se colaborarmos, acontece. Nas viagens talvez nem seja mais frequente do que no trabalho diário, apenas estamos mais alertas para perceber e mais dispostos a colaborar. Não se assustem: nestas páginas não contarei nada das entranhas das faculdades que servi, seguirei o conselho do GêGê e me divertirei com algumas recordações de viagens.

Estas lembranças são fragmentos da minha vida, porém de forma alguma pretendem ser uma biografia. A sequência das histórias não é fiel ao calendário dos acontecimentos, mas antes obedece aos caprichos do narrador. Nesta viagem pela memória tive o prazer de manusear textos, cartas, retratos e objetos que guardo em casa, entretanto não fiz esforço algum para ajustar rigorosamente nomes, datas e lugares porque acredito que estes relatos não pedem exatidão e nem documentação; nenhuma certidão de verdade, tão somente de vivência. E mesmo a verdade nunca vive nos livros (que me desculpem aqueles que creem em Livros Sagrados). Por outro lado, a ficção é uma senda tão estreita que sempre resvala nas realidades do autor, até naquelas que já esqueceu. A vivência tem a vantagem de brotar de fatos passados e recriá-los pela emoção que provocam. Legitimar a vivência é fácil: só é preciso aceitar sua inevitável ilusoriedade.

1
PRIMEIRAS VIAGENS

A minha primeira e arriscada jornada não deixou memória alguma, pois jamais me foi relatado como entrei no jogo da vida. As aventuras intrauterinas, assim como a travessia do canal em um dos hospitais de Budapeste, creio que devem ter sido iguais às de milhares de crianças que chegaram ao mundo naquele dezembro de 1936. E mais: cresci numa época e lugar em que não se faziam confidências íntimas na família.

Aborrecer com trivialidades de infância é de mau gosto e passarei diretamente à segunda aventura, uma saga absolutamente radical – e põe radical nisto! – inteiramente alheia às minhas iniciativas; fui apenas uma folha pequenina arrastada pelas temíveis correntezas de um rio em fúria.

A Hungria participou da Segunda Grande Guerra no bloco do Eixo, ao lado da Alemanha, Itália e Japão, que eram os protagonistas maiores desta tragédia. Em dezembro de 1944, o exército soviético chegou às portas da capital húngara. Parte da Universidade de Budapeste resolveu fugir da frente russa e partir às pressas para a Alemanha em um gigantesco comboio, se não me engano puxado por dois trens. Nos vagões, dividindo espaços, amontoava-se gente com seus pertences e material indispensável à educação superior. Sim, pois havia professores e alunos de medicina, engenharia, arquitetura e não sei mais o quê; só me recordo destas faculdades porque meu pai lecionava tanto para estudantes de engenharia como arquitetura e os alunos médicos vi numerosas vezes atuando junto aos feridos de guerra.

Acredito que se disser que esta foi a segunda vez que minha família perdeu seus bens não estarei longe da verdade. A tragédia dos meus avós foi na Primeira Guerra Mundial e a dos meus pais na Segunda.

Os ancestrais do meu pai são todos da Transilvânia, porém ele veio ao mundo em Kassa, atualmente a cidade eslovaca Kosice, onde seu pai servia como general. Um momento: é bem provável que ainda não fosse general naquele tempo, o certo é que minha mãe casou com filho de general. Ocorre que militar quando perde a guerra cai em grande desgraça e, por isso, ele recomeçou a vida em Budapeste, viúvo e com sete filhos, aposentado com muitas estrelas no ombro e poucas moedas no bolso. A cidade natal do meu pai mudou de bandeira porque a Hungria, como de costume, esteve no lado dos perdedores e por um tratado celebrado em Trianon, nos arredores de Paris em 1919, o país foi retalhado e metade de seu território passou a integrar outras nações.

Mamãe nasceu na Transilvânia mesmo, ao pé da cordilheira dos Cárpatos, na linda cidade de Brasso, agora renomeada de Brasov, a poucos quilômetros do castelo de Drácula. Só que o povo local ainda não fora comunicado de sua presença. Saibam que o livro de Bram Stoker, criador do arquivampiro, era tão desconhecido em Brasso como os satélites de Plutão e a série Crepúsculo ainda estava para ser criada. O castelo era apenas um dos muitos monumentos medievais ligados ao príncipe Vlad Tepes que serviu de inspiração a Stoker.

Ela cresceu no seio de uma família tradicional da Transilvânia húngara e de posses: tinham fazendas, propriedades e até indústrias. A história na Europa Central dá muitas voltas e no dia que essas terras, junto com a Transilvânia toda, foram doadas à Romênia pelos poderes reunidos perto de Paris, perderam tudo por decreto. Meu avô teve uma percepção clara da situação e decidiu jogar a toalha logo, ao contrário de seus irmãos que permaneceram, alguns por meses e outros por anos, lutando em vão, a fim de manter seus pertences. Perderam tudo. Talvez não tivessem aprendido que o direito está sempre ao lado dos vencedores. Chegar a Budapeste sem nada além das roupas e algumas lembranças foi um trauma que deixou marcas na minha mãe para a vida toda. Entretanto, há males que vem para o bem, pois foi graças ao tratado de Trianon que meus pais se encontraram e eu nasci.

Em dezembro de 1944 foi a nossa vez de deixar tudo para trás. Na realidade, eu não tive a sensação de perder coisa alguma, já que meu único desejo foi atendido: pude levar minha coleção de animais nesta odisseia. Aqui devo uma explicação aos que ainda me escutam.

Desde sempre tive paixão por animais. Não sei qual é o gene responsável, mas deve ser o mesmo que me implantou a obsessão de querer ser índio e viajar aos desconhecidos trópicos. Tenho vaga lembrança de que durante os bombardeios aéreos ficávamos refugiados no porão do nosso edifício e eu não parava de falar sobre meus adorados bichos. Talvez isso distraísse aquela gente angustiada porque uma vez anunciei que citaria 120 animais diferentes e a proposta não foi apenas aceita com entusiasmo, como fizeram apostas quanto a meu êxito. Que ganhei é certo, pois participei de lucros que me permitiram aumentar minha estimada coleção. Eram esculturas lindas, não maiores do que 10 centímetros de comprimento, e as escolhia pessoalmente em lojas especializadas. Meu zoológico de mais de vinte espécimes teve fim melancólico: um por um os bichos foram quebrando durante a viagem. Os três últimos sobreviventes tive de presentear para o filho de um médico que me tratou na Dinamarca.

A epopeia desta universidade nômade durou pouco e as minhas recordações são como flashes que iluminam instantes em noite escura. O que acho notável é a ausência de memória do cotidiano: nenhum jogo, algazarra, festa, leitura, estudo, admoestação ou alegria sou capaz de lembrar. Parece que as impressões violentas foram egoístas: abafaram tudo.

A primeira cidade em que nosso comboio parou e as atividades acadêmicas recomeçaram foi Breslávia. Esta urbe situa-se na Silésia, região que mudou de dono várias vezes; foi sucessivamente da Polônia, Boêmia, Áustria e da Prússia. Foi este último reino que unificou os fragmentos do Sacro Império Romano-Germânico, em 1871, criando a Alemanha, herdeira da Silésia e da cidade de Breslávia. Finalmente, este território retornou à Polônia quando a Alemanha perdeu a Primeira Guerra Mundial, para ser ocupado pelas tropas nazistas na Segunda Guerra até a derrota total em 1945. Eu não tinha a menor percepção da época histórica em que vivia e nada aconteceu em Breslávia que criasse raízes na minha memória infantil, salvo o novo embarque nos vagões quando o exército vermelho chegou à Silésia.

A próxima parada foi Halle, importante urbe da Saxônia, cidade natal do grande compositor Haendel, um desconhecido na época que eu passaria a reverenciar anos mais tarde. Foi lá que vivi os maiores bombardeios aéreos da vida. O primeiro passei em algum abrigo que não me recordo. No fim do ataque aéreo, por alguma razão visitei o hospital próximo do local onde vivíamos e que fora parcialmente destruído. Vi feridos e mortos. O que fazia por lá não tenho a menor noção, porém me lembro das atividades dos estudantes de medicina. O quadro de um homem sentado numa maca, cama ou cadeira, sei lá onde, de face inexpressiva cinza-azulada, rodeado por duas pessoas de avental branco consigo evocar vivamente até hoje. Eram estudantes nossos porque ainda ouço suas palavras: *meghalt*, está morto. Nenhum mal-estar acompanha esta visão forte e nunca me provocou pesadelos.

No próximo alarme, sei lá quanto tempo depois, refugiamo-nos nas crateras provocadas por bombas do ataque anterior caídas em um campo de futebol. Uma proteção segura, salvo na improbabilidade de uma nova bomba aterrissar no olho da cratera. A memória que tenho é do ruído espantoso criado pelo uivar de sirenes e explosões de bombas, pela primeira vez vivenciado ao ar livre; da corrida pelo gramado e as cambalhotas cratera abaixo. Isto achei divertido e repeti diversas vezes; cada vez que escalava suas bordas era ordenado a descer imediatamente e escorregava com gosto. Desta estadia tampouco tenho lembrança de medos ou pânicos.

A Universidade Húngara dissolveu-se em Halle. Algumas faculdades ficaram aguardando seu destino que foi a tomada da cidade pelos americanos. A engenharia resolveu voltar a Budapeste, portanto, entregar-se aos russos, e os arquitetos decidiram seguir para o norte em direção à Dinamarca. Meu pai decidiu por esta alternativa, uma escolha providencial porque o comboio dos engenheiros sofreu um ataque aéreo fatal; dos professores, se não me equivoco, sobreviveram apenas dois.

Daí para a frente, uma longa viagem de trem ocupa a memória. Ela durou quase um mês. Lembro-me da atmosfera de terror numa estação ferroviária em que do nosso vagão podíamos enxergar, de um lado, um trem que transportava bombas aéreas, e do outro, as formas arredondadas de enormes tanques de combustíveis carregados pelos vagões. Passamos a noite toda parados entre os dois comboios sinistros e houve ataque aéreo sem que pudéssemos sair do nosso trem. Isto ocorreu em Magdeburg e tivemos a sorte de que entre os alvos escolhidos não figurou a estação ferroviária. Ao amanhecer notei uma chocante mudança em minha mãe: tinha uma porção de cabelos brancos.

A única recordação de pânico pessoal ocorreu pouco depois, mais ao norte, em Stendal. Soaram as sirenes de advertência e saímos às pressas do vagão para correr da estação ferroviária ao campo. Um ou mais caças resolveram metralhar os fugitivos e a rajada de balas fazia sulcos na terra ao nosso lado. Como e onde terminou este episódio não tenho a menor ideia, o que ficou foi a imagem dos aviões mergulhando, o som seco e ritmado das metralhadoras, o rastro de poeira das balas e, sobretudo, a sensação de pavor durante a corrida.

De Hamburgo guardo uma brincadeira de humor negro: competi com meu irmão quem veria a primeira janela inteira em alguma casa ou edifício! Por aqueles truques inexplicáveis dos neurônios consigo visualizar as ruínas como se as tivesse visto ontem, porém não recordo quem foi o vencedor. Nesta época faltavam poucos dias para o fim da guerra e minhas recordações estão encobertas por uma névoa: apenas uma dor de ouvido e a capitulação da Alemanha emergem de algum modo.

Esta se fez anunciar imediatamente ao cruzarmos a fronteira dinamarquesa; sinos, buzinas, sirenes anunciaram o momento histórico. Foram acompanhados por explosões; tratou-se de algum atentado contra as tropas alemãs acantonadas ou em fuga nesta região, porque não demorou que passasse por nós uma procissão de ambulâncias. Era o dia 9 de maio de 1945. A otalgia fazia parte de uma cadeia recorrente de infecções da orelha média que me acompanhou a infância. Ali, na fronteira, tive a última crise da minha vida e terminou como sempre com a abertura cirúrgica do tímpano feito pelas mãos hábeis de um facultativo dinamarquês, ali mesmo na fronteira com a Alemanha. Uma dor lancinante seguida de alívio instantâneo.

Entretanto, outra doença se instalara em meu corpo, que bem justificava minha prostração: a tuberculose. Ela custou-me um ano de internação longe de meus pais no sanatório especializado de Vordinborg. A medicina dinamarquesa venceu a tísica, mas os bacilos de Koch deixaram seu cartão de visita no meu corpo: fiquei obeso e estéril.

Numerosas vezes pedi a meu pai que escrevesse sobre esta saga dos universitários húngaros que atravessaram a Alemanha nos cinco últimos meses da guerra. As histórias interessantes ou de alguma forma notáveis são para compartilhar, registrar, afinal das contas vivemos de memórias. Para minha tristeza ele não o fez. É algo que merecia mais do que a recordação de uma criança no início do seu oitavo ano de vida.

A vinda ao Brasil é outra história! Por influência arcana eu fui seu artífice, embora sem o devido reconhecimento.

2
O MENINO QUE SONHAVA COM O BRASIL

Este menino foi eu mesmo.

Os preparativos da nossa emigração ao Brasil foram feitos sem meu conhecimento, embora eu tivesse 10 anos. Assim, quando meu irmão e eu fomos chamados e comunicados de que partiríamos aos trópicos, um torvelinho de recordações e emoções quase me derrubou. Não podia acreditar: pela primeira vez tive a consciência de que, no meu caso, sonhos e desejos se transformavam em realidades.

Já mencionei que queria ser índio na infância. Pura verdade. Nas minhas fantasias iniciais, o arquétipo era o índio norte-americano, graças à série de livros de Karl May sobre Winnetou que meu irmão lia avidamente, enquanto eu espiava as ilustrações. A minha imaginação foi reorientada pelo tio Carlos, irmão da minha mãe, que assegurou que índios verdadeiros só havia nas florestas tropicais do Brasil. Eu incorporei esta besteira e devo ter procurado imagens do Brasil, tarefa bem ingrata para uma criança em Budapeste naqueles tempos, pois não me recordo de nenhuma, além da bandeira verde-amarela que aprendi a desenhar. Todos os aviões de papel levavam nas asas as cores brasileiras, junto com meus sonhos, da sacada do nosso apartamento pelo espaço que me parecia infinito. Foi por isso que o anúncio de que íamos ao Brasil causou grande comoção. Embora as convicções de ser silvícola tivessem se esmaecido durante a crise do crescimento, elas não se apagaram totalmente e a comunicação mágica reviveu-as instantaneamente: íamos ao Brasil, a terra dos meus desejos!

A travessia pelo mar, de Copenhague a Montevidéu, feita num barco relativamente pequeno, Brakar, misto de cargueiro e passageiro, foi sem incidentes e a única emoção forte que deixou sulco nos meus neurônios foi o fantástico encontro com a banana.

Após cruzar a baía de Biscaia, um dos reinos de Adamastor que balançou a nau suficientemente para que muitos amarelassem de tanto enjoo, chegamos às águas temperadas das costas da África. A lembrança do incômodo nas passagens pelo golfo espanhol devo exclusivamente a meu irmão, László. Ele sempre sonhou

com barcos, velas, mares e, desde a infância, mostrou vocação de marinheiro. Embora engenheiro por profissão, professor da Faculdade de Engenharia de Porto Alegre e secretário municipal das Águas e Esgotos da capital gaúcha por mais de década, seu coração sempre esteve no clube Veleiros do Sul, o mais badalado da cidade. Passou sua paixão ao filho, Atila, que se tornou velejador profissional. Pois bem, ao subirmos no Brakar ele explorou todos os recantos do navio e fez amizade com os marinheiros, enquanto eu, considerado ser inferior e incompetente para tais façanhas, tinha meu espaço vital limitado à cabine e demais dependências sociais. Quando László adoeceu durante o baile de Biscaia, apareceu uma mulher em nossa cabine, examinou-o rapidamente e disse: *sjøsyke*, mal do mar em norueguês, língua que entendia bem por causa da semelhança com o dinamarquês, ou seja, enjoo. Aí estava o lobo do mar, encolhido no seu leito, enquanto eu nada sentia. Ainda! Satisfação de pirralho pela desgraça do irmão três anos mais velho, mas naquela idade diferença enorme que lhe dava ares de marinheiro experimentado. Pouco depois estava eu prostrado ao lado dele vomitando as tripas em harmonia democrática.

— E a banana?

Tenerife, a maior ilha das Canárias, vive com tanta presença no recanto em que se esconde a memória como a Fata Morgana vista muito recentemente no Ártico. Ao ser anunciada, corri ao convés e perscrutei a horizonte. Nada.

— Mas está lá — me diziam.

Nada, absolutamente nada. Levou algum tempo para que visse e entendesse que a sombra azul clara que flutuava — lá longe! – em cima do mar era uma ilha. Na realidade, eu vivia minha primeira experiência marítima. Na Hungria, encravada no centro da Europa, o mar é um conceito abstrato na cabeça das crianças e a maioria do povo partia à eternidade sem nunca o ter visto. Ao contrário, a Dinamarca tem enorme intimidade com o oceano, mas só tive o privilégio de vê-lo da terra e mesmo isto raras vezes. Minto!

Experimentei suas águas, sim senhor. Foi no colégio que cursei em Copenhague. Natação era matéria obrigatória, como aprendizado, não como exercício; educação a ser imitada no mundo inteiro! Num dia sombrio fomos à beira do mar, onde tábuas delimitavam uma piscina; as outras instalações não sou capaz de evocar. Tiramos as roupas e o professor, um homem com certeza, perguntou se sabia nadar. Sim, sem dúvida. Mamãe levava-me às piscinas de Budapeste desde sempre e aprendi a nadar numa época da qual não tenho recordações.

— Então vá, quero ver.

Pulei. Se o professor não fosse tarimbado estaria morto! O frio cortou-me a respiração e fui alçado por um braço como um peixe fisgado. Voltei à triste realidade depois de vigorosos esfregões de toalha e ainda tive que descer pela escada naquele gelo e demonstrar minha familiaridade com a água. Felizmente convenci e nunca mais nadei nos mares dinamarqueses.

O nosso navio ancorou em Tenerife e desembarcamos.

Deslumbramento total! As primeiras palmeiras! Estava nos trópicos! Deveria ser a terra de Sandokan, descrita por Salgari.[2] Alguém me deu uma banana. Nunca tinha visto esta fruta, só a conhecia de livros. Manjar dos sobreviventes de naufrágios, alimento predileto de grandes macacos, causa de fraturas de incautos que descuidam de seus passos, e assim segue o folclore riquíssimo em torno desta dádiva da natureza feita de seda e mel, na descrição feliz de Asturias.[3] Fiquei tão emocionado que retornei ao barco, entrei na cabine e tranquei a porta. Com a privacidade assegurada, após algum tempo reuni a coragem necessária para descascar a fruta. Mais que sua carne sedosa e doce, surpreendeu-me seu perfume que se incorporou na minha memória olfativa para a vida toda. Ao me familiarizar com as bananas no Brasil pude até diagnosticá-la: foi uma banana nanica.

Aportamos na capital uruguaia, que pouca impressão me causou. Um conhecido dos meus pais, junto com dois amigos de Porto Alegre, foi nos receber no cais de Montevidéu. Houve um constrangimento inicial que não me sai da lembrança. Papai, meu irmão e eu usávamos calças curtas e meias longas seguindo a moda inglesa nas colônias. Isto foi julgado muito engraçado e altamente impróprio pelos transeuntes locais, de forma que fomos aconselhados a trocarmos de roupas imediatamente e voltamos às cabines das quais nossos pertences, felizmente, ainda não tinham sido retirados. Na realidade, só meu pai se trocou conforme pude verificar em fotos.

---

2. Salgari, Emilio (1862 – 1911) – Prolífico escritor italiano de aventuras muito apreciado pela juventude.

3. Asturias, Miguel Ángel (1899 – 1974) – Prêmio Nobel de literatura da Guatemala. No livro *El Papa Verde*.

Creio que pelo menos eu fui considerado aceitável pelos padrões locais, mesmo assim, humilhado, dividi a sensação de constrangimento com meu pai. Hoje, estranhar pernas-de-fora de macho seria a quintessência da babaquice. A moda, assim como o politicamente correto, é efêmera.

A coisa mais espetacular foi o teto de uma sala. Visitamos o maestro húngaro, Pablo Komlós, que naqueles tempos vivia no Uruguai — poucos anos depois, transferiu-se para Porto Alegre — e que nos recebeu em sua casa. Para meu espanto o teto da sala era removível ao giro de uma simples manivela, transformando o ambiente em jardim. Mais tarde, convivi com o ilustre músico que transformou a Orquestra Sinfônica de Porto Alegre (OSPA) em uma das melhores, senão a melhor, do país. Cantei no coral da OSPA assim que passou a adolescência até entrar na universidade.

Em 1947, a aviação estava ainda nos seus primórdios, de modo que fomos ao Brasil em dois carros, uma cortesia dos amigos gaúchos do meu pai. Esta viagem foi a grande decepção e ficou como tal cravada para sempre. Recordo que na parte brasileira saímos da rodovia e passamos pela praia da restinga que separa a lagoa dos Patos do Atlântico. Naquela época inexistiam rodovias asfaltadas no país e a beira do mar era mais segura do que a estrada de terra.

A paisagem parecia-me infinitamente monótona, vazia e triste. Senhora Decepção foi minha companheira de viagem que atingiu plenitude em Porto Alegre, nosso novo lar.

Aportei em lugar errado. Cadê as matas, onças, cobras e, sobretudo, os índios?

3
ÍNDIOS – FINALMENTE!

Levei doze anos para encontrar meus índios e só os conheci graças a São Caruso. Foi assim:

Em outubro de 1960, para ser exato no dia 9, fui com a delegação gaúcha de estudantes de medicina a Belém do Pará e participei da 14ª Semana Brasileira de Debates Científicos. Levava um trabalho sobre alterações patológicas das gônadas na cirrose. Apresentei-o com todo entusiasmo possível, diante de uma plateia lotada com colegas de todo o país. Ao terminar, vieram as perguntas e, entre elas uma do alto do anfiteatro:

— Qual é a sua experiência com fibrose de Symmers?

— Fibrose de quê?

— Symmers.

— De quem?

— Com esquistossomose, seu pedaço de asno!

Antes que fechasse o tempo o professor Leite, que moderava os trabalhos, explicou que as doenças eram regionais e, esquistossomose, tão frequente no Norte e Nordeste do país, não ocorria nos pagos do Sul. Graças à intervenção do professor, a única lesão foi um arranhão no meu amor-próprio.

Lembro-me bem da capital paraense, e como! Finalmente via o Brasil dos meus sonhos de criança! Deslumbramento total. Dormíamos em navios ancorados no porto e a mim me tocou o Haddock Lobo junto com alguns companheiros. Nas horas vagas, mais à noite, explorávamos a cidade e desfrutávamos sua rica prostituição. Uma das zonas tinha ruas com nome de papas, coisa que achávamos engraçado. Quem quisesse gastar mais, podia ir às fileiras de casas de lâmpadas vermelhas nas margens do rio Guamá e dormir com uma morena sedosa e perfumada.

Outros flashes da época. As águas torrenciais que desabavam pontualmente sobre ruas e praças e paravam subitamente, como se obedecessem a uma mão na torneira. Tempo perfeito para cervejas e petiscos, enquanto se admirava a cortina líquida que se desprendia das calhas incapazes de cumprirem sua função. Os feitiços de amor, sobretudo xoxota, pica e olho de boto, vendidos nas barracas de produtos farmacêuticos no Mercado Ver-o-Peso. As mansões cobertas de azulejos que me lembraram a recém-visitada Lisboa. O Theatro da Paz abandonado no centro da cidade, testemunho vazio e mudo de glórias passadas. As portas de bronze com seus magníficos altos-relevos da Basílica de Nazaré e a majestosa samaumeira do Museu Emílio Goeldi. Foram estas as vivências que sobraram.

A impressão de Belém do Pará foi tão profunda e grata que a decidi preservar intata entre as recordações e não mais visitá-la. Só mudei a decisão 51 anos mais tarde, em 2012, a fim de testemunhar sua famosa ópera ressuscitada pelo esforço e gênio de um punhado de valentes paraenses. Assisti *Salomé*, de Richard Strauss, e, assim que o espetáculo terminou participei de um jantar nos jardins da residência da senhora Maria Sylvia com artistas e autoridades, entre estes Gilberto Chaves, diretor artístico do festival do Theatro da Paz e Paulo Chaves, secretário de Cultura do estado do Pará. A rica e variada mesa foi dominada pela joia da culinária paraense, o pirarucu de casaca. Noite tropical inesquecível madrugada adentro!

Revisitei a cidade. Creio que seja a capital do país que melhor conserva seu passado histórico e foi uma experiência gratíssima. As vivências do jovem de 24 anos incompletos não foram perturbadas. Nem poderiam. A visita de outubro de 1960 permanece no altar onde guardo as lembranças mais preciosas.

Manaus.

Os estudantes universitários nas duas décadas que se seguiram à Segunda Guerra Mundial tinham prestígio e penetração social muito maiores que nos tempos recentes. Conseguir passagens gratuitas junto às companhias aéreas e a FAB era corriqueiro e, assim, voamos de Belém a Manaus. Nossa intenção era permanecer dois ou três dias, a fim de conhecer a capital do Amazonas e voltar imediatamente a Porto Alegre. Como o patrocínio era da Força Aérea, a data da volta ficou por conta das disponibilidades casuais que ficávamos sabendo mantendo contatos frequentes com a Aeronáutica e, consequentemente, tínhamos de estar preparados para voar a qualquer momento. Foi então que minha Fada Protetora me resolveu premiar mais uma vez.

Numa noite, junto com colegas manauenses fomos ao Clube Rio Negro. Não é coisa que goste de fazer em viagens, acho muito mais interessante vagar pelas ruas, mas há que ser solidário com o grupo e lá fui eu. Em torno das dez horas apareceu um soldado e comunicou que o general Vasco de Carvalho desejava que fosse à sua mesa. Imaginei mais ou menos o motivo e atendi à solicitação. Não deu outra, a esposa dele me reconhecera dos tempos em que respondia perguntas sobre Enrico Caruso na TV Tupi e desejava conversar comigo.

Um parêntese: Minha popularidade levou alguns anos para se extinguir. Nunca gostei dela, entretanto sempre a honrei; quem conquista a afeição do público há que respeitá-lo, esta era minha convicção. A participação de um programa de TV de grande audiência permitiu-me experimentar intensamente a popularidade e chegar à conclusão que não me servia como companheira de vida.

Conversamos, bebericamos, tudo como manda a educação e, lá pelas tantas, o general Vasco convidou-me a conhecer seu QG. No dia seguinte fui ao Quartel Geral do Grupamento de Elementos da Fronteira. Foi uma visita de duas horas e devo ter dado uma boa impressão porque saí com o documento que transcrevo:

Memorando S/N-60 aos Senhores Comandantes e Elementos subordinados:

«Ao portador do presente, acadêmico de medicina e jornalista, Georgy Bohm, autorizo facilidades, inclusive dos meios de transporte disponíveis, no sentido de visitar as áreas militares das 3ª, 4ª e 6ª Companhias e 7º Pelotão de Fronteira.

O presente documento tem validade para 15 (quinze) dias.»

Assinado: GEN BDA Vasco Kropf de Carvalho

(O "jornalista" foi invenção do datilógrafo e não sugestão minha ou do general.)

As portas da Amazônia se abriram para a criança que quis ser índio. Fiquei tonto de felicidade. Testei a força do papel imediatamente. Fui ao aeroporto e perguntei aos militares aonde iria o primeiro avião. Às fronteiras da Colômbia foi a resposta e me colocaram na lista dos passageiros.

Os dias que se seguiram ainda passam lentamente na minha memória. Horas densas de acontecimentos e emoções parecem bordados cobertos de filigrana. Saciaram desejos infantis ancorados em algum recesso onde estão as coisas indeléveis. Temo bastante aborrecer os leitores com banalidades que dizem muito a mim e pouco a outros e, por isso, tentarei colocar apenas os episódios mais palpitantes.

Amazônia.

Fiz quatro alças a partir de Manaus, três voando sempre com aviões anfíbios Catalina e a quarta por vários transportes. Não poderiam ter sido mais diferentes; quatro movimentos de uma sinfonia, porém de compositores diversos com o único compromisso de que o tema fosse amazônico.

1. Alto Solimões

A primeira, a missão teve a finalidade de dar apoio aos Elementos da Fronteira do Alto Solimões. Visitamos a antiga cidade de Tefé nas margens do lago com o mesmo nome; Benjamin Constant e Tabatinga, cidades estratégicas nas fronteiras com o Peru e a Colômbia; mais ao norte Ipiranga e Vila Bittencourt, respectivamente nos rios Içá e Japurá, afluentes da margem esquerda do Solimões e, finalmente, voamos para o sul até Estirão do Equador, pequeno posto militar na margem direita do Javari que deságua no Solimões junto à cidade de Benjamin Constant.

Sem dúvida, o que mais me impressionou foi este último. Em linha reta, está uns duzentos quilômetros a oeste de Benjamin Constant e sua única comunicação com esta cidade era fluvial. Creio que ainda seja. O rio Javari é muito tortuoso, aliás, como todos da bacia amazônica que têm baixo declive. Do ar podia observar seus inúmeros meandros que, por vezes, faziam 180º. Com certeza, a distância a percorrer com embarcações é tripla ou quádrupla da distância aérea e não tenho ideia quantos dias teria levado se tivesse ido por via fluvial, com certeza muitos.

Um temporal armou-se na nossa frente e daí a pouco grossos pingos atrapalharam a visibilidade. Como estávamos próximos ao nosso destino, o piloto decidiu continuar e, para não perder o contato com o solo, desceu o Catalina e seguiu o curso do rio. Deveria estar a uns cem metros de sua superfície e acompanhava o traçado tortuoso das águas. Da torre da proa fiquei observando a proximidade das margens com um frio danado na barriga, até que baixamos e ancoramos no meio do Javari. Chegou um barco de motor com um tenente e um soldado. Após as saudações de praxe, nos levou ao embarcadouro feito de tábuas sobre tonéis. A flutuação é importante por causa das cheias e vazantes do rio.

Estirão do Equador fica num barranco alto, ou seja, num morro do caaigapó, a floresta sempre alagada. Poucas dezenas de construções constituíam este posto militar, todas sobre palafitas, não só por causa das águas mas, também, devido às formigas e répteis. O pouco de tomate e outros legumes que vi, foram plantados em troncos escavados suspensos do solo por estacas protegidas com funis de alumínio contra a invasão de formigas. Além da inconveniência deste exército feroz de insetos, Estirão possui o maior esquadrão de piuns da Amazônia! A picada deste mosquitinho deixa marca e coceira incômoda por longo período, no entanto o perigo maior está na "cegueira dos rios" que acomete, principalmente, a população indígena. Os piuns são transmissores da oncocercose e deixam os nematódeos embaixo da pele. A cegueira se dá pela migração das microfilárias para o olho.

De todos os grupamentos de elementos da fronteira este achei o mais isolado e com menos recursos. Contando oficiais, soldados e famílias deveria ter umas duzentas pessoas, no máximo. Talvez mais que posto militar, a importância de Estirão do Equador, como de todos os outros grupamentos, consistia em semente de futura cidade. Caboclos da região concentravam-se nos postos estabelecidos pelo exército que, além de velar pela segurança nacional, cuidavam da educação e saúde dos habitantes. O civismo e a civilidade na Amazônia devem-se às Forças Armadas e às missões religiosas. Os recrutas eram, na medida do possível, gente local que, terminado o serviço militar compulsório, permanecia na região.

Várias tribos de índios se estabeleceram ao longo do rio Javari há mil ou mais anos, entretanto, pelo que entendi, não mantinham contato com Estirão. Por vezes apareciam índios aculturados, porém mesmo estes dificilmente se incorporavam à comunidade.

O tenente Moreira era o comandante local e deu-me o melhor das impressões pela ordem e organização que conseguira lograr em condições tão adversas. Sem dúvida fomos muito bem-vindos e a chegada da FAB foi festejada, como sempre, no entanto era perceptível que chegamos em momento sombrio; à chuva somava-se uma atmosfera cinza da tristeza que pesava bem mais sobre a comunidade do que o mau tempo. O fato é que, na véspera, perderam um soldado no rio. Soubemos que foi pescar e não voltou. Ao cair da noite, ouviu-se gritos de socorro, mas as pessoas que acudiram só encontraram uma ubá virada ainda presa pelas cordas à margem. Ubá é uma canoa feita de tronco de árvore escavado, é roliço e vira facilmente. Moreira achava que ele ficara pescando de dentro da canoinha e fora atacado por jacaré ou sucuri.

— Enquanto descíamos o barranco, ouvimos gritos e, depois, gemidos sufocados, mas lá embaixo nada encontramos e no rio não adianta procurar – concluiu com tristeza.

Destes lugares do Alto Solimões, só revisitei Tefé acidentalmente. Literalmente por acidente. Aconteceu que nos fins dos anos setenta fui a Carauari, nas margens do rio Juruá, com o colega Gayotto e mais duas pessoas, além do piloto, para ver as doenças hepáticas que acometiam, principalmente, os índios catuquinas. Deixamos Manaus num bimotor e, após meia hora, o motor esquerdo pegou fogo e teve de ser desligado. Continuamos pendurados no direito e, felizmente, aterrissamos em Tefé sem maiores problemas que o susto. Lá ficamos esperando socorro por três dias. Embora a cidade tivesse progredido muito nesses quase trinta anos, sobrou tempo para conhecer cada paralelepípedo e não há cidade no universo que conheça mais do que Tefé.

2. Cabeça do Cachorro

Talvez pareça estranho ou pedante, sei lá, porém, a meu ver nada há mais difícil de encontrar nas viagens que uma pessoa interessante. Tirei a sorte grande na segunda excursão que foi ao longo do rio Negro e acompanhando um homem bom, interessante e extraordinário. Foi assim:

Ao inquirir pelos voos com meu passe milagroso na mão, o oficial da FAB disse que havia um Catalina partindo para a Cabeça do Cachorro, mas deste voo não poderia participar porque era do brigadeiro Eduardo Gomes que resolvera visitar as missões salesianas no alto rio Negro.

— E se ele permitir? – perguntei.

— Ué, fale com ele.

Fui. Concedeu a permissão com a simplicidade de quem tem autoridade mesmo e lá fui eu para ver missões salesianas na Cabeça do Cachorro. A viagem durou quatro dias e visitamos Tapuruquara, Pari-Cachoeira, Cucuí e Iauaretê. Além do piloto e copiloto, havia três militares, o brigadeiro Eduardo Gomes e eu. O piloto foi o major Anthony, com certeza, o nome dos outros não me lembro, talvez estejam anotados em alguma folha amarela perdida nas gavetas de casa, mas não é o caso de procurar.

A Congregação Salesiana é recente no calendário da Igreja, pois foi fundada em 1859 por São João Bosco, na Itália, e as missões salesianas do rio Negro datam a partir de 1915. Tapuruquara está junto à cidade Santa Isabel, a meio caminho entre Manaus e a fronteira com Colômbia e Venezuela, onde este rio lindo e importante entra no Brasil. Durante a visita nos foi apresentado o filho do cacique dos cauaburis, índios da etnia ianomani, e ficamos incumbidos de levar remédios, cartas e sei lá que coisa mais, à taba dele, onde um sacerdote fazia catequese. As coordenadas da localização foram explicadas ao major Anthony e eu fiquei apenas sabendo que era próximo à fronteira com a Venezuela, lá onde se encontra o Parque Nacional do Pico da Neblina. Naquele tempo não se tinha ideia da existência desta montanha na serra do Imeri, que com seus 2.993 metros é o ponto mais alto do Brasil; ainda se aprendia em todas as escolas que a primazia pertencia ao pico da Bandeira, entre os estados de Espírito Santo e Minas Gerais. Se soubesse, não teria ignorado uma serra lá longe coberta de névoas e fotografada com displicência. O rótulo do diapositivo só informa que "no fundo se vê uma serra coberta de névoa". Minhas baterias todas estavam voltadas para uma aventura maior: eu estava me preparando para ver minha primeira aldeia indígena na selva e jogar um pacote no meio dela.

Anthony encontrou o local, contornamos a taba algumas vezes, vimos índios nos acenando e o padre também. O Catalina tem um alçapão na popa de uns 50 centímetros de largura e um pouco mais de comprimento que foi aberto. Estávamos em três e fiz absoluta questão de jogar o pacote. Também planejei fotografar a proeza e amarrei bem a máquina no pescoço para não a perder na correnteza do ar. Deitei-me ao longo do eixo do avião, em direção à cauda, com a metade do corpo no buraco, abrindo os antebraços e firmando bem os cotovelos na beirada do alçapão. A aeronave fez um *looping* e desceu em direção da taba. Quando me deram o sinal, peguei o pacote na minha frente, só com as mãos, mantendo os cotovelos firmes na posição, joguei-o e tirei três fotografias – até hoje as tenho. Foi então que aconteceu. O avião começou a subir e a força centrífuga a me espremer buraco afora. Os cotovelos cederam e fui saindo até que algo me segurou. Fiquei até a cintura pendurado fora do avião, tomado de pavor incapaz mesmo de gritar. À medida que o Catalina nivelou, os militares me puxaram para dentro da cabine pelas cordas que tinham amarrado aos meus tornozelos, sem que tivesse percebido na minha excitação. Mudo, tremia no chão, certamente branco como vela de defunto, coisa que não se via na escuridão da popa. Felizmente não me borrei e nem vomitei porque isto a falta de luz não teria disfarçado. Fecharam o alçapão e me deixaram a sós. Levei algum tempo para me recuperar. Nunca comentaram o acontecido na viagem e creio que o brigadeiro nem ficou sabendo da minha idiotice. Pensei no assunto bastante e cheguei à conclusão de que deveria arquivar como uma lição séria e não brincadeira de mau gosto. Serviu muito para acessar melhor riscos, equilibrar aventuras futuras e aprimorar meu bom senso.

Cabeça do Cachorro é um topônimo muito usado na Amazônia e quem conhece o mapa do Brasil sabe que é uma denominação feliz. Fica lá no canto noroeste do nosso território olhando para o Pacífico de boca escancarada. Cucuí é um posto militar estratégico localizado nas margens do rio Negro, atrás da orelha do cão, justamente onde Brasil, Colômbia e Venezuela se encontram. Fruto do esforço português de ampliar as terras delimitadas a Portugal pelo tratado de Tordesilhas em que os espanhóis ficaram com a parte do leão. Para reivindicar a posse, construíram fortes muito além da linha do tratado, em terras que couberam à Espanha. Assim, ao lado do Cucuí atual, ergueram o Forte de Marabitanas, em 1763. A fortaleza acabou em ruínas e no século XX só sobrou Cucuí, nome que designou a localidade do posto militar e uma formação rochosa referencial, a Pedra de Cucuí. Hoje, Cucuí é distrito municipal de São Gabriel da Cachoeira.

Encontramos uma vila bem traçada, com construções de alvenaria, tudo limpo e em perfeita ordem. O brigadeiro estava visivelmente satisfeito, fez reuniões com os oficiais, às quais me convidou e pude observar que era homem de escutar os outros e dizer o essencial com clareza. Ele gozava de um respeito enorme que me pareceu emanar mais da admiração de sua conduta e competência, e menos de sua autoridade hierárquica.

A missão Pari-Cachoeira está na borda da mandíbula do Cachorro, nas margens do rio Tiquié. Fomos recebidos festivamente por freiras e padres, e mais de centena de estudantes indígenas, todos muito bem vestidos. Cantaram o Hino Nacional, hastearam bandeira e rezaram missa. O brigadeiro Eduardo Gomes era católico praticante e os salesianos tinham adoração por ele. Não sei qual foi o propósito de sua visita. Meu interesse estava focado nos índios, mas todos os contatos foram através dos religiosos. A criançada era arredia e os poucos adultos que vi eram funcionários da missão e não falavam o português, ou não queriam falar. Ganhei uma pequena esteira de tucum, tecida por índios desanos e dois potes de barro feitos por tuiúcas.

A aterrissagem em Iauaretê acompanhei com carinho. A missão fica no fundo da goela do Cão, exatamente onde o rio Uaupés deixa de ser fronteira entre a Colômbia e o Brasil e adentra nosso país. Major Anthony tinha me dito que era o aeroporto mais respeitado pela FAB em toda a Amazônia. Como o rio não permitia pouso, os padres fizeram uma pista de terra na unha! Levaram apenas vinte anos... Todos os pilotos descem lá como se fosse sobre papel de seda. Esta feliz metáfora é do major. Repetiu-se aqui, em menor escala, tudo que vi em Pari-Cachoeira. Iauaretê pareceu-me a mais pobre e a menos estruturada das três missões visitadas.

O brigadeiro Eduardo Gomes era de pouca fala, mas não me pareceu um silencioso defensivo, aquele tipo que nada tem a dizer ou está em permanente defesa, ocultando qualquer coisa. Respondia-me com boa vontade; eu que moderei a conversa em respeito a ele. Sempre que pude, escutei o que tinha a dizer e prestava atenção às suas ações. Enriquece-se mais escutando e observando do que perguntando. Ele tinha na época 64 anos, porém aparentava mais. Certamente, resultado de ferimentos, alguns bem graves, que sofrera na vida. Apesar de alto, bem proporcionado, inspirava certa fragilidade aos militares e sempre que saía ou entrava no Catalina ou em barcos, muitos braços se dispunham a ajudá-lo. Demais. Percebi que ele não gostava destas atenções, contudo aceitava o auxílio com polidez. Homem famoso pela coragem – a Revolta dos 18 do Forte e os voos do Correio Nacional que o atestem! –, retidão de caráter, ética e desapego ao dinheiro (sempre dividiu seu soldo com obras de caridade). O aeroporto de Manaus tem o seu nome e ele é o patrono da Força Aérea Brasileira. A meu ver, escolhas felizes, perfeitas. Há tanto estrupício homenageado!

Eduardo Gomes concorreu duas vezes nas eleições à presidência da República, perdendo para Dutra e Vargas. Numa das campanhas, a fim de angariar recursos, as senhoras de sua campanha fizeram um bombom com doce de leite e chocolate, o famoso brigadeiro. Será que alguém se lembra deste batismo? Cito-o para insistir que a corrupção multimilionária ou bilionária ainda não era onipresente nas eleições, certamente não com ele.

Poucos anos depois, antes de ir para África e Inglaterra em 1964, estava de carro no Rio e vi o brigadeiro numa parada de ônibus. Parei, me reconheceu e convenci-o a aceitar uma carona para onde quer que desejasse ir. Sei que só entrou no meu desconfortável fusquinha para me fazer feliz. Este foi o Eduardo Gomes que conheci.

Com certa regularidade, a vida me permitiu voltar à Amazônia Legal, aquela que abençoa Brasil, Venezuela, Colômbia, Equador, Peru e Bolívia. A nenhuma região com maior frequência do que o rio Negro e seus afluentes. Um privilégio que não há como agradecer.

3. Roraima

A próxima excursão foi uma visita de dois dias a Boa Vista, capital do território do Rio Branco, agora estado de Roraima. Uma cidade em que tudo estava por fazer. Percorri a rodovia planejada para conectá-la a Manaus com o jipe do dr. Sílvio, um médico que foi meu principal cicerone. Terminava no quilômetro 37. Isto é garantido porque tenho uma foto.

A região me lembrou a do Rio Grande do Sul: coxilhas e gado. Não fui nem às suas florestas e tampouco às famosas montanhas Roraima que vivem embrulhadas no mau tempo. Tampouco vi indígenas. O maior problema do território era a raiva que reduziu o rebanho de 400 mil cabeças para 140 mil e obrigou as autoridades a criar um instituto para combater a praga de morcegos. Visitei a instituição com seus laboratórios e achei-a bem montada. Claro que não revelei que meus antepassados eram da Transilvânia...

A atividade garimpeira era, por assim dizer, incipiente e livre. Por toda parte vendiam pedras abertamente, um quilate bruto de diamante da serra de Tepequém custava dez mil cruzeiros. Fiquei com duas lembranças duradouras: a afirmação repetida de que não há roubo nos garimpos e um garimpeiro robusto de meia-idade que mostrou suas pedras guardadas em um segmento de osso longo de veado – creio que a tíbia – e garantiu que esta era a única forma de impedir que os "diamantes fujam". Recentemente, em agosto de 2014, um admirável paraense nascido nas margens do Amazonas que atende pelo nome de Raphael (com ph mesmo!) e fala quatro línguas estrangeiras, francês como nativo, filho de garimpeiro, deu como verdadeiras ambas as lembranças, enquanto manobrava nossa canoinha pela Floresta Encantada do Lago Verde, pertinho de Alter do Chão.

4. Rondônia

Na última viagem, a FAB me deixou em Guajará Mirim, importante centro urbano do território de Rondônia, mas antes passamos por Manicoré, cidadezinha nas margens do rio Madeira e na capital do Acre, Rio Branco. Em Guajará Mirim alojei-me no excelente quartel-general do Exército que tinha pista de atletismo e até um minizoológico. Ao tomar banho, tive o único acidente com bichos de toda minha vivência amazônica: um besouro gigante entrou zumbindo no banheiro e espatifou contra a parede meu relógio que tinha colocado na saboneteira.

Na primeira noite encontrei, casualmente, num bar-restaurante um grupo de missioneiros evangélicos americanos e brasileiros. Durante o bate papo ficou esclarecido que iriam no dia seguinte a uma taba dos índios Pacaás Novas. O nome mais correto é wari, mas são mais conhecidos como Pacaás Novas, pois foram encontrados ao longo do rio com este nome. Eles tinham contato com a taba havia uns dois anos. A feliz coincidência de que os índios estavam com gripe e eu no fim do curso médico, valeu um convite para que me juntasse ao grupo. Incrível, tudo me favorecia, novamente índios e desta vez no seu habitat!

Éramos em torno de dez pessoas, entre homens e mulheres, subindo o rio Mamoré e, depois o Pacaás Novas, em dois pequenos barcos a motor. A aldeia ficava após a foz do Ouro Preto onde os missionários procuravam fazer contato com indígenas hostis do mesmo grupo wari. Explicaram-me que era um trabalho lento e que os Pacaás Novas ajudavam-nos na tarefa. Remando lentamente no meio do rio, sem armas, abrigando-se de flechas com grades protetoras armadas em torno do barco, procuravam a aproximação com palavras e presentes.

Levávamos uma boa quantidade de antipiréticos e analgésicos, mas nada mais. Os evangélicos eram poucos e sem recursos, basicamente sustentados com dinheiro de uma universidade americana, se bem me recordo a Cornell, interessada em línguas nativas. Podiam usar os recursos na evangelização, porém, em contrapartida, tinham que produzir uma Bíblia em wari. Os americanos disseram-me que o projeto visava estudar mais de setecentas línguas indígenas sul-americanas.

A jornada levou praticamente um dia. A aldeia no alto do barranco era miserável. As ocas precárias, malfeitas e descuidadas, boa parte ou mesmo a maioria com paredes de folha de palmeira que não seguravam chuva e nem vento. Durante os três dias que fiquei entre os índios, dormi numa choça sem paredes, em rede de tucum, com um foguinho esperto a me esquentar os países baixos, armado por Weim-tchü, um adolescente bem alegre considerando a tristeza geral e a depressão que pesava até sobre os cachorros da aldeia. Ele usava um short, coisa rara na comunidade que vivia sem roupas. Sua irmã se chamava Weim-tchaun, seu irmão Amtra e a mãe deles, Tucutchpán (grafia minha das sonoridades).

Evoquei estes nomes todos, que gravei diligentemente na memória, porque ao citá-los tranquilizo minha consciência. A verdade é que a visita foi uma decepção, um fracasso. Interagi com os Pacaás Novas o mais que pude. Não havia uma grande maloca comunitária, vivam em ocas por famílias de até uma dúzia de pessoas. Só uma vez fiz uma impropriedade: entrei numa choça onde só havia uma índia e ela me ameaçou com um machado. Entendi que adentrar uma oca em que só há uma pessoa do sexo feminino é proibido. Fora das habitações pode-se aproximar de qualquer índia. Armei-me rapidamente com algumas palavras no vernáculo, já que os Pacaás Novas só falavam wari, da família linguística txapakura (grafia oficial). Ainda me recordo de *omna,* não; *mba,* palavrinha versátil que significa sim, está bem, OK, que foi muito útil nos momentos em que nada entendia; *akim,* água que sempre pedia para tratar os doentes. Tivemos dois óbitos e os cadáveres foram enterrados de acordo com o ritual dos evangélicos, em covas profundas. Eles me explicaram que a profundidade era uma precaução para evitar necrofagia que era o costume destes índios. Faziam até vigília dos túmulos, a fim de evitar que retornassem a este ritual repugnante e insalubre.

Vi a viúva de um dos falecidos descascando mandioca assada. Chorava copiosamente e os tubérculos ficavam manchados pela mistura das lágrimas com carvão. Ela tentava limpá-los esfregando com as mãos, o que só piorava a situação. Eu me acocorei a seu lado com uma tigela d'água e comecei a lavar as raízes já descascadas. Disse umas palavras de consolo em português. Amtra apareceu e me murmurou algo que não me pareceu favorável. Respondi com um *mba* e fui cuidar das minhas coisas. Ao me despedir da aldeia ele me deu de presente um arco com uma flecha. Era de criança para caçar pássaros, pois tinha em torno de um metro e o arco dos adultos é do tamanho deles ou até maior. Um gesto de simpatia, talvez pelo ocorrido na minha tentativa de consolar a viúva.

Voltei a Guajará Mirim triste e tinha o dia pelo rio para arrumar as ideias. A convivência com os índios fora acabrunhadora. Aldeia em decadência, pessoas mal alimentadas – só as vi comendo mandioca e peixe – vítimas de doença trazida pelos brancos, culturalmente desenraizadas. Menos mal que não tinha uma gota de bebida alcoólica na taba; a experiência universal mostra que o encontro entre sociedades primitivas e o álcool é uma tragédia. Dúvidas me assaltaram: até onde é válido levar a mensagem de Cristo? Como integrar os primeiros habitantes deste continente nos países criados pelos conquistadores para imigrantes europeus? Há que reconhecer que aos índios trouxemos muito mais desgraças que benefícios, exceto na visão dos missionários. Mas estes sacrificam sua vida para salvar almas e, verdade seja dita, minhas crenças religiosas estavam bem abaladas. Sonhei em ser índio, nunca missionário e nem antropólogo, entretanto, os devaneios infantis já foram superados: desistira de ser índio há alguns anos.

A chegada em Forte Príncipe da Beira não posso chamar de agradável. Ao me deixar na pista, o piloto gritou da carlinga:

— Veja bem o que você vai fazer, não sei quando voltaremos!

Durante o voo, contei ao piloto minha estadia entre os índios e ele me considerou completamente idiota, no entanto, talvez, sua preocupação maior era com meu retorno a Manaus. Foi a primeira pessoa a perceber que a carta do general Carvalho não tinha data, ou seja, era uma permissão de quinze dias, mas desde quando? Tranquilizei-o que podia confiar em mim sem medo de funestas consequências com seus superiores, e que minha intenção era voltar pelo rio Guaporé. Na realidade, sua preocupação era bem fundamentada.

Precavido, mostrei meu passe ao tenente Neves, comandante do Forte que nos esperava na pista, e perguntei se poderia voltar à Guajará Mirim pelo rio. Disse secamente que sim. Deu-me a entender pelo tom que não lhe causei boa impressão. Fiz um sinal de OK ao piloto e embarquei no jipe. Após termos rodado uns cinco minutos entre as árvores ele falou como se completasse uma frase:

— Pode, sim, daqui a uns meses quando o rio enche.

Nada disse; cabra bom não berra. Andamos meia hora em silêncio até o acampamento militar, ele chamou alguém e ordenou que ficasse alojado na tenda da enfermaria.

Ajeitei minhas coisas e fiz amizade com o enfermeiro, um negro enorme cujo nome inutilmente procuro na cabeça e chamarei de Joel. Entendemo-nos muito bem, visitei a fortaleza junto com ele, uma ruína colossal de duzentos por duzentos metros coberta pela selva. Foi uma amizade providencial e Joel muito me ajudou no meu retorno em 1963 (história 14: Arqueologia e epidemia).

No fim da tarde apareceu Neves e meio atrapalhado pediu que fosse ver seu bebê.

— Qual é o problema?

— Está com diarreia.

— Qual é a idade?

— Seis meses.

Fui pensando nas lições do professor Décio: peito, leites em pó, papas de fruta e legumes, infecção, alergia, soro caseiro; quanto mesmo de açúcar que leva?

Neves era filho do Ceará e este era seu segundo ano em Forte Príncipe. Adorou o lugar e pediu para ficar mais um ano. Trouxe a mulher e teve o primeiro filho ali. Ele mesmo fez o parto com a ajuda do Joel. Certifiquei-me de que era diarreia mesmo, perguntei pela alimentação do bebê, suspendi as papas recém-introduzidas, dei instruções de higiene e prescrevi só peito e soro caseiro. Fui dormir rezando que o intestino inexperiente voltasse ao normal.

Tive notícias do bebê durante o almoço. O próprio tenente comunicou que estava bem e agradeceu tudo que fizera. Percebi que não estava inteiramente à vontade e tentei ser o mais amistoso e casual possível. Entendi perfeitamente sua atitude no aeroporto, não era a primeira vez que um "subalterno" torcia o nariz vendo a autorização do seu general comandante a um inexpressivo civil, apenas ele fora mais contundente. Conversamos mais um pouquinho e, na hora do cafezinho, indagou se não queria pescar tucunaré à tarde. Claro que sim! Estávamos selando pazes e abrindo caminho à simpatia mútua.

Joel contou-me várias histórias do tenente Neves. Respeitado e admirado, o homem era uma lenda! Enfrentou onça usando uma espingarda como borduna porque estava sem balas. A que mais me recordo é o confronto com indígenas hostis. É bonitinha.

Um grupo apareceu em Forte Príncipe armado e pintado para guerra. Neves foi até o cacique, tirou um pequi do bolso, atirou-o a certa distância e fez sinal que queria seu arco emprestado. Diante da relutância do índio pegou no arco e deu uma puxada. Com um movimento destro o cacique desarmou o arco e lhe entregou. Não é fácil o armar, ou seja, colocar a corda nas pontas. São arcos grandes e duros, algumas vezes os índios disparam as flechas deitados no chão, colocando os dois pés no arco e puxando a corda com as duas mãos. Sem problemas para o tenente: armou num instante, tirou uma flecha do cacique, ajustou no arco, retesou a corda e partiu o pequi pelo meio. Calmamente, jogou outro pequi a igual distância, devolveu o arco a seu dono e apontou a fruta. O cacique considerou a situação e achou que não era o caso de arriscar sua reputação. Deu um sinal e o grupo desapareceu na mata.

Bem à tardinha subimos o rio Guaporé, adentramos por um igarapé e transportamos no lombo a ubá por uns trinta metros pela floresta até uma lagoa. Além de nós, havia um soldado forte, porém baixinho, de modo que a canoa descansava nos ombros de Neves, que liderava o caminho, e no meu, que segurava a popa; o soldado no meio apenas podia apoiar as duas mãos no casco. Dentro do barco havia apetrechos de pesca, um violão, um arco e muitas flechas. Ainda bem que foi um trecho curto, porque eu estava bem próximo de entregar os pontos. Nunca fui atlético.

O sol estava declinando quando começamos a pescaria. O soldado na popa manejando o remo e um espinhel, eu no centro com uma varinha dando banho em isca e cuidando para não virar a ubá, cuja estabilidade é quase nula, pois é um barco sem quilha. Neves de pé, uma estátua na proa com arco e flecha na mão, olhando as águas do lago e indicando a direção com sinais mínimos com a cabeça que era lida prontamente pelo soldado. Não errou um tiro!

A haste da flecha tem duas partes, uma encaixada na outra e ligadas por uma corda enrolada na porção distal à ponta. Quando esta penetra no corpo do peixe, ela se desprende da outra, a corda desenrola e a parte distal da haste flutua. É só ir atrás e puxar o peixe. Pegamos 23 tucunarés, caldeirada suficiente para todo o acampamento.

A lua apontou no meio das árvores, enorme e escura como se estivesse logo aí espreitando-nos da selva. À medida que montava se afastou e adquiriu seu brilho e tamanho normais.

Na volta ao igarapé deslizamos a ubá pelo chão da mata; os peixes pesavam um homem a mais e eu não tive forças para carregar tanto fardo nos ombros. Daí para frente foi fácil, as águas estavam bem quietas e navegávamos fluxo abaixo. O soldado guiando na popa, o tenente tocando violão na proa e eu no meio desfrutando a magia da lua cheia da Amazônia. Tesouro de recordação para a vida toda.

Passaram três dias e Neves comunicou-me preocupado que as autoridades militares vinham a Forte Príncipe.

— O general Vasco Kropf de Carvalho? — indaguei.

— Ele, o general Magessi e outros. Amanhã.

Coisa de alto nível, pensei. O general Augusto da Cunha Magessi Pereira era o chefe supremo do Comando Militar da Amazônia, sediado em Belém do Pará.

Eu via minha chance de voltar e ele as dificuldades de colocar em ordem o acampamento e a fortaleza portuguesa feita em 1776 por Luiz Albuquerque de Cáceres, governador da capitania de Mato Grosso, agora em ruínas e invadida pela selva. Disse-lhe que não havia a menor possibilidade de arrumá-la.

— Limpar o Forte todo não, mas há a praça com canhões que dá e os generais sempre a inspecionam — foi sua breve resposta.

Tomei parte nos trabalhos e ajudei Joel a pôr em ordem o hospital e a farmácia do acampamento. Acompanhei Neves na árdua faxina e não me sai da cabeça uma ordem sua absolutamente original. Chamou um soldado e mandou que fosse limpar os canhões do forte. O rapaz ficou olhando no vazio, assim melancolicamente; talvez fosse esta sua natureza ou não tivesse prestado atenção, sei lá.

— Não compreendeu? Vá limpar os canhões como se fossem xoxota de moça para chupar. Entendeu?!

O moço sorriu e foi correndo. Neves piscou um olho e me disse:

— Isto não se aprende na Academia das Agulhas Negras.

Chegou o general Magessi com sua comitiva. Perfilei-me no fim da tropa e quando se aproximaram saí da fileira e tirei uma fotografia. General Vasco encarregou-se das apresentações e foi assim que voltei a Guajará Mirim de Beechcraft, pequeno bimotor, muito veloz para a época.

O retorno.

De lá a Porto Alegre, levei mais uma semana porque tomei o famoso trem Madeira-Mamoré a Porto Velho. Foi com esta ferrovia e outras indenizações que o Brasil pagou à Bolívia a anexação do Acre ao seu território. Sua finalidade era escoar os produtos bolivianos com mais facilidade para o Atlântico, já que o Guaporé e o Mamoré não eram comercialmente navegáveis durante muitos meses do ano. Eu que o diga. A legendária estrada de ferro Madeira-Mamoré foi construída por uma companhia estadunidense com mão de obra brasileira. Diz-se que cada dormente custou uma vida. Sua inauguração foi em 1912. Este passeio não deixaria de fazer por nada neste mundo. Felizmente, porque cinco anos depois foi abandonada e desmontada.

Levei dois dias, pois o trem só corre durante o dia e dorme-se no meio do caminho em Abunã. Velho hotel de estilo inglês, caindo aos pedaços onde os passageiros podem escolher entre cama e rede. Fiquei com a rede que era menos imunda. O comboio não tinha serviço algum, o passageiro tinha de providenciar tudo. Uma aventura divertida em que me provisionei com sanduíches muito bem "adubados", conforme o jargão da vendedora. Também tive a grata surpresa de comer o maior e melhor abacaxi da vida. Carreguei a fruta para meu lugar favorito: em cima dos vagões, o melhor lugar de se viajar. Fico imaginando a fortuna que não daria à Madeira-Mamoré no universo turístico moderno!

Visitei a capital do território de Rondônia durante dois dias e, depois, voltei por via aérea, com pequena parada em Manaus para me despedir do general Vasco de Carvalho.

O voo não foi sem emoções. Meu anjo da guarda decidiu conhecer a recém-inaugurada Brasília. Em algum ponto acima do Brasil Central tive a primeira pane da vida; depois seguiram algumas outras. Aterrissagem sem incidente, além das fortes emoções dos passageiros. Fomos hospedados no Palace, um tijolão de duzentos metros apoiado sobre colunas. Tocou-me um apartamento na extremidade norte, ou seja, cem metros do elevador! Coisa do Niemeyer…

Por dois dias rodei pela Novacap, ainda um canteiro de obras com as colossais esculturas de Niemeyer dispersas pela paisagem. Esculturas sim, pois suas obras primam pela beleza da forma, a funcionalidade é secundária. Basta observar o Congresso Nacional: linda de morrer, mas de iluminação e arejamento totalmente artificiais, é mais apropriado a um país nórdico do que tropical.

* * * * * *

— ....?

— Ah, sim, não deixei o escrivão na mão.

Publiquei um artigo substancial no *Correio do Povo* de Porto Alegre que, infelizmente, o redator-chefe achou por bem agraciar com a seguinte manchete: "Os militares e os missionários são as únicas forças operantes na Amazônia". Muitos dos meus colegas não gostaram do título e eu nada expliquei a quem cabia a responsabilidade. Era inútil, só teria piorado a situação.

Participei intensamente da política nos tempos universitários e foi nesta época que o prestígio dos militares e religiosos começou a declinar entre as lideranças estudantis. Foi uma ótima experiência que esgotou toda e qualquer pretensão de continuidade na política ou de ocupar cargos eletivos durante a vida profissional na USP. Mas isto seria assunto para o outro livro que coloquei de lado. Está na hora de explicar como desenvolvi minhas aptidões de viajor.

4
APRENDENDO A VIAJAR

No meu tempo o Colégio Anchieta estava no coração de Porto Alegre, a uma centena de metros da praça da Matriz que ninguém conhecia pelo seu nome oficial, Marechal Deodoro. Seus portões abriam-se à rua Duque de Caxias e o edifício estendia-se até a rua paralela no pé do morro; assim, a entrada era térrea e os fundos tinham bem uns cinco andares dos antigos, de pé direito bem alto.

Esta escola dos jesuítas fez-me um bem enorme, embora estivesse desiludido com seu sistema educacional. Não é o caso de entrar em pormenores, basta esclarecer que tinha permissão paterna para abrir caminho por mim mesmo com cursos paralelos que bem desejasse, desde que não falhasse nos exames do colégio.

Pertinho do Anchieta estava a Biblioteca Pública do Estado, onde passava horas prazerosas. Fiquei assíduo frequentador do Teatro São Pedro, também localizado na praça da Matriz, e integrei o coral da cidade. Entrei em cursos de inglês e alemão, engrossei o francês do colégio com leituras e fiz o mesmo com o espanhol que tivemos como matéria obrigatória durante um ano. A sonoridade do castelhano me encantava. O mais divertido era traduzir os libretos de óperas e, assim, aprendi um pouco de italiano.

Ouvia música em casa de pessoas que tivessem robustas coleções de discos e visitava as poucas exposições culturais que Porto Alegre oferecia, principalmente de artes plásticas. Graças à vivência ímpar que tive com o professor Raul di Primio, catedrático de Parasitologia da Faculdade de Medicina, tive um reencontro com os animais que povoaram minha imaginação na Hungria. Aprendi taxidermia no museu Júlio Castilhos, situado ao lado do meu colégio, e criei toda sorte de bichos em casa para o desgosto dos meus pais.

Recordo-me com gratidão imensa três jesuítas do colégio que gravaram na minha alma: o sábio botânico padre Balduíno Rambo que me conduziu até a intimidade de sua gigantesca coleção de plantas, o querido septuagenário Pio Buck que, entre tantas coisas, me ensinou não temer aranhas caranguejeiras e o admirável padre Henrique Pauquet, alemão, que construiu a Casa para Juventude em Vila Oliva, perto de Caxias do Sul, oferecendo férias inesquecíveis.

Era o responsável pela tropa Manuel da Nóbrega na época em que me tornei escoteiro. Também foi ele que criou o parque recreativo do Colégio Anchieta no morro do Sabiá, às margens do rio Guaíba, onde se passava alegres fins de semana, e edificou o novo e espaçoso Colégio Anchieta no bairro Bela Vista que não cheguei a conhecer. Ninguém foi mais empreendedor entre os jesuítas, ninguém teve maior contato com a juventude do que este padre inteligente e corajoso. É triste observar que a internet só nos traz a insignificante rua com que foi homenageado. *Sic transit...*

Dediquei-me de corpo e alma ao escotismo. Naqueles tempos podia-se fazer acampamentos à vontade, sem perigo de ser assaltado ou morto por bandidos. Por ano tínhamos dois acampamentos maiores, um no verão e outro no inverno, e vários, diria até muitos, nos fins de semana, mormente se houvesse um bom feriado. Adorava a vida de escoteiro. A disciplina na Tropa Manuel da Nóbrega, as leis e normas do escotismo, os estudos e esforços para progredir na hierarquia e passar nas especialidades, seus maravilhosos acampamentos, contribuíram na minha formação até que tivesse de lhes dar um triste adeus da porta da Faculdade de Medicina.

Uma vez dei-me ao trabalho de estimar as noites dormidas debaixo de lonas e cheguei à conclusão que perfizeram dez meses. Quando podia passava os fins de semana longe de casa naqueles anos de infância e adolescência, pois nosso lar ficou desagregado, socialmente quase inutilizado. Tinha um problema maior do qual fugia: minha mãe mostrou sinais de desequilíbrio mental pouco depois de chegar ao Brasil e todos os tratamentos foram infrutíferos. A esquizofrenia a nada cedeu e piorou progressivamente criando situações constrangedoras em nosso lar. Mais tarde, quando médico, coube-me compartilhar a tristeza em que vivia até sua morte. Levei suas cinzas a Budapeste em abril de 1989, três meses após seu falecimento.

Em algum mês do segundo semestre de 1952 foi comunicado aos pais que o Anchieta estava planejando uma aventura maior: a volta da América do Sul por rodovia. Nem preciso dizer que o projeto era iniciativa do padre Pauquet, que lideraria a excursão. A proposta estava aberta aos alunos do curso colegial com quinze anos ou mais e a concepção econômica foi brilhante: comprou-se um ônibus Mercedes Benz e na volta vendeu-se por uma quantia que ignoro, mas sei que, descontando gastos imprevistos, a quantia restante foi reembolsada aos pais da garotada. Assim, não deve ter pesado demais no bolso do meu pai, pois um Mercedes após 20 mil quilômetros é considerado novo.

A permissão paterna foi conseguida por meio de um acordo: eu deveria arranjar 1.200 cruzeiros para a viagem, seria meu dinheiro de bolso.

— Como?

— Problema seu.

— Fechado.

Atravessando nossa rua, morava um amigo com quem escutava música clássica; maioria em 78 rotações, pois o long play recém-apareceu na praça e pouco se ouvia, só mesmo a convite dos adultos. Nossas economias de mesada não alcançavam este luxo. Do nosso convívio sabia que no fim do ano ele ganhava uns cobres como vendedor na Mesbla, onde seu pai era gerente. Pois aí estava a solução para meu problema. Perguntei ao seu velho, um tipo que sempre me parecia de mal com a vida, porém de coração bom, se havia uma vaguinha para mim. E assim consegui o primeiro emprego da existência: vendedor de brinquedos durante as festas do fim de ano. Não me recordo do salário, apenas de que minha porcentagem era de 0,5% sobre as vendas. Não desgostei da vidinha de balconista, achei cansativa, porém divertida. Em dois meses, com horas extras e tudo mais, cheguei a quase mil cruzeiros. O restante entrou fácil durante o ano letivo porque segui as pegadas do meu irmão que dava aulas particulares. Ser professor de colega era bem mais lucrativo do que negociar brinquedos e fiquei neste ofício até entrar na Universidade.

* * * * *

Vinte e oito jovens, dois choferes profissionais e, naturalmente, o padre Pauquet saíram de Porto Alegre no dia 14 de dezembro de 1953 para retornar 28 de março do ano seguinte, ao todo 104 dias de poeira. Pouco depois, em Buenos Aires, quatro estudantes argentinos juntaram-se a nós. Sujeitos bons, de ótima convivência.

Cinquenta anos depois, por iniciativa de Gastão Mostardeiro, celebramos a grande aventura numa churrascaria gaúcha. Rolou muito chope e churrasco entre a exposição de fotos e recordações trazidas pelos colegas à qual nada contribuí. Não porque viesse de São Paulo, não; é porque pouca coisa tinha, nenhuma anotação, só recortes de jornais, nenhuma foto tirada por mim, apenas algumas presenteadas por outros.

O que me recordo verdadeiramente desta aventura? Esta pergunta não quis calar e comecei a refletir. Vasculhar neste baú esquecido foi gratificante e resgatou algumas vivências, surpreendentemente poucas.

Curiosamente encontrei no sótão das recordações dias vazios e mais experiências negativas, ou melhor, adversas que positivas. Nada que me tivesse magoado, com certeza voltei feliz e mais disposto que nunca a novas aventuras, porém em outros termos e aí estava a razão da pobreza das lembranças. Talvez à medida que narrar os acontecidos meus sentimentos ficarão mais claros.

Saímos de Porto Alegre, atravessamos o estado e cruzamos a fronteira em Uruguaiana. Passamos por Santa Fé e Rosário até Buenos Aires. Uma única recordação: a de ter dormido no palco do teatro de ópera de Santa Fé. Devo ter espiado o auditório por longo tempo porque está firme na memória. A razão pelo qual dormimos no teatro não lembro e, pior, nem sei se este acontecimento se deu na ida ou na volta, quando também passamos por esta cidade. De Buenos Aires nada guardei que merecesse atenção, salvo o retrato de Perón onipresente na cidade. Foi meu primeiro encontro com o populismo escancarado.

Progredimos Argentina adentro: Mar del Plata, Bahía Blanca, Neuquén, Bariloche. O que há de interesse? Talvez o Ano Novo que passamos no topo do Cerro Catedral; os camarões da ceia e a neve que cobria a bela paisagem onde brincamos horas a fio. As consequências foram tristes: meus olhos foram lesados por falta de proteção contra o sol. Levaram-me a um oftalmologista alemão, já que recordo suas palavras ao me examinar: *Schrelich!* Terrível. Fui medicado, passei dias completamente vendado e não vi a maravilhosa passagem pela cordilheira andina com seus lagos coloridos. Só recuperei a visão em Valdivia, dias depois de ter atravessado a fronteira chilena.

Deste país também sobrou pouco que valesse a pena narrar. A cena mais viva é um café com minha tia Baba.

A tia, não bem uma tia, foi irmã ou prima, nem sei da cunhada do meu pai. Com certeza uma pianista húngara de renome, radicada no Chile, que tocou em São Paulo no início dos anos 50. Isto me marcou bem porque meus pais viajaram à capital paulista, a fim de encontrá-la, e eu perdi uma série de exames no colégio por ser dorminhoco. Dormia feito pedra e simplesmente não acordava com despertador algum. Uma tragédia. Considerando meu bom desempenho escolar, permitiram que fizesse as provas à parte. A vergonha que passei integra uma listinha de atrasos e quebra de compromissos que me perseguiu sempre! Na vida pregressa devo ter sido algum bicho que hiberna.

Voltando ao fio da meada, em Santiago procurei Margarida Lászlóffy, a tia Baba que já fora informada da minha visita por meus pais. (A sonoridade húngara desta alcunha, felizmente não lembra baba, soa como bóbó, com ós muito abertos.) Ela me levou a um café cheio de espelhos e estuques ornamentais estilo rococó. Estava acompanhada por seu famoso marido, bem avançado na idade. Era um tipo impecavelmente trajado que transpirava autoridade. Foi um menino prodígio que percorreu os salões do mundo tocando concertos de piano sob o nome Emeric Von Stefániai. O Von é um exagero, pois não consta sua nobreza nos anais da família, mas há que reconhecer que traduzindo seu sobrenome Stefániai ao português teríamos De Stefánia, pois o *i* final denota declinação genitiva. O Von deve ter sido uma intenção de reforço para fins artísticos internacionais. O destino foi cruel com este promissor virtuoso, pois, de algum modo ficou prisioneiro dos russos na Primeira Grande Guerra e teve que empurrar canhões durante os rigores do inverno. Seus dedos sofreram danos irreparáveis que truncaram sua carreira mundial, entretanto não os inutilizaram completamente porque sei que se apresentou esporadicamente, aqui e acolá, em peças que requerem quatro mãos e, assim, tocava partituras escritas para duplas. O homem teve um talento imenso: foi compositor festejado, ensinou em conservatórios e ocupou altos cargos administrativos na vida musical da Hungria, entre outras posições importantes, foi diretor da prestigiada Academia Liszt.

A Segunda Guerra foi-lhe insuportável. Decidiu migrar para o mais longe possível e assim aportou em Santiago com sua esposa e ex-aluna, onde fundou uma academia de piano. E lá estava eu na minha insignificância, sorvendo um copo de café gelado, mirando de soslaio este colosso da música, com muito respeito. Ele ficou fechado no seu mutismo, enquanto eu respondia às perguntas da minha tia. Ao relatar nossas aventuras pela Argentina e Chile, senhor Stefániai interrompeu:

— Na sua idade eu tocava no México.

Deve ter dito algo mais que sou incapaz de lembrar, no entanto esta frase não me sai da cabeça. Nunca mais a abandonei. Senti algo de reprovação, com tonalidades de amargor no timbre de sua voz. Recordações de infância perdida causada pela escravidão da genialidade ou frustração de uma gloriosa carreira estraçalhada pela brutalidade do destino? Não sei e nunca saberei. Ele morreu seis anos depois e, após o sorvete de creme com café e chantili, não mais o vi e tampouco minha tia.

Os únicos recortes de jornais que possuo são do Chile: uma crônica de Concepción, cidade que não balança badalo algum nos sininhos das recordações, e três de Valparaíso que deixou na lembrança a visita ao encouraçado Almirante Latorre. Os artigos são ricos de pormenores, porém quando os leio me assalta a mesma dúvida que tenho ao escrutinar a cópia das fotos tiradas pelos colegas: o que é que aparecem verdadeiramente nas recordações, as experiências vividas naquela época ou as descrições nos jornais quebradiços e amarelados? Memória visual real ou retratos de máquinas fotográficas? O bom senso me diz que de ambos um pouco. Quanto? Não arrisco porcentagem alguma. Os documentos às vezes despertam algo adormecido ou corrigem equívocos. Assim, guardo com clareza extraordinária a nossa visita ao presidente Ibáñez. O colega Pio Fiori de Azevedo fez o breve discurso de saudação e lhe entregou uma faca de prata gauchesca de lembrança. O presidente tirou a lâmina da bainha, rodopiou e o aço cintilou na sua mão. Perguntou, com um sorriso:

— Isto é para me suicidar?

Juraria que o fato aconteceu no Peru se não fosse uma reportagem chilena a mencionar nossa visita ao Palácio do Governo em Santiago.

Ainda do Chile. No deserto de Atacama a mina de cobre de Chuquicamata me tirou o fôlego. Do meio de nada surgiu um anfiteatro grego de imensas proporções, em cada degrau corria um trem puxando um longo comboio carregado de minérios para o enriquecimento e produção das placas de cobre. Mais que uma visita, uma experiência inolvidável. E – como esquecer! – a infrutífera busca pelas gravações do tenor Ramón Vinay, o maior dos chilenos, em Santiago. Temo que já disse mais de uma vez que sou melômano declarado e meu instrumento preferido é a voz humana.

O sulco mais profundo no campo das lembranças foi arado pelo Peru. Preparei-me cuidadosamente para o encontro com as antigas culturas chavín, chimú, moche, nazca, inca e outras. As explorações arqueológicas e a história das antigas civilizações desde cedo estiveram entre as minhas leituras prediletas. Sabia que o Peru era "o lugar". Chegou a hora de examinar as famosas ruínas pré-colombianas. Paramos em Arequipa. Admiramos sua magnífica Praça de Armas dominada pela catedral, olhamos belas igrejas e conventos, pagamos até uma visita ao majestoso vulcão Misti, mas de arqueologia, nada.

Continuamos rumo ao norte e chegamos à região de Nazca. Lá estão os misteriosos desenhos executados no deserto há mais de mil anos. São tão gigantescos que só fazem sentido se observados de avião. Nada vimos destes traçados, nem mesmo tivemos chance de uma olhadela. Corríamos pela rodovia Panamericana à beira-mar ao lado da costa escarpada de onde os desenhos dos deuses acenavam-nos com suas bênçãos. Que frustração! Hoje, reconheço que teria sido inútil o esforço de subir ao planalto; sem ser do céu, vê-se pouca coisa, porém na época fiquei p da vida.

O que de Nazca não me sai da cabeça é uma janta em algum restaurante perdido à beira da rodovia e bem tarde à noite. Acomodamo-nos junto às mesas feitas de tábuas sobre cavaletes, um ao lado do outro, em compridos bancos. A meu lado esquerdo estava Gernot Lippert, meu melhor amigo, e à direita o Feltez. Do cardápio só tenho certeza que havia bife, provavelmente acompanhado de batata frita e salada. Lá pelas tantas Feltez foi aliviar a bexiga. Voltou, sentou e cruzou os talheres. Observei-o surpreso, parecia prestes a vomitar. Nada falei, porém o Gernot perguntou se estava tudo bem.

— Vá até o banheiro.

Meu amigo foi, retornou e empurrou o prato.

— É coisa de se ver, Jorge!

Não resisti à curiosidade. A toalete era uma fossa turca cercada de ripas de madeira que permitia uma ótima visão das redondezas. Estava dentro da cozinha cujo assoalho era de terra socada, no entanto com a atividade culinária ficou uma camada de barro molhado, misturado a restos de tudo, e exalava um odor fétido. Neste ambiente patinavam três ou quatro cozinheiros descalços, as "havaianas" ainda não tinham sido inventadas. Dois deles só tinham uma tanga na cintura. O fogão era de lenha, porém sabe-se lá qual era o combustível usado, poderia ter sido bosta ressecada de lhama, pois a vegetação é escassa na área. Os bifes eram preparados sobre uma lâmina de ferro que uma pessoa segurava com uns panos, enquanto a outra passava óleo e colocava as carnes. Aí o cidadão ajustava a lâmina numa das bocas maiores do fogão que estava aberta. A observação minuciosa estava prejudicada devido à precária iluminação da cena por dois lampiões. Deixei a fossa turca como a encontrei e voltei à mesa com a incômoda ideia de que cozinheiros também têm necessidades fisiológicas.

Com certeza não foi a cozinha mais deprimente da minha vida. As facilidades e condições higiênicas em pescarias, acampamentos e entre sociedades primitivas são tristes, para dizer pouco. Contudo, pelas circunstâncias e, sobretudo, pelo inesperado, a experiência de Nazca ocupa destaque ímpar nesta galeria. Uma informação importante: que soubesse ninguém ficou doente.

Lima foi a capital mais admirada por mim nesta viagem. Tendo sido o centro do vice-reinado do Peru, possui belíssimas edificações da época colonial, a começar por sua catedral e a Plaza Mayor com imponentes edifícios de elegantes arcadas e balcões fechados por madeira no estilo mourisco. Quando da nossa visita, no início dos anos 50, a cidade ainda não se tinha verticalizado e o centro bem conservado e limpo dominava a urbe. Por toda parte sentia-se a presença do conquistador Francisco Pizarro e fiquei por longo tempo contemplando seus restos visíveis na urna de vidro em cima de seu belo túmulo próximo à entrada da catedral.

Aos que emprestam seus ouvidos e olhos, Lima tem muita história a contar e tesouros a mostrar. Finalmente as relíquias do rico passado pré-colombiano estavam na minha frente! Encantado, examinava cerâmicas, têxteis, utensílios de cozinha, artefatos de guerra, joias de ouro, crânios deformados, trepanados, múmias inteiras e tudo mais que havia para ver.

Foi então que entrou um ruído discreto em nossas relações, melhor, entre eu e meus colegas, como uma ventania que perturba as águas calmas de um lago. As visitas aos museus eram muito corridas para meu gosto, no entanto foram consideradas justas e até demoradas para a maioria. Não houve confronto algum, pois nos foi dada a permissão de voltar aos museus com o prejuízo da programação existente. Coisa que fiz com o amigo Gernot e o nosso médico José Brugger.

Brugger estava no 5º ano da Faculdade de Medicina de Porto Alegre, o que lhe deu o passaporte à nossa excursão. Padre Pauquet deve ter achado prudente levá-lo para emergências. Ele era ótimo! Os anos a mais que tinha muito significavam para nós adolescentes e graças ao seu senso de humor, bem como a sua versátil comunicabilidade, logo mereceu nosso respeito e fraternidade. Eu admirava o José particularmente. Seu interesse maior na viagem eram as civilizações antigas e tinha se preparado muitíssimo bem. Não nos faltava assunto para conversar e compartilhar frustrações.

Despedimo-nos de Lima, que me pareceu uma esplêndida metrópole na sua singularidade de mortalha de tantas culturas, berço da colonização espanhola na

América do Sul e amálgama de etnias que souberam acompanhar o progresso. Foi lá que vi pela primeira vez cinema em 3D. Tridimensional sim senhor, em branco e preto. Com óculos apropriados assistimos a um filme de terror com extraterrestres, desviando de rochas, chamas e projéteis que vinham na nossa cara. Lembro-me que fizemos uma algazarra pelas ruas imitando ETs alegrando e assustando transeuntes. Naquela época ainda se podia brincar sem medo de levar bala.

Nas décadas seguintes Lima entrou em decadência e seu nobre centro, cada vez mais andrajoso, afundou no crescimento desordenado da cidade. Nestes últimos anos, o Peru reergueu-se economicamente e a capital ameaça ter dez ou mais milhões de habitantes. Entretanto, seu ar distinto de outrora se dissipou e seu centro, embora recuperado, não é mais o seu coração.

Percorremos as orlas do Pacífico até o Equador. Nada digno de nota, dizem meus neurônios encarregados dos tempos idos. E justamente foi este nada que me amadureceu como viajor. Passamos por alto os sítios arqueológicos. À satisfação da maioria, bastava uma olhadela e quando se viaja em grupo há que respeitar o seu desejo. O mesmo aconteceu quando retornamos ao Peru desde Bogotá, capital da Colômbia, e pretendemos voltar ao Brasil através da Bolívia. A planejada volta pela América do Sul era inviável. Passamos nas proximidades de Cuzco e Machu Picchu e não as visitamos. É verdade que estávamos já sem tempo, mas poucas vozes se ergueram a favor de um atraso maior. Em toda a corrida pela América do Sul a única cultura antiga visitada foi Tiahuanaco, na Bolívia.

La Paz era uma cidade pequena no meio de montanhas majestosas, dominada pelo Ilimani que se ergue a mais de 6.400 metros acima do nível do mar. Pouco ficou na memória: a população indígena dominante, bonita de ser ver em seus trajes coloridos e chapéus característicos; as marcas de balas da última revolução no Palácio do Governo e a placa no poste em que foi enforcado o presidente Villaroel, comprovando a turbulenta história deste país. E, já ia esquecendo, o episódio "Viva Colômbia!"

O colégio jesuíta que nos hospedou era bem grande e o edifício principal com suas alas rodeava o pátio que servia de recreio aos estudantes. Os vários andares tinham longos corredores que circundavam este espaço interno e, um dia, lá se reuniram os alunos do colégio, enquanto nós ficamos no primeiro pavimento. A ideia era uma exposição maior dos visitantes aos seus colegas bolivianos e vice-versa.

Houve discursos, cantorias e declamações de poemas, — ainda em moda naquele tempo — tudo muito ovacionado de ambas as partes. Para encerrar, um dos padres gritou bem alto:

— *Viva el Brasil!*

— *Viva!* — respondeu a multidão no pátio.

Repetida três vezes a saudação, padre Pauquet agarrou o microfone e com sua voz forte e bem timbrada bradou:

— Viva Colômbia!

Foi um constrangimento inesquecível e por muitos anos, em momentos mais descontraídos, saudávamos padre Pauquet: Viva Colômbia!

De La Paz descemos a cordilheira e tentamos entrar no Brasil por Mato Grosso. Nosso intuito foi frustrado pela queda de uma ponte sobre o rio Grande, próximo a Santa Cruz de la Sierra. Votamos serra acima e partimos para Oruro e Potosí, passando pelas grandes salinas e entramos na Argentina por Villazón. Percorremos a Região Norte deste país e retornamos ao Brasil pelo mesmo caminho que iniciamos a viagem.

* * * * *

O grupo voltou a Porto Alegre tão unido quanto foi. De brigas não me recordo, apenas pequenos mal-estares passageiros entre um e outro participante. A maior tensão evidentemente foi sexual. Muita farofa e pouca galinha, falatório vazio. Embaixo das diferentes togas ditadas pela época ou geografia, as urgências eróticas são as mesmas, suas expressões é que variam. A juventude de hoje vive uma realidade bem diferente da nossa. O aprendizado com profissionais e categorias sociais necessitadas era nossa rotina; as moças de família não tinham liberdade alguma e guardavam o cheque de ouro para as núpcias. A flexibilidade desejada encontrava-se em algumas mulheres casadas, mormente quando divorciadas. A juventude educada em instituições de direção e orientação religiosa era particularmente inibida pelo coquetel de conceitos e pecados servido na época. Não creio que a masturbação e as primeiras experiências sexuais tivessem sido tão diversas, entretanto a parceria com o sexo oposto iniciava bem mais tarde que atualmente. Em nossa viagem, chefiada pelo padre

Pauquet, quase sempre dormindo em educandários jesuítas e tantas vezes no ônibus mesmo, percorrendo, em média, em torno de 200 quilômetros por dia, as oportunidades eram mínimas e não tive notícias de nenhuma aventura crível. Uma única vez, por necessidade absoluta, paramos perto de meia-noite numa casa que o nosso bom chefe tomou por uma hospedaria qualquer. Apeou, bateu na porta e perguntou em portunhol castiço:

— *Hai camas para los muchachos pernoitar?*

Risos abafados dentro do ônibus; não tínhamos a menor dúvida de que era um lupanar. As damas não se materializaram. A mim certamente não e a ninguém com credibilidade entre nós. Os comentários foram de justiça com as próprias mãos e poluições noturnas para colocar em termos jesuíticos; coisas corriqueiras.

Voltei decidido a retornar às civilizações pré-colombianas. Sozinho ou com algumas poucas pessoas interessadas em arqueologia. A grande lição deste giro pela América do Sul foi de que eu não servia para viajar em grupo e esta convicção mantenho até os dias de hoje.

5
PRIMEIRO SOLO

A maioridade é magia pura! Já pensaram nisto? Transforma de um dia para o outro um ser irresponsável, por todos considerado um mísero menor, em cidadão respeitável pronto para a vida adulta.

Feliz ou infelizmente, na minha casa desconhecia-se ou deliberadamente se ignorava esta cláusula da lei. Éramos responsáveis por inúmeras tarefas caseiras desde crianças – exploração de trabalho infantil! – e após os 18, nada mudou: continuaram as dúvidas quanto à nossa maturidade. Desrespeito à legislação!

Decidi que chegou a hora de viajar sozinho. Meu destino: Rio de Janeiro! Minha mãe achou a empreitada perigosa, coisa de pouca importância porque ela considerava todos os acampamentos, excursões e viagens uma ameaça à existência. E mesmo quem decidia estas coisas era papai. Ele foi contra. Negou financiar a aventura, pois eu deveria estudar para o vestibular fixado para o início do próximo ano. Felizmente meu desempenho escolar era mais que bom e, portanto, podia argumentar. Meu pretexto era o 36º Congresso Eucarístico Internacional que se realizava na capital do Brasil em fins de julho de 1955, oportunidade única para um católico praticante que na época eu era. Quanto aos recursos, tinha os próprios provenientes das aulas particulares que dava e mostrei mil cruzeiros a meu pai, acrescentando:

— O senhor verá que trarei troco. Vamos apostar?

Não topou, mas consentiu que viajasse.

A preparação foi minuciosa, pois estava absolutamente determinado a gastar o mínimo possível; não por meu pai, mas por mim. Eu é que fiquei desafiado. A primeira resolução era viajar de trem e a experiência da participação no Acampamento Internacional de Patrulhas organizado em Interlagos, São Paulo, foi providencial.

Um ano antes, durante as celebrações do Quarto Centenário da Cidade de São Paulo, a Associação de Escoteiros do Rio Grande do Sul enviou representantes para este conclave maior do escotismo que se realizou de 27 de julho a 3 de agosto de 1954. Fui um dos felizes eleitos e integrei a Patrulha dos Leopardos. Não fizemos feio, já que embolamos no primeiro lugar com escoteiros chilenos e ingleses. Estes conseguiram muitos pontos em construções engenhosas de cabanas, mesas e bancos, uma torre altíssima para sinalizações que me deixou de boca aberta, entretanto não tinham disciplina, o que lhes custou a dianteira. A patrulha Puma do Chile era uma máquina perfeita; sem a técnica dos britânicos para obras, porém no resto sobressaíam em tudo. Teriam nos ultrapassado se um infeliz não tivesse esquecido ou perdido sua escova de dente na grama. Quando os escoteiros levantam acampamento devem deixar a natureza impecável, sem vestígios de sua presença. Durante a inspeção, uma das autoridades internacionais abaixou-se e levantou a escova.

— A quem pertence isto? – indagou em inglês.

O chefe da Puma, louco de raiva, traduziu:

— Qual foi o filho da puta que esqueceu a escova!?

Infelizmente, entre os sérios examinadores havia quem entendesse espanhol e os chilenos perderam pontos pelo objeto e o palavrão, dividindo as honras conosco.

Retornando ao tema, fui de Porto Alegre a São Paulo por ferrovia; dois dias para ir e outros tantos para voltar, de modo que tinha boa familiaridade com as peripécias deste transporte e sabia que conseguiria lugar de cortesia. Naquela época, os estudantes tinham prestígio e privilégios que hoje são impensáveis.

Preparei comida para três dias e providenciei um balde de lona leve e dobrável. O que não falta no trem é água quente, é só pedir ao maquinista. Café, chá, sopas prepara-se à vontade. Escrevi uma carta a um amigo escoteiro carioca que tinha sua sede ao lado da igreja de Santa Terezinha, junto ao túnel que liga Botafogo a Copacabana, pedindo asilo. Sem problemas: o chão estava à disposição e tinha quarto de banho.

Durante a viagem só comprei uma penca de bergamotas na serra gaúcha. As frutas são trançadas em torno de uma vara e são deliciosas. Aos que não sabem, bergamota é mexerica. O frio naqueles tempos de juventude não me incomodava e mesmo estava bem protegido: a experiência do ano anterior me ensinara como lidar com as temperaturas baixas de Santa Catarina e Paraná. Tive uma experiência memorável, espetacular eu diria, que poderia ter resultado em tragédia.

Passávamos por uma região montanhosa do Paraná e a velha máquina tinha muita dificuldade em puxar os vagões. Nas subidas era uma agonia só. O comboio lentamente parava para o trem acumular vapor e, então, dava uma arrancada violenta para subir algumas dezenas de metros até esgotar a energia. E, assim, o processo se repetia. Num destes morros acima, aproveitando a parada, tive a má ideia de ir ao banheiro na frente do vagão.

E foi então que o impossível aconteceu.

A habitual sacudida do arranque, que me levou a segurar na barra de apoio da parede, se fez acompanhar de um estrondo colossal. Através de uma nuvem de poeira eu via o vagão se afastar lentamente; o banheiro ficou sem a divisória. O vagão rebentou, porém não no engate, mas entre o banheiro e o restante, deixando uma das rodas dianteiras com a porção em que me encontrava e a outra suportando a parte dos passageiros. Assim, tudo continuou sobre rodas sem desabar nos trilhos. A máquina continuou feliz morro acima puxando os vagões proximais e os distais lentamente iniciaram sua descida. Pessoas com presença de espírito, além de acionar os freios, desceram e colocaram paus e pedras entre os trilhos e as rodas, antes que o conjunto pegasse momento e descesse o morro em descontrole. Deu certo. Incrível!

Não houve acidentados e o maior susto tocou a mim, que por pouco não fui expelido do banheiro, evidentemente pela abertura provocada pela quebra do vagão...

Claro que sofremos atraso de quase um dia, pois a linha era única. Tivemos que aguardar o trem que vinha em sentido contrário e mais uma máquina para auxiliar o comboio partido. Então os passageiros fizeram a trabalhosa baldeação: os que chegaram de São Paulo passaram à nossa composição acidentada e nós, passageiros do Rio Grande do Sul, acomodamo-nos no recém-vindo trem da capital paulista.

Além de outro atraso pela perda de conexão para o Rio, não tive percalços e cheguei em boa forma na capital da República.

* * * * *

Rio de Janeiro! Para um menino da Europa Central nascido nos anos trinta era muito mais que uma cidade, um sonho deslumbrante onde o mar, as florestas e rochas deram as mãos para criar um lugar encantado nos trópicos. Um misterioso magneto que prende a imaginação como nenhum outro. Esta magia é difícil de explicar aos brasileiros, sobretudo aos cariocas. Para eles é terra, lar, cotidiano: tudo está e sempre esteve aí.

Ao visitar o Rio, eu já tinha adquirido certa brasilidade e conhecia o descobrimento de Cabral e até a comunicação do primeiro governador-geral do Brasil, Thomé de Souza, a Dom João III, rei de Portugal sobre a baía de Guanabara: "... mando o debuxo dela à Vossa Alteza mas tudo é graça o que se dela pode dizer, senão que pinte quem quiser como deseje um rio, isso tem este de Janeiro".

Mais tarde escrevi[4]: Que descrição preciosa! Ela contém a verdade mais pura e essencial: a baía está além das palavras, mas não da imaginação. Pense o braço de mar de seus sonhos e terá a Guanabara!

A mãe-natureza, depois de fazer tudo que fez, espreguiçou suas formas naquele recanto da Terra e até hoje continua deitada por lá em justo descanso. Existem paisagens mais surpreendentes, como a ponta austral chilena, mais majestosas, como a cordilheira do Himalaia, mais misteriosas, como os fiordes noruegueses, mas nada há de mais aconchegante e bonito do que a baía de Guanabara. As outras provocam vertigens e deixam-nos mudos e impotentes, falam de anjos e demônios, põem-nos de joelhos e obrigam-nos a meditar. A Guanabara não, ela é toda luxúria e volúpia; excita os olhos, sussurra nos ouvidos, perfuma o hálito e acaricia a pele. O ar tropical derrama dos morros e desliza pelas ondas abraçando-nos com as essências da terra e do mar. A baía de Guanabara foi feita para amar.

Mais adiante conclui:

Hoje, desgraçadamente, assistimos à monstruosa deformação da incomparável baía pela expansão desvairada e maligna da cidade que infiltra e destrói a mãe-natureza.

É Rio de Janeiro a assassinar Guanabara!

Não assim em 1955. A transformação da av. Rio Branco de ares parisienses em mais uma via com arranha-céus de concreto apenas começara, e o belo Palácio Monroe ainda dialogava com o maravilhoso Teatro Municipal na Cinelândia que albergava cinemas luxuosíssimos. As linhas de horizonte das praias de Copacabana, Ipanema e Leblon eram impecáveis: prédios rigorosamente da mesma altura, mais altos em Copacabana conferindo-lhe majestade e de quatro andares nas outras duas praias, tipicamente familiares. Atualmente, todas parecem banguelas com suas torres de apartamentos díspares. No meu primeiro encontro com o Rio, dos morros só o da Viúva se escondia no meio de imensos edifícios que o cercavam na av. Rui Barbosa. As gigantescas e monstruosas aberrações em Botafogo, Urca e o centro estavam para ser projetadas. São absolutamente horríveis, a começar pela catedral!

---

4. Esta descrição foi em parte retirada do meu livro Enrico Caruso na América do Sul. O mito que atravessa o milênio; uma biografia analítica. Cultura Editoras Associados. São Paulo, 2000.

Mais que cobiça, se precisa de uma mente malsã para desgraçar uma cidade tão linda.

* * * * *

O 36º Congresso Eucarístico foi hospedado no enorme Aterro da Glória que, dez anos mais tarde, em 1965, no governo de Carlos Lacerda ficou ampliado e urbanizado. É o belíssimo Aterro do Flamengo com os jardins de Burle Marx, elegantes pontes e majestosas lâmpadas que parecem palmeiras-imperiais. É uma área verde que só perde para a Floresta da Tijuca que é, indiscutivelmente, a área verde urbana mais linda do mundo! Não me cansei a vê-la todos os anos até que os bandidos tornaram proibitivas as visitas que não fossem coletivas e de preferência escoltadas. Depois da primeira visita em 1955, voltei irresistivelmente ao Rio de Janeiro e, se alguém me perguntasse quando a encontrei mais bela, responderia sem hesitação: nos anos sessenta. Hoje, acho a urbe um lixo.

O Congresso Eucarístico com milhões de fiéis, liturgias revestidas de pompas e circunstâncias, belas orações cujo ponto culminante foi a transmissão da radiomensagem do Papa Pio XII num domingo ensolarado, foi uma experiência gratificante e inesquecível. Nesta época, repito, ainda era católico praticante; as dúvidas apenas iniciaram a bater na porta.

Minha curiosidade era enorme e devorava a cidade da melhor forma possível: a pé. Fazia longas caminhadas a partir do meu abrigo em Botafogo e pegava uma condução para voltar. Não me levou muito tempo a descobrir que o Palácio São Joaquim, também conhecido como Palácio Arquiepiscopal, oferecia refeições gratuitas a peregrinos. Pois peregrino eu era e bota peregrino nisto! A localização era bem conveniente, bairro da Glória, de modo que fazia uma paradinha por lá nas peregrinações entre a sede dos escoteiros em Botafogo e o Congresso Eucarístico. Além de comer, descaradamente fazia marmitas para sustentar o corpo mais tarde. Minha determinação de economizar era ferrenha. Lá encontrei Dom Helder Câmara. Este prelado foi muito admirado pelos jovens e sempre o vi rodeado pela juventude. Tinha uma retórica lenta e cativante, embora um pouco elaborada demais, que me soava como se ele se esforçasse para agradar. Reencontrei Dom Helder várias vezes nos anos de estudante universitário, principalmente quando residi por uns tempos no Rio, em 1958, cumprindo dupla missão: responder perguntas sobre Enrico Caruso no programa da TV Tupi *O céu é o limite* e dirigir a União Nacional dos Estudantes de Medicina. Sem dúvida foi um homem extraordinário que dignificou a Igreja Católica no Brasil.

Uma das raras vezes que abri a bolsa foi para escutar o oratório *Rei David*, de Honegger, que fazia parte das celebrações do Congresso Eucarístico. Os preços eram populares; o Teatro Municipal colaborou com o grande evento generosamente. Música já era ingrediente essencial do meu viver. Gostei, porém o som não se gravou na memória, só a ocasião e a magnificência do teatro.

Inesquecível foi a apresentação do frei José de Guadalupe Mojica na Sala Cecília Meireles. Tive que chegar com enorme antecedência, já que era gratuito. Seu instrumento era de tenor lírico para ligeiro, de som redondo, sem aspereza alguma e fazia uma figura imponente no palco com seu hábito franciscano. Enfeitiçou a multidão que abarrotou a casa, a mim também; ouço sua voz como se a tivesse escutado ontem.

Desfrutei o Rio imensamente. Correspondeu às expectativas e ofereceu mais ainda. Nunca cansei de revisitá-la, nem mesmo depois que a miséria, desordem e violência tomaram conta desta cidade verdadeiramente maravilhosa. Despojá-la da condição de capital foi um erro imenso do presidente Juscelino, que criou Brasília à custa da instituição da corrupção no país. É a minha opinião. Os cariocas elegeram vários governadores fracos e ruins; agora, cá para nós, em Marcos Tamoio e Leonel Brizola exageraram. Um depenou e desfigurou-a, o outro nutriu a miséria e a bandidagem.

O que seria o Rio se tivesse tido gestores como Sydney na Austrália?! Lá transformaram uma paisagem natural, não mais que apreciável, em panorama maravilhoso graças à cidade que construíram, aqui desgraçaram a mais linda baía da Terra, quando bastava um toque de sensibilidade para preservá-la, incomparável.

* * * * *

Tomei o trem para São Paulo exaurido pelos quinze dias maravilhosos vividos. Fiel à determinação de poupança, consumi apenas a marmita do arcebispado na viagem e dormi a noite toda. Desembarquei na estação da capital paulistana e como tinha muitas horas até a conexão, deixei a tralha no bagageiro e fui visitar o tio Duarte.

Este tio adotivo foi o melhor amigo do meu pai e um personagem de importância fundamental a mim e meu irmão, László, praticamente desde que chegamos ao Brasil até a idade adulta. Fino, culto, amável e compreensivo foi a ele que recorríamos com nossos problemas. A melhor descrição de Antônio Carlos Duarte, ouvi do Fernando Savio que foi meu preceptor no mundo da música indicado pelo próprio tio Duarte: Duarte é uma pessoa que não existe! Muita gente, nós inclusive, recebeu apoio impagável deste homem singular.

Engenheiro como meu pai, fez sua carreira na conceituada construtora de fundações Estacas Franki. Sei que começou no Mato Grosso, passou pelas filiais de Porto Alegre e São Paulo para terminar sua carreira na matriz da firma situada no Rio de Janeiro, sua cidade natal. Na época desta visita dirigia a filial paulista.

Pois bem, já estava me aproximando do edifício localizado na rua Marconi, bem no centro da cidade, onde estava seu escritório, quando vi um vendedor de gravatas. Parei, pensei por um instante e abordei o mascate. Escolhi o artigo mais barato e atei no pescoço. Tinha certeza de que o almoço estava garantido, mas se tivesse uma aparência mais legal, poderia haver um *upgrading* do restaurante. Quem sabe? Um risco econômico que valeria a pena correr.

Tudo correu às mil maravilhas. Tio Duarte recebeu-me carinhosamente e, após meus relatos das vivências cariocas, perguntou se não desejava acompanhá-lo no almoço. Sim, claro que sim! Estava esfomeado, com a barriga colando na coluna vertebral.

— Vamos ao Fasano?

— Vamos, tio.

Sabia lá o que era Fasano, entretanto intuía que a gravata estava funcionando.

Tomamos um táxi e fomos até o início do viaduto Santa Ifigênia. Subimos ao último andar de um belo edifício e entramos no jardim de inverno do Fasano. Passamos pela pista de dança, nesta hora morta, porém elegantíssima, daquelas que se iluminam por baixo, e sentamos numa mesa com lindas porcelanas e talheres de prata, decorada com uma única rosa, junto à janela que olhava para o vale do Anhangabaú. O restaurante estava praticamente vazio porque chegamos cedo e, também, por ser mais apropriado para jantares. Materializou-se um garçom impecável com os menus e eu escolhi a maior oferta, pelo menos na minha imaginação, um *T-bone steake*!

A conversa fluiu até a chegada dos pratos. O garçom colocou na minha frente um belíssimo filé à milanesa. Vesgo de fome, embora tivesse consumido todo o *couvert*, agarrei os talheres e preparei o ataque.

— Jorge, foi isto que você pediu?

— Não tio, o moço deve ter se enganado. Mas está bom, um lindo bife!

— Garçom, por favor! Traga o que o rapaz pediu.

— Ah, sim. Senhor me desculpe – disse e foi retirando o prato.

Tio Duarte olhou-me e falou em seu tom sereno habitual:

— Jorge, quando você vem a estes tipos de restaurantes seja exigente. Eles têm pratos recusados e estão prontos a servi-los a pessoas que julgam inexperientes, tímidas ou constrangidas pelo luxo do ambiente. Você percebeu que eu não disse ao garçom o que você tinha pedido? Sem perguntas, ele imediatamente levou a milanesa embora porque sabia muito bem que você ordenou um *T-bone*.

E mais uma coisa, – acrescentou com um sorriso – nunca mais me apareça com uma gravata tão horrível.

Aportei em casa na base de pão, bergamota e chá, com 694 cruzeiros no bolso que exibi vitoriosamente a meus pais. Gastei 306 na viagem toda. Durante a janta, relatei minhas aventuras pela capital do Brasil, porém nenhuma palavra da preciosa e inesquecível lição recebida do tio Duarte.

Minha próxima aventura foi radicalmente diferente, além dos meus sonhos e de tudo que poderia ter imaginado na vida.

6
GRANDE CARUSO[5]

A participação em *O céu é o limite* nasceu de uma conversa de bêbados. Em 1957, estava cursando o segundo ano da Faculdade de Medicina de Porto Alegre e, num daqueles momentos tão caros à vida estudantil, entrei num bar para um bate-papo com o colega Jan Szidon. Por um capricho do acaso, lá pelas tantas a conversa girou sobre o irmão dele, Roberto (mais tarde celebrado pianista internacional), que estava tentando sua fortuna em *O céu é o limite*. Se não me falha a memória, com o tema Geopolítica. Jan girou o copo entre as duas palmas das mãos e olhou-me através da bebida:

— Palhaçada de programa... Tu tens coragem para tentar?

Coragem vai, copo vem, copo vai, coragem vem... e decidimos inscrever-nos no *Do zero ao infinito*, que era a versão gaúcha do programa: ele com o assunto Jazz e eu com A Voz Humana: Anatomia e Fisiologia.

No dia seguinte, enquanto esperava o Szidon e filosofava sobre a realidade ou irrealidade da véspera, chegou um funcionário da Rádio Farroupilha e perguntou o que estava aguardando. Expliquei. Levou-me ao setor responsável. Expliquei novamente. O produtor fez-me ver que aquele negócio de anatomia e fisiologia da voz humana era muito complicado.

Naquela época o filme *O grande Caruso* teve um sucesso estrondoso e Caruso era nome quente. A película, além da popularidade de Mario Lanza, trouxe algumas biografias do verdadeiro Caruso à capital gaúcha. Eu colecionava livros sobre ópera e seus intérpretes, de modo que arrisquei:

— E Caruso?

— O cantor?... Serve.

Fiquei mais um pouquinho na expectativa do colega e, depois, fui à escola. Jan não apareceu e nem se candidatou. Em novembro chamaram-me aos estúdios da rádio.

---

5. Esta história consta com mais pormenores no meu livro Enrico Caruso na América do Sul. O mito que atravessa o milênio; uma biografia analítica. Cultura Editoras Associados. São Paulo, 2000.

Participei do programa na Rádio Farroupilha de novembro de 1957 a abril de 1958. Ganhei meio milhão de cruzeiros e o direito de continuar na TV Tupi, do Rio de Janeiro. Lá, respondi perguntas em *O céu é o limite* de setembro a dezembro de 1958 e saí com um milhão de cruzeiros.

Foi o programa mais popular do Brasil, seja através da rádio ou televisão, e graças ao meu êxito consegui minha independência econômica. Dar ideia deste valor não é fácil devido às mudanças monetárias, alterações dos preços relativos de todos os produtos e a inflação mundial. Penso que ajudo dizendo que com a metade comprei um apartamento novo com 180 m² de área útil em bairro nobre de Porto Alegre.

— E a paixão por Caruso?

A voz humana exerceu um fascínio sobre mim já na infância. Muito pequeno, ainda em Budapeste, ficava hipnotizado pelo rádio todas as vezes que transmitia canto. Não havia ninguém que cantasse na família e nem tive qualquer educação musical. Era o som, a vibração física da voz que me causava, e ainda causa, prazer intenso. Não tenho preferências por um músico ou uma época musical, entretanto não troco a voz humana por nenhum instrumento. Trata-se de uma idiossincrasia.

Aos doze anos, já no Brasil, conheci uma senhora que cantava. Se bem ou mal, eu não sei, só posso dizer que apreciava sua voz e acatava as suas opiniões. O seu julgamento sobre Caruso era severo: "Caruso foi um berrão".

Naquele tempo, no fim da década dos quarenta nos pagos gaúchos não se ouvia quase Caruso; as rádios e os gramofones das lojas de disco tocavam o dia todo Schipa, Tagliavini e Gigli, sobretudo Gigli, de forma que foi fácil endossar o parecer de que Caruso foi um berrão. Dois ou três anos depois um colega de escola, fã incondicional do barítono Titta Ruffo, levou-me à sua casa para que ouvisse o fenômeno. A voz maciça, brônzea de Ruffo varreu-me da cadeira para o meio de seus admiradores, na hora! Ainda atordoado, pequenino no meio de tanto som, o irmão do meu amigo, pessoa adulta, perguntou:

— Tu gostas do Caruso?

— Eh, ele é um berrão...

— Mas tu já o escutaste? – perguntou alçando as sobrancelhas.

— Eh, assim...

— Vou-te pôr alguma coisa.

A coleção dos Linck era enorme e, depois de algum titubeio, foram escolhidos trechos da *Força do destino*, ópera que muito apreciávamos. O impacto foi fulminante! Sua voz quente e aveludada, tantas vezes comparada a ouro derretido, penetrou pelos meus ouvidos e moldou a melodia em metal precioso, incorruptível, em algum lugar recôndito, perto da minha alma.

— Tu achas ainda que Caruso é um berrão?

Não achava nada; tinha encontrado o SOM para toda a vida.

* * * * *

Terminado o trabalho na TV, decidi fazer uma viagem pelos Estados Unidos e a Europa.

— Trabalho?

Trabalho, sim meus amigos, um esforço tremendo!

Antes de mais nada, viajar durante quatorze semanas todas as sextas-feiras ao Rio, manter a memória em forma nos fins de semana estudando ininterruptamente três dias, responder as perguntas segunda-feira à noite, voltar a Porto Alegre dia seguinte da manhã e dedicar-se à Faculdade de Medicina até a próxima sexta, requer resistência física!

Resolvi largar-me pelo mundo. A decisão tomei logo depois da participação do programa em Porto Alegre e alguns vistos consegui antes mesmo de começar a responder sobre Caruso no Rio. Primeiro iria aos Estados Unidos e, depois, à Europa. Não tinha um plano fixo e nem reservas de coisa alguma, somente a passagem triangular: Porto Alegre – Nova Iorque, – várias capitais da Europa, sendo a última Lisboa – Porto Alegre. Estava livre para resolver o recheio entre as grandes cidades. Pontos de apoio não tive nenhum, embora visitei parentes, a pedido de meus pais, em Los Angeles, Geleen (Holanda) e Munique. Nem precisava, a situação dos anos 50, 60 e parte dos 70 é incomparável com a que temos atualmente. Contarei logo mais as diferenças mais contundentes, mas, agora, direi algo sobre a mais longa viagem da minha vida.

Saí no início de janeiro e cheguei no dia 30 de abril. Fiz o seguinte itinerário nestes quatro meses, alternando aviões, trens e carros: Nova Iorque, Washington,

Baltimore, Los Angeles, Las Vegas, San Francisco, Portland, Salt Lake City, Nova Iorque, Londres, Paris, Bruxelas, Amsterdã, Geleen, Colônia, Stuttgart, Frankfurt, Munique, Salzburg, Viena, Zurique, Lucerna, Engelberg, Genebra, Innsbruck, Veneza, Verona, Milão, Roma, Nápoles, Sorrento, Capri, Florença, Roma, Madrid, Toledo e Lisboa.

Ufa! É uma lista longa. Bem sei que não diz nada e, na realidade, tenho pouco a contar porque não há circunstâncias extraordinárias a comentar, a não ser a conversa de bar que mudou drasticamente minha vida, relatada acima. Com poucas exceções, concentrei-me na vida cultural e visitei aqueles lugares clássicos que as companhias de turismo sempre oferecem a seus clientes, coisa que não fui e pude imprimir meu ritmo nas visitas. O fato é que saí para saciar minha fome de cultura em geral e música em particular. As prioridades estavam nas cidades e não tinha intenções de me dedicar à natureza que, afinal das contas, era a proposta do escotismo e não faltava no Brasil.

Desta viagem contarei alguns episódios no contexto de outras recordações e, agora, tentarei entreter vocês com três histórias ligadas a Enrico Caruso que, afinal das contas, foi o responsável por tudo.

7
O MET

A minha paixão pela ópera não é essência, é consequência; enraizou-se pelo fascínio que a voz humana exerce sobre mim desde a infância.

À medida que cresci, esta paixão foi devidamente orientada entre os gêneros da música. Até a chegada ao Brasil, meu mundo foi turbulento, de modo que coube a Porto Alegre me oferecer seus tesouros de 1947 a 1958.

Iniciei-me no pequenino grande Teatro São Pedro: pequeno por ter espaço apenas para 700 espectadores e grande porque foi construído em 1858, quando a capital gaúcha tinha pouco mais de 20 mil habitantes. Ainda jovem tive o privilégio de assistir sete espetáculos no Teatro Municipal do Rio de Janeiro, que é lindíssimo! Os únicos fora da capital gaúcha. Mesmo assim, eu tinha plena consciência da tremenda limitação artística em que me coube viver. Os discos que ouvia testemunhavam a realidade e na roda operística porto-alegrense discutíamos a história e as temporadas dos grandes teatros do mundo. Em algumas raras oportunidades, escutávamos a narrativa de uma pessoa mais abonada a relatar sua vivência nas óperas de Buenos Aires, Milão, Paris Londres e Nova Iorque.

Eu amava um livro que de tanto emprestado pela família Linck ficou meu: *El libro victrola de la ópera*, editado em 1925. Lindo, de capa vermelha e dourada, ricamente ilustrado trazia o resumo das óperas indicando as gravações Victor existentes de certos trechos. Predominavam nele a arte e os artistas italianos, seguidos dos franceses e alemães, contudo o Teatro Metropolitano de Nova Iorque, o Met, reinava supremo entre os seus pares com inúmeras fotos de cenários e artistas de suas temporadas. E mesmo porque os estúdios da poderosa *His Master's Voice*, a Voz do seu Dono como eram rotulados os discos Victor, ficavam ao lado de Nova Iorque, em Camden, New Jersey; a América se tornou o mais poderoso divulgador da arte lírica do mundo. Depois, fiquei sabendo que o mito dos cantores líricos, Enrico Caruso, foi durante dezessete anos a principal atração daquele teatro. Cantou mais vezes lá do que em todos os teatros da Europa juntos. Não é de se estranhar, pois, que eu sonhava com o Met como os fanáticos por futebol do mundo inteiro devem sonhar com o Maracanã. Meu sonho se tornou realidade aos 22 anos: num passo de mágica voei do Teatro São Pedro e aterrissei no Met.

Desembarquei em Nova Iorque no dia 8 de janeiro de 1959, após mais de vinte horas de voo. Arrumei-me num hotel não distante do Met, cujo nome e endereço sou incapaz de recordar, e disparei rumo à ópera. Daí para a frente é como se fosse ontem. Lembro da surpresa desagradável que me causou o frio. Um vento gelado soprava pelas ruas, congelava a face toda, principalmente as orelhas, e penetrava nos ossos. A sensação térmica deveria estar abaixo de vinte centígrados. Depois de duas quadras, refleti sobre a situação e achei melhor entrar na casa comercial mais próxima e comprar uma proteção para a cabeça do que voltar ao hotel, a fim de pegar meu boné. Aproveitei a oportunidade e adquiri cachecol e luvas. Continuei a caminhada e tropecei em Adalgisa Colombo.

Para os mais jovens de setenta, esclareço que Adalgisa foi Miss Brasil e Vice-Miss Universo. Conhecemo-nos na TV Tupi, quando respondia no programa de perguntas e respostas. Mulher comunicativa, inteligente e simpática, bem preparada para ser miss. O mesmo não posso dizer de Luz Marina Zuluaga, a Miss Universo. Linda era, maravilhosa, porém no programa da Tupi, quando me coube o prazer de participar da sua recepção, junto com Adalgisa e Ilka Soares, ela estava inibida. Nos cumprimentos também deu para perceber que sua sustância era menos firme do que da Adalgisa. Infelizmente isto não conta no critério dos árbitros da beleza feminina. A direção da TV estava informada que eu conhecera a Colômbia, terra da Luz Marina, de modo que minha missão era ajudar a rolar a conversa. Tarefa ingrata pelo mutismo da Miss Universo. Sem dúvida, quem salvou a noite foi Adalgisa, ela tinha classe!

Agora, confesso que, se os deuses me tivessem dado a missão de escolher a mais bela entre as três, como fizeram com Páris, minha preferência iria à Ilka Soares. Talvez teria desencadeado uma nova Guerra de Troia.

Mas voltemos às ruas geladas de Nova Iorque. Uma surpresa agradável transformada em instantes pelo frio inclemente. Após os beijinhos, ela apresentou o marido, pois estava em lua de mel nos Estados Unidos. Deu parabéns pelo chapéu que comprara, com uma gostosa risada. Era um horror mesmo, mas cumpria sua tarefa com abas de cada lado que cobriam as orelhas. Nunca mais a vi e recebi com tristeza sua morte precoce em 2003.

Sem mais interrupções, cheguei ao velho Met. Não neste chamado de Lincoln Center, mas no antigo lar das Artes Líricas em Nova Iorque, na Broadway, entre as ruas 39 e 40. Emocionado, fui ver o cartel: *Aida*, a ópera mais suntuosa de Verdi. Na bilheteria, só restavam lugares em pé por dois dólares. Que importa! Cantavam Antonietta Stella, Carlo Bergonzi, Blanche Thebom, Mario Zanasi, Ezio Flagello e Norman Scott nos papéis principais. São nomes que nada dizem à maioria dos leitores. Sei disto. Porém a mim sim, sobretudo Carlo Bergonzi!

Alguns anos antes participara de uma noitada operística na casa de José Scarano, uma pessoa que me parecia viver, exclusivamente, para a ópera. Personagem da alta sociedade paulistana, era *habitué* dos grandes teatros do mundo e cortejava as prima-donas com muito sucesso. Já idoso – ele, não eu – o vi em inequívoca intimidade com uma famosa soprano que cantava no Teatro Municipal. Pois bem, os presentes brigavam em torno de três tenores: Flavio Labò, Eugenio Ferrandi e Carlo Bergonzi. Fernando Savio, meu mentor em música, a quem devo minha formação, sugeriu que o benjamim não-peninsular desse sua opinião. Sem titubear declarei que achava Bergonzi o melhor. Scarano, que era da mesma opinião, ficou tão feliz que me presenteou, na hora, com a gravação do Werther, de Massenet, com Tagliavini e Tassinari. Uma obra-prima que considero a melhor desta ópera até nos dias atuais de DVDs e cambaus. O tempo mostrou que meu julgamento foi correto e Bergonzi tornou-se o mais conceituado tenor verdiano de sua época. E eu ia escutá-lo na *Aida* e no Met!

Excitado e impaciente, voltei cedo para respirar, absorver aquele teatro que tinha por *primus inter pares*, afinal foi nele que Caruso cantou 624 óperas em dezessete anos. O edifício nada dizia aos transeuntes, porém seu auditório de estilo clássico era o maior do mundo, majestoso e belo. Possuía a lendária ferradura de diamantes: um andar de camarotes em que cada assinante valia seu peso em brilhantes.

O maestro Fausto Cleva levantou a batuta, eu prendi a respiração e a conhecida abertura tomou conta da sala. Entrou o grão-sacerdote com o guerreiro Radamés, Bergonzi, na plenitude dos seus 34 anos. Em poucas frases o baixo comunica que estão escolhendo o general que irá conduzir o exército egípcio contra as hordas etíopes e se retira. Radamés fica sozinho no palco para enfrentar a famosa e notoriamente difícil ária *Celeste Aida*.

Na primeira frase ascendente a voz de Bergonzi quebrou e, no final da ária, o trono que sonhava erguer à sua amada junto ao sol, ficou uma oitava abaixo do si bemol agudo. Silêncio mortal no teatro até a primeira cortina. Ao acender das luzes, alvoroço geral, murmúrios em todos os cantos até o aparecimento na ribalta de um sujeito que anunciou o substituto; artista que não deixou saudades, apenas aumentou a frustração enorme.

É claro que os artistas líricos ficam doentes e estes episódios ocorrem, entretanto a oportunidade rara ou única de escutá-los não aceita "claros", muito menos no meu caso. O encanto se despedaçou, a magia se dissolveu e a grande noitada foi uma desilusão que me acompanha na vida.

Gol do Uruguai na copa de 1950.

8
GLORIA CARUSO

Dois ou três dias após chegar aos Estados Unidos fui contatado pelo United States Information Service e, também, pelo agente da revista *O Cruzeiro*.

A revista brasileira queria fazer uma reportagem sobre minha visita a Nova Iorque e isto ocuparia uma tarde inteira. Além da entrevista, haveria visitas a pontos turísticos para fotos. Perguntaram por meu cachê. Nunca tivera numa situação destas e não tinha noções de valores. Seguindo a intuição pedi mil dólares. Ficaram perplexos:

— É muito, Dr. Bom (é assim que pronunciaram Böhm).

— Vamos conversar, então – respondi calmamente.

Acordamos em 500, suficiente para pagar todas as entradas dos espetáculos, de qualquer natureza, que assisti na viagem inteira...[6]

Fiz tudo que me pediram e nos despedimos amigavelmente. Que soubesse, nada publicaram, pois ao voltar para casa não encontrei nenhuma edição da revista de Assis Chateaubriand com a matéria.

O entendimento com o United States Information Service (USIS) foi o seguinte:

1 – Me filmariam e entrevistariam em qualquer momento da minha viagem, desde que concordasse;

2 – Cabia-me o direito de suspender todo o projeto da filmagem a qualquer hora;

3 – O filme seria apenas exibido no Brasil e eu seria seu narrador;

4 – Nada receberia em troca deste trabalho.

Tudo correu bem e serviu para abrir algumas portas, como do Teatro Metropolitano de Nova Iorque, onde fiz uma besteira que já conto, dos estúdios da Metro Goldwyn Mayer em Los Angeles e do apartamento de Leonard Warren, o barítono

---

6. Em 1959 o preço dos lugares na plateia do Met variava de 8 a 12 dólares, em média. Os preços na temporada de 2014, oscilavam entre 160 — 320 dólares.

legendário que um ano depois colapsaria no palco do Met, quando cantava *A força do destino*, de Verdi. Tinha 48 anos, tal como Caruso ao morrer. A filha de Caruso foi arrumação minha que muito enriqueceu o documentário.

A filmagem da minha visita ao Met, que mostraria o mais opulento teatro de óperas do mundo ao Brasil, foi marcada para às dez da manhã. Passei a noite anterior em um bar nas proximidades de Little Italy, que é o bairro italiano de Nova Iorque, analisando o ambiente, tomando drinques, respirando a fumaça dos outros e ouvindo um magnífico pianista a tocar jazz. O local me foi indicado por uma pessoa do USIS e até que não voltei exageradamente tarde. Coloquei o despertador para as 8:00 e acordei exatamente às 10:00. Tive vontade de vomitar. À beira do colapso, telefonei ao meu contato do USIS, me vesti às pressas e tomei um táxi.

Sou péssimo para acordar. Toda minha vida tive sono pesado e não acordo facilmente. Tomo precauções mil e assim mesmo enfrento desastres, desde a adolescência. No colégio, durante a ausência dos meus pais, perdi a maioria dos exames finais no primeiro ou segundo ano do colegial, como já confessei. Por não despertar, falhei em vários compromissos na vida. Um bem ruinzinho, foi um voo de Johanesburgo a Nairobi, e assim desenrola uma lista longa. Imprudentemente, desta vez não pedi à recepção que me chamassem, confiei que ouviria o alarme do relógio que comprara dias antes. O fato é que não acordo nem com tiro de canhão.

Cheguei ao teatro. O pessoal da entrevista e filmagem estava de cara fechada. Cumprimentos, desculpas, o artista despenteado, com boca seca e cara de bunda. A cena em que tinha de fingir a compra de uma entrada na bilheteria saiu um desastre, e olha que a repeti várias vezes!

Pelo menos o USIS pode me agradecer o encontro com a filha do Caruso, que foi registrado e exibido no Brasil graças a mim. Na biografia do tenor fiz uma descrição deste evento que repito em suas longarinas.

* * * * *

O táxi custou a encontrar a casa que ficava nos arredores de Baltimore. Duas horas atrás tinha lhe telefonado do hotel e conseguira marcar uma entrevista. Ela, Gloria Caruso, procurou saber o motivo da minha visita, porém eu precisei adiar as explicações: o negócio de responder perguntas sobre seu pai no programa *O céu é o limite* era por demais complicado ao telefone. Cruzei o jardim coberto por um espesso colchão de neve e bati na porta angustiado; recebi um "entre por favor" hesitante, defensivo.

O encontro entre duas pessoas nem sempre é fácil, mas o meu primeiro contato com a filha de Caruso não se ajusta ao qualificativo de difícil: foi estranho, até embaraçoso. Eu tinha a vida de seu pai na memória. Sabia que ela nascera em 18 de dezembro de 1919, às 22:30 horas, num apartamento de 14 quartos, alugado pelo tenor no 9º andar do Hotel Knickerbocker, em Nova Iorque. Caruso, arrebatado pela felicidade batizou-a com um nome comprido: Gloria ("porque será minha excelsa"), Graciana (em memória de sua mãe que se chamava Ana), America (por ter nascido nesse continente), Victoria (para comemorar o desfecho da 1ª Grande Guerra) e, finalmente, Maria (em gratidão à Virgem). Na noite seguinte, ao cantar a ópera *Elixir de amor* no Met, a galeria saudou-o carinhosamente: *Viva papá!*

Por sua vez, ela nada sabia sobre mim. Ao iniciar minha história, afundado numa poltrona aconchegante, felizmente as tensões emocionais se dissiparam de ambas as partes.

A casa era modesta, típica da classe média americana. O interior, de bom gosto sem ostentação. Na sala reconheci, prontamente, a mesa florentina do século XIV, sobre a qual Caruso examinava as suas coleções de moedas e de selos, lia as críticas que tanto lhe irritavam e, talvez, junto à qual passou os momentos mais felizes da vida, brincando com Gloria. Muitas lembranças que ela possuía me eram totalmente familiares, graças às centenas de fotos gravadas na memória. Ao tomarmos chá, percebi que minha história a interessava e até Eric e Colin, seus dois filhos pequenos, acompanharam-me com curiosidade, mas logo se cansaram do desconhecido estrangeiro. Soube que Gloria se tinha separado do marido e, por isso, voltara a usar o nome de solteira: Caruso.

Passamos a temas periféricos e perguntei sobre os colegas artistas de Caruso, particularmente Rosa Ponselle, que também morava em Baltimore. Eu estava muito curioso para saber por que ela abandonara os palcos aos 40 anos, quando parecia ter toda a voz deste mundo. E que voz! Uma voz que impressionou tanto a Caruso que, sem a jovem Ponselle ter qualquer experiência operística, tendo apenas 21 anos, levou-a consigo ao Met para apresentá-la ao público sofisticado de Nova Iorque cantando, a seu lado, o pesadíssimo papel de Leonora, de *A força do destino*. A prematura retirada de Ponselle, uns atribuíam ao medo mórbido da nota dó e outros ao simples cansaço.

Gloria não sabia a razão, ela quase não mantinha relações com as celebridades do mundo operístico. Falou somente um pouquinho sobre a famosa cantora neozelandesa Frances Alda, e só.

Sabedor que sua mãe, Dorothy, aparece como responsável pelo roteiro do *Grande Caruso*, perguntei como é que o filme desviou tanto da verdade dos fatos. Ela contou que o pessoal do cinema não teve respeito algum. Até a assinatura do contrato foram muito amáveis, depois se foram e nunca mais deram satisfação alguma. Sua mãe se ofereceu como conselheira e até escreveu para Mario Lanza, pondo-se à sua disposição para falar sobre o marido, explicar como ele era em casa, como agia em público, no palco, enfim tudo. E Lanza nem tomou conhecimento da sua boa vontade.

De fato, uma tristeza. Mais tarde, visitando os estúdios da Metro em Los Angeles, levantei novamente o tema. Responderam-me que cinema é antes de tudo um comércio de entretenimento e que o filme fora um sucesso estrondoso. Uma das maiores bilheterias de todos os tempos! E é isto que conta. É um ponto de vista. Mario Lanza não encontrei, disseram-me que estava em Roma, aliás, onde ele morreu naquele mesmo ano, aos 38 anos.

Perguntei pelo lado italiano da família e logo percebi que ela não mantinha relações com os parentes peninsulares.

Ao despedirmo-nos ela perguntou:

— E o senhor canta?

— Sim – tentei ser sério.

— Tenor?

— Sim, tenor dramático: tenor para mim e dramático para a vizinhança... E a senhora? – interroguei cautelosamente.

— Não. Papai não deixou nada para mim.

Alguns dias depois, ela concordou em fazer uma pequena filmagem do nosso encontro para o USIS. Não foi tarefa agradável para ninguém. A casa encheuse de tripés, holofotes e gente. Alguém dava demonstrações inequívocas de que a última refeição estava incompatibilizada com seus intestinos. O pequeno Colin olhava maroto para a mãe e dizia, piscando os olhos:

— Não fui eu!

Finalmente, quando todos se foram, tomamos o chá de despedida. Voltamos a conversar sobre Dorothy Caruso. Fiquei sabendo que sua mãe faleceu em Baltimore quatro anos antes, após longa enfermidade. Eu somente tinha conhecimento de que Gloria viveu junto dela até a idade adulta, na França, Itália e nos Estados Unidos. Nestes anos, a mãe levou uma vida despreocupada, porém naufragou em três casamentos à procura de uma felicidade perdida.

Gloria não gostava de falar sobre si mesma e esta relutância dizia tudo: não era fácil ser filha do maior tenor de todos os tempos, símbolo do próprio canto e, por ironia do destino, perdê-lo com um ano e meio de idade. E mais: nem a genética e tampouco a fortuna do pai deixaram-lhe mais do que uma existência recolhida na sombra de uma personalidade legendária. Ser filho de gente famosa em geral termina em tristeza. Esta foi a lição maior que recebi da visita.

Antes do adeus, obsequiou-me com um presente precioso[7] e fez uma última pergunta:

— Você não vai escrever um livro sobre o meu pai?

Olhei para aquele rosto tão familiar e disse convicto:

— Não.

---

7. A edição de luxo da biografia de Caruso escrita por Pierre Key e Bruno Zirato. Ao todo, fizeram 99 cópias e a que recebi de presente levava o número 4 e fora reservada para Dorothy Caruso. O livro já tinha as assinaturas de Dorothy e dos autores, e eu solicitei a Gloria que também o assinasse.

9
VEDERE NAPOLI E POI MORIRE

Preciso dizer que fui à cidade onde Caruso nasceu e morreu? Evidente que não, mas há algo a contar.

Entrei na Itália por trem vindo da Áustria. Achei um país encantador e Roma foi a capital que mais gostei de todas que visitei. O primeiro império da Europa está presente nas imponentes ruínas que se vê em toda parte e a história aprendida, lida e relida ressuscita das páginas e vive nas ruas da cidade. Roma também hospeda a mais opulenta religião do mundo e concentra valores espirituais e tesouros artísticos como nenhuma outra. Só isto bastaria para a plenitude de várias vidas se me fossem dadas! Em outros itens como hospitalidade, civilidade, atividades culturais, culinária, urbanismo e arquitetura, a Cidade Eterna não me pareceu pontificar, mas fez uma esplêndida média, acima das suas rivais.

E, depois, já era plena primavera, mês de abril que cutuca a natureza para renovar a existência. Até aí correu tudo dentro do esperado e eu fui o eu habitual. Evidente que a Campânia tinha que ser diferente; Nápoles e suas vizinhanças são atrações turísticas de primeira grandeza, porém a mim, antes de tudo foram lugares de peregrinação.

Tive como companhia uma aeromoça americana, Jane, que foi uma convivência pouco satisfatória. Encontramo-nos em Roma. Pessoa boa, alegre, corpo maravilhoso, porém sem instrução e sensibilidade. Não era a companhia certa para o momento. Ela não tinha culpa alguma disto, quem errou fui eu.

Quando visitamos Pompeia, vivia a perguntar se isto ou aquilo era "importante". Em vez de me alegrar com sua ingenuidade, mal-humorado dizia o essencial e até perdia a paciência. Ao parar pensativo diante de uma coluna de pedra que tinha por finalidade impedir que uma rua fosse carroçável, considerando a época coisa bem intrigante, interrompeu-me com o questionamento habitual. Fiquei muito irritado, com a vontade de responder:

— *Yes, my dear, very important! General Sulla on his way to Naples pissed on this stone.*[8]

Mas para que ser arrogante e ferino? A lembrança da urina do general romano foi útil para que notasse meu destempero e ruminasse sobre sentimentos negativos que albergamos em nossos porões que, na falta de percepção e vigilância, sobem à superfície. O fato é que esta visita esteve carregada de emoções fora do meu controle.

Vedere Napoli e poi morire é a versão italiana da famosa frase que tece loas à beleza da localização geográfica desta antiquíssima cidade. Pois não tive vontade de morrer e nem achei a baía dominada pelo Vesúvio comparável à Guanabara. A cidade tem raízes profundas gregas, uma cultura própria e forte, é violenta, suja, barulhenta e desconfortável; ou se gosta, ou se desgosta, não há meio-termo. Visitei tudo que fosse ligado a Enrico Caruso e as outras atrações, por certo visitadas, não sou capaz de recordar. Entretanto, ainda sinto a profunda tristeza que me deu o abandono em que encontrei o túmulo do meu ídolo.

No início de sua carreira, Caruso cantou em várias cidades menores da Campânia: Amalfi, Caserta, Cotrone e Salerno. Passou o último mês de sua vida em Sorrento com sua esposa e filha. Em 31 de julho de 1921, atravessou a baía para morrer na cidade em que nascera na manhã do dia 2 de agosto. Estava a caminho de Roma para uma eventual operação, mas a infecção que portava havia meses se espalhou por seu corpo e o matou. Tinha 48 anos de idade.

A península massalubrense limita o golfo dominado pelo Vesúvio no sul e lá está Sorrento, olhando para Nápoles. Desta cidade até Salerno, estende-se a costa amalfitana que é magnífica, espetacular, uma joia que precisa ser vista e sentida. Resolvi passar uns poucos dias em grande luxo, uma experiência nova na vida, e me hospedei no mesmo hotel em que Caruso passou seus últimos dias: Hotel Vittoria, rebatizado para Grand Excelsior Vittoria. Uma lenda entre hotéis que albergou Richard Wagner, cabeças coroadas e inúmeras celebridades, entre elas o mito da voz humana.

Fomos a Capri, um passeio maravilhoso naquela ilha encantada, mas estávamos em mundos diferentes; Tibério César, Axel Munthe, Friedrich Krupp nada diziam a Jane. As monstruosidades cometidas pelo imperador romano poderiam

---

8. Sim, minha querida, muito importante! General Sulla, a caminho à Nápoles urinou sobre esta pedra.

ter sido por algum membro da máfia nova-iorquina, San Michel construído por um milionário texano e a tragédia de Krupp, de qualquer homossexual.

Aluguei uma charrete puxada por um soberbo cavalo branco que tinha um adorno de penas na cabeça. Queria ver o pôr de sol de um penhasco privilegiado. Ela adorou o animal, mas não se interessou pelo crepúsculo; preferiu falar sobre trivialidades. Passamos uma noite só em Sorrento, pois os deveres chamavam Jane ao aeroporto de Roma. Não lamentei sua partida e temo que ela tampouco, cada qual tinha expectativas diferentes.

Aeromoças costumavam ser boas companhias. A escolha deste emprego, geralmente, era feita por jovens bonitas que não se conformavam com as regras sociais da época, caracterizada pela liberação da satisfação sexual aos homens e a negação da mesma às mulheres. Há que recordar que esta igualdade é de poucas décadas e ainda restrita culturalmente em muitas partes. A informação sobre a tripulação feminina dos aviões recebi em 1957, ao viajar para Recife, a fim de participar de uma reunião de política estudantil. Voei pela cortesia da Varig e tive um representante comercial como vizinho. O momento foi tão grotesco que ficou cravado na minha memória. Faltava pouco para o pouso e ele, sentado junto à janela, chamou a aeromoça e perguntou secamente:

— Posso fazer um galanteio?

— Claro – ela respondeu, inclinando sobre mim seu corpo perfumado e lhe brindando com sorriso profissional.

Com duas palavras convidou-a a deitar na cama com ele.

A mulher se endireitou e retirou-se pelo corredor. Passada a estupefação, perguntei ao tipo se esta abordagem dava algum resultado. Não só esclareceu que sim, como falou de suas experiências com aeromoças.

No Grand Excelsior estava preservado o apartamento ocupado por Enrico Caruso e pude visitá-lo todos os dias. Aluguei carro com chofer para desfrutar as principais comunas da costa amalfitana que, afinal de contas, só se estende por sessenta quilômetros. A que mais gostei foi Ravello, insuperável na vista sobre o mar que oferece e suas ajardinadas vilas romanas. Bem disse Wagner, ocupado em descarregar *Parsifal* de sua cabeça, que lá estava o jardim mágico de Klingsor. Almocei em estado alfa, desfrutando a magnificência da paisagem que decidi rever alguma vez na vida. Da comida não me recordo, porém do vinho sim: um tinto com o rótulo: Caruso. Procurei em vão a marca nas duas outras visitas que fiz a Ravello, ninguém a conhecia.

Esta experiência em Sorrento serviu-me muitíssimo na vida. Há que ter discernimento na escolha das companhias, mesmo que efêmeras. Também me ensinou que viajar com muitos recursos ou poucos, desde que suficientes para o que se deseja, não é melhor ou pior, é tão somente diferente.

10
MUSEU – DEPÓSITO, BERÇÁRIO E CEMITÉRIO

Nos quatro meses visitei vários dos maiores museus do mundo. Considerando meu universo até então limitado a Porto Alegre, minha satisfação foi enorme. Não me saciei então, nunca cansei de visitá-los e continuo fascinado por coleções que reúnem o melhor que a humanidade produziu. Penso que não aborrecerei se fizer algumas reflexões sobre o assunto e sempre há o recurso de pular páginas.

Existem museus gerais, o Louvre é um exemplo clássico, e museus mais ou menos especializados. Assim, Londres resolveu colocar seus tesouros arqueológicos e livros no Museu Britânico e os quadros, pinturas e desenhos, na Galeria Nacional e Galeria Tate. Em Nova Iorque, o Guggenheim é dedicado à arte moderna, o Teatro alla Scala de Milão possui museu só para a arte lírica, e por aí vai. O homem é um ser que adora colecionar e, procurando um pouco, descobrem-se museus em todos os cantos. Estendendo o conceito, as cidades são museus da urbanização e arquitetura, e não se paga entrada. Para entendê-los melhor, basta fazer um cursinho de apreciação estética dos estilos de vida urbana e construções que atravessaram os séculos. Eu fiz pela Enciclopédia Britânica, estimulado pela capital gaúcha, cujo maior acervo disponível para visitas era – e talvez ainda seja – a arquitetura. Agora temos a internet com centenas de propostas de aprendizado.

Todos que viajam têm alguma vivência com museus. É um relacionamento ambíguo: mistura de prazer, chateação, admiração e obrigação. A sensação de muitos turistas que acabam de visitar uma das grandes coleções do mundo é a de dever cumprido e pernas cansadas.

É preciso muita coragem para deixar de visitar certos museus consagrados, digamos o Louvre, o Museu Britânico ou o Prado. Corrijo, não os ver é fácil, difícil é confessar o desinteresse. Parece mais que uma obrigação social: uma demonstração de civilidade ou, razão triste, mas igualmente existente, camuflagem da pobreza intelectual. Nesta situação é pior do que ir às missas aos domingos sem convicções religiosas, pois esta é apenas uma rotina tranquilizadora, cuja insatisfação se pode compartilhar. Aquela é bem mais difícil de externar; como ser indiferente ou desgostar dos tesouros da humanidade? Há que se enfrentar longas filas na entrada, intermináveis corredores e devotar um piscar de olhos a objetos mundialmente badalados, ao lado de tantos outros menos famosos ou inteiramente desconhecidos. É, por assim dizer, obrigatório.

Eu também comecei imaturo, apenas tive a sorte de ser orientado para aprender a usar os museus que, com o meu amadurecimento, ficaram ambientes de prazer indispensáveis.

No início percorria tudo e percebi que via pouco. Entretanto, tinha tempo para retornar e concentrei minha atenção nas coisas que mais gostei e procurei ver, sentir e amar. Sim, é caso de amor e o que amamos a nós pertence. Museus são ambientes democráticos, seus acervos são nossos, desde que os amemos. Para desfrutar os museus, este amor é necessário, porém também é excludente. Não se pode amar tudo, se deve amar o que se pode.

Dou exemplos. Sou apaixonado pela *Última ceia*, de Salvador Dali que está na Galeria Nacional de Arte de Washington. Lá estive em 1959 e percorri a imensa coleção de pinturas; pouco vi, mas este quadro grande me marcou. A vida universitária proporcionou-me mais de uma visita à capital norte-americana e, quando podia, tomava um táxi e ficava trinta minutos ou mais absorvendo as belezas desta obra-prima. Nunca tive tempo para outra pintura em Washington. Incongruente? Não, se considerar que na vida toda devo ter olhado a *Última ceia* umas duas horas, até diria que é um *affaire* breve.

Londres é a cidade em que mais vivi depois de adulto, excluindo, é claro, as cidades brasileiras. Dediquei algum tempo ao Museu Britânico, no entanto quando estou de passagem sempre volto a três salas apenas: do Egito, a fim de fitar o rosto da estátua de Akhenaten, da *Caçada Assíria*, onde o alto-relevo da leoa ferida me enfeitiçou e dos mármores de Lord Elgin, porque não posso passar sem as esculturas do Parthenon. Em Paris, vou diretamente ao subsolo do Musée Marmottan e aí, entre as ninfeias de Monet, passo o tempo que tiver mergulhado em sua beleza infinita.

Tal como os povos, os museus falam muitas línguas diferentes e para conhecê-los melhor é bom entender, na medida do possível, sua linguagem. Em muitas cidades, há pequenas coleções específicas de objetos históricos, folclóricos, etnográficos e outras, às vezes ingênuas, geralmente encantadoras! Têm a vantagem de não empanturrar o visitante com inúmeros e diversificados objetos e tudo pode ser apreciado com calma dentro de tempo razoável. Recentemente, tive o prazer de visitar o museuzinho de Tibagi, Paraná. Tive um guia extraordinário pelas três ou quatro salas do acervo focado na história da cidade, que era o único funcionário da casa e que amava os objetos dos quais cuidava. Uma experiência notável, desde que se queira entender Tibagi. Espalhados por toda parte, estes minimuseus falam dos reis da Hungria em Tihany, de instrumentos musicais em Alma Aty, Cazaquistão, de arqueologia e etnologia indígena em Paranaguá, e não são pobres, não, a eventual pobreza é do visitante que não se interessa por eles ou não os compreende.

As colossais coleções, como por exemplo, do Louvre, em Paris, do Vitória e Alberto, em Londres, ou do Hermitage de São Petersburgo, parecem a Torre de Babel. Nestes museus cada forma de arte tem sua linguagem própria: a pintura, a escultura, os altos-relevos, os vitrais, os mosaicos, os objetos mais diversos, cada um a sua linguagem difícil de entender. Não se trata de palavras, não há tradução, é como a música: comunicam sentimentos e ideias. A mesma peça pode abranger universos diversos. Assim, o mosaico bizantino da Santa Sofia fala de texturas, formas e cores, porém, ao mesmo tempo, de uma cultura que dominou no passado a civilização cristã. Igualmente nos pode levar à história de Teodora, se observarmos justamente aquele mosaico que a retrata. Enseja sonhar por instantes sobre a cortesã-imperatriz, uma mulher fabulosa que ascendeu dos prostíbulos à condição de esposa de Justiniano, que construiu nada menos do que a colossal igreja que estamos visitando, uma das principais atrações turísticas de Istambul.

As linguagens das artes também estão em constante mudança. Você quer escutar o que diz ou o que diziam? Este retrato alguns séculos atrás falava do papa Paulo III, hoje da arte de Velásquez, pois o museu sepultou o papa. O crucifixo da Idade Média lá no canto direito foi um objeto unicamente religioso, e o museu o ressuscitou apenas como objeto de arte. Queremos entender neste objeto uma devoção, um sentimento profundo do passado ou o resultado dos esforços de um ourives de talento? Querer os dois entendimentos ao mesmo tempo, lá no museu, é possível, porém crucialmente complicado. O domínio destas linguagens das obras de arte, evidentemente cresce com a familiaridade, assim como a satisfação oferecida por elas. No entanto, muito pouco basta para uma comunicação feliz.

Várias vezes levei estudantes ao MASP. Conhecia a coleção Chateaubriand desde seus tempos da rua Sete de Abril e muito lamentei a péssima exposição que sofreu no imponente edifício da avenida Paulista. A ideia de exibir as pinturas em painéis espalhados pelo imenso salão retirou o atributo essencial dos quadros: o de serem observados. Além do fundo ser uma multidão de pessoas em movimento, a iluminação era péssima. Coloco o verbo no passado porque fui informado que a exposição melhorou, mas garanto que assim foi por décadas. Fazíamos um passeio entre a floresta de painéis, enquanto dava uma ideia da evolução da pintura e as características de alguns gênios da arte. Pois bem, com algumas palavras sobre artes abstratas e figurativas, a pintura abstrata deixou de ser enigmática e sua compreensão levou alguns alunos se interessarem por ela. O cubismo de Picasso e Braque deixou de ser bizarro ao entenderem o desejo da representação tridimensional e do movimento por um meio de uma expressão essencialmente estática e bidimensional.

É importante lembrar que museus são instituições recentes, têm aproximadamente duzentos e poucos anos. Sua origem são as coleções particulares que, em geral com a mudança de gerações, estorvavam os herdeiros e eram vendidas ao Estado. A palavra museu possui raízes na memória. Ela vem do latim *museum*, que por sua vez deriva da língua grega *mouseion*, um templo de musas. Uma delas, Mnemosine, filha de Gaia com Urano, era a musa da memória. Associação feliz, pois são verdadeiros templos em memória da humanidade, da natureza ou das coisas.

Ao contrário do que possa parecer, os acervos dos museus não são estáticos e imutáveis. Os objetos transformam, morrem e renascem; perdem seu significado primitivo e adquirem novo; ora parecem estar no berço e ora no caixão. Tudo isto é apaixonante e dá o que pensar.

Pinturas e estátuas muitas vezes retratavam pessoas poderosas, ricas ou belas. Como tal, quase todas morreram e só renasceram aquelas que glorificam os artistas que as fizeram, as obras-primas. Grécia deu forma a seus deuses e heróis, e lançaram cânones para artistas representarem pessoas importantes. Com o tempo estas obras perderam sua divindade ou semelhança com pessoas vivas e ressuscitaram como arte.

A palavra «arte», no sentido de produzir objetos para expressar um ideal de beleza objetiva ou subjetiva, é renascentista, portanto bastante recente. No apogeu de Atenas ou Roma, o conceito não existia. Objetos de cultos, armas e utensílios domésticos muitas vezes transformam-se nos museus em objetos de arte, graças à excelência de artesãos que não tinham noção do seu valor artístico.

A ação destes objetos sobre nós não é da ordem de conhecimento, mas da ordem de presença, de um encontro; da pessoa com o objeto e de sua disposição no momento. Ela poderá estar mais interessada pelo seu uso histórico ou social ou mais encantada pela magnificência da sua execução.

A interação da pessoa com o museu é variada e complicada. André Malraux – ministro da Cultura francês de museu porque não mais existe e é um tesouro – chamou atenção para o museu imaginário que vive em cada um de nós. O objeto do museu atua em cada visitante modificando imagens e sentimentos preexistentes relacionados com o mesmo.

A fim de me explicar melhor vou recorrer a dois exemplos realmente populares: o retrato de *Mona Lisa*, de Leonardo da Vinci, e o Parthenon, templo da deusa Athena, obra de Fídias, Íctino e Calícrates.

O cidadão vai ao Louvre com algum conhecimento prévio da *Mona Lisa* e Leonardo da Vinci. Certamente viu alguma reprodução da famosa pintura. Qual é sua expectativa? Como é que o retrato vive em seu museu imaginário? E Leonardo? Admirou suas obras? Devota-lhe incondicional admiração ou é apenas um nome conhecido do livro ou filme *Código da Vinci*? Será uma visita feliz, momento calmo com poucos visitantes ou estará no meio de um tumulto de turistas ruidosos? Os instantes do encontro real interagirão e modificarão o seu acervo no museu imaginário.

A situação do templo é bem mais complicada. As ruínas do original estão na acrópole de Atenas e os mármores que adornavam, no museu de Londres. São estes que nossa hipotética personagem vai visitar. A sua experiência prévia é de fotografias, filmes ou visita à Grécia onde admirou esta obra-prima da arquitetura? Qual é sua familiaridade com o século de Péricles? Com a arte grega? Com a arquitetura? Disto dependerá a imagem que conserva em seu museu imaginário. E há uma diferença fundamental entre a *Mona Lisa* e o Parthenon: ela é transportável e o templo, como a maioria do acervo dos museus, não é. O nosso visitante terá que colar as peças que Elgin trouxe da Grécia em seu templo imaginário. Neste processo entrarão muitas variáveis, até convicções sobre a presença de peças arqueológicas estrangeiras em museus. A contradição entre a depredação e a conservação é de difícil solução, sobretudo pelas situações díspares. Os museus apresentam grandes e meritórios esforços de conservar os patrimônios da humanidade e, ao mesmo tempo, guardam os frutos da ganância, violência e ignorância. É um bom lugar para refletir sobre o comportamento do homem.

A maioria dos objetos não convive bem fora do ambiente e época dos quais foram trazidos, não suportam o transporte. Obras arquitetônicas, evidente que não, entretanto vitrais, mosaicos, altos-relevos, adornos religiosos e tantos outros objetos, tampouco. Sofrem uma transformação enorme, por vezes perdem totalmente seu significado e valor. Farei uma reflexão apenas sobre vitrais que se encontram quase sempre na coleção "medieval" dos grandes museus.

Vitrais são essenciais na liturgia gótica e fazem parte do todo que são as catedrais. Assim como o arco ogival que aponta para o alto, o arcobotante que parece elevar o edifício enquanto o sustenta e as centenas de torrezinhas e estátuas que tornam os contornos da igreja imprecisos para imergir a obra terrestre nos céus, os vitrais tiveram a finalidade de banhar o interior do templo com a luz mística. Sua mensagem está nas cores que refletem no ambiente e, de forma alguma, no colorido ornamental do desenho. O artista usou um preenchimento arbitrário de cores com a finalidade de transmitir uma luz espiritual que variava conforme as horas do dia. Este jogo luminoso é sua alma que se perde nos museus completamente.

Certamente é melhor apreciar as coisas não transportáveis nos locais de sua criação, quando possível. Geralmente não é, pois pertencem a um passado irremediavelmente perdido que só habita nosso imaginário e, neste caso, sua presença nos museus me parece válida.

As riquezas dos museus falam conosco fugazmente, porém entre si durante séculos. Extraordinária interação. Penso que são as pinturas que podem atestar melhor esta afirmação, já pelo fato de que migraram facilmente para os museus. Muitas estavam esquecidas e mortas em palácios, sótãos e ruínas e foram ressuscitadas, porém, como já referimos, não no mundo delas, mas no nosso. E o que é nosso mundo senão variação constante? Principalmente nos últimos duzentos anos aos quais pertencem os museus.

As obras de arte participam das transformações culturais trazidas pelo tempo. Por exemplo, as pinturas épicas de Delacroix da Revolução Francesa não foram percebidas da mesma forma pelos olhos que as contemplaram na época de sua criação, primeiras décadas do século XIX, como que as admiraram na época da grande exposição de Paris, em 1900, ou na virada do milênio. Da mesma forma, os trabalhos de Van Gogh são vistos muito diferentemente hoje do que na época de sua criação. Recordo, *en passant*, que o pobre holandês não vendeu um quadro sequer durante sua miserável existência (1853 a 1890), e, ultimamente, cada quadro dele é arrebatado nos leilões por fortunas que chegam a ultrapassar uma centena de milhões de dólares! Vejam pelos olhos dos ladrões: o pintor não precisava se precaver deles, entretanto a segurança do Museu Van Gogh é uma enorme dor de cabeça à Holanda inteira.

O fato é que nesta convivência das grandes obras de arte, uma influencia a outra, sobretudo as novas modificam profundamente as que lhes precederam, para menos ou para mais, não há regra. Não estou me referindo a sua criação, mas a sua apreciação. Nas grandes pinacotecas um quadro desvaloriza ou mata o outro. É Rembrandt desvalorizando Van Der Meer, é Van Gogh a matar Gauguin. Isto é importante ter em mente quando se visita um museu. Há que se resguardar contra esta influência; ver as obras isoladamente e no contexto de seus semelhantes; considerar o espírito da época em que foram criadas, sentir os ajustes e, mais ainda, os desajustes que as tornaram revolucionárias.

Por vezes tenho a sensação de que em certas artes todos os caminhos já foram explorados. Chegamos a quadros em branco, a esculturas sem forma, a poemas sem letra e a música feita de silêncio. Há infinitas variações sobre os mesmos temas. No entanto, aos que sabem escutá-los, os museus dizem que o passado já é demasiadamente rico para uma existência humana. Há de tudo e para todos.

Podem conferir.

11
CIDADES REVISITADAS

Assim como os museus, as cidades também são revisitadas para rever construções, avenidas e perspectivas de que gostamos. Entretanto, as transformações são incomparavelmente maiores do que nos museus e ocorre um confronto inevitável entre vivências passadas e presentes; reencontramos rastros, fragmentos de nós mesmos. É difícil abstrair as obras arquitetônicas que amamos do contexto urbano em que estão inseridas e este sempre muda bastante, perturbando nossas imagens armazenadas. Tampouco é trivial a metamorfose que nos impõe a vida e altera a visão do mundo e as percepções emocionais. Contarei um pouco sobre minhas experiências.

No mar das viagens as cidades são os portos. Desembarcar e explorá-las é prazeroso. Bom mesmo é entender a lógica de sua fundação e crescimento, porém, na minha experiência, é raro encontrar alguém que faça isto bem e com entusiasmo. Só me recordo de uma ocasião, quando o filho do colega Adônis, historiador, caminhou comigo e seu pai pelas ruas de Recife revirando as diversas camadas que a cobriam e revelando a lógica da cidade desde seus primórdios. Em geral, cabe aos visitantes buscar as informações ou ouvir explicações de guias locais.

Comecei a viajar quando a globalização ensaiava os primeiros passos para borrar a diversidade urbana, aliás, a humana. Tão logo serenou o conflito da Segunda Guerra, a americanização iniciou a conquista universal e na sua pegada seguiram outras forças globalizantes.

Até uns duzentos anos atrás, os povos viviam separados e mantiveram suas culturas. As nações e suas cidades tinham características próprias. Comunicações, industrialização e comércio começaram a alterar este isolamento, primeiro lenta e nas últimas décadas vertiginosamente. No universo globalizado, o autóctone, o essencial de antigamente, sobrevive como amostra, peça de museu num mar de mesmice. São Paulo, Londres e Beijing de outrora estão confinadas em setores, quanto ao geral são essencialmente semelhantes. O fato é que nós, viajantes, ficamos mais pobres. Recentemente, percorri mais de quatro mil quilômetros na China e só uma vez, na pequena cidade de Sashi, tive o prazer de hospedar-me em hotel chinês dirigido por uma família da etnia minoritária tibetana. Todos os outros foram de cadeias internacionais; eventualmente com alguma maquiagem para inutilmente fingir atmosfera local.

Mais contundente foi minha experiência no altiplano da Papua-Nova Guiné, habitat de aborígenes. Durante a demonstração da culinária local tradicional por um homem seminu adornado de colares, em que os alimentos foram embrulhados em folhas, colocados num buraco e cozidos pelas brasas de uma fogueira armada em cima deles, tocou um celular que o cozinheiro tirou de baixo da tanga. Perdeu-se a magia e o pior estava por vir: feita a exibição, o cidadão vestiu-se e pediu ao motorista do nosso carro que lhe desse uma carona até a vila vizinha.

A transformação das cidades é um fato e a globalização tirou muito de seus encantos, embora há que se reconhecer que na maioria dos casos o progresso ofereceu melhoria de vida aos habitantes menos privilegiados. Entretanto, é minha impressão que as vantagens em poucas décadas atingem o apogeu que é inexoravelmente seguido de declínio, pelo menos naquelas que não conseguem refrear seu gigantismo. Creio que a nossa querida São Paulo sinaliza bem a brutal transformação que sofreu e sofre, e adverte o triste futuro que nos aguarda. A miséria que a rodeia tem sido sempre crescente nos últimos anos. Mas reparem: as mudanças onde a gente mora são mais difíceis de observar do que nas cidades revisitadas em viagens. Ver o envelhecimento na pessoa com quem se vive é bem diferente do que observar duas fotografias tiradas em tempos diferentes.

As capitais que melhor se conservam são de nações pequenas, prósperas e de população estável. Amsterdã, Viena e Praga servem de exemplo de cidades que adoro e nas quais a expectativa e a realidade encontrada não entraram em conflito nas minhas viagens. Claro está que há muitas outras, sobretudo cidades pequenas, que se conservam bem, porém a maioria não se enquadra nesta categoria de cidade-museu da qual estou falando.

E qual é minha impressão ao revisitar os três clássicos centros do circuito Elizabeth Arden?

Se Nova Iorque for entendida como Manhattan, no meu conceito ela mantém a atmosfera que lá encontrei nos fins dos anos cinquenta. Acrescentou alguns arranha-céus impressionantes de aço e vidro à coleção que tinha e manteve sua urbanização básica. Não assim Londres, que perdeu muito de seu charme com uma arquitetura vertical desvairada, bem simbolizada pelo London Eye, a enorme roda-gigante que domina o rio Tâmisa. Um horror que deveria ser banido para a primeira Disneylândia disponível. O novo é ruim e perturbou o antigo. Dou um exemplo. A soberba catedral de São Paulo, obra máxima do barroco inglês, sobressaía no coração de Londres, rodeada por construções modestas. Para minha tristeza, agora, está sepultada entre construções maiores, perdendo grandeza, domínio e espaço.

Paris também tem seus arranha-céus de aço e vidro, mas preservou o elegante traçado urbanístico feito por Haussmann no século XIX, planejando a modernidade num bairro periférico, La Défense, que valoriza a capital e não perturba o antigo. Apenas um e outro edifício necessita ser implodido para manter a harmonia característica das famosas avenidas e ruas da Cidade Luz. Confesso que removeria rápido a pirâmide de vidro do pátio do Louvre, que não cabe na estética do palácio da realeza francesa que hoje alberga a maior coleção de arte do mundo. O que me deixa perplexo é que esta infeliz edícula saiu da cabeça de um chinês genial, Ming Pei, reconhecido como grande mestre da arquitetura moderna. É dele o edifício que achava o mais belo do mundo: o Banco da China em Hong Kong. Com seus trezentos e poucos metros, por alguns anos foi a construção mais alta da Ásia e na sua elegante simplicidade valorizava a cidade e sua formosa baía. Um caleidoscópio de triângulos a faiscar no sol durante o dia e refletir os focos de luz que o iluminavam à noite. Uma beleza! Atualmente, é inapreciável porque foi asfixiado por gigantescas construções que nem sequer têm sua classe; roubaram o espaço vital desta obra-prima.

Algumas megalópoles asiáticas, graças à prosperidade da nação e sadia orientação administrativa, deram-me impressões favoráveis e até surpresas agradáveis, quando as vivências passadas e presentes se confrontaram. Talvez o melhor exemplo fosse Shanghai, que em 1991 me pareceu subúrbio de São Paulo, mesmo tendo treze milhões de habitantes. Em 2013, já ocupando o primeiro lugar entre as megalópoles da Terra, pareceu-me confortável, bem planejada, limpa e próspera, ou seja, muito mais habitável que na primeira visita. Ao pouco que tinha a mostrar, acrescentou uma arquitetura moderna impressionante que vale a pena ver e rever. As cidades que se comparam a ela, atualmente, são Tóquio e Nova Iorque. Das três, considero a americana a mais poderosa e rica, a japonesa a mais civilizada e a chinesa a mais bonita.

Nos países em que a economia frágil, a má administração e a incompetência andam de mãos dadas, a decadência é inexorável. Rio de Janeiro e Cairo são bem parecidas neste aspecto. Ambas têm atrações de primeira magnitude que continuarão a atrair visitantes, apesar dos riscos e desconfortos crescentes.

Sobre Rio já falei quando confessei meu amor pela cidade. Ela tem de um lado beleza natural incomparável e do outro, crescimento urbano incompetente e maligno que afastam os visitantes, sobretudo estrangeiros, porém não completamente e nunca conseguirão. A Cidade Maravilhosa é de fato maravilhosa, possui encantos superlativos: a baía de Guanabara com suas praias, o Corcovado, o Pão de Açúcar, Carnaval e, porque não, as favelas. Seus marcos históricos e sua valiosa arquitetura pouco pesam como magnetos de multidões. Contam em poucos milhares por ano, os visitantes da praça XV e do largo do Boticário, enquanto que ultrapassa o milhão os que sobem o Corcovado e o Pão de Açúcar. Ao turista estrangeiro, Rio é uma paisagem a admirar e isto não morre nunca.

Cairo, ao contrário, tem como cartão postal uma das maravilhas do mundo antigo, a maior delas e a única em pé, as famosas pirâmides. Oferece uma arquitetura variada e rica, fabulosas mesquitas e um cortejo de edifícios e monumentos históricos dos quais só a esfinge interessa à massa de viajantes. Claro que o museu com as celebradas múmias e os tesouros de Tutancâmon é tão visitado como as pirâmides, porém insisto que estou falando de cidades como museus vivos e não de seus museus, salvo se o prédio for de interesse por si, que não é o caso. A cidadela de Saladino e as mesquitas do Cairo, por certo são atrativos maiores do que os marcos históricos e arquitetônicos do Rio.

Quanto aos aspectos negativos, a capital egípcia está na dianteira da cidade carioca: urbanismo inexiste; de paisagem, só o rio Nilo que se arrasta desanimado entre edifícios decadentes; é mais suja, poluída, confusa e incômoda que o Rio, só não sei compará-las na questão segurança. Certamente é mais barata. Sua explosão demográfica, totalmente descontrolada, desfigurou-a completamente. Em 1964, encontrei uma urbe agradável, simpática com pouco mais de três milhões de habitantes e, entre a cidade e as pirâmides havia um cinturão verde, dito intocável. Na revisita de 2001, surpreendi-me com taperas e casebres ameaçando o patrimônio da humanidade e ninguém conseguia informar o tamanho da população, apenas estimava-se que na metrópole se amontoam mais de vinte milhões de pessoas.

Gosto muito da Cidade Maravilhosa, sou daqui e, portanto, a decadência da cidade reflete em mim de forma anômala e continuo a retornar, porém ao Cairo não, é uma das megalópoles a que não pretendo voltar e temo que muitos visitantes, dentro da mesma perspectiva, decidiram o mesmo em relação ao Rio de Janeiro.

A decadência urbana pode ser *sui generis* e sua observação bem interessante. Claro que isto é uma questão muito pessoal e há um quê de atração pelo macabro nesta assertiva. A miséria nas cidades e a monstruosidades nos museus exercem atrações parecidas. Há visitas organizadas a favelas, guetos e campos de refugiados; a patologia urbana tem seus atrativos e Mumbai, Calcutá e Jacarta estão entre os exemplos mais representativos. Contarei minha revisita a Jacarta, capital da Indonésia, que invadi em 1973 e criei uma bela confusão no aeroporto. Logo mais eu narrarei esta trapalhada.

A cidade tinha pouco a oferecer na época, bem ao contrário do país que achei riquíssimo de atrações e curiosidades. Como a Indonésia tem outras entradas além da capital, – Manado, Macassar e, sobretudo, Bali – nos meus retornos periódicos evitei Jacarta e só voltei recentemente, em 2012.

Na primeira visita, encontrei um conglomerado de cidades em torno da antiga Batávia que o governo se esforçava em amalgamar de alguma forma em unidade coesa. As construções eram baixas, divididas por ruas irregulares repletas de gente. Como em muitas partes da Ásia os habitantes viviam nas ruas e praças, lá é que fazem os negócios e socializam. Vi mendicância e miséria em toda parte, mas, também, muitas construções e projetos em andamento, entre estes a praça Merdeka. Esta palavra de sonoridade divertida significa liberdade e a praça prometia ter dimensões extraordinárias. Trinta e nove anos depois encontrei-a concluída com um gigantesco monumento central celebrando a independência. É imponente, porém não vale a fadiga da visita. O que é que me deixou recordações agradáveis no primeiro encontro?

De atração turística, só Jacarta Old Town ou a antiga Batávia que se resumia a uma praça e suas ruas adjacentes, oferecendo aos visitantes cafés, restaurantes, hotéis e museus. Seu significado histórico é grande, pois foi o centro do poder holandês na Ásia; capital mundial das especiarias. A Cidade Velha reunia os turistas, falava do seu passado, servia para relaxar as pernas e refrescar a goela com cerveja bem gelada. Na época colonial, a Batávia chegou a ter meio milhão de habitantes e, seguindo a tradição e tecnologia da Holanda, os colonizadores fizeram uma rede de canais impressionante, conectada ao mar por um estuário artificial que servia de porto. Ainda estava em plena atividade em 1973, com uma longa fileira de barcaças que carregavam e descarregavam seus produtos agrícolas. Encontrei-o igualzinho quase quarenta anos depois, com as mesmas instalações precárias, apenas os caminhões eram mais modernos. Por favor, não pensem que isto seja o porto de Jacarta, é apenas uma estrutura remanescente do Império Holandês que presta um serviço doméstico limitado.

A capital da Indonésia cresceu espantosamente, de 1970 a 2012 a Grande Jacarta multiplicou sua população mais de quatro vezes. Hoje, aproxima-se de 30 milhões de habitantes e construções de vidro e aço mudaram a cidade horizontal para vertical. Relatei minhas impressões desta última visita em várias cartas que, aqui, tentarei condensar em breve narrativa:

Jacarta é o máximo que temos em luxo e lixo; pelo menos eu não conheço megalópole mais adequada para observar esta mistura tão comum no mundo. O azul de seu céu desapareceu há muito, sua poluição é aquela que tivemos nos saudosos tempos na baixada santista quando Cubatão levava a alcunha: Vale da Morte.

O antigo centro, Batávia, existe, entretanto, ficou banalizada no meio dos tufos gigantescos de arranha-céus e as chagas de sua decadência doem na alma. Definitivamente, perdeu o pouco charme que tinha.

A capital é sujíssima, suas ruas e córregos d'água estão entupidos de dejetos. É impossível encontrar um bairro chinês mais miserável do que o de Jacarta. Seus mendigos em torno do templo budista mais antigo da urbe recordam os antigos retratos de farrapos humanos, fumadores de ópio, que abundavam na China durante a ocupação europeia. A miséria e imundice deveriam estar lá quarenta anos atrás, quando da minha primeira visita, mas sem o contraste das grandes avenidas, inúmeros carros e edifícios monumentais.

A proximidade da miséria com a opulência é notável: as duas formas de existência se entrelaçam. O que achei interessante é que este fato dá uma curiosa segurança ao visitante; senti-me mais seguro nas ruas de Jacarta do que em São Paulo ou Rio. Por aqui, as favelas são guetos mais isolados, com vida própria à margem da urbe e suas regras. São pequenos reinados independentes governados por marginais, dentro das metrópoles dirigidas pela corrupção. Lá as coisas se permeiam e, mesmo nas zonas bancárias mais opulentas, a indigência está presente.

Em matéria de monstruosidade urbana destacam-se Mumbai e Jacarta no mundo. Ambas são as locomotivas de seus respectivos países e, apesar de sua riqueza, como museus ao ar livre servem mais para exibir o feio, o injusto e a desgraça das cidades.

12
"ANTIGAMENTE"

Disse, há pouco, que as condições de viajar nas décadas dos 50, 60 e parte dos 70 são incomparáveis com as que temos atualmente e prometi falar algo sobre as diferenças mais contundentes.

Boa parte dessas recordações é de uma época bem distante dos dias que vivemos e pode ser pouco compreensível às gerações atuais. A tecnologia, a sociedade e as relações políticas nacionais e internacionais, mudaram velozmente a partir da Segunda Grande Guerra e de modo exponencial à medida que a era da revolução digital tomou conta da Terra, com profundas repercussões nos procedimentos e hábitos de viajar. Acredito ser consensual que os tempos que nos tocam viver pertencem ao período da mais violenta convulsão cultural da humanidade. Assim, corro o risco de ser enfadonho e redundante.

Por outro lado, não custa lembrar alguns aspectos que poderão ter passado despercebidos e apresentar meu comportamento naquele mundo sem preocupações com o terrorismo e a segurança. É possível que me achem irresponsável – e talvez tenha sido – entretanto, a mim era lúdico, essencialmente divertido. A recordação destas aventuras me traz a nostalgia machucada das coisas perdidas e reaparecerá em diversas histórias, aqui vão apenas alguns exemplos na tentativa de iluminar o passado.

O aspecto econômico do turismo virou de cabeça para baixo: antigamente a viagem aérea era caríssima e a estadia mais em conta, atualmente é o contrário. Nos anos cinquenta, uma passagem internacional classe econômica custava em torno de vinte vezes o que se paga hoje. Não tenho ideia dos preços da primeira classe, mas sei que ofereciam menos comodidades e, como inexistia a categoria executiva, o número de assentos era bem menor. Voar naqueles tempos era caríssimo. A viagem intercontinental mais barata era de navio, desde que não fosse de luxo ou de primeira classe. Certamente, a divisão por classes era bem acentuada. Ir à Europa em terceira classe de transatlântico ou em cargueiros era a solução dos viajantes sem recursos: desconfortável, porém pagável.

Por outro lado, o serviço valia muito menos e a estadia não assustava ninguém. O preço da acomodação e alimentação, quando sem sofisticações, era aproximadamente o mesmo em toda parte. Nas cafeterias de Nova Iorque comia-se bem, com hambúrguer, refrigerante e sobremesa por um dólar. Uma acomodação muito razoável saía por 6 a 7 dólares; na YMCA, menos de 3 dólares. Agora é uma selvageria que flutua conforme a oferta e procura: uma boa acomodação no Rio de Janeiro durante festividades custa mais, por noite, do que o voo de ida e volta de Nova Iorque ou Paris. Claro está que o número de turistas na época era incomparavelmente menor e nem havia necessidade alguma de reservar hotéis.

As viagens aéreas eram totalmente diferentes, a começar pelos aeroportos. Estes eram pequenos, acolhedores e sem tumultos. A confusão atual, que compara e, muitas vezes, suplanta a das rodoviárias, não existia. O fato é que o preço proibitivo excluía grande parte da população não só dos aviões, mas também das viagens. Os cuidados com emigração, imigração e segurança eram mínimos. Muitos países davam os vistos para turismo no ponto de desembarque e eu não tinha a preocupação de arranjar vistos consulares, a não ser excepcionalmente. Há que considerar que Porto Alegre tinha poucos consulados e Ribeirão Preto nenhum; portanto, conseguir vistos era trabalhoso para mim.

A passagem valia para todas as escalas do percurso. Assim, se comprasse um bilhete Porto Alegre – Rio de Janeiro poderia parar em Florianópolis, Curitiba e São Paulo pelo mesmo preço. E isto valia para viagens internacionais. A passagem podia ser reemitida, sem custo, sempre que o viajante desejasse incluir algo na sua rota. No exemplo acima, se comprasse um voo Porto Alegre – Curitiba – Rio e, em Curitiba, resolvesse parar em São Paulo, era só ir a uma agência da companhia e a passagem seria refeita a mão, anexando cópia do bilhete original ao novo.

No Senegal fiz amizade com uma psiquiatra argentina, de Córdoba, que fazia sua segunda volta ao mundo. Uma viagem de um ano, base BOAC (British Overseas Airways Corporation), ou seja, o bilhete emitido pela companhia britânica, mas vários trechos eram com aeronaves de outras companhias. Ela decidiu incluir Adis Abeba na rota e foi à agência da BOAC em Dakar. A funcionária pediu que voltasse no dia seguinte porque só poderia fazer o serviço quando não houvesse gente para atender. Certamente, sobrou trabalho para depois do expediente. Ela disse que nunca vira passagem igual e a pesou por curiosidade: 300

gramas! Era um bloco que no dia seguinte viraria quase o dobro. A argentina foi uma pessoa agradável e interessante. Nunca mais a vi.

A ausência de preocupação com atos de terror, sequestros e violências maiores do que aquelas provocadas por batedores de carteiras, permitia relaxamento com formalidades alfandegárias e de imigração. Eu era particularmente negligente neste particular. Até gostava de uma confusão, os jovens de hoje diriam de adrenalina, mas eu não chego a tanto. Nos meses que passei na África, em 1964, incluí algumas aventuras. Congo não estava no meu roteiro oficial, entretanto sempre tive uma curiosidade por este país. Desde a infância o considerava a pátria de Tarzan. Infelizmente, minha visita coincidiu com uma guerra fratricida e a recepção não foi nada amistosa. Pouco adiantaram minhas credenciais de médico universitário e a tentativa de reforçar minha importância dizendo ser jornalista (coisa que nunca fui). Embarcaram-me no mesmo avião em que chegara e parei na África do Sul. Para alguma coisa a experiência serviu e, a partir de então, me escondia na privada dos aeroportos até que o avião partisse e só então me apresentava às autoridades.

E dava certo. Em 1973, voei de Samoa a Fiji. Ao caminhar do avião até as instalações pobres do aeroporto, sentia o perfume que a terra exalava após o temporal cuja passagem assisti do ar. Com a precaução de esperar a decolagem, fui parlamentar com a imigração, pois visto não tinha. Não adiantou explicar que no Brasil não tínhamos o prazer de contar com embaixada de Fiji. O cidadão estava inseguro, talvez nem soubesse onde ficava o Brasil e não se sentia com autoridade de dar um visto temporário. Perguntei pelo chefe da imigração. Fui informado que o alto-comissário já fora para casa e só voltaria no dia seguinte. Então propus um acordo razoável: me consideraria preso e no dia seguinte pela manhã voltaria ao aeroporto, a fim de discutir a situação com o alto-comissário. Na ausência de prisão formal, sugeri que ficasse num hotel a uns quinhentos metros do aeroporto. Fechamos o acordo.

Paguei 10 dólares de diária na recepção, bastante dinheiro na época, e fui ao quarto. Preparei chá e dei um balanço na situação. Aos que não sabem, esclareço que naquela época a sombra do Império Britânico deixou o saudável hábito de oferecer aparato de fazer chá nos hotéis espalhados pelos seus antigos domínios. Encontrava-me na ilha de Viti Levu, a maior do grupo de ilhas Fiji. A capital, Suva, ficava do outro lado da ilha, a uns 80 quilômetros do aeroporto. Não mais de 15 quilômetros, estava a segunda maior cidade da ilha, Nadi, pronuncia-se Nandi. Em direção oposta a Nadi, um pouco mais longe encontrei no mapa Lautoka, a antiga capital da ilha. O negócio era ficar em Nadi ou Lautoka. Cara ou coroa. Decidi por Nadi, abri as páginas do meu guia e fiz algumas anotações. Saí a explorar a paisagem em torno do hotel, nada espetacular, mas conveniente para desenferrujar os ossos. Lembro que jantei uma barra de chocolate trazida na bagagem e dormi sem preocupações.

Apresentei-me no dia seguinte conforme acordado e tive que esperar uma hora para que o alto-comissário se dignasse a dar os ares de sua presença. Era um pedaço gigantesco de homem, pescoço da largura da cabeça, voz grave e forçada. "Autoridade de Nação Autônoma da Comunidade Britânica, provavelmente recalcado", pensei com meus sapatos e decidi usar luvas de pelica. Curiosamente, os auxiliares que lhe rodeavam passaram a ter interesse inusitado em suas canetas que giravam entre os dedos com olhar congelado. O diálogo ficou entre nós dois. Desfilei meus parcos conhecimentos sobre Fiji e meu candente desejo de conhecer uma terra tão distinguida na história da Inglaterra. Claro que meu estágio no St. Bartholomew's Hospital de Londres foi providencialmente mencionado. Saí com um visto de permanência de quinze dias, bem mais do que precisava e desfrutei a hospitalidade dos seus nativos e a beleza do mar em que o país está incrustado.

Foi uma época em que se rodava por um mundo cordial, ainda não enrijecido pela burocracia. Meu próximo relato é desta mesma viagem e um pouco mais radical.

Ao quebrar as nuvens para descer em Jacarta, em vez de vulcões que recordassem Krakatoa, pequenas plantações coladas umas nas outras sem muito capricho foram a primeira visão que tive da Indonésia. Recebi as mensagens dos camponeses com alegria. Depois do deserto australiano era um colírio para os olhos e o espírito.

Desci despreocupado do avião da Panam em Jacarta e perguntei à primeira recepcionista pelo balcão da Lufthansa porque tinha a intenção de checar minha conexão para a Tailândia no aeroporto. Bem mais fácil do que fazer mais tarde na cidade. Ela, gentilíssima, conduziu-me por um caminho intrincado, pois o aeroporto estava em obras, até à companhia alemã. Sim, estava na lista dos passageiros, e com esta informação tranquilizante, fui procurar a imigração. De repente estava na rua. Hoje, voltaria imediatamente e pediria ajuda às autoridades; naqueles tempos não dei a mínima e fui visitar a cidade, aliás, que tinha pouco a mostrar como já mencionei antes.

Ao chegar o dia da partida, decidi retornar ao aeroporto mais cedo para resolver as pendências. O funcionário da Lufthansa, alemão da gema, examinou minuciosamente o bilhete e o passaporte.

— Onde está o visto para a Tailândia?

— Não tenho.

— Então não o podemos levar a Bangkok.

— Pode sim. Veja que tenho uma passagem em torno do mundo. O trecho Bangkok — Rangoon[9] já está marcado. Não necessito de visto para passar uns dias em Bangkok.

— Qual é sua nacionalidade?

Pergunta estranha, já que o passaporte examinado com tanta perícia era brasileiro. Sugeriu que procurasse obter o visto em Jacarta. Mostrei-lhe meu guia turístico onde se lia que vistos de curta permanência eram dados no aeroporto de Bangkok. Pediu que esperasse e foi consultar seu supervisor. Daí a pouco voltou com uma folha de papel e anunciou que me levariam à Tailândia desde que assinasse uma declaração de que seguiria com a Lufthansa até o primeiro país que me aceitasse como turista sem visto, provavelmente Alemanha. Firmei a declaração, sempre protestando e afirmando que os tailandeses distribuíam vistos como flores! Ainda mais com o prosseguimento da viagem já marcado.

Com este imbróglio resolvido, fui encarar a encrenca prevista: deixar a Indonésia sem carimbo de entrada e sem visto. Fiz uma cara de paisagem diante do funcionário que revirava meu passaporte procurando algo que não existia. Perguntou pelo carimbo. Respondi que deviam ter esquecido, mostrei minha passagem com o voo já marcado e sugeri que corrigisse o lapso dando a entrada e saída. Assim, estaríamos livres um do outro e de qualquer problema posterior, desagradável a ambos. O argumento colou e lá fui eu para Bangkok com opção para Frankfurt!

Fizemos uma escala breve em Singapura e prosseguimos para o aeroporto de Don-Muang onde recebi o visto no ato. Ao funcionário da Lufthansa que me

---

9. Rangoon. Atualmente, Yagon, capital de Mianmar, antiga Birmânia, país vizinho da Tailândia.

escoltava pedi minha declaração e a rasguei nas barbas dele com um sorrisinho triunfante. Era outro mundo.

* * * * *

A segurança perdida me bateu inesperada, acelerando o coração no amanhecer do dia 23 de dezembro de 1991. Fui ao Japão para fazer um projeto em colaboração com o serviço do professor Takishima, em Sendai. Cheguei de trem de Tóquio no dia 22, instalei-me no hotel e, depois de dormir umas poucas horas, o sono me abandonou e resolvi passear. É uma cidade linda e caminhar ao longo do rio Hirose, apesar do frio, era prazeroso. A claridade matinal anunciava o iminente nascer do sol e as aves aquáticas começaram a se agitar, quando vi no teto de uma casa a janela do desvão se abrir e um jovem, por certo adolescente, sair de pijama e caminhar pelos telhados e mais adiante, na terceira ou quarta casa, bater nos vidros de outra água-furtada. Sem demora, a janelinha abriu e engoliu o moço.

A breve cena era encantadora pelo significado, porém trouxe a realidade melancólica de que no Brasil, caminhar por telhados e tantas outras coisas românticas ficaram proibidas ou, colocado de outra forma, são arriscadas a levar bala.

Hoje em dia, ao enfrentar filas imensas de imigração, raios X de bagagem, inspeção de sapatos, proibição de líquidos, pastas, corta-unhas e sei lá o que mais, espera de bagagens junto com centenas de passageiros, relembro o passado com saudade.

Época que passou sem retorno.

13
VIAJAR É COISA SÉRIA

Em 16 de agosto de 2014 recebi uma carta da minha amiga Nayde, que mora na Alemanha. Uma das frases tocou-me particularmente:

— Ontem estava colocando ordem nos meus livros e papeis e encontrei entre outros o que escreveu sobre sua chegada a Ribeirão Preto. Meu Deus, até parece uma eternidade!

Trouxe tantas lembranças! Ela é goiana e trabalhava na Faculdade de Medicina de Ribeirão Preto. Companheira de muitas aventuras, líder das expedições de buscar milho para as rodas de pamonha, quando distribuíamos as tarefas de debulhar, ralar, preparar a massa, amarrar as folhas e cozinhar aos amigos nas alegres noitadas em torno desta iguaria caipira, que só presta se feita com milho roubado.

A referência é sobre algo que escrevi em fins de maio de 1962 ao migrar definitivamente de Porto Alegre a Ribeirão Preto. Coloquei em papel um aspecto importante das minhas viagens e, não sei quando, dei a ela. Com sua permissão, transcrevo-o adaptando ao livro, pois contém reflexões sobre a importância do preparo psicológico que fazia antes de meter o pé na estrada.

"Não aprecio comissões de despedida nos locais de embarque, prefiro partir só. Não gosto delas pelo que têm de constrangedor e artificial. Quando sinceras, sinto-me perdido entre lágrimas, sorrisos, palmadinhas e abraços. Os participantes da comitiva ora ficam se entreolhando mudos temendo tocar numa corda sensível, ora conversam sobre futilidades com pequenas risadinhas nervosas, chateando uns aos outros com perguntas que não aguardam respostas. Reconheço que é uma visão meio torta. Defeito meu que merece cautela, porém há uma razão que considero maior: a importância de reservar os momentos de embarque para despedir-me de mim mesmo.

"Faço um verdadeiro ritual. Fico divagando num lugar calmo, geralmente no restaurante. Procuro diminuir a tensão interna e busco uma ruptura entre o passado e o futuro. Quando chega o 'momento' ocorre uma passagem súbita da situação presente para uma nova, seja esta um breve descanso ou uma aventura maior. Aí a despedida está feita e, ao embarcar, estou preparado para desfrutar o novo caminho. Afundo na poltrona e percorro mentalmente as informações e leituras feitas ao preparar a viagem. Imagino as experiências oferecidas e saboreio as expectativas do início até o retorno com as mudanças sofridas. No espelho do futuro vejo-me a sorrir relembrando aquilo que pensei e senti neste momento; retribuo com a certeza de que este sorriso talvez seja a única realidade. Acho que meu ritual é uma preciosa disciplina na arte de desfrutar viagens. Ocorre-me que esteja repetindo todo o trágico e cômico de uma despedida, mas o faço só, não há constrangimentos e nem formalidades.

"Desta vez o ritual foi violado, foram ao embarque. Durante a viagem não consegui captar o 'momento'. Após algumas concentrações inúteis, me recolhi chateado.

"Cheguei a Ribeirão Preto apenas fisicamente, minha essência estava perdida no cotidiano porto-alegrense. Instalei-me no Hotel Palace como um autômato e saí no tardio noturno. Entrei num restaurante. Um moço armado de vassoura e balde despejava água no chão. As mesas flutuavam na sala com as cadeiras de borco nas costas e seus encostos quase tocavam a sujeira que sobrenadava. Não sei por que me lembrei de certa festa perdida no passado, em que um dos convidados bebera demais e foi se aliviar na janela. Era uma casa térrea e o sujeito muito inclinado ia lentamente escorregando para a rua até que alguém providencialmente o segurou pelos fundilhos. Perguntei ao garçom com voz sumida se ainda serviria algo. A negativa esperada veio distante, como se fosse por telefone. Entendi que duas quadras abaixo e duas à direita encontraria um bar aberto.

"Encontrei. Algumas mulheres e homens davam gargalhadas na fumaça. Veio-me à lembrança o Treviso do Mercado Municipal de Porto Alegre, onde uma freguesia heterogênea se reúne nas madrugadas. Sentei, pedi um filé a cavalo e pensei na vida. Foi então que o 'momento' chegou e fiz a despedida.

"Deixei Porto Alegre no bar e saí outro pelas ruas escuras. Caminhei compassadamente olhando as casas uma a uma e ouvia com prazer meus passos solitários repercutir nas paredes amigas. Centenas de estrelas piscavam amistosamente e Antares com sua luz rósea e quente convidava a dormir. Senti-me em casa".

14
ARQUEOLOGIA E EPIDEMIA

Em 1962 fui contratado como docente da Faculdade de Medicina de Ribeirão Preto. As primeiras férias tirei de 14 de junho a 15 de julho de 1963. Estava com todo o gás do universo e resolvi voltar à Bolívia e ao Peru para ver seus tesouros arqueológicos e conhecer de perto a epidemia de febre hemorrágica nas selvas bolivianas. Esta segunda intenção mantive em total segredo.

As recordações são muitas, pois foi um dos meses mais densos e ricos da minha vida e sempre o relembro com prazer. Lamento que não há como abreviá-lo, apenas tentarei relatar os acontecidos com economia de palavras.

Arqueologia

A primeira perna da viagem era Bauru a Santa Cruz de la Sierra de trem, com parada em Corumbá. Como na véspera da partida surgiu um imprevisto a resolver em São Paulo, saí de madrugada com meu Dauphine, a fim de cumprir as tarefas na capital o mais rapidamente possível e tocar para Bauru.

— Dauphine?

É isto mesmo. Foi uma linha da Renault que pretendeu competir nos anos 50 e 60 com a Volkswagen. Primeiro lançaram o Dauphine e, depois, o Gordini que era sua versão melhorada. Tive ambas as desgraças, antes de migrar para o vitorioso fusquinha. Carros nunca tiveram minha estima, só queria que andassem, entretanto sou obrigado a reconhecer que poderia ter escolhido melhor o primeiro automóvel da vida.

O esforço de 650 quilômetros foi demais para o pobre Dauphine e cinco quilômetros antes da chegada em Bauru, numa longa subida, deu um suspiro, fez um tremelico e parou. Saí, levantei o capô para uma inspeção e aí ele aproveitou para se vingar estourando o radiador na minha cara. Felizmente, a tampa não me pegou e apenas um lado do rosto ficou escaldado pelo vapor. Consegui uma carona e cheguei à casa do colega Hugo Brandão que me esperava, claro que em condições menos lastimáveis. Fizemos um curativo, rebocamos o carro, jantamos e fomos dormir.

O dia amanheceu bonito e durante o café, tomado às pressas, ficou acertado que Hugo providenciaria o conserto do carro. Sem demora, fomos à estação ferroviária e despedimo-nos.

O vagão era bem simples, com bancos de madeira e, felizmente, não estava cheio, de modo que pude ocupar um banco inteiro até Campo Grande. De Bauru a Corumbá são mais de mil quilômetros, suficiente para socializar com os passageiros e ler sobre as civilizações pré-colombianas. Recordo-me de um episódio bonitinho.

Assim que deixamos Campo Grande, sentou-se ao meu lado uma moça lindíssima. No banco vizinho, ocupado por um viajante inglês, ficou uma senhora que logo identifiquei como sua mãe. Fingi que estava lendo, pois nada provoca mais as mulheres do que passarem despercebidas.

— O senhor é católico? – iniciou após breve silêncio.

Não esperei uma abordagem teológica, em todo caso acenei afirmativo, suficiente para encorajar.

— O senhor pode assinar meu livro de ouro?

Facada direta. Fechei o *Civilizations of Peru*. Este negócio de senhor tem que acabar, pensei com meus 26 anos.

— Chame-me de Jorge, qual é o seu nome?

— Maria das Graças.

— Livro de ouro de que, Maria?

Explicou que era candidata a rainha de uma paróquia em Corumbá e minha assinatura valia um voto a ela e 50 cruzeiros à igreja. Enquanto puxei a carteira, ela pegou o livro do meu colo.

— Pelo jeito o senhor vai para o Peru.

O interesse pelo livro agradou; o "senhor", menos...

— Maria, você conhece o Peru?

— Não, até agora só fui a Corumbá. Deve ser uma cidade linda.

Isto mesmo, Peru virou cidade... Ela era bem falante, pena que o conteúdo pouco ajudava. Fiquei sabendo que Corumbá é uma cidade histórica porque é; que ela era de Campo Grande; que a mãe era prima de segundo grau do presidente João Goulart; que adorava ir a cinema; enfim, nada além do calor de sua proximidade que a mãe terminou ao convencer o inglês a sentar junto comigo e puxar a filha a si.

Não reservei tempo para Corumbá, queria seguir a Santa Cruz o mais rápido possível, mas houve um imprevisto.

O consulado da Bolívia de São Paulo deu-me uma tarjeta de turismo em vez de visto, ou seja, uma folha de papel pela qual nada cobrou; em compensação pediu um atestado de sanidade ocular e indicou o médico que daria o documento. Perguntei se havia endemia de tracoma na região. O funcionário desconhecia a palavra endemia, seus neurônios só encontraram epidemia, e não tinha a menor ideia do que fosse tracoma. Cumpri a singular exigência, revelando minha identidade ao oftalmologista que nada cobrou pelo atestado. A prudência aconselhava testar a tarjeta de turismo antes do embarque e ela foi prontamente recusada pelo consulado de Corumbá, a sanidade ocular ignorada e perguntaram pela vacina contra febre tifóide. Claro que não tinha; que remédio senão buscá-la. Consegui a vacina gratuitamente e sem que me abençoasse com uma hepatite, mas o carimbinho no passaporte custou-me a bagatela de 2 mil cruzeiros...

Este entrave me atrasou um dia e permitiu dar umas voltas pela cidade de Corumbá e escutar guarânias à noite em algum boteco esquecido nas margens do rio Paraguai.

Fiquei poucas horas em Santa Cruz de La Sierra e segui a viagem para La Paz de ônibus, refazendo a aventura de dez anos atrás.

A estreita faixa de asfalto entre Santa Cruz e Cochabamba obriga os carros a saírem ao acostamento sempre que cruzam com outro veículo. Os ônibus por vezes até param, a fim de negociar a passagem com um caminhão. Deslizamentos de terra são frequentes, causando atrasos e tragédias. Não enfrentei problemas nesta viagem, porém na anterior, quando por aí desci com a excursão do Colégio Anchieta, ficamos parados mais de um dia até que o tráfego fosse reestabelecido. É uma viagem que tem seus riscos, porém linda! Gradualmente se passa da floresta tropical para o planalto andino. A autovia serpenteia por formosos vales e galga montanhas gigantescas. A luxuriante bacia amazônica dá lugar à puna agreste numa lenta transformação dramática. Há um trecho impressionante que leva o nome sugestivo de Sibéria: o frio é intenso e o vento, cortante. As nuvens passam céleres e formam uma cortina de neblina que abre e fecha continuamente. A paisagem de formidáveis abismos cobertos com densa vegetação, de rochas colossais que rasgam o nevoeiro, de cachoeiras que viram pó de cristal ao bater nas pedras e de picos que se erguem majestosos ao céu, se apresenta como um filme de quadros fugazes, por vezes instantâneos. De farol aceso, os carros vão tateando o exíguo asfalto, acautelando-se das curvas que se sucedem ininterruptamente dando voltas até de 180 graus. Mesmo quando não se percebe, pressente-se a companhia viscosa dos precipícios.

De Cochabamba a La Paz viajei à noite porque o panorama é menos atraente. Acordei com frio; a alvorada fazia-se anunciar e clareava. Lá longe, a luz tênue da madrugada desenhara a cordilheira Real: Ilimani, Huayna-Potosi e Illampu, famosas montanhas que rodeiam a capital boliviana se elevando sobre o planalto nu. Os raios vermelhos da aurora dissolveram a atmosfera leitosa como por encanto e os picos nevados reverenciaram com faíscas douradas o nascer do sol. Uma visão magnífica da morada dos deuses!

Deixei minha mala na rodoviária com a viação Galgo, a companhia com que chegara, e saí passeando pela cidade à procura de um hotel simpático. Naquela época podia se fazer assim. Não havia internet e a reserva através de companhias de turismo de acomodações desconhecidas não era necessária. As cidades tinham menos tráfego e turistas, a locomoção era mais fácil e sempre se achava um lugarzinho bom para se hospedar.

La Paz era, relativamente, pequena e fui caminhando, revendo avenidas, praças e edifícios públicos que conhecera anos atrás. Achei um hotel bem localizado, limpo, acolhedor e econômico.

Desta vez conheci bem a cidade, graças à gentileza e hospitalidade dos pais de um amigo boliviano de Ribeirão Preto. A vida do povo que carrega nas costas a cidade e, se por isso, a Bolívia toda me pareceu desanimadora e desafiadora. A falta de perspectivas de progresso, a corrupção política enraizada dirigida por predadores populistas — na época exclusivamente de origem europeia — criou uma crescente miséria entre a população urbana, predominantemente mestiça. Os índios puros, autóctones, preferiam a vida rural e vinham à cidade apenas para resolver assuntos econômicos e burocráticos. Um muro histórico e cultural separava-os dos descendentes dos invasores espanhóis e nenhum dos dois lados parecia desejar uma aproximação. Apenas indivíduos isolados, a maioria deles religiosos, tentavam fazer uma ponte entre as duas culturas.

Nesta viagem minha pretensão era ver os testemunhos deixados pelas civilizações pré-colombianas. A arqueologia no Peru e Bolívia é bem diferente da egípcia ou do Oriente Médio, pois é rodeada de gente que vive a cultura dos antepassados, enquanto em outros continentes os monumentos são de civilizações desaparecidas. No entanto, sentir e viver a cultura dos indígenas me era vedado por dois motivos: a natureza fechada dos povos andinos e, principalmente, por não estar disposto a sacrificar o tempo necessário para entendê-los. Para tanto, se precisa de convivência. Minha curiosidade era ilimitada, mas a satisfação dela não. Esta obedecia prioridades e a etnologia, assim como a arqueologia, ocupavam, forçosamente, um espaço subordinado a interesses maiores da minha existência.

Queria rever Tiahuanaco, a mais misteriosa ruína da América do Sul, perto das margens bolivianas do lago Titicaca, ir ao Peru para explorar Cusco, passear pelo Vale Sagrado dos Incas e suas cidades e, por fim, visitar Macchu Picchu.

Em 1963, nesta região, os turistas podiam se contar nos dedos. Os mochileiros também eram poucos e só raras vezes se via mulheres desacompanhadas. No trem de La Paz a Tiahuanaco começaram alguns relacionamentos que, sem combinação prévia alguma, ressurgiram aqui e acolá durante a viagem. O universo dos turistas era bem circunscrito e a toda hora ocorriam reencontros. Lá vão algumas recordações das pessoas com quem privei.

*****

Lembro-me de uma mulher inglesa que acompanhava o marido num giro pelas ruínas pré-colombianas. Ela, charmosa, dona de vasta cultura, oferecia uma palestra cativante, enquanto ele bancava o espirituoso inglês dos tempos coloniais, mas sem conteúdo. Eu tinha me preparado melhor sobre estas antigas civilizações e, assim, fiquei de guia em Tiahuanaco, primeiro do casal inglês, mas, depois, se agregaram a nós mais alguns turistas. Em La Paz visitara o Museu Nacional e conheci seu diretor. Fizemos um bom relacionamento e me deu uma carta de recomendação para o seu colega do Museu de Tiahuanaco. Graças a ela fui bem recebido e tive total liberdade para desfrutar deste centro arqueológico.

Servi até para aparar um confronto de uma guia boliviana, que ciceroneava três japonesas, com o capataz local que não queria deixar o grupo entrar no museu.

Após a parada em Tiahuanaco, prossegui de trem a Guaqui, pequeno porto nas margens do Titicaca. A região é maravilhosa e coloca um ponto final na rivalidade entre peruanos e bolivianos sobre a quem pertence Titi e a quem Caca.

O grande santuário de Nossa Senhora de Copacabana é uma visita obrigatória, sobretudo aos cariocas que não sabem que sua famosa praia foi batizada em homenagem à Virgem esculpida por um inca nobre, chamado de Tito Yupanqui, na cidade boliviana de Copacabana que é, antes de tudo, um balneário.

Meu plano era atravessar o lago Titicaca na ida ao Peru e contornar sua margem pela rodovia na volta à Bolívia. A travessia com o barco só operava à noite, de modo que apenas o entardecer e o amanhecer foram desfrutáveis para apreciar o lago e as cordilheiras. Em compensação tive uma longa conversa com a inglesa noite adentro até que seu marido, bem mais idoso que ela e visivelmente irritado, a levasse à cabine. Recordo-me de uma observação sua que me valeu para todas as viagens futuras. Foi a propósito das descobertas arqueológicas de Tiahuanaco. Ela percebeu a reação dos presentes, enquanto eu negava e passava por cima das teorias fantásticas de Posnansky e narrava as informações menos espetaculosas e mais realistas de fontes profissionais sérias.

— Sabe George, – ela me chamava assim – a maioria dos visitantes gosta de mistérios, do fantasmagórico, do incompreensível. As histórias dos guias de turismo devem ter componentes de incredibilidade, de fantástico, a fim de despertar o interesse dos ouvintes. Ao falar de Posnansky, todos estavam atentos e fascinados e as realidades dos arqueólogos creditados trouxeram uma desilusão, como se roubassem a alegria do momento.

Valeu. Nos anos sessenta apareceu o livro de Erich von Däniken: *Eram os deuses astronautas?* Um incrível besteirol escrito por um cidadão sem integridade, até preso foi, porém um *best-seller* mundial, traduzido para inúmeras línguas. E o que é a Disneylândia se não a venda da irrealidade e fantasia? Ela tinha razão. As pessoas têm necessidade de sonhar, fantasiar e de se iludir. Cientificismo deve ser guardado aos momentos adequados e ouvidos perceptivos, que não era o caso em Tiahuanaco.

O que ela me disse requer certa intimidade, pois apontar fracassos pode constranger e, até, ofender. No caso, trouxe luz, gratidão e, também, a certeza de uma atração mútua.

Dois alemães me vêm à mente: um idoso, Albrecht, e outro jovem, creio que Fritz era seu nome. Não estavam viajando juntos, nada tinham em comum e apenas se toleravam. Entre eles se abria um abismo intransponível: a Segunda Grande Guerra.

Albrecht era alto, ossudo, disciplinado e muito formal. Andava sempre bem arrumado e, quando necessário, passava para o inglês, francês, italiano e espanhol com muita fluência. Primorosamente educado e culto, era respeitado por todos, mas pouco se comunicava. Comigo até que teve um relacionamento mais aberto e me contou que era militar, não me recordo de sua patente, apenas que fez parte da Legião Condor, que lutou na Espanha ao lado do generalíssimo Franco, e fora auxiliar direto do marechal da Força Aérea Alemã, Kesselring; portanto não deveria ter sido pouca coisa. Penou na Sibéria por nove anos, mais um pouco em prisão americana após sua incrível fuga para a Alemanha Ocidental, perdeu a família toda e, recentemente, decidiu vagar pelo mundo por dois ou mais anos com sua pensão.

No trem de Puno a Cusco por pouco não tivemos um incidente de consequências imprevisíveis. Ele estava sentado sozinho junto a uma janela e ausentou-se, deixando seu casaco no lugar. Apareceu um oficial das Forças Armadas peruanas, jogou o sobretudo para o lado, sentou e baixou um pouco a janela. Pronto, pensei, teremos encrenca. Albrecht voltou, olhou para o banco, franziu a testa e perguntou a mim acomodado logo atrás:

— Este senhor pediu licença para sentar aí?!

— Ah, sim, – respondi – ocorre que se sente mal e precisa de ar fresco; até abriu a janela.

Felizmente, ele não conferiu e buscou outro assento.

Mais uma memória pitoresca. Em Cusco, *Der Alte Nazi* (o velho nazista), como Fritz se referia a ele, jantou conosco. O prato dele veio equivocado e mandou trocá-lo. Tudo bem, se corrigiu. Na hora de pagar a conta, verificamos um erro que prejudicava o restaurante. Isto também foi acertado. Então, ao sairmos, Albrecht chamou o garçom e lhe advertiu em bom espanhol:

— Lembre-se jovem, ao dormir, que hoje cometeu dois erros.

Só matando.

Der Alte Nazi também reservou uma alcunha para seu jovem compatriota: *Der Junge Bursche* que não me soava mal, já que significava jovem, menino ou rapaz, porém, eu sentia na voz de Albrecht certa derrisão e, afinal de contas, Fritz tinha mais ou menos minha idade.

Ele era de família rica, dona do mais importante negócio de esquis na Baváría. Pelo que entendi, fabricavam, comercializavam e alugavam todo o material necessário para este esporte. Digo "pelo que entendi" porque o entendia pouco: ele só falava o dialeto bávaro. Provavelmente se esforçava um pouco e tentava falar *hochdeutsch*, o alemão padrão que se aprende internacionalmente, mas sua pronúncia continuava um sofrimento aos meus neurônios desorientados.

Viajou muito pelo mundo todo e era um poliesportista que excelia na neve e nas montanhas. Nas ruínas fazia toda sorte de escaladas, misturando conveniência e exibição, que deixava os cabelos dos observadores em pé. Nas impressionantes ruínas de Ollantaytambo, cidade construída sobre rochedos para vigiar o Vale Sagrado dos Incas, *Der Junge Bursche* subiu num muro de pedras para tirar fotos. Este, desgastado por cinco séculos, era bem irregular: estimei sua altura média em torno de metro e meio ou um pouco mais e sua espessura em 30 centímetros. Lá pelas tantas, Fritz, trepado no muro, gritou que queria tirar uma foto do nosso pequeno grupo. Deu uns passos para encontrar o melhor ângulo, girou sobre as pedras em nossa direção, inclinou-se para trás e bateu a foto. Ficamos de respiração cortada e os mais sensíveis, de cara desbotada. O muro havia sido construído sobre rochas de um precipício de 300 metros e ficar de costas ao vácuo e ainda por cima encurvar o corpo para trás, deu calafrios! Evidentemente, não vi o resultado, a era digital nem sequer tinha batido em nossas portas, mas imagino a alegria dele quando viu nossos rostos assustados.

Talvez seja oportuno recordar que nesta época não havia vigilância arqueológica na maioria dos monumentos a céu aberto e a movimentação era livre nas ruínas. Após a Segunda Guerra houve um aumento exponencial do turismo mundial e, até que medidas severas não foram implementadas, o estrago nos santuários arqueológicos foi devastador.

Na turma de viajantes havia cinco religiosos: dois católicos peruanos de Arequipa, dois mórmons de Utah e um frade franciscano espanhol que era o mais jovial deles. Um tipo alegre, atencioso e agitado, estava sempre presente em todos os cantos. Também tinha uma energia notável. Ao visitar Písac, encontrei-o junto com o jovem casal de franceses. De todos nós, este casal era o mais preparado em matéria de civilizações pré-colombianas, como tive o prazer de constatar nos museus de Cusco e na fortaleza de Sacsayhuaman.

Tal como Ollantaytambo, Písac foi uma cidade e fortaleza inca que guardava o Vale Sagrado, vital para o abastecimento do coração do império. No meio do vale corre o rio Vilcanota que fertiliza as plantações desde tempos imemoriais, pouco se importando com a sucessão das civilizações. A inca era tão somente a que dominava as demais, quando Francisco Pizarro chegou à frente de 168 homens e derrubou o imenso império de Atahualpa.

Subir até o topo da fortaleza requer esforço grande, da minha parte enorme, e foi com assombro que segui o relato do francês da tomada de Písac por um punhado de conquistadores. Imaginar alguém revestido de armadura metálica, no solaço andino a 3 mil metros, lutando de baixo para cima contra índios entrincheirados, dá desmaio. Perguntei por perguntar, que tipo de homens teriam sido os conquistadores. Foi o frade que respondeu, brilhando seus olhos negros:

— Espanhóis. Mais que a riqueza, cobiçavam a glória da conquista! Conquista em nome da Espanha, conquista em nome de Deus! Gente que não existe mais.

Sem comentários. Descemos ao vale onde se esparrama a cidade Písac colonial, curiosos para ver sua afamada feira dominical. Esta é enorme e muito popular junto aos turistas porque oferece todo tipo de artesanato e comida autóctone. A maior diferença entre os mercados destes povos andinos e dos outros que existem na face da Terra, é o silêncio. As barganhas, as transações comerciais são feitas em voz baixa, quase sussurrando; não se ouve a gritaria característica das feiras espalhadas mundo afora.

Também há numerosos consultórios tradicionais que atendem a população local. No meio de uma roda fica sentada a curandeira, só vi mulheres neste ofício, rodeadas de ervas medicinais e produtos não identificáveis. O paciente, acocorado, conta seus males e recebe ali mesmo o tratamento. Bem prático e, sobretudo, barato.

O dia 24 de junho encontrou-me na ciclópica Sacsayhuaman, a maior e mais importante fortaleza inca que vigia Cusco do alto de uma colina. As muralhas são feitas de enormes blocos de andesito, uma rocha vulcânica, cuidadosamente lapidados para se encaixarem com perfeição uns nos outros. Um trabalho admirável e único, considerando que muitos blocos pesam entre cem e duzentas toneladas, toneladas, sim senhor, e foram arrastados de pedreiras situadas a vários quilômetros do local e centenas de metros abaixo do nível da fortaleza.

Todos os anos, em comemoração do solstício de inverno, o povo inca celebra a Inti Raymi, a Festa do Sol. Perante milhares de participantes e espectadores, um rei é escolhido e coroado com grande pompa e circunstância. As comemorações duram o dia todo, há desfiles, danças, música, comidas e brincadeiras regadas a chicha, que é cerveja de milho fermentado. Em vários eventos os estrangeiros são convidados a participar. As chichas que provei foram muito ácidas para meu gosto.

* * * * *

É claro que fui a Macchu Picchu. Junto às ruínas havia um pequeno hotel com doze apartamentos e fiquei num deles por duas noites. Um privilégio, pois o trem chegava de Cusco antes do meio-dia e os passageiros subiam à cidadela, que está uns 800 metros acima da estação ferroviária, a pé, em lombo de mula ou amontoado em caminhão aberto que ziguezagueava morro acima chacoalhando os passageiros pelo caminho precário. Em torno das três da tarde o comboio voltava a Cusco e Macchu Picchu se esvaziava; os poucos remanescentes tinham a cidade perdida dos incas para si.

A cidade perdida, não é tão perdida assim. Não há mais mistérios em Macchu Picchu do que nas outras fortalezas incas. Foi uma cidadela avançada do Império Inca, voltada à região amazônica, ignorada pelos colonizadores. A seus pés, corre o rio Urubamba que é a continuação do Vilcanota (aquele rio que abençoa Cusco) e, após mudar de nome para Ucayali, deságua no Marañon cuja continuação é o nosso Solimões. Sua localização é mais que privilegiada, é engenhosa e encantadora, sim, as duas coisas.

O forte foi assentado na sela entre dois picos: Macchu Picchu e Huayna Picchu, a Velha e a Jovem Montanha. Lá de baixo é invisível e de cima permite a observação de toda a região; é um lugar estratégico, perfeito. Em torno dos muros de defesa foram construídos terraços para agricultura que permitiam alimentar a população da fortaleza. Embaixo, as terras do vale são íngremes, de difícil cultivo, e o rio, cheio de corredeiras, não permitia a navegação, apenas servia de rota estratégica para eventuais incursões de tribos das florestas da bacia amazônica. Foi isto que determinou a construção de Macchu Picchu.

Seu abandono é fácil de explicar. A cidadela não tinha riquezas, não era um centro religioso, sua importância era tão somente militar. Com a queda do Império Inca perdeu totalmente sua importância e foi evacuada definitivamente. É quase certo que os primeiros conquistadores tiveram notícia da existência de Macchu Picchu, mas não havia atrativos para ocupá-la e, assim, ficou esquecida até as várias "descobertas" nos fins do século XIX e a revelação internacional de sua existência pelo arqueólogo norte-americano Hiram Bingham, em 1911.

A partir de então, as ruínas foram lentamente restauradas, construíram o acesso ferroviário seguindo o leito do rio desde Cusco e a localização espetacular da joia arqueológica atraiu milhões de turistas. Rodeada pelo Urubamba entre montanhas majestosas, assentada entre dois picos magníficos de quase 3.000 metros de altura, Macchu Picchu é uma atração turística mundial de primeiríssima grandeza.

No primeiro dia visitei as ruínas com todo o tempo deste mundo e me recordo de um episódio marcante que fez a alegria dos presentes. Na fortaleza vivia uma vicunha, com certeza trazida de fora como uma atração a mais. É o mais elegante dos camelídeos, ostentando uma lã macia de coloração branca e havana, corpo elegante com pescoço próprio das damas retratadas na Renascença e andar aristocrático. O animal cativa todos à primeira vista e não há quem não queira abraçá-lo e afagar seu pelo sedoso. Entretanto, não permite intimidades e, quando necessário, dá cabeçadas, cospe e até morde. É melhor admirá-lo guardando distância segura. No segundo dia da minha estadia, um cidadão, vendo-o pastar tranquilamente, armou um tripé, preparou sua câmera e aguardou o momento certo para bater a foto. O bicho parecia querer cooperar, pois levantou a cabeça e deu alguns passos em direção do fotógrafo. Este, com mão no disparador olhava no visor para bater no momento certo, quando, sem aviso prévio, a vicunha deu uma cusparada tão certeira que lavou as lentes da máquina e a cara do turista. O sujeito só faltou gritar por toalha e o animal afastou-se com passos nobres como se tivesse feito um galanteio.

Após o jantar, visitei as ruínas novamente. Ao luar, as construções se alongaram nas sombras e a cidadela cresceu no seu esplendor prateado, enquanto a grandiosa paisagem das montanhas encolheu na escuridão da noite. Na praça central está a Intihuatana, a pedra onde o sol se amarra. Como ficaria vaga até o amanhecer, achei que podia me sentar nela e lá fiquei divagando com meus pensamentos até que o frio me convidasse a dormir.

Às quatro e trinta da madrugada, armado com uma lanterna, procurei os primeiros degraus para subir o Huayna Picchu. Godofredo, o filho do meu chefe, professor Fritz Köberle, aconselhou-me a assistir a alvorada do cume desta montanha. As informações colhidas sugeriam que levaria uma hora para subir, o suficiente para saudar o sol. Tinha examinado a base na véspera e sabia que o caminho era íngreme, porém sem dificuldades maiores. Fora cravada na rocha viva pelos incas e praticamente era uma escadaria que circulava pelo pico. O problema maior era a vegetação que crescia sobre as pedras e, com a umidade da noite, era escorregadia e requeria concentração.

Levei um pouco menos de uma hora para atingir o topo. Sentei numa pedra, cansado, com o pulôver na mão, suando em bicas. Havia uma claridade difusa no leste do horizonte recortado pela silhueta da cordilheira, mas sem sinais que anunciassem a proximidade do astro-rei. Tive a notícia de que um americano desparecera em Huayna Picchu havia dois meses e fiquei pensando no acidente. Eram dois e o que estava na frente chegou em cima e aguardou o companheiro em vão. Procurou-o sem resultados, desceu para buscar socorro, mas todos os esforços foram inúteis para encontrá-lo. Considerando o caminho que fizera, pensei que a hipótese mais provável era de que tivesse sofrido uma tontura por caminhar rápido demais ou alguma outra causa, justamente na altura de um dos precipícios desprotegidos. Sem um desfalecimento é difícil explicar seu sumiço, salvo se o amigo, não era bem um amigo...

Senti frio e vesti o pulôver. Nada do sol e estava clareando; nem um mísero raio dourado. Aí caiu a ficha: no meio das montanhas o sol só pode ser visto quando já alto. E assim foi, eram mais de sete quando começou a esquentar meu esqueleto. Esconjurei o Godofredo e ainda bem que ele não estava comigo, pois poderia sofrer tentações homicidas na descida. Contudo, há que reconhecer que a vista oferecida da Huayna Picchu é um privilégio. A paisagem é circundada pela imensa cordilheira de silhueta serrilhada. Muitas montanhas parecem imensas rochas como o Pão de Açúcar, só que são mais afiladas. Todas são cobertas de vegetação densa até certa altura que, depois, rareia e nas mais altas apresenta uma coroa de gelo que brilha com a incidência do sol. Lá embaixo corre o Urubamba como se fosse uma fita prateada interrompida aqui e acolá por arco-íris. É um daqueles lugares em que a natureza caprichou: esculpiu todas as formas e derramou todas as cores, criando harmonia incomparável diante da qual sentimo-nos emocionados e pequenos.

Epidemia

A parte arqueológica desta viagem foi turística e não faltou a companhia de visitantes interessantes de outros cantos do mundo, entretanto, a ida a San Joaquín de Aguas Dulces para ver e obter informações sobre a epidemia de febre hemorrágica foi inteiramente solitária.

A febre hemorrágica boliviana atingiu níveis epidêmicos em 1963 na região próxima a Rondônia, então território de Guaporé, preocupando as autoridades brasileiras. O professor Zeferino Vaz, na frente da Secretaria da Saúde do Estado de São Paulo, era amigo do professor Köberle e falou com ele da necessidade de obter informações sobre a doença. Além de eminente patologista e especialista sobre moléstia de Chagas, meu chefe gostava de aventuras. Todos no Departamento de Patologia estavam cientes da situação e a expedição científica dependia da verba a ser conseguida do Estado. Esta não se materializava e eu decidi trazer notícias da epidemia por conta própria.

Sobre a febre hemorrágica boliviana muito se pesquisou desde 1963 e há abundantes publicações na literatura médica. Laurie Garrett escreveu seu best-seller *The coming plague — Newly emerging diseases in a world out of balance*, em 1994. O livro abre com o capítulo *Machupo — Bolivian hemorrhagic fever* que traz a história pormenorizada da terrível saga desta epidemia que infectou metade da população que vive numa região da selva boliviana em torno do rio Machupo. Dos doentes matou 50%, ou seja, exterminou um quarto dos habitantes de San Joaquín e dos vilarejos situados em torno. O número total de vítimas foi, relativamente, pequeno porque a região não deveria ter nem cinco mil almas na época da qual estamos falando. Outrora foi mais importante e populosa, porém, com a decadência econômica que nada teve a ver com a epidemia, a região foi abandonada e se encolheu na sua pobreza.

O que pretendo relatar não são os aspectos médicos ou científicos. Não fui pesquisar uma epidemia e nem em missão oficial estatal ou acadêmica. Tratou-se de uma aventura para ver *in loco* uma tragédia da natureza, como qualquer outra provocada por terremotos, vulcões, tsunamis ou tornados. Nunca tinha visto uma epidemia e as noções de sua gravidade eram puramente teóricas. Minha ida foi movida pela curiosidade e o desejo de trazer informações sobre uma doença que se pensava ameaçar o Brasil. Nada mais.

*****

Deixei Cusco pela Compañia San Cristóbal – El Rey de la Sierra. Ao pagar, perguntei a que horas chegaríamos a Juliaca, às margens do Titicaca.

— *A la tarde, señor.*

— *¿Pero que horas de la tarde?*

— *A la tarde, señor.*

Minha pergunta não tinha sentido algum naqueles rincões, horário não existia, apenas uma noção do tempo.

O veículo era triste: sujo por dentro e por fora, com várias janelas trincadas e a porta cerrada com arame. Ao lado do motorista havia uma lata com água que logo mostrou sua utilidade: o radiador vazava e de quando em vez era necessário completá-lo. Chegamos como previsto: à tarde.

A continuação da viagem em torno do lago foi em outra gôndola, os ônibus levam este nome pitoresco naquela região do mundo, igualzinha à anterior, só que em vez da lata tinham um pedaço de câmara de trator cheia de água. Uma extremidade estava bem fechada com arame e a outra, presa ao espaldar do assento do motorista por um cordão. Parecia uma sucuri enroscada na cadeira.

Até Llave, que fica mais ou menos na metade do caminho, tudo foi dentro do esperado, só precisou dar, periodicamente, água ao motor. Naquela cidade detivemo-nos um pouco para visitar a feira dominical. A flexibilidade das viaturas de carreira era admirável: as gôndolas paravam atendendo necessidades e até pequenas compras, fazendo ligeiros desvios e deixando os passageiros mais perto de suas casas. E por que não visitar uma feira? Gastamos mais de hora, pois era uma festa grande. Pessoas vestidas em seus domingueiros coloridos, procissões com bandas, estandartes e santos carregados em ornamentados andores, cidadãos se divertindo em alegres fantasias, além do comércio habitual e dos comes e bebes. Havia espetinhos de porco e *conejo*, coelho na tradução literal, mas, na realidade, cobaia que é muito consumida no altiplano todo, untados com *ajy*, pasta de pimentão vermelho picante. Garrafas de bebidas alcoólicas corriam soltas e tropeçava-se em bêbados a todo momento, alguns já estendidos no chão, aguardando indiferentes a noite gelada. O que achei mais interessante foi a curandeira que, às vezes, após escutar as queixas do paciente, rodopiava um pião octogonal e medicava conforme o resultado. A cultura indígena permite que se mostre a ignorância e que se invoquem espíritos para receitar.

Ao retornarmos à gôndola, deu-se um incidente policial desagradável. Duas índias entraram excitadíssimas e agarraram uma das passageiras. Houve uma rixa infernal na língua local, provavelmente, aimará. Entrou a polícia que só falava castelhano e a bagunça continuou com as duas chorando, berrando e acusando a passageira. Apareceu um tradutor e ficou-se sabendo que a acusação era de furto de 300 soles, aproximadamente 12 dólares, para elas muito dinheiro. Todos tiveram que descer, não sei por que, e a mulher acusada foi revistada. Nada se encontrou. Voltamos a subir, as índias também e recomeçou a rixa, até que os policiais arrastaram as duas e nós seguimos viagem. A minha intuição psicológica dizia que a passageira era culpada e os deuses dos aimarás se vingaram, porque a partir de Llave começaram nossas atribulações.

Primeiro o motor começou a tossir e, depois, parava nas subidas. O motorista descia e fuçava no motor. Quando perguntado qual era o problema, respondia fleugmático que não havia nada. Ao passar por Juli, com suas seis igrejas coloniais, o motor entrou em insuficiência cardíaca e tínhamos que descer em cada subida maior, a fim de aliviá-lo.

O arrebol fazia-se anunciar e o Titicaca oferecia um espetáculo inolvidável. No primeiro plano lhamas e alpacas pastavam à beira do lago e algumas índias, de pés nus, tangiam um rebanho de ovelhas. O sol moribundo com suas últimas forças deu uma pincelada dourada na superfície mansa das águas e, no fundo, a majestosa cordilheira resplandecia em seu manto de neve.

Pouco antes de alcançarmos Yunguyo, cidade peruana fronteiriça com a Bolívia, o ônibus parou. Desci para esticar as pernas e ver a luta do motorista e seu auxiliar. Estavam no processo de recolocar o filtro depois de tê-lo limpado cuidadosamente, quando escutei um palavrão: o copo de vidro quebrara. A perspectiva de dormir na estrada tornou-se um espectro ameaçador. E agora? Alguém sugeriu colar os cacos.

— *Con qué, con mierda?!* – rosnou o motorista.

— *Si tuviéramos un adhesivo...*

Eu tinha um rolo de esparadrapo na mala. Trouxe-o junto com uma lanterna.

— *¿Alguien tiene cordel?*

Tornei a abrir a mala. Barbante e papel higiênico sempre levo nas viagens. Este último considero fundamental e, sem escrúpulos, dou sumiço nos rolos para manter o estoque. Além do seu uso natural tem mil aplicações: dar brilho nos sapatos? – papel higiênico; embrulhar objeto quebradiços? – papel higiênico; limpar as mãos e assoar o nariz? – papel higiênico; estancar hemorragia? – papel higiênico. Ainda farei uma apologia sobre Astória, Branca de Neve ou Tico-tico. Em pouco tempo estávamos rodando outra vez e, sem incidentes, entramos em Yunguyo.

O motorista, agora meu amigo fraternal, informou que não era possível seguir adiante porque o cônsul da Bolívia não mais atenderia: além da adiantada hora, certamente já iniciara sua bebedeira habitual. Nada a fazer. Indicou-me o melhor hotel da cidade. Era uma casa de barro no canto da praça principal com um amplo salão dividido em compartimentos por meio de panos. Cada um continha de três a cinco camas. Escalaram-me uma delas. Banheiro, um só em toda a casa. Os empregados dormiam no chão de terra batida sobre alguns trapos. Puxei conversa com um soldado peruano e um professor de escola primária, que logo azedou junto a uma garrafa de pisco. O soldado insistia em dar uma aula sobre amnésia e o professor uma demonstração prática de análise de caracteres faciais. Levantei e fui buscar o sono.

Dia seguinte o motor pegou graças ao reboque de um caminhão e tínhamos a esperança de chegar a Copacabana em duas horas. A dez quilômetros do balneário paramos por falta de gasolina. Pronto, pensei, teremos que buscar combustível em alguma parte. Mas não, para minha surpresa o auxiliar do motorista subiu no porta-malas e baixou uma bombona com o precioso líquido e dentro de minutos chegamos ao nosso destino. Ao despedir-se, o motorista deu um largo sorriso e disse que o esparadrapo brasileiro era melhor que o vidro alemão.

Fui de trem a La Paz e, após breve descanso na capital, segui de ônibus a Oruro. Esta cidade, conhecida pelo seu animado e colorido carnaval, é um grande centro mineiro e está a duzentos e poucos quilômetros de La Paz, que se percorrem confortavelmente em menos de quatro horas. Tive a sorte de ter como companhia uma mulher simpática e o tempo passou rapidinho. Ela deveria ter posição social alta, pois me recomendou ao diretor da mina de carvão San José e lá fui muito bem recebido pelo Dr. Carlos que, prontamente, propôs uma visita guiada pelas entranhas da mina. Fomos a mais de trezentos metros de profundidade e à medida que o elevador descia a temperatura subia e senti um calor abafado. No teto das galerias corria um líquido amarelado corrosivo que aqui e acolá cristalizava formando estalactites. Conversei com os trabalhadores que, invariavelmente, mascavam coca e tinham uma vida duríssima. Recordo-me de um mineiro de 21 anos, sem camisa, corpo suado e pintado com a poeira negra. Seu rosto era encovado e transmitia infinita tristeza. Casado, com dois filhos, contou-me que entrava às sete da manhã e permanecia doze horas seguidas nas galerias para ganhar horas extras. Não subia no horário do almoço, como a maioria dos homens e ficava mascando folhas de coca o dia todo.

A mina fora estatizada e, embora o salário tivesse diminuído, as condições de vida melhoraram porque recebiam assistência médica, escola gratuita para os filhos e moradia que o Estado lhes alugava por preço vantajoso. Também fiquei sabendo que, em média, trabalhavam doze anos e se aposentavam. Quando ficamos a sós, o guia acrescentou que a aposentadoria era pequena e 60% dos mineiros sofriam de silicose, sobrecarregando a assistência social com inválidos. Voltei ao hotel deprimido.

Dia seguinte resolvi procurar uma praça, praça não, corrijo, uma lembrança. Queria retornar a um lugar onde tive medo. Não foi fácil achá-lo, pois em dez anos Oruro cresceu bastante. Aconteceu assim:

A excursão do Colégio Anchieta esteve na Bolívia numa época turbulenta. Menos de dois anos antes da nossa chegada, o presidente Víctor Paz Estenssoro dissolvera o Exército Nacional e entregou as armas ao povo. Por toda parte encontramos aglomerações populares e grupos de camponeses armados, criando confusão. O sentimento nacional estava exacerbado ao máximo e todos se sentiam guardiães dos valores da Bolívia. Pois bem, nosso hotel ficava no canto de uma praça e, após o jantar, saí com meu amigo Gernot para apreciar o mercado ao céu aberto que acontecia no meio dela. Sentamos num banco e, casualmente, minha capa gaúcha ficou aberta exibindo seu foro colorido. Lá pelas tantas apareceu uma mulher e começou um sermão em uru ou aimará, sei lá em que língua indígena. Cada vez mais exaltada gritava e apontava minha capa. Começou a juntar gente. Gernot, mais perceptivo do que eu, disse:

— Jorge, fecha a capa imediatamente e vamos embora.

Tarde demais, a mulher arrancou-a dos meus ombros e a estendeu no chão, mostrando aos presentes. Indignação geral. Só então entendi: o forro era vermelho, amarelo e verde, as cores da bandeira boliviana. Eu, desprezível gringo, estava trajando sagradas cores e ultrajando a Bolívia. No meio do xingatório crescente, procurei inutilmente explicar que as capas gaúchas têm forro colorido e que tudo não passava de coincidência. Sozinho na multidão, Gernot tinha escapado, cada vez mais acuado, eu comecei a receber empurrões e socos. Acredito que estava pronto para ser linchado, quando meu amigo chegou com o hoteleiro que conseguiu dominar a confusão. Acalmou a turba enfurecida, explicando a visita dos alunos de jesuítas do país vizinho, Brasil, a lamentável coincidência de cores, enfim deitando uma verbosidade pacificadora. Antes de me deixarem voltar ao hotel, tive que prometer que não mais usaria a capa em solo boliviano. É isto que acontece quando não se ama a pátria, mas apenas uma fantasia dela.

Na viagem de Oruro para Cochabamba, de onde partia meu voo para Trinidad, experimentei a sensação das múmias indígenas nos seus jarros funerários. Empoleirado num banco próprio para pigmeus, coube-me ficar em cima da roda e sentia meus joelhos coçarem o queixo. Passei a noite acordado, levantando a toda hora para recuperar a circulação das pernas. Felizmente, não houve imprevistos e cheguei a tempo para embarcar no avião rumo à capital do departamento de Beni, na região amazônica da Bolívia. Não tirei os olhos da janela, aguardando a visão da floresta. Mais que bela e grandiosa, a Amazônia me enfeitiça, exerce um poder sobre mim como nenhuma outra paisagem. Em alguma encarnação precedente devo ter sido habitante dela, nem que seja como boto.

Pouca coisa posso dizer da La Santísima Trinidad, que é o nome oficial da cidade. Bastam duas horas para conhecê-la. É mais uma obra dos jesuítas, perdida no meio da selva. No aeroporto não me queriam deixar seguir para San Joaquín de Aguas Dulces. Disse quem era e apresentei a carteira de docente da USP, falei da importância de obter informações sobre a epidemia ao Brasil, acenei com a cooperação entre nossos países, tudo em vão. É difícil explicar o inexplicável. Foi então que interveio o destino e mais uma vez na vida tive sorte, sorte grande! Vi uma face familiar, a de um médico que integrou a delegação boliviana em visita à Faculdade de Medicina de Ribeirão Preto alguns meses antes. Cumprimentos, troca de amabilidades e um papo curto, mas eficiente. Ele não só resolveu a continuidade da viagem, como fez uma carta de recomendação às autoridades de San Joaquín, em papel timbrado! Só então percebi que meu conhecido de Ribeirão Preto era diretor da Faculdade de Medicina de La Paz e senador da República. Precisava mais?

* * * * *

Desci a escadaria do avião com aquela sensação incerta que flutua entre o medo e a exultação. Uma personalidade timorata, hesitante, arrastada por outra, aventureira e voluntariosa, num corpo com dupla dose de adrenalina de coelho assustado e de conquistador, prestes a descobrir o Novo Mundo.

Enquanto esperava a mala, falei com um padre que me informou da situação. Bem mais grave do que imaginara: a febre hemorrágica já matara umas 500 pessoas dos 3 mil habitantes existentes na cidade e liquidou dois vilarejos próximos. Seus sobreviventes mudaram-se para San Joaquín e as choças foram queimadas. Ele estimava em torno de sete as internações de novos pacientes por dia, considerando a região toda. Prontamente se dispôs a me arrumar um alojamento e saímos juntos do aeroporto. Pode parecer estranho, mas suas informações me acalmaram completamente.

No caminho, uma surpresa: o laboratório dos americanos. Eles vieram da Middle America Research Unit situada no Panamá e montaram uma maravilha "portátil" de 20 mil dólares, valor que hoje pode ser multiplicado por vinte ou mais. O encontro foi uma formalidade fria, obviamente eu não era bem-vindo. Seguimos até a casa de família que me hospedaria e o religioso prometeu voltar com o prefeito.

Meu quarto era pequeno, paredes pau-a-pique e chão de barro batido. Surpreendi um rato na sala que com um chute mandei para o meio da rua. Morto não estava, mas o bicho não deveria estar bem porque não sou bom de bola. Não tinha a menor suspeita de que encontrara o inimigo. Ninguém sabia. Só muitos meses depois descobriram que uma espécie de rato, nativo da Bolívia, era o transmissor do vírus de Machupo.

O prefeito foi hospitaleiro e objetivo. Estabelecemos uma relação excelente de imediato. Deve ter sido do mesmo partido que o senador. A viagem a San Joaquín deu certo por causa dele e do padre. Os dois tinham opinião negativa sobre o médico da cidade e pouca esperança no êxito dos americanos. Sabiam que o avião deles chegaria a qualquer momento para evacuar um ou mais cientistas que ficaram doentes.

Realmente, assim aconteceu na mesma tarde e algumas pessoas embarcaram para o Panamá. Claro que todos fomos ao aeroporto e lá falei com o doutor Johnson, o chefe do grupo, que estava visivelmente apreensivo. Tivemos uma conversa maior, expliquei minha posição e disse do meu interesse em fazer uma autópsia, já que eles estavam sem patologista. Respondeu que isto era difícil porque a população era adversa a necropsias. No entanto insistiu que, se conseguisse, nada publicasse antes deles. Não me era difícil concordar. O time americano estava trabalhando havia algum tempo, tinha colhido material anatomopatológico, isolado o vírus, estudado os aspectos clínicos e procurava o transmissor a pleno vapor. Enfim, possuíam bases sólidas, enquanto eu teria informações verbais e material de uma autópsia, em caso de sucesso. Pouco para uma publicação a curto prazo e mesmo minha linha de pesquisa nunca foi a de moléstias infecciosas. Separamo-nos e, ao se despedir, suas últimas palavras foram:

— Se tiver, use botas.

Não tinha, entretanto era evidente que suspeitavam de algum agente não voador, carrapato por exemplo, o que me tranquilizou bastante. Se soubéssemos que eram os ratos...

Fui ver o barracão que servia de hospital. As vítimas das febres hemorrágicas tinham uma aparência assustadora aos poucos familiares presentes e triste aos profissionais da saúde que eram quatro: dois médicos e dois enfermeiros, todos vindos do Panamá. Tenho a vaga lembrança de que eram latinos, mas com certeza falamos o tempo todo em inglês. A equipe era muito preparada e competente, porém sem entusiasmo. Minha vinda era-lhes incompreensível, todos queriam voltar o mais rápido possível. Estranhei a separação existente entre os cientistas e os membros desta pequena equipe. Enquanto aqueles dormiam no laboratório em situação bem confortável, estes residiam na mesma casa que o médico boliviano. Tive a impressão que o relacionamento com ele não passava de cumprimento cortês e com os pesquisadores, de respeito. Quanto à autópsia, não era da competência deles; disseram que a população era desconfiada de tudo e, com toda certeza, contra o exame de cadáveres. Estes eram enterrados sempre com a presença do padre, que oferecia o conforto do rito religioso.

Jantei com o prefeito e o sacerdote. Prometeram tentar conseguir junto às famílias permissão para a autópsia de um caso. Também me deram a informação valiosa de que poderia voltar ao Brasil pelo rio Machupo, que banhava San Joaquín. Em oito horas de barco a motor chegaria ao Forte Príncipe da Beira, nas margens do Guaporé do qual o Machupo era afluente.

Na noite do dia 6 de junho fiz a necrópsia do cadáver de uma mulher grávida de dezessete anos. A família concordou, desde que não tocasse no feto e nem abrisse a cabeça. Restrição grave, mas era a condição e foi respeitada. Conduzimos a maca com o cadáver à sala cirúrgica do hospital que tinha uma mesa ginecológica sobre o chão de barro e nada mais. Pia com torneira não existia na sala, só duas bacias cheias de água. Tinha que usar a técnica de Rokitansky, própria para realizar autópsias em leitos hospitalares, na qual o professor Köberle era um mestre e eu apenas um mísero aprendiz. A luz apagou no meio dos procedimentos e um dos dois médicos que assistia a autópsia trouxe uma lâmpada de querosene que pendurou no teto com barbante. Sua luz balançava lugubremente durante meu trabalho, iluminando alternadamente as vísceras. Examinei e colhi material de todas as vísceras torácicas e abdominais e suturei a incisão apertadamente, a fim de que não saísse sangue nas horas seguintes. Ficou eficiente, porém horrível. Tínhamos que vestir o cadáver e pedi que trouxessem uma roupa, pois aquela com que falecera estava sujíssima de tudo. A família não tinha ou não quis dar e só me restou a possibilidade de lavar a única existente numa das bacias em que juntei toda a água que sobrara e devolver o cadáver com roupa molhada.

Tomei um banho e fui ao laboratório dos americanos com a metade do material colhido. Creio que deveria ter sido em torno das onze da noite, certamente era bem tarde. Só Kuns, o entomologista, estava acordado e trabalhando com alguns insetos. Logo entendi o porquê: Johnson também tinha contraído a doença. Ele sabia quando o avião levou os doentes, porém tinha decidido levantar o laboratório e voltar com tudo ao Panamá nos próximos dias. A meu ver um erro de julgamento, pois teria sido mais prudente deixar esta tarefa a um colega.

Fomos à varanda onde Kuns abriu uma garrafa de uísque e serviu duas generosas doses. Não é uma bebida que aprecie, mas estava precisando e ele mais do que eu. Tinha um dilema horrível: chamar o Panamá para buscar Johnson tão logo que possível ou respeitar a decisão do chefe. Pensei um pouco; não, não era momento para conselhos que tampouco foram solicitados. Segui a máxima de Pitigrilli: não me deem conselhos, sei errar sozinho.

Uma noite estranha, memorável. Dois desconhecidos sorvendo uísque até a madrugada na escuridão densa e úmida tropical, unidos por uma epidemia desconhecida, porém com emoções completamente divergentes.

(No *The coming plague* fica-se sabendo que Johnson voltou ao Panamá nos dias seguintes e salvou-se por pouco. Daquele grupo, apenas um morreu).

No dia seguinte, despedi-me de todos e embarquei num bote aberto com dois jovens caboclos. Acenando um fraternal e sincero adeus ao prefeito e ao padre que foram à margem do rio, ligamos o motor e desaparecemos na primeira curva. A viagem durou mais que o dobro porque o pino da hélice saiu e tivemos que remar até Forte Príncipe. Felizmente, correnteza abaixo, o que é bem mais fácil, e aportamos às quatro da madrugada no posto militar.

Identifiquei-me ao guarda e, sem mais, me deitei numa cama de campanha que lá jazia ao relento; estava havia quase 48 horas sem dormir. Só levantei às dez, mais incomodado pelo sol do que os soldados que já tinham tentado me acordar. Apareceu o tenente-médico e fomos ao refeitório, junto com os caboclos que me trouxeram. Para minha tristeza, eles só foram aceitos com a minha insistência. Na viagem anterior à Amazônia aprendi que, enquanto somos nacionalistas e amigos dos demais irmãos sul-americanos no miolo do Brasil, nas fronteiras viramos imperialistas com preconceitos contra nossos vizinhos, exceto argentinos. A estes temos raiva.

Na época que lá estive, comprávamos os produtos naturais dos bolivianos e peruanos por uma ninharia e lhes vendíamos toda sorte de manufaturados por alto preço. Provavelmente, esta dependência extrema mudou com o tempo; com as tecnologias modernas, a Cordilheira dos Andes deixou de ser comercialmente intransponível e as nações conseguem suprir suas regiões amazônicas, bem como trazer seus produtos para consumo interno e mesmo exportá-los por portos do oceano Pacífico. Criou-se uma alternativa ao único caminho existente, que era para o Atlântico pelo rio Amazonas.

Assim que tomei o café-da-manhã, coloquei os oficiais a par da situação em San Joaquín, assumindo autoridade da USP e da Secretaria da Saúde do Estado de São Paulo que não tinha. Consegui a duras penas uma hélice ao barco e me despedi dos jovens bolivianos. Ao todo, paguei 20 mil cruzeiros pela viagem, algo entre mil e mil e quinhentos dólares se fosse em valores atuais.

O acampamento tinha crescido desde minha última visita, o forte estava totalmente limpo, havia casebres nas redondezas com famílias e lavouras, sinal seguro de que o posto militar da fronteira estava se transformando em vila. A companhia aérea Cruzeiro do Sul servia Forte Príncipe da Beira e no dia 14 de julho comecei o regresso a Ribeirão Preto. Meus recursos só foram suficientes para voar até Cuiabá, daí para a frente segui de ônibus, pernoitando em Goiânia na casa de Jofre Rezende, o famoso gastroenterologista, meu amigo.

Em São Paulo, fui chamado por Zeferino Vaz e a Secretaria de Saúde publicou duas matérias sobre a febre hemorrágica boliviana com as informações trazidas pelo patologista da Faculdade de Medicina de Ribeirão Preto enviado por ela. Tudo bem, política na melhor tradição do Brasil; pelo menos serviu para atestar *a posteriori* minha alegada representação usada em momentos difíceis. Legal, consciência tranquila.

*****

Penso ser oportuno aconselhar que não queiram comparar 1963 com 2014 – 2015 quando nossas atenções se voltaram ao ebola. Tudo é diferente, menos a epidemia. Se teria ido à Serra Leoa agora? Não. E cinquenta anos atrás? Sim, creio que teria ido. Mas deixemos este assunto, pois tenho outra história de sítio arqueológico, de epidemia nenhuma.

15
ALTOS-RELEVOS DE ANGKOR

Ásia enfeitiçou minha juventude; tudo naquelas terras parecia misterioso. Leituras incendiaram minha imaginação. Li e reli *Les conquérants*, de Malraux, e sublinhei tantas vezes as frases no livro que decidi comprar novo exemplar, a fim de passar tudo a limpo. A melíflua melodia de Ravel:

Asie, Asie, Asie! Mystérieuse et solitaire,
Les lettrés qui se querrellent
sur la poésie et sur la beauté,
des assassins sourient [10]

flutuava na minha fantasia. E nenhum legado da Antiguidade desejei conhecer mais do que a sede do Império Khmer, Angkor!

Quando comecei a viajar para a Ásia, uma guerra civil corroía o Camboja, para ser exato desde 1970, e o país estava fechado ao turismo. O Khmer Vermelho, liderado por Pol Pot, tomou o poder em 1975 e colocou em prática ideias absorvidas na margem esquerda do Sena, em Paris: transformar a nação em uma sociedade exclusivamente agrícola. Na teoria, um absurdo óbvio e na prática, uma monstruosidade diabólica. Seu bando de guerrilheiros se multiplicou, tomou o poder e começou uma matança selvagem de todos que não fossem agricultores. Foi o holocausto cambojano. Fizeram inconcebíveis maldades como, por exemplo, evacuar a capital Phnom Penh da noite para o dia. Todos tiveram que marchar para os campos, todos, nem os cães remanesceram. Sobrou uma cidade fantasma, sem ninguém. Difícil de imaginar, não? Porém, assim foi. No extermínio tiveram originalidade: arrebanhavam muitas centenas de prisioneiros em campos de futebol e matavam-nos a pauladas para não gastar balas. Tampouco recuaram de usar adolescentes como torturadores, aproveitando a instabilidade sexual própria da idade e atiçando as brasas do sadismo subjacente.

---

10. Ásia, Ásia, Ásia! Misteriosa e solitária, os letrados que se debatem sobre a poesia e sobre a beleza, dos assassinos sorridentes.

Eficientes foram: um saldo de três milhões de mortos, mais de meio milhão de aleijados e outros tantos órfãos. Mataram um terço da população do país. É como se, no Brasil, acabassem com a vida de setenta milhões de pessoas. Em suma, um horror só comparável ao holocausto dos judeus e que, na época, foi ignorado por todos os países, exceto o Vietnã!

Em 1977, li o livro da Anistia Internacional *Behind the barbed wire* (*Atrás do arame farpado*), que apresentava uma extensa lista de países que violavam os direitos humanos. Se bem me recordo, o Camboja era um talvez ou menos que isto. Vomitei. O cinismo das ideologias não tem limites.

A selvageria foi interrompida em 1979, quando o Vietnã invadiu o Camboja e em poucos anos dividiu o Khmer Vermelho em facções. Por algum tempo seguiu-se uma confusa luta entre comunistas de várias orientações, até que o Vietnã se retirasse oficialmente, em 1989, e as Nações Unidas começassem um esforço de pacificação que culminou com um acordo, em 1991. O país ficou sob a tutela da Autoridade Transicional das Nações Unidas no Camboja, por dois anos, quando conseguiram organizar uma eleição que resultou em monarquia constitucional. O rei Norodom Sihanouk ascendeu ao trono e teve, simultaneamente, dois primeiros-ministros representando os dois partidos mais votados. Isto aconteceu em setembro de 1993 e as portas do Camboja se abriram aos visitantes. Cheguei nos últimos dias de dezembro e festejei por lá o Ano Novo.

O Khmer Vermelho ainda não estava morto: rejeitou a pacificação e continuou a luta na clandestinidade, agora contra as tropas governamentais do seu país. Três anos mais tarde, em 1997, Pol Pot ainda teve a autoridade de mandar matar seu auxiliar direto, Son Sen e vários membros de sua família, dele, do próprio Pol Pot. Meses depois, ficou prisioneiro do general do Khmer Vermelho, Ta Mok, alcunhado de açougueiro pelas atrocidades que praticou, e morreu próximo às ruínas de Angkor em 15 de abril de 1998. Não se sabe exatamente se Pol Pot foi atormentar o demônio por morte natural ou envenenado pelo general Mok.

A extinção do Khmer Vermelho foi lenta, muitos de seus dirigentes entraram no anonimato nos países vizinhos, principalmente a China, outros foram presos e submetidos a um processo judicial sem fim. O carrasco-mor Ta Mok, preso em 1999, morreu na prisão em 2006, antes de ser julgado. O Camboja só conheceu a paz neste milênio.

* * * * *

Passei três dias em Phnom Penh vendo os horrores semeados pelo Khmer Vermelho. Nas ruas uma quantidade enorme de aleijados pedia esmola, o que me causava a maior tristeza, pois intuía que suas misérias eram insolúveis, o portador do alívio seria a morte. Igualmente desagradável era o assédio constante de prostitutas que imploravam comida, sim, é isto mesmo, sexo por um prato. Fui esclarecido que elas se multiplicaram enormemente com a chegada da força tarefa das Nações Unidas, pois aqueles jovens ocidentais tinham dinheiro e as cambojanas precisavam se alimentar e sua família também. A produção agrícola estava arruinada. Dois ou três anos mais tarde li que o Camboja tinha o maior número de aidéticos da Ásia.

A cidade que fica junto às ruínas arqueológicas se chama Siem Reap. Pequena, sem recursos hoteleiros adequados, pouco oferecia aos visitantes naquela época. Um jovem de dezesseis anos, Seng, foi meu guia. Seu inglês era sofrível e seu francês quase nulo, mas ficamos muito amigos e ele me adotou como conselheiro por mais de uma década, até que o curso da vida interrompesse nosso frágil contato.

Angkor foi um sucesso da ousadia, triunfo do planejamento e glória da arte. Uma ideia tecnológica que deu vida a um reinado. Seu coração pulsava nos grandes reservatórios de irrigação dos arrozais que, através de um sistema perfeito de canais, fornecia a água indispensável para as culturas. Um deles sobreviveu às devastações que liquidaram o Império Khmer oitocentos anos atrás, e lá está para servir as plantações com seus incríveis 8 por 2,5 quilômetros, escavados a mão!

O conjunto arquitetônico mais celebrado é o monastério Angkor Wat pela sua irretocável elegância e, como está bem perto de Siem Reap, visitei-o assim que larguei as malas no hotelzinho. É de uma beleza esmagadora! Monumental no seu equilíbrio sereno e perfeito, com pináculos de pedra eflorescentes e os épicos do budismo esculpidos em suas paredes infindáveis. Li muito sobre estas ruínas, conhecia de fotos e observei bem as poucas peças roubadas de Angkor exibidas nos museus ocidentais. Com tristeza e apreensão constatei a veracidade das advertências dos arqueólogos sobre o vandalismo sofrido pelas estátuas e altos-relevos nas mãos revolucionárias. A revolução agrícola certamente não lhes fez bem.

Sem ter a grandiosidade do monastério Angkor Wat, a simetria engenhosa do templo Bayon impressionou-me mais ainda. Não conheço nada mais envolvente.

Quatro gigantescos *bodisatvas* dominam esta construção mágica e a sensação é de estar sempre sob observação transcendental. De longe, parece um amontoado de pedras, porém de perto é um palácio encantado que reflete as infinitas faces sorridentes de Buda. Não há como retratar o conjunto adequadamente e nas fotos há que olhar, atentamente, as partes para juntá-las na cabeça. Só assim é que se consegue ter uma ideia desta obra-prima da arte khmer.

Destaque para o templo Ta Promh, onde estruturas de pedra parecem lutar com gigantescas árvores. Visão estarrecedora do drama do confronto da civilização com a natureza ou um conluio amoroso entre pedras e vegetais? Lá sonhei com Mogli, o menino lobo, enquanto grilos cantavam a ária das campainhas da *Lakmé*. Sim, porque há centenas de macacos saídos das páginas de Kipling e um exército de grilos especiais que emitem sons musicais, chamados de grilos-sino.

Para as atrações mais próximas fomos a pé e às mais distantes com um carro dirigido por um amigo ou conhecido de Seng. No penúltimo dia perguntei pelo templo de Banteay Srei que, conforme meus conhecimentos, exibia os mais belos altos-relevos da Ásia ou mesmo do mundo. O guia era da opinião de que não se poderia visitar por causa da guerra com o Khmer Vermelho.

— Ademais, a estrada é péssima – acrescentou com um suspiro.

Embora balançasse a cabeça, o tom de sua voz não me convenceu.

— Os guerrilheiros estão lá, em Banteay Srei? – indaguei incrédulo, pois não podia imaginar que estivessem tão próximos a Siem Reap.

Seng explicou que o pessoal de Pol Pot estava nas selvas, mais perto da fronteira com a Tailândia. Quem estava em Banteay Srei eram soldados do governo cambojano.

Bem, se é o exército do Camboja que está lá, então estamos protegidos, pensei. Quanto à estrada, deveria estar seca porque não havia chovido nesses dias. Estava determinado a ir de qualquer jeito. Pedi a Seng que chamasse o motorista para uma conversa.

O jovem, que não deveria ter muito mais de vinte anos, repetiu a precariedade do caminho com uma expressão relutante que me sinalizou que com alguns dólares acima da tabela, passaríamos. Fechamos o acordo em US$ 60 e marcamos a saída para oito da manhã e o retorno para as onze. Meu voo a Phnom Penh estava marcado para a tarde e, depois, no outro dia bem cedo eu voaria ao Vietnã.

Tudo tranquilo, no entanto Seng estava visivelmente desconfortável e decidi ter uma prosa com ele a sós.

O garoto era muito sério e responsável. Foi sempre pontual, esforçado em explicar tudo que podia, preocupado com meu bem-estar e segurança. Quando fomos a um templo mais distante, — não me recordo de seu nome e nem vou procurá-lo agora porque não importa — fiz questão de subir ao seu topo. Ele contornou a ruína e me guiou por um caminho longo. Desfrutei da bela vista até me saciar e, vendo lá embaixo nosso carro, comecei a descer pela parede frontal, via íngreme, porém bem mais curta. Seng me segurou e pediu que voltasse pelo mesmo caminho pelo qual subimos. Diante da minha insistência, ficou muito nervoso e com uma voz chorosa implorou que não fizesse isto porque as pedras eram soltas e, se alguma coisa me acontecesse, ele seria incapaz de me carregar para baixo, mesmo com a ajuda do motorista. Repliquei sorrindo que não se preocupasse, pois, redondo como era, rolaria templo abaixo, mas obedeci e descemos na segurança.

Convidei-o a jantar comigo e conversamos sobre Banteay Srei. Sua apreensão era que o exército impedisse nossa visita e isto me deixaria frustrado. Entendi que as ruínas estavam a uns 30 quilômetros de Siem Reap e não havia como saber da situação por lá. A rigor, não estavam interditadas e alguns turistas já se aventuraram a visitá-las, entretanto nem todos foram bem-sucedidos. Tranquilizei-o que assumia todos os riscos e que ficasse tranquilo, que não culparia ninguém se tivéssemos que retornar sem ver os famosos altos-relevos. Dormi sossegado.

* * * * *

Nosso automóvel progredia lentamente pela estrada. Angkor é úmida e quente pra valer e, felizmente, o calor ainda não era sufocante porque tínhamos que fechar os vidros por causa da poeira. Nosso motorista negociava buracos, valetas deixadas pelas chuvas tropicais e búfalos que invadiam o caminho. E assim, chacoalhando quase em todo trajeto, após uma hora, chegamos a Banteay Srei.

Uns vinte soldados estavam em fila desordenada na clareira onde estacionamos, provavelmente aguardando ordens ou uma ação qualquer. Eu já ia às ruínas, quando Seng me fez parar e solicitou que aguardasse enquanto ele procuraria um oficial, a fim de pedir permissão para a visita. Afastou-se, fez alguma pergunta a um dos soldados e sumiu na mata.

De repente brotou da terra um menino com uma caixa de isopor pendurada no pescoço. Encostou a mim, abriu a tampa e disse: *two dollars*. Olhei. No meio de cubinhos de gelo havia uma dúzia ou pouco mais de latinhas de Coca-Cola. É uma bebida que não tomo por ser doce demais, porém tive uma ideia. Quem sabe? Peguei uma das latas, balancei na mão e olhei os soldados. Ao primeiro que sorriu, joguei a coca e ele apanhou feliz. Agarrei outra e repeti a manobra. Sucesso! Não tive dúvidas, esgotei a caixa do menino e, aos soldados que não receberam a bebida, mostrei que estava vazio com um alçar de ombros. Paguei o garotinho que desapareceu tão rápido como aparecera. Fiquei esperançoso de que tivesse preparado bem o terreno à chegada do oficial. Quanto ajudou, nunca vou saber, mas quando surgiu acompanhado por Seng, ele não só autorizou a visita como designou um soldado, armado com fuzil – sei lá de que tipo, pois nada entendo de armas – a fim de que nos acompanhasse. E lá fomos em quatro, porque o motorista decidiu ir também em vez de ficar no carro, coisa que fez muitíssimo bem.

O sítio arqueológico estava bem negligenciado e invadido pela vegetação. É um complexo de várias construções que foi rebatizado como Banteay Srei, ou seja, Cidadela das Mulheres devido às numerosas deidades femininas que cobrem seus muros. Seu nome original é quilométrico e se traduz como *Grande Senhor do Tríplice Universo*. Foi construído no século X por um nobre da corte real, considerado sábio, filantropo e educador, e consagrado ao deus hindu Shiva. Um de seus alunos tornou-se rei e deve ter ampliado as construções que são de arenito vermelho, um material excelente para esculpir. As paredes estão cobertas de nichos contendo estátuas e de altos-relevos, realmente primorosos, cheios de filigranas e sem paralelo em delicadeza e perfeição artística; joias da arte khmer e tesouros da humanidade. Espero que, atualmente, já estejam bem protegidos porque os sinais de roubo e vandalismo estavam em toda parte.

Ainda estávamos nas ruínas do primeiro edifício, eu examinando detalhadamente a rica ornamentação das paredes e os cambojanos conversando no centro do recinto aberto aos céus, quando ouvimos o som típico de rajadas de metralhadora vindo de longe. Com certeza, os nativos estavam acostumados a ouvir tiros porque ninguém se alvoroçou, somente o soldado se dirigiu para um templo um pouco mais afastado, subiu no seu topo e ficou guardando às montanhas que fazem a fronteira entre Camboja e Tailândia, uns 50 quilômetros distante em linha reta.

Continuei absorto nos primorosos altos-relevos, maravilhas que artistas, sem face e nome, mil anos atrás legaram à humanidade. Não havia outros visitantes em Banteay Srei e o canto dos grilos só era perturbado de vez em quando com o eco do tiroteio em algum lugar perdido na floresta. Seng e o motorista cansaram de me espiar e me aguardavam sentados sobre fragmentos de colunas dispersos pelo capinzal. É possível que conversassem, mas tão respeitosamente que era inaudível. De repente, um barulho intenso de galhos quebrados e um gemido interromperam minha concentração e os dois cambojanos se levantaram atentos e olharam ao redor. Viram algo e saíram correndo. Segui-os imediatamente, preocupado. Na realidade, eles não viram algo que deveriam ver: nosso guarda desapareceu do muro em que esteve plantado.

Encontramo-lo estendido, imóvel, embaixo de uma pequena árvore que crescera dentro do sítio arqueológico junto ao paredão. Seu fuzil estava jogado a uns dois metros do corpo. Tomei a iniciativa e examinei-o cuidadosamente.

Não havia sinais de sangramento, apenas de arranhões nos braços e tórax embaixo da farda. Os ossos inteiros, graças a Deus. Não demorou que acordasse, primeiro gemeu um pouco e depois, percebendo a realidade, contou alguma coisa. Estava lívido e sem forças, abatido. O motorista foi até o tanque mais próximo, havia vários em torno dos templos, mergulhou sua camisa na água e passou no rosto do soldado. Perguntei ao Seng o que é que aconteceu, o que tinha dito nosso guarda.

— Ele caiu do muro e não sabe como. Está com medo de ser castigado pelo oficial.

Este muro era parede de uma construção voltada para a selva. Deveria ter uns oito metros de altura, talvez um pouco mais, e sua largura não chegava a um metro. Olhei meu relógio, passava de dez e meia, portanto o soldado esteve plantado lá em cima havia mais de hora. Talvez se sentisse mal, pisasse em falso ao se movimentar, uma pedra solta o desequilibrara, mas se ele não sabia, a situação nunca seria esclarecida. Felizmente, a árvore aparou a queda que poderia ter sido muito pior. Falei ao guia para conduzir o soldado a uma sombra e recuperá-lo para que voltasse conosco sem que o acidente fosse percebido por seus companheiros e menos ainda pelo oficial.

Fiquei mais uns bons minutos desfrutando os tesouros de Banteay Srei antes de voltar ao carro. Os soldados não estavam na clareira e pedi ao guia que me conduzisse ao oficial. Ele me respondeu que preferia trazê-lo junto a nós porque talvez não fosse bem-vindo às instalações de guerra. Nisto ele tinha toda razão e fiquei aguardando. Ele voltou com um militar que não era o mesmo que nos dera a permissão. Ocorreu-me que aquele, provavelmente, foi ao combate com seus soldados. Agradeci tudo calorosamente, sobretudo a proteção oferecida e fiz um elogio rasgado ao soldado que nos acompanhara.

Já estávamos embarcando, quando o menino da Coca-Cola veio correndo em nossa direção. Desta vez com duas estatuetas de bronze que cabiam no bolso das calças. E o preço? Cinco dólares cada. Fechado.

Pois não é que me deram dor de cabeça? Ao chegar ao Vietnã, minha mala foi apreendida na alfândega e fui, formalmente, acusado de querer entrar no país com antiguidades sem a devida documentação.

— Custaram cinco dólares cada – argumentei.

— Onde está o recibo? – veio a óbvia pergunta embaraçosa.

Contei toda história nos seus pormenores. Em vão. Fiquei um pouco apreensivo, afinal estava no Vietnã, país que não tinha em alta opinião os ocidentais. Sugeri que as peças fossem retidas na alfândega e, quando saísse do país, eu as levaria comigo, entretanto, se quisessem confiscá-las, também estava de acordo. Optaram pela primeira alternativa e as estatuetas estão em São Paulo, na casa de um amigo a quem serviram como presente de aniversário.

16
CONGRESSO NA BAHIA E UM POUCO MAIS...

Em Ribeirão Preto passei quinze anos muito proveitosos. As viagens eram no período de férias e não espremidas entre compromissos como, mais tarde, em São Paulo. Esta história vale a pena contar, a soma de pequenos imprevistos transformou um mês despretensioso em experiência rica e indelével.

Em julho de 1966, tirei férias aproveitando o Congresso da Sociedade Brasileira de Patologia que se realizava na Bahia do dia 5 ao dia 9. Queria conhecer um pouco mais o Nordeste.

Bolei um projeto ousado para meu Gordini: de Ribeirão Preto desceria até Curitiba com minha mãe e Buksi, a fim de encontrar meu irmão, László, que viria de Porto Alegre. Depois, subiria até o Rio, onde meu chefe, professor Köberle, me esperava e, juntos, iríamos até Salvador. Após o Congresso de Patologia, seguiria sozinho a Recife e de lá voltaria para casa, parando em Alagoas e Sergipe.

* * * * *

De Curitiba guardo uma recordação preciosa do meu irmão. O ponto de encontro era o recém-inaugurado Lord Hotel. Como minha mãe não poderia ficar sozinha em Ribeirão Preto, combinamos que ela ficaria na casa dele, junto com a Buksi. Após o meu retorno das férias, ela voaria até São Paulo e eu a pegaria no aeroporto. Tudo isto com a Buksi, evidentemente, e chegou o momento de apresentar esta personagem controvertida, fonte de alegrias e grandes aborrecimentos.

Buksi foi uma cadela Basset ou Dachshund, em bom português, cão salsicha, que acompanhou minha mãe por dezessete anos. A partir de 1962, viveram comigo, em Ribeirão Preto, e muitas vezes tive que quebrar imensos galhos ao viajarmos juntos. Por vezes me sentia como se mamãe passeasse com dois cachorros: Buksi e eu.

Chegamos em torno das oito da noite, eu bem cansado após dirigir mais de 700 quilômetros. László, sua esposa e seus dois filhos pequenos, estavam nos aguardando no saguão do hotel que cheirava a tinta fresca. Mamãe desapareceu nos braços do meu irmão, que era enorme, com jeito de boxeador peso-pesado e tinha uma voz estentórea que os familiares e amigos havia muito desistiram que moderasse. Entre abraços, beijos e palavras carinhosas, percebi o exagerado bom comportamento das crianças. Sinal certo de que fizeram alguma travessura que mereceu reprimenda paterna, pois quando juntos o entendimento tácito do casal era de que esta iniciativa cabia ao pai.

Enquanto me dirigi ao balcão para fazer os registros, mamãe sentou-se ao lado do meu irmão, num banco comprido que também acomodou sua esposa e seus filhos. As crianças balançavam as pernas, cabisbaixas e silenciosas. Buksi enrolou-se junto aos pés de sua dona, descansando a cabeça entre as patas. Lá pelas tantas, um cidadão da recepção, de meia-idade com aspecto de gerente, perguntou em tom autoritário:

— E aquele cachorro?!

Encrenca. Por certo, o hotel não aceitava animais domésticos. Preparei-me para a argumentação de costume, entretanto, antes que abrisse a boca, o mano agarrou a Buksi pela pele entre as omoplatas, dirigiu-se ao balcão e repousando a cadela diante do nariz do cidadão, encarou-o e disse com sua voz ressonante:

— Tu não me vai implicar com esta putinha, vai?

Para bom entendedor meia palavra basta. Ele tocou no ponto nevrálgico dos hotéis. O funcionário pesou a situação, pensou na gratificação e respondeu submisso:

— Não doutor, só perguntei por perguntar.

* * * * *

Ainda bem que o Cristo Redentor recebe de braços abertos os que chegam ao Rio. Podre de cansaço após dirigir oitocentos e poucos quilômetros, registrei-me no hotel, subi ao apartamento, cumprimentei meu chefe e desabei na cama. Acordei tarde e perdi a hora do café. O professor Köberle apareceu pouco depois, passadas as onze horas, quando saía do banho. Observou que eu dormia demais, coisa óbvia que nem merecia esclarecimentos. Conversamos um pouco e ele comunicou que almoçaríamos com um amigo dele. Riscou um número e falou em alemão por uns minutos, depois largou o telefone e com um alçar de ombros anunciou que o almoço fora a pique. Perguntei-lhe se estaria disposto a comer com um amigo meu. Surpreso, disse:

— Por que não?

Nada mais fácil, pois o tio Duarte (já apresentado na história *Primeiro solo*) estava de diretor geral da Estacas Franki, sediada na ponta da av. Rio Branco que dá para o mar. Por sorte, se encontrava no escritório e o almoço foi um deleite, tanto ao paladar como ao intelecto. Tive o privilégio de escutar a troca de ideias entre dois homens de grandes, mas contrastantes culturas: um médico vienense e o outro engenheiro carioca. Não tenho dúvidas de que se apreciaram mutuamente e para mim foi uma festa!

Viajar com professor Köberle era um privilégio disputado entre os docentes do Departamento de Patologia. O chefe tinha uma conversa interessantíssima, alegre e positiva, nunca criava dificuldades, enfim, um companheiro perfeito. Meu único problema era na hora de dormir. O professor não tinha sono, puxava prosa noite adentro e despertava com qualquer ruído, enquanto eu afundava nos braços de Morfeu assim que cerrava as pálpebras e não acordava nem com coral de galos. Em algum lugar, entre Rio e Salvador, paramos num quebra-galho na beira da estrada. Após comer qualquer coisa, escutei o professor até o limite das minhas forças e aí apaguei sentado na cama. Despertei ao ser sacudido vigorosamente e percebi que a alvorada iluminava nosso quartinho.

— Está na hora de tomar café e partir – sentenciou.

Levantei vestido como na véspera, espreguiçando os braços e procurando clarear os sentidos. Vi que as paredes sujas estavam semeadas de manchas vermelhas recentes.

— Passei a noite matando pernilongos e você nem sequer deu sinal de vida! – resmungou indignado.

Optei pelo silêncio. Catei meus pertences e segui o professor para o puxado que servia de refeitório.

* * * * *

Foi minha primeira viagem à Bahia. No congresso apresentei quatro trabalhos, frutos da viagem de estudos de quatro meses que fizera na África e do meu estágio de pós-doutoramento em Londres.

Salvador é um feitiço incrustado na bela baía de Todos os Santos que o sol pinta de ouro nos fins de tarde. Cidade encantadora, de fascinante história, culturalmente rica, de amabilidade ímpar e, naquele tempo, seu patrimônio histórico era mais preservado e suas ruas ainda não abrigavam a violência. Visitei os fortes, guardiões da história brasileira, conheci o esplendor das igrejas, a magia dos terreiros de candomblé, a riqueza dos museus e as expressões artísticas e culturais únicas da Bahia.

O aeroporto estava longe, em Itapuã, separado da cidade por quilômetros de praias que serviam tão somente a pescadores, banhistas e alguns vendedores de coco. As águas escuras da lagoa de Abaeté, habitadas pelos santos do panteão africano, ainda estavam rodeadas de areia alva, puríssima, que pude dividir com uma linda morena de olhos azuis.

Guardo algumas recordações preciosas desta visita.

O Museu de Arte Sacra e o Solar do Unhão que alberga a coleção de arte moderna. Os seus acervos estão perdidos em algum lugar do meu cérebro, mas a beleza arquitetônica e a localização privilegiada destes museus continuam sempre presentes.

O Cristo Morto na sacristia da igreja da Venerável Ordem Terceira do Carmo, a única obra de arte da Bahia que encontrou um nicho permanente nas minhas lembranças. Acho incrível que seja uma escultura menos conhecida e valorizada no Brasil. A peça é atribuída a Francisco das Chagas, um mulato alforriado alcunhado de Cabra, que o fez com braços móveis, a fim de servir a cerimônia da crucificação nas comemorações da sexta-feira santa. Era vista por multidões, no entanto poucos a enxergavam. E assim foi por quase dois séculos, até que o bom senso falasse mais alto e a escultura ganhasse vida no seu sarcófago de vidro. O que a coloca na galeria das obras-primas da humanidade é o rosto. Francisco das Chagas não fez um Cristo morto, mas moribundo. Milagrosamente, captou os últimos instantes da vida e diante dos nossos olhos se desprende o derradeiro alento de um corpo torturado. Há que encarar seu semblante e sentir a força do seu criador: não se trata do desfecho da extrema agonia, mas do *consummatum est* murmurado por Jesus, quando deixou sua condição humana.

O show de maculelê nos jardins do Palácio do Governo. Graças aos esforços de uma universitária, esta dança de origem desconhecida, que se dizia preservada apenas pela família do sr. Popó de Santo Amaro, foi coreografada e pela primeira vez apresentada ao público naquele ano. Tal como a capoeira, sua origem é a arte marcial e os dançarinos enfrentam-se com bastões, desferindo e aparando os golpes segundo o ritmo exigido por instrumentos de percussão. O ritual é acompanhado por cantos que revelam sua origem cultural mesclada: africana e indígena. Hoje, o maculelê é mais conhecido, mas em 1966 foi uma revelação que naquele jardim acolhedor, à noite e à luz de tochas, encantou os espectadores; um privilégio de tirar o fôlego.

O encontro com Pacheco. Nos meus últimos anos de escoteiro em Porto Alegre, havia em nosso grupo um moleque marcante e engraçado, do tipo que não se esquece. Todos gostavam dele. Quatro anos nos separavam, ou seja, a adolescência, o que é muito naquela idade; certamente o suficiente para que o convívio não passasse à amizade. Pois bem, na porta de uma exposição de pinturas reencontrei o Pacheco, passados dez anos ou um pouco mais desde que o vira pela última vez. Foi fácil de descobrir num jovem adulto os traços daquele menino marcante.

— Pacheco!

Olhou surpreso, reconheceu-me e disse:

— Faz tempo que alguém não me chama de Pacheco. Aqui passo por Gaúcho ou Estivallet, que é o nome da minha mãe.

Ele se formou em química, porém sua vocação era a pintura e vivia já algum tempo na Bahia em pobreza de camundongo de paróquia do interior piauiense. Habitava um sótão grande, que também era seu estúdio, onde passei uma tarde observando-o a fazer estudos para um painel que cobria uma das paredes escuras do desvão. Um tema trágico que retratava a miséria do sertão nordestino. Pacheco apresentou-me seus amigos pintores, um grupo bem original, pouco ligado ao cotidiano, porém inofensivo em suas extravagâncias. A improvisada visita que fizemos a um parque de diversões foi bem divertida, embora por vezes constrangedora ao público. Naquela época declarações de amor de joelhos a desconhecidas não estavam na moda...

Quando necessitados, os artistas iam consultar o sr. Carlos, dono da Galeria Bazarte, que era um cidadão com pé no chão e que me deu uma ótima impressão. Ele era respeitado pelo grupo e os ajudava. Por exemplo, planejou uma série de xilogravuras que, embora nem sempre feitas com entusiasmo, colocavam pão na mesa. Conservo duas delas: São João na Bahia e Macu-lê-lé.

Graças ao Pacheco, passei uma tarde na casa de Carybé, artista argentino de alma baiana e de fama internacional. Um ser humano simples, introspectivo, que transbordava simpatia.

Permaneci um pouco mais de duas semanas na Bahia que me presenteou com uma felicidade que nunca mais foi capaz de igualar. Então segui ao Recife para rever a primeira cidade do Nordeste que conheci; quase dez anos antes, em 1957, aproveitando um congresso estudantil.

* * * * *

O inverno no Nordeste é chuvoso e estava nos meus planos, entretanto a catástrofe que me esperava na capital pernambucana foi medonha e estilhaçou as belas recordações de Recife para sempre. Na memória levava uma cidade linda, sem arranha-céus, de ruas cobertas por mangueiras e outras árvores frutíferas, com perfume de flores e festas gostosas nas casas hospitaleiras; voltei com as imagens da primeira inundação devastadora de sua história e a desgraça de seus habitantes.

O Capibaribe saiu do seu leito e cobriu a cidade. Avenidas se transformaram em rios. Milhares de casas foram destruídas ou danificadas e morreu muita gente. Vários de meus colegas perderam tudo. Um deles, de família tradicional, morava num sobrado e a água chegou ao segundo piso em poucas horas.

Carrego comigo um paradoxo. De um lado, sou fascinado pela fúria da natureza e procuro ver e senti-la; do outro, a desgraça alheia me é quase insuportável. É muito difícil separar uma coisa da outra: vulcões, enchentes e tormentas são acompanhados por sofrimento, sobretudo das populações pobres, mais vulneráveis. Além de viver o momento histórico da primeira das grandes enchentes de Recife, nada podia fazer de útil aos meus amigos pernambucanos, a não ser livrá-los de preocupações comigo. Após o segundo pernoite, bem cedinho, parti para o sul.

* * * * *

O rali de Recife a Alagoas foi espetacular, cheio de adrenalina. Sou do tempo das estradas de terra e presenciei a cobertura delas pelo asfalto. As rodovias do Brasil são precárias até hoje, imaginem naquele tempo! A grande diferença é que as dificuldades de rodagem integravam nossas vidas, aceitas como naturais e esperadas. Em poucas horas de aguaceiro, as rodovias transformavam-se em lamaçais e os trechos asfaltados, invariavelmente esburacados, em traiçoeiras armadilhas porque o tamanho e a profundidade das falhas eram camuflados pelas águas. Não sou capaz de recordar quanto da estrada estava asfaltada entre Recife e Maceió em 1966, só lembro que meu Gordini vivia atolado. Baixinho como era, definitivamente não era adequado para vencer barro e requeria extrema atenção para não ficar preso nos panelões do asfalto. Por outro lado, levava grande vantagem no peso: fazia parte dos carros mais leves da época e até um par de bois o desatolava facilmente. Socorros é que não faltavam. Em toda parte havia esquemas para auxiliar motoristas em dificuldade. Um ganha-pão extra do pessoal que vivia à beira das estradas.

Em Maceió me aguardava a hospitalidade do colega patologista Roland Simon, pessoa de grande prestígio em terras alagoanas. Além de anatomopatologia, também fazia laboratório clínico. Homem de cultura e curiosidade, mantinha um minizoológico do seu bolso com espécies da fauna local que conhecia profundamente. Sua família era numerosa e dividida em um apartamento espaçoso e duas casas. Foi lá, numa das festas – era festa o dia todo – que provei uísque com água de coco pela primeira vez na vida. Fica mais tragável, mas continua a não ser minha bebida. Com perdão aos escoceses, recomendo sempre tomar uísque batido com banana nanica, a única forma de disfarçar seu gosto irremediável de mofo.

Roland tinha duas ilhas nas Alagoas, naquele complexo de lagunas e lagos que se estende de Maceió até Marechal Deodoro. Passei dois dias numa batizada como Fogo, junto com o capitão Coco e seu ajudante que cuidava de tudo na pequena ilha, inclusive das nossas refeições e do próprio capitão, já bem idoso e abalado por doenças. O programa era passear com uma pequena escuna por aquelas águas turquesas que caprichosamente acompanham, de um lado a restinga de praia, ora delgada, ora mais larga, cheia de coqueiros e manguezais, e do outro, os morros cobertos de vegetação. Capitão Coco, pescador aposentado, era filósofo de prosa rica que fluía mansa enquanto esculpia uma jangada que, generosamente, deu-me de presente. O jovem factótum mantinha sua atenção no manejo do barco e pouco falava. Tinha um respeito enorme pelo velho do qual sequer era parente.

Para que minha felicidade fosse completa, só faltou esqui aquático, meu esporte predileto naquela época. Roland Simon convidou-me a participar do Congresso Regional de Patologia do Nordeste no ano seguinte que coube a ele presidir, e prometeu providenciar uma lancha para satisfazer meu desejo. O destino privou-me da amizade deste homem brilhante e generoso poucos anos depois, quando recebi a notícia do seu falecimento prematuro.

* * * * *

O Gordini venceu as não poucas dificuldades até Sergipe adentro. Aí a rodovia principal ficou interditada e cheguei à Bahia coberto de lama, fazendo uma grande volta por Tobias Barreto e Alagoinhas. A partir de Feira de Santana a estrada se normalizou e aproveitei a bonança para lavar o carro, tomar um bom banho e dormir. Dia seguinte, bem cedo, peguei à BR 116 (se é que tinha este nome naqueles tempos) e toquei em direção a Governador Valadares. Quase na divisa com Minas Gerais, o valente carro entregou os pontos. O ruído da biela denunciou a gravidade da situação. Fui rebocado até o povoado de Nova Conquista, hoje Cândido Sales, que consistia de poucas dezenas de construções em ambos os lados da rodovia. O *top* mecânico do local, Zé Pretinho, ficou encarregado de abrir o motor e consertá-lo. Instalei-me na única pensão disponível; quebra-galho para aflitos sem alternativas.

Zé Pretinho protagonizou um episódio realmente digno dos filmes de faroeste, sem paralelo em toda minha existência, até hoje.

Não tendo outra opção, fiquei na sua oficina – se é que era sua – acompanhando seus esforços em penetrar nas entranhas do Gordini. Lá pelas dez da manhã, entrou um cidadão que, sem rodeios, foi direto ao assunto:

— Cadê meu dinheiro, Zé!

— Cê não vê que estou trabalhando?

Assim começou o diálogo. Zé Pretinho continuava agachado, calmo como as pessoas seguras de si e bom de briga, enquanto o outro foi crescendo de tom e aspereza. Quando chegou ao negro filho da puta, Zé se levantou e deu uma porrada só. O cidadão desabou desacordado. O mecânico colocou-o nas costas como se fosse um saco de farinha, saiu da oficina, caminhou na beira da rodovia até um buraco que me pareceu preparado para receber algum poste e, sem esforço aparente, enfiou nele o corpo em posição de sentido. Voltou sem ofegar, tranquilo e continuou o serviço como se tivesse feito uma pausa para cafezinho.

Para minha surpresa, os poucos transeuntes que passaram pelo sujeito dormindo com a cabeça para fora do buraco, foram indiferentes ou assim fingiram, até que este acordasse e pedisse socorro, pois não se conseguia mover. Tiraram-no e desapareceu. Fui até um bar tomar uma cerveja, pensando que voltaria armado para um confronto sangrento. Nada disto aconteceu durante os restantes dois dias em que fiquei em Nova Conquista. Paguei Zé Pretinho e meti o pé na estrada.

Não devo ter rodado mais que 10 quilômetros, quando o carro deu uma tossida e parou numa subida. O cano de descarga vertia água. Voltei com a primeira carona caridosa e dirigi-me à oficina. Informaram-me que Zé Pretinho estava preso na delegacia. Fui lá e expliquei a situação ao delegado. Trouxeram o mecânico que corretamente diagnosticou o problema como falha das juntas que fecham a tampa do motor. Pegou sua caixa de ferramentas junto com as peças necessárias e voltamos ao Gordini num camburão da polícia. Em pouco tempo refez seu trabalho e, com um pernoite em Muriaé, cheguei a Volta Redonda.

Antes de retornar à Faculdade, queria visitar dois amigos da adolescência com os quais convivi no Colégio Anchieta de Porto Alegre: Oscar e Lúcio. O primeiro, um ano mais velho que eu, era engenheiro da Companhia de Siderurgia Nacional de Volta Redonda. Bati à porta de sua casa lá pelas três da tarde e fui recebido por Irene, esposa de Oscar, grávida do quarto filho. Ficou preocupadíssima com minha aparência estropiada e serviu um lanche digno de um *high tea* de hotel londrino de cinco estrelas. Daí a pouco chegou meu amigo com três pizzas, certamente advertido pela mulher do meu estado precário. Não nos víamos desde 1961 e havia muita prosa a atualizar, além das recordações deixadas de várias férias passadas na praia de Torres e muitos acampamentos compartilhados em fins de semanas e feriados pelos pagos gaúchos.

Dia seguinte passei em São José dos Campos para ver Lúcio, irmão de Oscar e meu colega de turma no colegial. Ele se formara no Instituto Técnico da Aeronáutica. Como era sábado à tarde, fomos ao aeroclube. Lá conheci os irmãos Junqueira, Cláudio e Plínio, campeões brasileiros de voo à vela, que me deram oportunidade de planar nos céus pela primeira vez. Despedi-me de Lúcio com o firme propósito de tirar o brevê de planador.

Tirei. Pratiquei o esporte muito pouco porque requer um tempo enorme de que não dispunha. Mas, por exigência da Aeronáutica, fiz um regime colossal e pela única vez na vida adulta consegui chegar a 84 kg. Não durou muito...

17
ÁFRICA – TEMPOS FELIZES

Há viagens que valem pelo momento ou época histórica do local visitado, um fato que só se percebe anos mais tarde. Foi isto que me aconteceu na África que conheceu um curto período de felicidade sem que eu e nem Ela soubéssemos. É a única razão desta vivência minha integrar esta coletânea e que poderá oferecer dificuldades ao leitor. Não há como fugir da complexidade das histórias de independência e eventos posteriores do Continente Negro.

* * * * *

1964 é ano importante na história do Brasil e na minha também. O golpe militar não caberia aqui, se eu não estivesse casualmente na frente às tropas da IV Divisão da Infantaria. Um episódio incrível de alienação social e política!

O mês de março começou tranquilo, todos os preparativos para meu afastamento para a África e Londres estavam concluídos. Na África ficaria poucos meses pesquisando doenças cardíacas e em Londres faria meu estágio pós-doutoral. Assim, para sair da rotina e refrescar as ideias, resolvi ver a arte barroca mineira durante a Semana Santa e fui de carro a Minas Gerais.

As cidades históricas de Sabará, Ouro Preto, Mariana e Congonhas do Campo são atrações internacionais que oferecem uma visão do que há de mais interessante na história do Brasil colonial, têm ambiente e atmosfera para sentirmos os séculos XVIII e XIX e um acervo artístico que ainda vive nas igrejas e casarões. Andar tarde da noite pelas ruas de pedra a escutar o eco dos passos devolvido pelos sobrados é um privilégio. É a hora certa para mesclar a alma com o espírito daqueles mestres que conceberam a arte religiosa com ingenuidade e executaram-na com primorosa maestria.

Saciado com tanta paz e beleza, coroei a semana ouvindo a missa solene de Domingo de Páscoa naquela maravilha que é a igreja de S. Francisco de São João Del Rei. Depois fui almoçar em Tiradentes e admirar a capela de S. Antônio do Canjica de Ouro que, provavelmente, tem o altar mais ricamente ornamentado do país.

Retemperado e descansado, segunda-feira à tarde peguei a estrada para o Rio de Janeiro, a fim de comprar dólares na casa de câmbio do primo de um grande amigo. Cheguei ao hotel Regente Copacabana lá pelas três da madrugada, ou seja, terça-feira dia 31 de março. Como queria voltar a Ribeirão no mesmo dia, dormi umas horas, tomei meu café, paguei as contas e às dez horas toquei a campainha do cambista, que estava fechado.

Cheguei cedo — pensei, mas, ao me identificar a porta se abriu e pude falar com Temi. Seu nome é raro e de difícil pronúncia, Temístocles, que todo mundo abreviou para Temi. O diálogo maluco que se seguiu, posso resumir assim:

— Oi, Temi, como vai. Vim comprar uns dólares.

— O quê? Dólares, agora? Você está de brincadeira, Jorge!

— Não estou, não. É sério. Preciso de dólares para a África.

— Você sabe que está acontecendo?

— Sei não, Temi. Passei uns dias em Minas Gerais e cheguei esta manhã na cidade. O que é que há?

—Você veio de Minas Gerais e não sabe que as tropas do General Mourão tomaram o Rio?!

Acreditem ou não, esta é a verdade: eu não sabia de nada! Durante a Semana Santa não li um jornal sequer e dediquei meu tempo todo à apreciação do barroco mineiro. Inteirado do horário exato da invasão das tropas, cheguei à conclusão de que, ao descer a serra fluminense, eu deveria estar poucos quilômetros à frente do exército, coisa de dez a quinze minutos. Me divertia imaginar o pequenino Dauphine rodando na neblina escura da madrugada pelas serras fluminenses, fugindo dos tanques do General Mourão.

Toquei imediata e diretamente para casa. Passei a Dutra sem problemas e só fui detido na Anhanguera, perto de Campinas. Prossegui à custa de meia hora de explicações, fato que se repetiu mais de uma vez, antes de alcançar Ribeirão Preto.

* * * * *

Meio século se foi desde os tempos felizes que passei na África. Entrei pelo Senegal, desci até o extremo sul e, depois, subi e saí pelo Cairo. Um V bem grande, com algumas paradas improvisadas e estadias na Nigéria, África do Sul e Uganda, onde fui trabalhar nas universidades. Além de projeto científico, centrado no estudo de cardiopatias, nada de extraordinário aconteceu nesta visita, além da singularidade da própria África. Não fosse a retrospectiva histórica, esta viagem maior caberia mais em memórias de pesquisas, estudos e vivências culturais, até mesmo num *travelogue*, e bem menos nestas páginas.

Seus famosos parques nacionais e reservas ecológicas são mundialmente conhecidos e atraem multidões de turistas a cada ano. Visitei alguns, gostei muitíssimo, mas nada há digno de registro considerando o espírito destes relatos. Posso dizer algo, a fim de tapar o vazio das expectativas, algo ligado às crises de idiotice que de quando em vez – graças a Deus! – me acometem.

Foi no parque Amboseli, aos pés do Kilimanjaro, onde fiz um safári de três dias com umas dez pessoas, um guia e dois guardas-florestais africanos. Tudo muito simples, andávamos em jipes e dormíamos em barracas de lona.

Na primeira manhã resolvi espiar o nascer do sol. Desvencilhei-me do meu saco de dormir, expulsei o que restou do sono da véspera com elaborado espreguiçamento, peguei a máquina fotográfica e fui até o limite do nosso acampamento. Estávamos num pequeno bosque circundado por um cerco de arame farpado que me chegava ao peito. Saciei a alma com a magnífica visão do monte com seu gorro de neve eterna vigiando a savana que se estende até os horizontes. Um grupo de girafas e dois rinocerontes, atarefados com suas refeições matinais, completavam o quadro.

Premido pela necessidade fisiológica, decidi ir até o banheiro. Antes de entrar na cabana de bambu com duas fossas turcas e um lavabo, escutei um barulho. Uns trinta metros adiante, um elefante estava revirando um dos tambores de lixo do camping. Fui em sua direção, com a câmera colada no olho, quando escutei uma voz:

— Não olhe para trás, pare e recue bem devagar. Vou orientar seus passos.

Assim fiz, andando de costas até chegar a um dos guardas que apontava seu rifle para o elefante. Ele não me falou nada, porém na tenda-refeitório o guia me deu uma carraspana que atraiu a atenção até daqueles que ainda sequer se tinham aprontado para o café da manhã!

E eu já tinha sido avisado no Kruger Park, na África do Sul, que o animal mais perigoso era o hipopótamo, entretanto o elefante é que causava o maior número de acidentes pela imprudência dos turistas que o consideram bicho de circo!

* * * * *

A riquíssima e diversificada antropologia cultural e social da África era nova para mim e, quando podia, aproveitei a oportunidade para alargar meus horizontes. Daí que parei em vários países ao me deslocar às universidades programadas para a pesquisa das cardiopatias.

Fiquei dois dias em Dakar, capital do Senegal, depois fiz paradas em Acra (Gana) e Abidjan (Costa do Marfim) antes de chegar à Nigéria. Entre Nigéria e África do Sul, tentei entrar no Congo, que estava conturbado desde o assassinato de Lumumba por lutas pelo poder. Não consegui passar do aeroporto de Brazzaville e tive que continuar o voo até Johanesburgo. Lá, no lugar do visto que não tinha, apresentei o convite da Universidade de Witwatersrand e a correspondência que mantive com o prof. B.J.P. Becker sobre a cardiomiopatia por ele descrita. Como já era noite, me retiveram numa cela do aeroporto até o dia seguinte, quando as autoridades universitárias e da imigração se entenderam e carimbaram meu passaporte.

Antes de Uganda, no centro da África, desci em Nairobi para visitar Quênia e Tanzânia e, depois de concluir minhas pesquisas em Kampala (Uganda), passei por Juba, Wau, Malakal e Cartum, cidades sudanesas, finalmente, por Cairo, Atenas e Roma, a fim de chegar em Londres. Registre-se que na mala levava potes de vidro com recortes de onze corações e de dois megacólons, guardados em formol, sem nenhuma documentação oficial, e isto não me causou dificuldade alguma nos aeroportos até o meu destino final. Tente-se fazer isto hoje!

Tive uma pequena surpresa em Cartum, capital do Sudão, divertidíssima e impensável atualmente.

A notícia de que a construção da represa de Assuã iria submergir os templos de Ramsés II em Abu Simbel correu o mundo e houve uma campanha internacional, liderada pela UNESCO, para preservar aquele tesouro arqueológico. Fizeram uma barragem protetora, a fim de mantê-lo seco, cortá-lo em blocos e transportá-lo até uma colina artificial onde o conjunto seria remontado. A empreitada teve êxito e foi concluída em 1968, ou seja, quatro anos após a minha visita. A fim de ver este monumental tesouro da arqueologia egípcia *in loco*, planejei passar por lá. A cidade mais próxima a Abu Simbel era Wadi Halfa e eu a incluí como parada no bilhete comprado em São Paulo.

Quando quis embarcar em Cartum para Wadi Halfa, o funcionário fez um esgar de espanto e perguntou aonde e quando comprara a passagem. Respondi que em São Paulo, Brasil e, como podia bem verificar, a passagem foi emitida pela BOAC em 24/06/1964. (É isto mesmo, está entre minhas relíquias zelosamente guardadas). O funcionário balançou a cabeça com tristeza:

— Só se for de submarino. Wadi Halfa está submersa há alguns meses pelas águas do Nilo.

Tive que aceitar a única alternativa: voar de Cartum a Cairo e, depois, voltar Nilo acima, de trem, visitando Luxor e Abu Simbel.

Poderia ocorrer isto na época que estamos vivendo? A British Airways – que substituiu a BOAC – vender uma passagem para uma cidade submersa? Nunca minha gente, nunca. Mas, falando em Sudão, há outra coisa a registrar, bem mais importante relacionada aos tempos felizes da África.

A ideia que temos deste país é de tensões étnicas e religiosas, convulsões violentas, nada recomendáveis para visitas. Não foi a minha experiência e nem podia imaginar este futuro trágico!

Encontrei em toda parte absoluta tranquilidade e excepcional hospitalidade, diria sem paralelo na minha experiência de então. Nunca consegui pagar os táxis que circulavam nas ruas de Cartum, levando passageiros como se fossem coletivos. Alguém se antecipava e só me restava agradecer. Uma vez pedi informação na rua sobre a localização do correio, o cidadão não só me levou até lá, como pagou os selos e acompanhou o processo do despacho da carta até o fim. E assim desfilam na memória pequenos episódios de carinhosa atenção sudanesa.

A violência extrema entre muçulmanos e povos de outras crenças que assolou este país, causando espantosas atrocidades e, provavelmente, mais de um milhão de vítimas; a divisão do país em Sudão e Sudão do Sul; o genocídio de Dafur, ainda em andamento; tudo isto era impensável na época e, se alguém me vaticinasse estes acontecimentos futuros, teria duvidado do seu bom senso. É aqui que entra a excepcionalidade desta viagem, o porquê da presença da África nestas histórias. Um sopro favorável do destino dirigiu meu barco ao Continente Negro numa época de bonança singular que não se repetirá.

A história nos conta como as civilizações mais fortes estupraram as mais fracas. A barbarização dos índios e dos negros pelos civilizados europeus é bem eloquente. A África foi retalhada pelos poderes coloniais que destruíram a ordem estabelecida pelos séculos. A Segunda Grande Guerra sacudiu o mundo inteiro e deu uma nova visão de valores à humanidade. O colonialismo formal ficou com seus dias contados e o clamor de liberdade dos africanos tinha que ser atendido. E vários povos despertaram do sono ancestral para um mundo novo, um deslumbramento passageiro seguido de renovado sofrimento.

Gana foi a primeira nação africana a conquistar sua independência, em 1957 e na sequência muitas outras: Senegal (1960), Costa do Marfim (1960), Nigéria (1960), Congo (1960), Uganda (1962), Quênia (1963) e assim outras, pouco antes da minha visita.

Os limites geográficos destes países foram traçados pelos colonizadores, ignorando o território das nações africanas antigas, baseado na etnicidade. Ignorantes ou irresponsáveis, espalharam etnias coesas em unidades políticas diferentes e juntaram antagônicas sob o mesmo poder governamental. Problemas sérios que na esteira da euforia da liberdade passaram despercebidos ou imaginados como superáveis pelos próprios africanos.

Alguns dos primeiros dirigentes destas nações emergentes foram educados nas universidades europeias. Pessoas dignas, cultas e respeitadas pela população que negociou ou lutou pela independência. Foram eleitas no vácuo destes movimentos. Mas depois, nas rodadas eleitorais seguintes, assim que as urnas eleitorais anunciassem a celebração da democracia ao mundo, viravam urnas funerárias de votos esquecidos nos porões de ditaduras mais ou menos disfarçadas. Será que me consegui explicar neste oásis de liberdade e democracia em que vivemos? Deu para entender este fenômeno tão inusitado?

Não é minha intenção discorrer sobre a política das nações africanas, nem tenho competência para tal. Minha única pretensão é dizer que cheguei justamente quando a história abriu uma janela para o jardim das esperanças em várias partes da África. Depois a cerrou e passarão gerações até nova abertura, que não será igual, pois a roda da história jamais retrocede. Tive a sorte de presenciar o momento em que uma onda de alegria varreu diversos países. Só anos mais tarde caiu a ficha da efemeridade desta bonança. Quando lá estive, não tinha a mínima ideia do futuro imediato que desabaria com fúria, nem sequer um pressentimento. Eram os anos da transição dos regimes coloniais para nações independentes, caracterizada pela euforia dos africanos e colaboração dos antigos poderes coloniais, presença de muitos europeus em posições de responsabilidade e a ascensão ao poder de uma elite africana bem preparada. Anos dourados que duraram pouco. As lutas internas pelo poder, tensões tribais e a votação de populações totalmente despreparadas, levaram a guerras, genocídios, desmandos e corrupções. Tentarei iluminar melhor minhas afirmações com as poucas vivências que tive.

Nigéria

Fiquei neste país, totalmente ocupado com minhas pesquisas que, além das cardiopatias, incluíam a investigação da possível existência da moléstia de Chagas suspeitada por Walter Ronga, que contatou nosso departamento em Ribeirão Preto, e a obtenção de soro de doentes com a moléstia de Sono para estudo comparativo entre a tripanossomíase africana e americana. Ao contrário do que imaginei pela sonoridade do nome, Ronga não era africano, mas um pediatra italiano de Torino. Com ele percorri mais de mil quilômetros à procura de alguma evidência da moléstia de Chagas. Felizmente, não achamos. Na procura por triatomídeos tive uma colaboração excelente e indispensável do nosso bicampeão de salto tríplice, Adhemar Ferreira da Silva, que era adido cultural na embaixada brasileira, em Lagos. Sem ele não teria conseguido o auxílio da população urbana na periferia da cidade. Uma pessoa fora de série física, artística e intelectualmente. Cabe seu registro em histórias raras, porque ele é uma tulipa negra, ou seja, uma improbabilidade, pois na minha experiência de rodar pelo mundo por seis décadas, nada se deve esperar de útil do nosso corpo diplomático que serve no exterior.

O centro médico universitário mais importante ficava em Ibadan. Os cargos administrativos, reitor, vários diretores, chefia de setores estavam ocupados por nigerianos, quase todos da etnia ibo, enquanto os profissionais que chefiavam departamentos e serviços eram europeus, assistidos por africanos. Encontrei um ambiente agradável, cordialidade entre as pessoas, sinceridade na missão de ensinar e seriedade no esforço de aprender.

Tive a impressão de que os serviços públicos estavam integralmente ocupados por nigerianos, assim era pelo menos nos vários centros e secretarias de saúde que visitei. Por outro lado, a iniciativa privada de grandes empreendimentos era estrangeira. Não vi a produção de gás e petróleo, que era incipiente na época, e nem sei o tipo de contrato que as empresas faziam com o governo nigeriano. Entretanto, tive contato com a construtora da enorme represa de Busa, que era exclusivamente italiana. O que desejo salientar é que em lugar algum percebi qualquer preocupação ou precaução em relação à segurança. O sistema de andar com escolta armada ainda era desconhecido.

A tensão entre as principais etnias era evidente e há muitas na Nigéria. As que me pareceram mais importantes foram: a ibo, cristianizada e com a maior escolaridade e representação intelectual no país, mantendo muitas posições administrativas importantes; a iorubá, que ocupa a região sudoeste da nação e me era familiar porque a maioria dos afro-brasileiros são seus descendentes; a hausa e a fulani, que são bem similares, predominantes numericamente, islâmicas e ocupam a região norte da Nigéria.

Não prestei atenção particular aos antagonismos étnicos, porém rivalidades e mesmo ódios afloravam no cotidiano. Conto um episódio.

As viagens que fiz com Walter Ronga eram de Volkswagen e tínhamos um chofer iorubá que aqui chamarei de Zé, já que seu nome não me surge na memória. Quando fomos a Kaduna, capital da região norte, à medida que penetrávamos na terra dos hausas e fulanis, Zé não conteve seu desgosto. Criticava tudo, moradias, plantações, vestuários, comidas, o que quer que fosse. Uma vez se excedeu perigosamente.

A maioria das estradas em que rodamos era de terra e em condições precárias, e a tarefa do Zé não era nada fácil. Tivemos um acidente com um ciclista, na realidade ele é que nos atropelou e só houve danos materiais, mas vá se entender com a polícia! Custaram algumas horas em celas separadas numa prisão próxima à cidade de Ilorin, onde tínhamos que preencher inquéritos e fazer relatórios. Ronga, já experiente no país, gritou de sua cela que fizesse desenhos, pois os guardas eram analfabetos funcionais. Salvamos a carta de habilitação do Zé com propina compulsória.

Outra vez uma pedra quebrou o para-brisa e viajamos o dia todo, embaixo de forte chuva, até conseguir um novo. Nosso motorista teve que colocar seus óculos de sol para dirigir, certamente coisa bastante enervante em dia escuro e com lentes molhadas.

A situação crítica ocorreu quando ficamos atrás de um caminhão atolado numa área rural na terra dos hausas. Umas vinte a trinta pessoas estavam em torno do veículo, empenhadas na ajuda ou simplesmente observando a ingrata tarefa de tirá-lo do buraco. Após um bom tempo, a paciência do Zé se esgotou, deitou na buzina, meteu o carro em cima do campo e acelerou sem piedade para passar ao lado do caminhão. Foi em frente como se as pessoas fossem galinhas! Os homens pularam e tentaram se esquivar do fusquinha, mas assim mesmo raspamos em dois deles. Ao tentar voltar à rodovia, nosso automóvel ficou preso numa valeta. Walter e eu saímos imediatamente para aliviar o peso e empurrar o carro, no que tivemos sucesso, porém o grupo já estava em torno de nós. Começaram por arrancar Zé do seu assento. Confronto complicado, para dizer pouco, um iorubá e dois europeus contra duas dezenas de hausas furiosos. Foi então que a presença de espírito do italiano nos salvou. Ronga encarou o grupo e deu um grito:

— *I am the Master*!

Tendo afirmado sua autoridade, *Master* todos sabem o que é, pegou Zé pelos ombros, puxou a si e estourou uma bofetada no seu rosto. Aproveitou o momento de espanto e ordenou:

— *Get in the car*!

Zé entrou e Walter se dirigiu aos presentes, desculpou-se em poucas palavras usando um tom solene, tanto se importando se entendessem inglês ou não, pois a ocasião falava por si. Sem esperar resposta, entramos no carro e seguimos a viagem. Uns quilômetros mais adiante paramos. Zé chorava convulsivamente e Ronga abraçou-o e explicou que se não fosse o tapa na cara, ele já estaria morto.

Sim, as tensões eram perceptíveis, porém eu desconhecia suas profundidades e implicações. Bastava-me que o presidente era um ibo de grande prestígio em todo o Continente Negro, Nnamdi Azikiwe, e o primeiro-ministro, o hausa Abubakar Tafawa Balewa. Este ouvi discursar e achei-o de rara eloquência, além de possuir uma voz bonita, macia e aveludada. A Rainha Elisabeth II também deveria tê-lo admirado, visto que o condecorou e lhe deu o título de *Sir* quatro anos antes.

Não levou dois anos para que o vulcão estourasse e as flores da primavera da independência murchassem. Tudo iniciou com um golpe militar em que algumas autoridades foram assassinadas, entre elas Sir Abubakar. Seguiu-se uma reação violenta que gerou uma guerra civil de três anos, a Guerra de Biafra, que ceifou a vida, estimada entre um a três milhões de pessoas, da etnia ibo. Um genocídio. Depois, a Nigéria virou uma República Federativa e ocupou seu lugar de mais populosa e rica entre as nações africanas. Também se destaca no mundo pela insegurança, corrupção e desigualdade social.

Ao falar com pessoas que foram à Nigéria por qualquer motivo, repetidas vezes escutei que sentiram um alívio enorme quando o avião decolou rumo aos seus lugares de origem. Definitivamente não foi meu caso.

Uganda

O Educandário Makerere virou a Universidade da África do Leste em 1963, um ano antes da minha visita. Entretanto, era uma instituição de educação antiga para os padrões da África, pois sua fundação na cidade de Kampala, como escola técnica, data de 1922 e desde 1949 era University College filiada à instituição universitária homônima de Londres. Por muitos foi considerada a melhor instituição de educação superior ao sul do Saara. O que eu posso dizer é que sua Faculdade de Medicina foi brilhante e minha estadia muito prazerosa. No seu hospital universitário, Mulago, foi descrita a endomiocardiofibrose pelo patologista americano Jack Davies, em 1948, e dez anos depois um linfoma muito agressivo pelo médico irlandês Denis Burkitt, que leva o seu nome.

Conheci ambos, Davies em Ribeirão Preto e Burkitt em Kampala. Ele tinha excelente senso de humor e ajudou-me em tudo, até no relacionamento com os estudantes. Nosso primeiro encontro é inesquecível. Alguém fez as apresentações e eu me dirigi a ele como *doctor* Burkitt. Balançou a cabeça e protestou com excessiva seriedade que não era doutor. Enquanto liderava o caminho para a enfermaria, alguém me segredou: ele é *mister, mister* Burkitt. Fiquei bem confuso, pois até então não sabia que os cirurgiões das Ilhas Britânicas usam o título de *mister* e não *doctor*.

Revendo documentos desta viagem, encontrei o recibo formal da minha estadia na casa de hóspedes do Makerere University College, assim está escrito, e o preço de *380 Shillings and 25 Cents*. Bem britânico. O papelucho trouxe várias recordações e há uma que tem tudo a ver com o enfoque deste capítulo. O camareiro Peter. Era um watusi jovem, alto e esguio, com quem estabeleci bom entendimento. Esta tribo vivia na minha memória pelos filmes documentários que despertaram grande curiosidade, pois se tratava do grupo étnico mais alto da Terra e, dizia-se que cada varão era capaz de pular à própria altura; treinados seriam imbatíveis campeões olímpicos. Na África, se bem recordo antes de chegar a Uganda, informaram-me que os watusi foram massacrados em Ruanda por algum grupo de hutus e os sobreviventes se refugiaram em outras nações. Isto aconteceu de fato e Peter era um órfão refugiado. Nunca atendeu a meu pedido de demonstrar seu pulo, e o único que me fez foi de suas habilidades no manejo da borduna. Portentoso, realmente!

Pois bem, arquivei a desgraça dos watusi, que sabia ser da grande nação tutsi, sem suspeitar o futuro tenebroso que estava por vir. E os sinais da erupção estavam na minha frente. Trinta anos mais tarde, após numerosos incidentes sangrentos, irrompeu a violência maior e os hutus exterminaram mais de meio milhão de tutsis. Os pormenores das atrocidades assombraram o mundo.

A situação em Uganda parecia em tudo semelhante à da Nigéria. Cordial transferência de conhecimentos dos europeus aos africanos, tranquilidade e segurança em toda parte, porém a violência já fermentava e não demoraria a transformar o país em caos. O sistema de governo era federativo parlamentar, respeitando os reinados tribais tradicionais. O presidente era o rei de Baganda, Edward Mutesa, e o primeiro-ministro, Milton Obote, que conspirava para centralizar o poder em suas mãos. Para isto teria que transformar Uganda em República e acabar com os poderes tradicionais. Isto ele conseguiu em 1966, com o auxílio de Idi Amin, homem forte do exército e seu comparsa em contrabando de ouro.

As décadas seguintes se caracterizaram por perseguições de todo tipo e os anos setenta ficaram famosos pela extrema crueldade do sanguinário Idi Amin Dada (ele acrescentou Dada, pai, ao seu nome, depois de eleito presidente) que exterminou seus inimigos, reprimiu toda oposição e calcula-se que é responsável pela morte de 300 mil ugandenses. Xenófobo ao extremo, expulsou sumariamente os asiáticos do país. Se não me engano eram em torno de 60 mil e a maioria de origem indiana. Tiveram noventa dias para deixar Uganda.

A Universidade de Makerere foi esvaziada da competência estrangeira e a vida dos intelectuais africanos ficou complicada, pois o ditador mal sabia ler e os odiava. A instituição nunca recuperou o prestígio perdido. Sua popularidade foi se esvaziando ao longo dos anos e a nação respirou aliviada quando Amin abandonou o país, em 1979, para se refugiar na Arábia Saudita. As eleições presidenciais de 1980 foram vencidas por Milton Obote e o regime de brutalidade e corrupção continuou até ele ser deposto e exilado por um golpe militar que, em pouco tempo, levou a nação ao caos econômico. Uganda padece, como tantos outros países, com uma pseudodemocracia que leva ao poder a incompetência, violência e a corrupção. Sua legitimidade é a votação e acaba com a cerimônia da posse.

A passagem da antiga ordem social de reinados para os clássicos modelos democráticos ocidentais é irreversível, porém, se trouxe benefícios precisa ser bem analisada. Da minha parte, posso afirmar que o período de festejo da independência ugandense durou de 1962 a 1966, e outubro de 1964 foi uma boa época de trabalhar e conhecer este país onde nasce o rio Nilo.

África do Sul e as Rodésias

Tudo que posso dizer da África do Sul é bem conhecido. A noite na cela do aeroporto foi tranquila, assim como toda minha estada neste país. No departamento de Patologia da Universidade de Vitwatersrand, o prof. Becker apresentou a cardiomiopatia que descrevera e me deixou completamente à vontade. Foi muito amável, introduziu-me no seu meio social e cuidou de tudo. Mostrou-me um pouco do país e providenciou que visitasse o Parque Kruger, reserva da fauna africana, e uma mina de ouro, a Stillfontein.

Considerando o trabalho que lhe dera na minha chegada, ajudou-me obter os vistos para Uganda, Rodésia do Sul e Rodésia do Norte. Esta última era colônia britânica e um mês depois da minha estadia obteve sua independência. Foi rebatizada como Zâmbia. Ao contrário, a Rodésia do Sul no ano seguinte se declarou independente da Inglaterra e ficou denominada de Rodésia, tendo Salisbury como capital. Após sangrentos confrontos entre a população branca e negra, esta aventura terminou em 1980 e a independência foi declarada. Nasceu Zimbábue, tendo Harare como capital e Robert Mugabe de presidente que, em poucos anos, mostrou sua competência: se reelegeu sistematicamente durante mais de 34 anos. Nada mau!

África do Sul saiu do Commonwealth em 1961 e virou república, mas de brancos somente. Encontrei um país próspero, com cidades limpas, serviços públicos bem organizados e forte policiamento em toda parte. O apartheid dominava o cotidiano. Os brancos falavam da multidão de negros que os circundavam prontos para lhes cortarem o pescoço. O que os negros diziam só posso imaginar, pois não tive contato com eles. A segregação era uma realidade. Nelson Mandela havia sido preso em 1962 e estava na prisão de segurança máxima em Robben Island, perto da cidade do Cabo.

A primeira eleição universal na África do Sul foi realizada em 1994 e Mandela foi eleito num grande movimento de júbilo. Nada, neste momento poderia lhe tirar a distinção de ser o primeiro presidente. No meu livro sobre Paciano Rizal[11], reverencio-o como um dos homens beneméritos da humanidade, junto com Abrão Lincoln, José Rizal, Mahatma Gandhi e Benito Juárez. Entretanto, o próximo eleito e reeleito foi Jacob Zuma, sem nenhuma das qualidades de Mandela que eu soubesse. Aquela janela especial da história da qual falo, abriu-se para a África do Sul de 1994 a 1999. Uma pena que não estive lá testemunhando tudo.

Não tive o privilégio de privar com africanos natos que fossem notáveis nesta viagem, entretanto em Londres tive a felicidade de conviver com um extraordinário, Bruno Grant, de Serra Leoa, pessoa realmente fora do comum e rezo que ainda esteja entre nós.

---

11. Paciano Rizal — A hero missing at the Luneta. Amazon-Kindle, 2014. Na versão portuguesa ele não aparece porque ainda não havia morrido.

18
SERRA-LEONENSES

Nunca estive em Serra Leoa e nem pretendo visitar este país da África Ocidental. Sei que Freetown é a capital e pouca coisa mais. As notícias que vazam de Serra Leoa à mídia internacional são as piores possíveis: guerras fratricidas que espantaram o mundo com sua crueldade e, mais recentemente, a epidemia de febre hemorrágica provocada pelo vírus ebola. Entretanto, a história que vou contar é bem anterior a estas desgraças e nada tem de chocante.

Até hoje só conheci dois serra-leonenses: um muito bem, de 1964 a 1965, e o outro, apenas por horas, em setembro de 1965.

De todas as pessoas com quem privei durante meu estágio em Londres – deixando o professor Spector, chefe do departamento de Patologia do St. Bartholomew's Hospital, na categoria de *hors – concours* – nenhuma deixou sulco tão profundo nos meus registros que Bruno Grant.

— Foi uma grande amizade?

Não, com certeza. Ambos éramos bolsistas do British Council e fomos hospedados na mesma pensão por alguns meses e, depois, nos encontrávamos aqui e acolá nas atividades promovidas pelo Conselho Britânico. Classificaria nosso relacionamento como amistoso. Na pensão havia um pouco mais de 70 pessoas de 28 nacionalidades diferentes. Graças à política inteligente do Conselho, não existia grupo dominante e penso que a maioria desfrutou bastante desta diversidade. Nossa mini-ONU tinha um administrador britânico e um líder da comunidade de pensionistas eleito por seus pares. Quando estive por lá, o cargo esteve ocupado por Taha Rasul al Taha, engenheiro iraquiano xiita que ficou meu melhor amigo em Londres.

Bruno era negro, com 29 anos, oriundo de conceituada família de Freetown. Soube disto quando falou de seus familiares num momento de tristeza: ao receber a notícia do falecimento de uma das avós que queria muito. Ficamos em torno dele oferecendo nosso consolo e ele falou um pouquinho sobre o lar. Seu refinamento, tanto de comportamento como de vestir, sugeria uma educação bem orientada de berço, ambiente de tradições e conforto material. Não conheci ninguém em Londres que tivesse suas maneiras de cavalheiro perfeito. A fidalguia emanava de sua pessoa com a maior naturalidade, sem artifícios, sem nenhum esforço. Aquela rigidez própria de alguns lordes – conheci mais de um – que às vezes largam fumaça pelas orelhas de tanto atrito que faz sua engrenagem interna, nunca vi no Bruno. Acrescente-se a isto uma figura alta de 1,85 metros, bem proporcionado, um rosto africano típico com nariz achatado e lábios característicos, olhar vivo e uma voz macia de baixo-barítono, e aí está o retrato deste serra-leonense, até então o único que conheci na vida.

Sujeito olímpico. Onde fosse atraía atenções, mormente das mulheres e ele era muito sociável. Na Inglaterra, definitivamente preferia as loiras porque o vi frequentemente bem acompanhado, mas nunca com damas de pele escura. Teve um problema maior com o administrador da pensão, cuja mulher ficou apaixonada por ele. Embora se esquivasse de suas atenções, o marido, carcomido pelo ciúme, chamou-o às falas. Dia seguinte nosso amigo se mudou para um minúsculo apartamento de dormitório, sala e cozinha conjugados, só o banheiro separado, em área central da cidade. Comunicou seu novo endereço aos companheiros sem alarde, com tranquilidade absoluta. Sabíamos que não tinha culpa no cartório.

Bruno Grant fazia jornalismo em Londres e confidenciou-me que queria ser diplomata. Fez estudos na França, Alemanha e Suíça e dominava muito bem o francês e o alemão. Inglês, krio e não sei que outras línguas nativas ele trazia de casa. A propósito, recordo-me de uma cena bonitinha que permite apresentá-lo melhor.

Num frio entardecer de outono, quando naquelas latitudes já é bem escuro, entrei na pensão. Em torno de uma mesa estavam Bruno e um casal. Aproximei-me para lhe saudar, mas ele me antecipou e fez as apresentações. Eram alemães que foram a Londres para algum tipo de aperfeiçoamento em jurisprudência anglo-saxônica. Sentei para uma prosa. A conversa fluía num inglês bem precário, revelando a doença universal das escolas que pretendem ensinar línguas estrangeiras: muita gramática e pouca prática. O casal não tinha automatismo da língua e precisava a toda hora buscar palavras em algum recesso das circunvoluções cerebrais. Achei penoso de ouvir a gagueira e sugeri que mudássemos para o alemão. Não que conhecesse melhor esta língua, porém certamente era mais fluente do que eles em inglês. O homem olhou surpreso para Bruno e falou:

— Por que não disse que fala alemão?

— Porque ninguém me perguntou — respondeu com naturalidade.

Aí está. Bruno Grant nunca faria o que eu fiz, pois poderia criar constrangimento expondo a fraqueza de alguém com sua força. É uma questão de delicadeza.

Outra lembrança. O casal grego, Spiros, fez uma festa de despedida. Com malas prontas, aliviados e felizes, partiam para casa. Finalmente! Ele cardiologista e ela dentista, detestaram a estadia na capital inglesa. Éramos uns dez, talvez, e celebramos à moda grega com comidas típicas, fáceis de conseguir em Londres, regadas com muita bebida e animação viva e ruidosa. Lá pelas duas da madrugada, o casal lembrou que não se despediram do Bruno. Isto não poderia ser, definitivamente. Levantamos acampamento e partimos. Meia hora depois batemos no seu apartamento em estado de graça. Levou alguns segundos até que ele aparecesse alto e cordial num roupão vermelho, preenchendo o vão da porta. Pediu que entrássemos e dispôs-se a fazer café, apesar dos protestos. Era óbvio que necessitávamos. Exceto o banheiro, tudo era visível naquele ambiente e nada havia fora de lugar. A cama tinha a ponta da coberta levantada, no resto sem vinco. Dormia duro? Arrumara antes de nos receber?

Ao terminar o café, que teve de servir em três turnos, o canto da cozinha estava como no começo, apenas com uma bandeja contendo xícaras. O tempo todo, Bruno esteve completamente à vontade no meio dos seus amigos ligeiramente alcoolizados. Anfitrião perfeito.

Mais um episódio. Comigo.

Numa das festas do Conselho Britânico, estava numa roda conversando com algumas mulheres, falando pelos cotovelos, quando apontou Bruno, elegantíssimo numa combinação de calça escura com casaco camurça e gravata sei lá de que grife. Parei e passei às apresentações; primeiro à mulher que estava ao meu lado direito:

— Permita-me apresentar meu amigo, Peter Grant, de Serra Leoa.

Um conhecido interrompeu:

— Mas, Jorge, ele não é Peter, é Bruno!

Imperturbável, ele tomou a mão da mulher e, enquanto se inclinava para beijá-la, olhou para cima e disse:

— Minha senhora, eu só lamento não ter um nome tão bonito como Peter.

Este era Bruno Grant. Classe é classe.

* * * * *

Terminado o estágio, antes de retornar a Ribeirão Preto, decidi visitar a Andaluzia. Cheguei a Madrid no dia 9 de setembro e fiquei na Espanha até o dia 21, de acordo com os carimbos que vejo no passaporte. Na fila da imigração, o sujeito na minha frente perguntou se falava inglês. Era bem jovem, imagino em torno dos 20 anos, e estava muito nervoso. Vinha de Serra Leoa e viajava pela primeira vez na vida. Foi mandado por seus pais ver o irmão mais novo que estudava em Gibraltar. Dia seguinte tomaria um voo até o pequeno enclave inglês na ponta da Espanha. Totalmente perdido, com medo, até pensava em dormir no aeroporto. Uma má ideia na época franquista, com policiais em toda parte, para alguém que nem sequer fala espanhol e mantém passaporte de Serra Leoa.

Eu só pretendia passar a noite em Madrid, pois no dia seguinte tomaria o trem para Córdoba, iniciando meu giro pela Andaluzia. Já anoitecia, fiz uma reserva através das Informações do aeroporto num hotel modesto e convenientemente localizado. Decidi levar o serra-leonense comigo.

A minibiografia do jovem era curiosa. Nasceu em Freetown de pai russo e mãe islandesa que lhe deram o nome de Ivan, seu sobrenome não guardei nem na época. A família era proprietária de uma casa noturna, a mais badalada da capital de acordo seu relato. Prósperos haveriam de ser já que mandaram o caçula para uma escola privada em Gibraltar e, agora, o outro filho para que o visitasse. Ivan concluiu sua educação básica e não quis estudar mais, preferiu ajudar na boate. Surpreendeu-me sua timidez porque, talvez erroneamente, achava que pessoas que trabalhassem em casas noturnas tivessem mais autoconfiança. Ele tinha duas máquinas fotográficas a tiracolo, a própria e a que levava de presente ao irmão. Jantamos e fomos dormir cedo já que Ivan teria que tomar um táxi às 4:30. Tudo correu bem e nem tive que sair da cama, despedimo-nos e tornei a dormir.

Esta manhã teria sido esquecida no calendário da vida, se não encontrasse em cima do criado-mudo da outra cama uma máquina fotográfica. Ivan esquecera presumivelmente o presente do irmão. O que fazer? Entregar na recepção. A probabilidade de ele voltar era quase zero; possivelmente só faria escala no aeroporto de Madrid na volta para sua terra. E mesmo a máquina era bem barata, não valia grandes esforços. Enquanto tomava meu café, surgiu uma ideia. E se levasse para Gibraltar? Não deveria ser uma missão difícil achar um adolescente serra-leonense, filho de pai russo e mãe islandesa, num lugar tão pequeno, pensei comigo. Uma aventura divertida e conheceria a famosa *The Rock*, O Rochedo, como os ingleses chamam este território anexado à coroa britânica em 1704. E lá fui eu com a máquina fotográfica.

Gibraltar é uma ilha que olha para a África e La Línea é a cidade espanhola vizinha. Analisando a situação, concluí que era mais interessante pernoitar em Cádiz e ir a La Línea de ônibus, uma viagem de hora e meia. Desta cidadezinha cruzaria a fronteira entre Espanha e o território britânico ultramarino a pé mesmo.

Em 1965, ainda faltavam dez anos para que Francisco Franco entrasse nas páginas da História. O policiamento era ostensivo e o controle rígido fazia-se onipresente por meio de agentes fardados e em roupas civis misturados à população. Em La Línea nem se fala! Tive que explicar a razão da minha visita a Gibraltar e declarar a máquina que, eventualmente, ficaria por lá. Sinto-me bem confortável nestes momentos, pois servem de especiaria nas viagens. Adoto uma postura calma e explico tudo devagar, minuciosamente, geralmente conseguindo esgotar a paciência do outro lado. E aqueles que acompanharam acordados meu relato hão de concordar que a história de um serra-leonense com pai russo e mãe islandesa que esqueceu em Madrid a máquina fotográfica do irmão que estuda em Gibraltar, é ótima!

Após o interrogatório, as autoridades autorizaram minha saída. No outro lado, sem inquérito, deram a permissão da permanência de alguns dias. Quantos não sei, porque era ilegível, mas nem perguntei, pois só me interessavam umas horas.

Gibraltar parece um enorme monobloco de pedra. Lugar interessante que esconde nas entranhas do rochedo o aparato militar que vigia o estreito do Mediterrâneo. Logo encontrei um colégio; bati na porta e expliquei a que vim: um adolescente serra-leonense filho de pai russo e mãe islandesa etc. A professora teve simpatia pela causa e esclareceu da dificuldade da missão. O fato é que Gibraltar tem dezenas de escolas para filhos de ingleses e estrangeiros que vivem fora da Grã-Bretanha, principalmente em países que foram colônias da Inglaterra. Deu alguns endereços, entretanto tudo em vão. Só serviu para um belo passeio pelo famoso *The Rock*.

No meu retorno, os guardas das fronteiras tinham sido trocados e tive que repetir a história dos irmãos serra-leonenses, filhos de pai russo e mãe islandesa, agora com mais pormenores, e insistir na validade do meu visto. Examinaram a declaração que fiz da máquina que pretendia entregar e que continuava no meu pescoço. Verificaram a correspondência entre os dados no papel e na máquina. Vasculharam dentro do aparelho fotográfico. Tudo certinho. Contudo tive a impressão de que me permitiram passar com a sensação de que algo estava errado. Em situações absurdas é difícil acreditar na verdade. Isto me deixou feliz, apesar do fracasso da missão.

Epílogo desta maluquice. Verifiquei no hotel em Madrid se Ivan passou por lá. Diante da negativa deixei a máquina com a recepção e disse que tentaria me comunicar com o dono. Assim fiz, realmente. Escrevi ao Bruno, do Brasil, relatando o caso e dando o endereço do hotel madrileno. Respondeu de Londres que, apesar dos esforços, a família Grant não encontrou nenhuma casa noturna em Freetown, pertencente a um casal russo-islandês com filho estudando em Gibraltar.

19
QUANDO AS COISAS DÃO ERRADO

Igual a todas as pessoas normais, eu também tenho crises de autocomiseração; momentos em que acho que, realmente, mereço uma gratificação. Assim foi nos dias que antecederam 11 de julho de 1978.

Recebi uma solicitação do ministério da Educação de que analisasse as condições do Departamento de Patologia da Faculdade de Medicina da Universidade Federal de Pernambuco. Junto com o professor Domingos de Paola, do Rio de Janeiro, deveria avaliar se merecia ser credenciado como centro de pós-graduação. Ambos aceitamos a incumbência.

Fiz um plano minucioso. Voaria ao Rio num assento de janela no lado esquerdo do avião, pois é deste que se vê melhor a nossa linda orla marítima. Hospedar-me-ia no velho conhecido Luxor Copacabana, onde reservei um apartamento no sétimo andar, com o balcão no canto do hotel que olha para o Leme, definitivamente com a vista mais bonita. À tarde, visitaria um bom amigo meu, que se encontrava acamado em casa com suspeita de doença séria, e avisei sua família da minha intenção. Depois, à noite, assistiria à ópera *Otello* no Teatro Municipal, anunciada com excelente elenco liderado pelo grande tenor Carlo Cossutta, um dos meus favoritos dos tempos em que fazia meu estágio de pós-doutoramento em Londres. No dia seguinte, levantaria bem cedo, desfrutaria das águas do mar diante do hotel e, depois, teria café no meu amplo balcão, gozando a maravilhosa paisagem que Copacabana oferece até se esgotar no morro do Leme. Só então iria ao aeroporto, lá pelo meio-dia, encontrar Domingos e seguir a viagem para Recife.

Amanheceu o dia 11 de julho e fui ao aeroporto de Congonhas. Lá é que começou a confusão: Santos Dumont estava fechado e todos os voos ficaram na espera. Isto pouco me incomodou; concentrei-me em alguma leitura interessante que trouxera. Convém recordar que naqueles tempos ainda não havia celulares, *laptops* e *tablets*.

Já passava do meio-dia, com certeza, quando deram notícia do embarque. Foi como se estourasse uma boiada. Uma confusão que dava gosto. Dentro da aeronave avisaram que os assentos eram "livres", ou seja, cada qual sentaria onde bem pudesse. Sem disposição para lutar, coube-me um lugar no corredor do lado direito sem visibilidade alguma. Restava-me voltar à leitura.

Percorridos uns quarenta minutos, o piloto avisou que tínhamos um defeito técnico e um dos motores fora desligado; em vez do aeroporto Santos Dumont desceríamos no Galeão. Bem, a mudança de aeroporto era uma notícia que aumentou as apreensões dos passageiros. Após a inquietação inicial de exclamações, rezas e comentários, instalou-se um silêncio desagradável, parecia que as pessoas tinham medo até de respirar. A aterrissagem bem-sucedida foi festejada ruidosamente, como se nosso time favorito tivesse feito um gol de virada!

Aguardei minha mala na esteira inutilmente por mais de hora, junto com muitos outros passageiros. Ocorreu que, na confusão de Congonhas, fomos embarcados de qualquer jeito e ficamos em aviões que não correspondiam às nossas passagens. Esclarecido que as malas deveriam estar no Santos Dumont, ofereceram transporte gratuito àquele aeroporto. Para resumir esta chateação, é suficiente dizer que, finalmente, me instalei no hotel passado seis da tarde. Telefonei à casa do colega enfermo, explicando à sua esposa o porquê da impossibilidade da visita. Restou tempo suficiente para um banho e um sanduíche. Não gosto de comer às pressas; um jantar em um bom restaurante é coisa de respeito, há que desfrutar com tranquilidade e não comer estabanado engolindo contra o relógio.

Sem um descanso conveniente, fui à ópera. Gosto imensamente do Municipal do Rio, que se destaca entre os teatros pela área social. O átrio da entrada, as escadarias e o salão nobre têm uma variedade espantosa de mármores e lindos adornos. Seu luxo é ostensivo, mas não é pesado. Desconheço casa de óperas no mundo que tivesse um restaurante tão original como o Assírio. Este é assírio mesmo dos tempos do rei Sargão.

Vaguei um pouco pelas escadarias, salas e corredores absorvendo a beleza do ambiente, tomei um cafezinho no Assírio, peguei o programa e entrei na plateia, onde um lugar, cuidadosamente escolhido, me aguardava. Acomodei-me em seu conforto e abri o programa.

Só faltava esta para completar o dia! Carlo Cossutta fora substituído por Liborio Simonella! Santíssima Trindade! Um mundo separa os dois artistas. Este tenor argentino, apelidado de Diez y Diez pelos habitués do Teatro Colón, graças à posição característica de seus pés no palco indicando esta hora, é adequado para vários papéis, porém não para *Otello*. E, infelizmente, *Otello* é uma daquelas óperas que sem protagonista competente, simplesmente, não funciona. Minha sonhada noite operística também estava com motor avariado e, desta vez, o desastre era inevitável; pelo menos, aos meus ouvidos.

Cheguei ao hotel mal-humorado, após a luta habitual de conseguir um táxi e quando os ponteiros do relógio já passaram uma da madrugada. Pedi que me despertassem às sete e caí na cama exausto.

A chamada telefônica veio como uma agressão e levantei o fone de má vontade:

— São sete horas – anunciou uma voz antipática.

Sonolento, abri as cortinas e praguejei: a recepção fizera um erro, deveria ser bem mais cedo, pois via muito pouco, o sol ainda estava por se levantar. Olhei meu relógio: mostrava sete horas e alguns minutos. Saí para o balcão protegido por vidros e dei uma espiada no mundo: só via uma bruma espessa e nada mais. Pensei na praia coberta pela névoa úmida e nas águas geladas de Copacabana. Pouco convidativo para um mergulho matutino. Aborrecido, me enfiei debaixo da coberta e pedi que me acordassem às oito e meia.

Fiquei no limbo entre o sono e o despertar, sem sonhos e pensamentos, até a nova chamada. Prossegui com meu *script* e fiz a besteira de ordenar o café da manhã para o quarto. Consumi as oferendas da bandeja, rodeado pela triste atmosfera cinza: se tivesse descido para o restaurante, pelo menos teria tido a companhia silenciosa de outros hóspedes.

No Santos Dumont, encontrei De Paola bem-disposto e embarcamos colocando as notícias mútuas em dia e trocando ideias sobre a pós-graduação no país. Não tardou muito, quando o motor do lado esquerdo começou a tossir e o comandante anunciou que por falhas técnicas teríamos que pousar em Aracaju. Se teve alguma coisa para a qual o aeroporto da capital de Sergipe não estava preparado, foi uma espera de seis horas. Não tinha salas para passageiros com o mínimo conforto e nem restaurante. Somente um bar modesto atendia às necessidades básicas dos transeuntes. Imagino que, hoje, seja completamente diferente, porém, penso que nem mesmo o aeroporto mais equipado possa remediar o mau humor de quem aguarda o conserto dos motores do seu avião para prosseguir uma viagem. Em nosso caso, pelo menos a aeronave acabou sendo substituída por outra, vinda de alguma parte deste imenso Brasil e, assim, chegamos ao nosso destino um pouco depois das dez da noite.

Fomos amavelmente recebidos por dois colegas patologistas pernambucanos e partimos para recolher as malas. A minha apareceu prontamente, entretanto a do Domingos, nada. Fomos ao balcão da companhia, onde ele preencheu os formulários de praxe. Nossa paciência já se esgotara e ele estava pessimista quanto à entrega de sua bagagem no hotel Boa Viagem. Sua premonição estava correta, ele só veio a receber sua mala quinze dias depois, no Rio de Janeiro, e teve que adquirir em Recife três camisas e outras tantas cuecas.

Chegamos bem tarde no hotel, considerado o mais confortável da cidade. A recepção disse que não tínhamos reserva alguma e informou que, lamentavelmente, estavam lotados. Aí tivemos um confronto sério: exibimos as comunicações de reservas feitas por Brasília e começou a ladainha: chama gerente, somos representantes do ministério da Educação, hóspedes da Universidade de Pernambuco, enfim, o jogo das ameaças que começam veladas, sobem de tom e, no fim, se transformam em protestos veementes. No fim, arrumaram dois apartamentos num anexo do hotel ainda em construção e prometeram mudar-nos no dia seguinte à tarde para o prédio principal.

Despedimo-nos dos colegas pernambucanos e seguimos o carregador de bagagens ao anexo. Dei boa noite a Domingos e entrei no apartamento. Estropiado, com fome, abri a mala, tirei o essencial e fui ao banheiro. Uma desgraça: o chão estava completamente molhado, quase transbordando para a sala. Vestido de Adão, chapinhei na água, entrei no box e abri o chuveiro. Outra tragédia, desta vez irremediável: só jorrava água quente de escaldar a pele, a torneira de água fria não vertia uma gota sequer. Xeque-mate, só banho de pia. Fiz o mínimo necessário, ensopando a toalha de rosto e enxugando-me com a de banho. Coloquei uma cueca e me atirei na cama. Esta reclamou dos meus cento e quarenta quilos com um estalido e o colchão deitou para a esquerda. Não tive dúvidas, com um belo chute livrei o estrado do lado direito e passei a noite no chão rodeado por tábuas.

20
QUANDO AS COISAS DÃO CERTO

A tripulação da British Airways foi tão amável de São Paulo a Londres, como desagradável de Londres a Nova Déli.

Estava a ruminar este paradoxo, quando anunciaram os procedimentos de descida da aeronave. Comecei a tirar a *pissmop* e calçar os sapatos, operações que aos meus 76 anos requeriam certo esforço.

Imagino que o leitor não saiba o que seja *pissmop*, já que fui o inventor desta palavra. Mas, com certeza, tem conhecimento de que as linhas aéreas distribuem meias aos passageiros com o propósito de que troquem seus calçados por elas, visando o conforto. Na realidade é uma comodidade mais que duvidosa, e não estou considerando as pessoas que sofrem de edema postural nos longos voos e têm dificuldades ao reporem seus sapatos. Nem o maldito elástico que marca o tornozelo dos idosos. A minha objeção é bem outra. Desconheço companhia aérea que tenha aviões com banheiros suficientes e confortáveis. Invariavelmente, nos voos transcontinentais o chão fica molhado e não tenho dúvida da natureza do líquido: é urina. Ora, enxugar o mijo com as meias não me parece uma boa, a não ser para o pessoal da limpeza e, por isso, criei o nome *pissmop* para estas meias generosamente distribuídas, que em bom português significa enxuga-mijo. Em casa tenho um saquinho cheio delas, novinhas em folha, exceto aquelas fornecidas pelas linhas aéreas de Cingapura. São as únicas na minha experiência que oferecem meias com solas impermeáveis e, mais ainda, sem elástico algum. É verdadeiramente uma comodidade que me acompanha nos longos voos.

Aterrissamos em torno das duas da madrugada e, após passar pelas formalidades da imigração e alfandegárias, preparei-me para a amável confusão em que um exército de indianos oferece serviços de todo tipo. Uma batalha campal pitoresca e sem feridos. Esta foi minha experiência nas visitas precedentes, a última uns dez anos atrás.

Não houve nada disto. Encontrei o aeroporto da capital indiana moderno, ordeiro e confortável. Esteiras para bagagens excelentes e carrinhos também. Havia, pelo menos, três companhias de táxi, pré-pagos e seguros. Posso assegurar que o nosso querido Guarulhos continua na frente, disparado, e continuará imbatível em desconforto entre todos os aeroportos de megalópoles dispersos pela Terra.

Decidi ficar próximo do aeroporto, no Hotel Crowne Plaza em Gurgaon, que está para Nova Déli como Guarulhos para São Paulo. Meu propósito principal era mergulhar em torno das ilhas Andaman e, portanto, tinha ainda muitas horas de voo pela frente. Mas antes desta aventura submarina, decidi visitar rapidamente uns templos em Aurangabad e Khajuraho, também de avião. Assim, permanecer junto ao aeroporto era de todo conveniente.

Pouco antes de me enfiar na cama quebrou a pulseira do meu relógio. Problema grande que resolvi considerar após o descanso necessário, afinal das contas era quase madrugada.

O relógio que uso em viagens é um computador para mergulho e a pulseira recentemente tinha sido consertada em SP por casa especializada. É uma pulseira embutida, nada fácil de substituir. Situação séria porque o outro computador, o titular, experimentado prudentemente quinze dias antes da viagem, resolveu apagar na véspera do embarque. Lá fui para a casa de mergulhos, a fim de trocar a bateria. Sendo um aparelho italiano com representação em SP, encaminharam-no imediatamente. No dia seguinte telefonaram que não era a bateria, mas problema sério de circuito que precisaria bastante tempo para consertar. Portanto, minhas opções eram comprar outro computador em alguma loja especializada ou confiar no único que tinha. Optei por esta alternativa e, agora, a pulseira resolvera me trair. Gente, entendam que não dá para mergulhar consultando o computador como se fosse relógio de bolso, é absolutamente imprescindível que esteja no pulso, visível continuamente.

Durante o café da manhã, no meu caso chá matinal, ocorreu-me a ideia de comprar um super-bonder e colar a pulseira. Fui buscar informações no *concierge*. Tudo fácil: a uns quinhentos metros do hotel havia um supermercado.

Encontrei-o sem dificuldades. Comércio modesto, mas cheio de gente de boa vontade. Entenderam o que buscava e me mostraram um produto. Comecei a ler as instruções e isto ensejou uma miniconferência entre os vendedores. O veredito foi que o produto não servia e deveria comprar outro que eles não tinham, entretanto o mercado mais próximo teria. Escreveram o nome do superadesivo e a indicação do local num pedacinho de papel.

Armado com o bilhete procurei um veículo, táxi ou qualquer riquixá que me levasse a meu destino. Tudo em vão; em frente do supermercado e nas adjacências não havia transporte algum à disposição. Vi que dois jovens motoqueiros estavam trocando ideias na calçada; aproximei-me e perguntei se havia alguma solução outra que não retornar ao hotel, a fim de chamar um táxi. Coçaram a cabeça e ofereceram suas motos. Expliquei que não era muito bom na garupa, no entanto sem alternativas lá fui eu empoleirado precariamente na retaguarda de um jovem sikh (aqueles de turbante para conter os cabelos que não podem cortar por motivos religiosos) pelas ruas de Gurgaon. Com a ajuda de Nossa Senhora do Bom Transporte cheguei são e salvo ao meu destino. Apeei e perguntei quanto custou a corrida. Amavelmente disse que nada, apresentou-se e acrescentou que tinha 17 anos. Agradeci e retribuí com meu nome e idade. Foi-se embora recomendando que me cuidasse porque havia muitos malandros na cidade. Conselho bem apropriado para um vovô estrangeiro que lhe parecia perigosamente descuidado.

Este mercado já era bem maior e consistia de um conglomerado de pequenas lojas. Custou-me uns quinze minutos para achar alguém que vendesse o produto recomendado. Repetiu-se o cenário da conferência anterior e novamente a cola foi julgada uma decisão inadequada. O único remédio seria um pino que um relojoeiro poderia implantar na pulseira quebrada.

— E onde encontro um relojoeiro?

— No outro lado da rua, procure a Jews Shop.

Jews, judeus. Percorri a calçada e nada de Jews Shop. Entrei numa lojinha que negociava óculos e indaguei pelo local, explicando o que necessitava.

— Volte um quarteirão e na esquina da Juice Shop dobre à direita que o homem que o senhor procura trabalha no lado.

Ah, loja de sucos, *juice* e não *jews*! Por esta já tinha passado, de modo que achei o relojoeiro que trabalhava num recinto apertado, atendendo a freguesia pela janela. Poderia ter tido uma associação oblíqua melhor, afinal das contas *jews* e *juice* é indutivo. Definitivamente estou na senescência, concluí.

Incidentalmente, acho o microcomércio na Índia um fenômeno! Nestas lojinhas minúsculas cabe apenas uma pessoa rodeada dos artigos que vende: comidas, livros, roupas, enfim qualquer coisa que caiba no pequeno espaço. Muitas vezes o vendedor está sentado sobre uma plataforma junto à janela através da qual atende a freguesia.

O relojoeiro trabalhava em pé e em minutos resolveu meu problema. Pediu 30 rúpias (um real) e lá fui com o relógio-computador no pulso refletindo sobre as bênçãos da manhã. Por toda parte boa vontade, esforço sincero para ajudar um cidadão estrangeiro atrapalhado com uma insignificância. Sim, era improvável que alguém atinasse que aquele relógio era um computador para mergulhar.

Voltei ao hotel com riquixá de bicicleta. Na Índia há os tradicionais de tração humana, os modernos motorizados e estes puxados por ciclistas. Combinei o preço antes de sentar no veículo. Umas 40 rúpias. Achei muito razoável e deixei que ficasse com o troco que me cabia da nota de 50 no fim da jornada.

Assim começou o primeiro dia na Índia em 9 de fevereiro de 2012 e a pulseira do relógio-computador está perfeita até hoje.

21
OCASO EM CARRASCO

Carrasco é uma palavra que assusta, porém em Montevidéu batiza o bairro mais elegante e, também, o aeroporto da cidade. O porquê disto atesta respeito pelo passado; Uruguai é um país civilizado.

No começo do século XVIII, nesta região, ainda chamada de Vice-Reino do Peru, um espanhol vindo das Ilhas Canárias liderou seis famílias, fincou sua bandeira, prosperou e deixou numerosos descendentes. Seu nome era Salvador Sebastián Carrasco. Passaram os tempos e a fazenda de Don Salvador mudou de vice-reinado, deixou de ser do Peru para pertencer ao do Rio da Prata, depois foi disputada pelas coroas de Portugal e Espanha e, finalmente, descansou como solo uruguaio.

No início do século XX, um certo senhor Arocena comprou grande parte da antiga fazenda e fundou a Sociedade Anônima Balneário Carrasco às margens do rio da Prata, distante apenas 15 quilômetros do centro de Montevidéu. Assim nasceu um bairro ajardinado, de desenho francês, próprio para famílias abonadas. É nele que os uruguaios construíram o luxuosíssimo Hotel Casino Carrasco, digno até de Monte Carlo, que abriu suas portas aos ricaços da América do Sul e de outros continentes, em 1921.

Esta data é fácil de lembrar, pois, como todos sabem, foi o ano em que Enrico Caruso partiu para a imortalidade. E justamente para completar a biografia dele que me decidi hospedar em um dos 116 apartamentos deste legendário hotel-cassino durante um feriado prolongado de 1996. Considerando o prestígio do estabelecimento, o preço me pareceu promocional.

*****

Voei de KLM pelo custo e horário. Naquele tempo era possível voar a Montevidéu baratíssimo em companhias internacionais que vinham da Europa, pois elas deixavam a maioria de seus passageiros no Brasil e seguiam aos outros países do cone sul com grande disponibilidade de assentos. Coloquei a frase no passado porque estou informado de que esta conveniência não mais existe para o Uruguai, apenas para a Argentina e Chile. Outra vantagem apresentada pela aerovia holandesa era que saía bem tarde da noite e deixava os passageiros de madrugada em Montevidéu, o que me permitia o dia livre para trabalhar, tanto lá como cá.

Aterrissei quando os ponteiros do relógio passavam das duas da madrugada e tomei um táxi ao famoso hotel, que está bem próximo ao aeroporto. Reparei que as ruas eram pouco iluminadas e a bela e imponente fachada barroca contaminada pela *art nouveau* estava na penumbra sob os cuidados de um único poste, entre vários, que tinha lâmpadas acesas. Sabia que a crise econômica do Uruguai era gravíssima, contudo estranhei que a porta, melhor, as portas enormes do Hotel Casino Carrasco estavam todas fechadas, sem nenhum boy, atendente ou guarda na rua deserta.

Desconfiado, perguntei ao motorista se estávamos no lado certo do edifício, se a entrada era por aí mesmo. Garantiu que sim. Paguei o taxista, desembarquei e procurei pela campainha. Não a encontrando, só me restou usar o avantajado batedor de bronze que adornava o centro de uma porta. Em vez da sonoridade esperada, golpes secos incomodaram meus tímpanos e escutei ruflar de asas: alvoroço de pássaros assustados que dormiam nos fios elétricos do solitário poste. Olhei de soslaio a revoada e me pareceu tratar-se de andorinhas. Esperei um pouquinho e, na ausência de qualquer resposta, repeti a manobra com mais vigor. Agora, sim, escutei ruído de passos e uma porta lateral abriu rangendo dolorosamente.

— Boa noite – cumprimentei um cidadão que me pareceu antes um faxineiro que um recepcionista.

— Boa noite. Por que não toca a campainha?

— Porque não a encontrei. Existe? – fiz a pergunta em tom próprio às indagações retóricas.

— Existe, senhor – apontou displicentemente algum lugar invisível ao lado da porta.

— Tenho uma reserva – disse laconicamente e passei o papelucho a ele, enquanto entrava na escuridão do hotel.

Senti-me num salão imenso que não via por falta de iluminação. Dirigimo-nos à recepção, que contava com a luz de um único abajur para os trâmites burocráticos. Além de nós dois, não tinha uma viva alma e concluí que a pessoa que me atendia cumpria as funções de recepcionista e guarda-noturno. Em vez de me entregar a chave, guiou-me pelas entranhas do cassino com uma lanterna que permitia ver os tapetes e o contorno de alguns móveis imponentes. Um cheiro de mofo envelhecido tomou conta das minhas narinas. Chegamos num canto que recebia as bênçãos de uma lâmpada fraquinha atarraxada em um esplêndido lustre e permitia ver dois elevadores de porta pantográfica dourada, embutidos num paredão de mármore com belas decorações que me pareceram de bronze. Ao lado, havia uma espaçosa escadaria atapetada que conduzia aos andares superiores.

Por alguma magia materializou-se uma camareira sonolenta de avental e touca à qual meu guia entregou as chaves e a minha mala com a ordem de que me conduzisse ao meu apartamento. Embora fosse leve, tirei a bagagem das mãos dela, gesto que o recepcionista, atarefado em abrir um dos elevadores, infelizmente nem deve ter notado. Despachou-nos com *buenas noches*. Subimos ao terceiro andar, andamos uns vinte metros e a mucama me deixou no meu apartamento.

— *Buenas noches, señor.*

Respondi sua despedida enfiando uma gorjeta razoável em suas mãos e fechei a porta. Tranca não havia, porém a fechadura era uma beleza daquela época em que se faziam as coisas para vencer o tempo. Fechou com um ruído de satisfação ao girar nela a chave grande e pesada. Larguei meus pertences no chão do vestíbulo e fui inspecionar meu domínio de três ambientes.

A sala era iluminada por uma suntuosa aranha de cristal com metade ou ainda menos de suas lâmpadas nos soquetes. O chão era de tábuas largas e coberto de tapetes cuja beleza o desgaste ainda permitia observar. Os móveis pertenciam à *belle époque* e faziam um conjunto de bom gosto; todos de madeiras nobres bem trabalhadas com finos assessórios metálicos, apenas o veludo das poltronas e cadeiras, outrora carmesim, estava puído além do reparável.

O banheiro amplo era de mármore branco com imponentes espelhos de cristal e tinha uma gloriosa banheira onde cabiam duas pessoas confortavelmente. Nas peças principais, de cerâmica inglesa, percebia-se na ferrugem dos ralos a ação dos anos. Em algum tempo mais moderno, ditado pela mudança de costumes, fincaram um chuveiro no teto acima da banheira e acrescentaram uma cortina de plástico amarelo para evitar que o chão se molhasse. Tanto no bidê como na pia, corria um fio de água impossível de estancar com as torneiras.

O dormitório me aguardava com uma cama de casal, que julguei estilo Luiz XV, atendida por criados-mudos com abajures e o do lado esquerdo oferecendo um telefone. Uma *chez long* junto à parede oposta à janela, duas cadeiras e uma mesinha combinavam com o leito perfeitamente. Encostado à parede ao lado da porta havia um armário avantajado. O revestimento dos móveis, inclusive a cabeceira da cama era de brocado claro, cor de creme com detalhes verde-claros. Só o guarda-roupa era de outra época e de qualidade inferior, uma peça totalmente deslocada no ambiente: até parecia que a esqueceram acidentalmente no quarto. Ao tocar sua maçaneta, as portas abriram sozinhas rangendo docemente como se quisessem me abraçar. Além de cinco baratas assustadas, vi que faltavam cabides. Dirigi-me ao telefone para discar serviço de quarto, mas desisti. Era melhor deixar esta providência para o raiar do dia. Abri a mala, tirei o essencial e fui escovar os dentes.

Antes de me enfiar na cama sai no balcão do apartamento. A vista era para o rio da Prata. Em frente do hotel estendia-se a praia do Carrasco, bem escura a esta hora pela economia de luz na fileira dos elegantes postes. A lua pouco podia ajudar, já que era minguante e agonizava no horizonte.

Não costumo estranhar novos ambientes e leitos e, como já contei em outras histórias, adormeço rápida e profundamente. Entretanto, nesta noite dormi mal, embora não sofresse de nada.

Já com alguma luminosidade a se infiltrar pelas cortinas mal fechadas por desleixo meu, um baque me tirou do sono e tive a sensação de que não estava sozinho no quarto. A cabeça clareou e agucei os sentidos. De esguelho vi a porta do quarto fechando devagar e sem barulho. Em vez de gritar "quem está aí" prestei atenção e ouvi uma porta se cerrar. Aguardei um tempinho, saí da cama e coloquei a orelha na porta. Silêncio total. Acendi as luzes. Nenhum movimento. Reuni coragem necessária para sair do dormitório e examinar o apartamento. Além da chave da porta de entrada jazer no chão e não estar mais trancada, nada de anormal observei. Fechei a porta girando a chave com cuidado, pois estas fechaduras só abrem de fora se estiverem vazias. Devo ter deixado minha chave na posição reta e alguém a empurrou com a sua de fora. Cerrei a porta do dormitório também – que não é meu hábito – e deitei. Eram as 6:30.

Peguei num sono bom porque acordei com o tocar insistente do telefone. Olhei o relógio que dava sete horas e atendi.

— Senhor Jorge, o gerente do hotel precisa falar consigo.

— Pelo contrário! Eu é que preciso falar com ele. E não me ouse importunar de novo até que levante! – gritei, estalando o fone no aparelho.

Tudo em vão. Às 9:00 despertaram-me novamente com a mesma notícia: o gerente queria falar comigo. Qualquer tentativa de adormecer era inútil. Mastigando palavrões e largando fumaça pelas ventas, me arrumei, desci ao restaurante e pedi o café da manhã. Um funcionário chegou à minha mesa e pediu que fosse falar com o gerente. Rispidamente, de maus modos e palavras duras, repliquei que ele se preparasse a me receber, assim que terminasse meu desjejum!

O escritório da gerência era um luxuoso desperdício de espaço. Atrás da mesa enorme sentava-se uma pessoa, bem vestida, de meia-idade. Levantou-se, cumprimentou-me com cortesia, conduziu-me a um canto com três poltronas de couro arranjadas em torno de uma mesinha e convidou que me acomodasse numa delas. Ofereceu um cafezinho que prontamente recusei e lhe perguntei se não era melhor termos a nossa conversa em inglês, já que desconhecia seu manejo da minha língua. Poderia conduzir os entendimentos, ou melhor, os desentendimentos em espanhol, mas não queria que ele levasse vantagens. Aceitou a troca de idioma e eu iniciei meus protestos sem esbravejar. Quando estou realmente furioso uso um tom grave, glacial e falo compassadamente, pensando.

O gerente escutou-me calmo e só me interrompeu para ordenar água a nós dois. Quando esgotei minha lista de queixas, pediu permissão para falar. Seu inglês era bem razoável.

Começou pedindo desculpas pelas inconveniências que passei e pela propaganda enganosa que o hotel-cassino mantinha no exterior. Surpreendeu-me com sua franqueza. Tranquilo e com economia de palavras, explicou que desde 1975 o Hotel Casino Carrasco pertence ao patrimônio histórico nacional do país e, como instituição pública, acompanhou a debacle econômica do Uruguai que se iniciou nos anos cinquenta e foi se acentuando exponencialmente nas últimas décadas. Bem-humorado, observou que era funcionário público sem pertencer à cúpula política da nação e pretendia deixar sua terra, assim que recebesse uma proposta razoável do exterior. Nem que fosse para tosquiar ovelhas na Nova Zelândia, onde já havia uma sólida colônia de seus compatriotas.

— Como o senhor deve ter notado, o hotel está vazio, caindo aos pedaços. Não está morrendo, diria que está morto mesmo e só falta enterrá-lo; deveria ser fechado até que uma reforma competente restaurasse seu antigo fausto. Isto foi um dos cassinos mais famosos e aprazíveis do mundo – acrescentou com tristeza.

Nada disse, só me cabia concordar com ele.

— Agora vamos ao que interessa. Por acaso reparou num senhor que está na antessala da gerência?

— Vi, sim. Uma pessoa idosa dormindo no sofá.

Na realidade, o cidadão chamou minha atenção. Vestia um traje branco de fino corte, usava colete cor de creme e gravata borboleta vermelha. A cabeça branca reclinava para trás no encosto e ele segurava seu chapéu panamá nas mãos encostadas na barriga. Calçava sapatos mocassim de camurça com certeza escolhidos com cuidado para combinar com o panamá. A seu lado, repousava uma bengala de cana-da-índia. Sua elegância datava de outra época, entretanto casava admiravelmente com a idade.

— É uma pessoa ilustre de família patrícia uruguaia, nascida em 1907. Sei, informado por ele mesmo, que esteve no Cassino no ano de sua inauguração com a família, tinha então quatorze anos. Seu pai, homem de grande fortuna, jogava regularmente por aqui até 1929, quando se arruinou na grande depressão norte-americana, como muitos no mundo com interesses na bolsa. Não ficou pobre, pois continuou com as fazendas; as perdas foram do dinheiro que mantinha em bancos e dos investimentos em ações. Seu filho, este senhor formou-se engenheiro agrônomo e coube-lhe administrar uma das estâncias que herdara.

O gerente parou, verteu água em um dos dois copos, tomou dois goles e continuou sua narrativa.

— Teve relativo sucesso na vida e continuou a circular na sociedade tradicional montevideana, aquela dos abonados fazendeiros. O senhor sabe: o nome se mantém mesmo sem o poder econômico de outrora. Todos os anos se deslocou de seu casarão localizado no centro velho da capital, na rua Sarandí, a fim de passar uma semana neste hotel. Pelo menos assim consta nos anais desta casa e eu posso testemunhar que não faltou nenhuma vez nestes nove anos que estou aqui. A época que vinha com os filhos não conheci; depois que estes cresceram aparecia regularmente com a mulher até que ela falecesse. Me recordo quando sofreu um ataque de alguma coisa e foi transportada às pressas a um hospital. Dias depois li nos jornais o obituário e, quando nosso hóspede *habitué* reapareceu sozinho no ano seguinte, dei-lhe minhas condolências.

Interrompeu sua história para se servir novamente de água.

— Pois bem, me acredite, este senhor sempre ocupou o mesmo apartamento a vida toda com a esposa e, agora, nos últimos anos, sozinho. Justo aquele em que o senhor está hospedado por um erro da recepção. A pessoa que entrou na sua sala foi a camareira que pretendia arrumar os aposentos antes da chegada do nosso habitual visitante. Foi assim que eu soube da ocupação desastrada e tentei corrigir o mais rápido possível lhe telefonando. Agora diga-me, o que é o que o senhor teria feito e o que faria no meu lugar? – abaixou a cabeça e nem enfrentou meu olhar, como se esperasse uma sentença.

Os fatos e circunstâncias passaram céleres na minha cabeça. Um velho de 89 anos revive seu passado durante breves estadias neste hotel. Pouco lhe importa a decadência do lugar, está só, em torno dele tudo fenece. Está determinado a seguir seu hábito até o fim da vida e é bem provável que esta estadia de uma semana em Carrasco seja suas horas mais gratificantes. Para o gerente, faz parte dos imóveis do hotel. Trocá-lo de apartamento? Não é justo, simplesmente não pode ser.

— Entendi seu problema. Eu devo ir à biblioteca da cidade, pois estou escrevendo um livro. Sob sua responsabilidade pode mudar meus pertences para outro apartamento. É fácil, tenho pouca coisa e praticamente não desfiz a mala porque não havia cabides no armário. A água corre no bidê e na pia. Sugiro que mande arrumar as torneiras. E não esqueça os cabides!

Despedi-me cordialmente do gerente. Ao voltar no fim da tarde, recebi as chaves de um apartamento de esquina com cinco aposentos e dois balcões: um olhando o rio da Prata e o outro, o coração de Montevidéu.

* * * * *

Os leitores poderiam ter ficado com a impressão de que não gostei do Uruguai. Gostei e gosto muito. Deixei escrito nas páginas iniciais da biografia de Enrico Caruso:

"Assim como as catedrais, universidades e os teatros de ópera, as bibliotecas têm uma atmosfera toda especial que sempre me fascinou. Tenho por hábito incluí-las em meus roteiros de visita a qualquer país. A todos que nelas me receberam e auxiliaram, meus agradecimentos. Devo, porém, ressaltar três instituições às quais recorri, quase abusivamente, durante muitos e muitos anos: a Biblioteca Nacional do Brasil, a Biblioteca Nacional da Argentina e a Biblioteca Nacional do Uruguai.

"Nestas três bibliotecas os funcionários lutam por manter aceso o espírito essencial de suas instituições, que é o compromisso de oferecer as informações procuradas pelo leitor, e com tristeza afirmo que o fazem em situações muito adversas. Em nenhum lugar testemunhei tanto esforço para vencer dificuldades e crises institucionais como em Montevidéu. Seus servidores, com muita garra, conseguem manter um nível de atendimento que ombreia com o das bibliotecas das mais ricas nações do mundo. Admiráveis seres humanos, continuem a dar o exemplo."

No ano seguinte à minha estadia, este hotel, patrimônio histórico do Uruguai, sucumbiu à sua decadência, fechou as portas e entrou em hibernação aguardando tempos melhores. Não foi em vão. Graças à cooperação entre o poder público municipal e entidades privadas, ressuscitou em seu original esplendor e convidou o mundo para a festa de sua reinauguração, em março de 2013.

22
O DESAGRADÁVEL QUE ENRIQUECE VIAGENS

Creio que quase todos os lugares são possíveis visitar por iniciativa própria e, neste momento, a exceção que me ocorre é a Lua. Exploradores e aventureiros solitários estiveram até nos polos Norte e Sul, entretanto isto esteve completamente fora do meu alcance. No Ártico, Antártico e em algumas outras regiões fiz turismo de grupo, porém fui sozinho recentemente à Groenlândia, onde marquei um encontro privado com a Aurora Boreal. Posso estar enganado, mas o fato é que as situações inusitadas, os sortilégios têm menor probabilidade de ocorrer nestes pacotes do que nas viagens que nós mesmos arranjamos. Não que sejam ruins, não, vê-se ursos polares e morsas no norte, pinguins e baleias no sul, porém tudo parece cumprir um programa preestabelecido. Além de incidentes e acidentes pouco significativos, nada teria a relatar.

A coisa mais singular aconteceu na segunda viagem à Antártida. Entre o cabo Horn e a península Antártica, as águas do Antártico se estreitam e produzem a correnteza marítima mais poderosa dos oceanos: a corrente circumpolar antártica. Este é o Mar de Drake, melhor denominado de Passagem de Drake. A travessia sempre é trabalhosa pelas temíveis condições tempestuosas. Ondas enormes e agitadas varrem o convés dos navios e os passageiros usam cintas para fixar o corpo nas camas. Pois bem, nesta segunda visita, demos uma volta na ida e chegamos ao continente gelado tocando as Malvinas e a Geórgia do Sul. Só no retorno atravessamos direto à Patagônia enfrentando a fera. Aí é que tivemos a surpresa: a Passagem de Drake esteve um espelho, absolutamente calma. Os russos que comandavam o barco e conheciam bem o temperamento traiçoeiro dessas águas nunca viram coisa semelhante. Pode-se enfeitar melhor a história, mas convenhamos que o fenômeno não tem sustância e não dá uma história redonda, salvo com um recheio de amores e ódios a bordo que, infelizmente, não foi o caso.

O mesmo posso dizer de uma viagem espetacular pela Rota da Seda preparada para professores de Oxford por uma companhia de turismo inglesa. Fora dos oxonianos, só havia um cardiologista canadense, eu e Jamie, australiano e professor da Universidade de Beijing. Jamie foi o guia principal que nos acompanhou desde Alma Ata até a capital chinesa. Além dele, tivemos vários guias locais no

Cazaquistão, Quirguistão e em diversas regiões da China. Recebemos indicação de leitura prévia, relatório final e vários companheiros fizeram extensos relatos que foram distribuídos.

Gente, não me falta material para escrever, contudo posso indicar fontes melhores, a começar por Marco Polo. Na lendária Rota da Seda, quase nada ocorreu de especial fora do programado. Apenas um episódio, pouco relevante ao grupo, passou absolutamente fora dos eixos e deixou cartão de visita divertida. Um incidente caracterizado pelo embaraçoso e desagradável; depois que passou, virou memória sorridente.

* * * * *

A travessia do Quirguistão à China é pela cordilheira Tien Shan (Montanhas Celestiais) e existem dois passos: Torugart e Irkeshtam. Nosso plano original era ir por Torugart, que no mapa parecia o caminho mais curto e os guias davam como mais cênico, porém, por razões burocráticas de fronteira, desviamos para Irkeshtam, que cruza as montanhas onde a Tien Shan encontra a cordilheira Pamir.

Chegamos ao vilarejo Sary Tash ao cair da noite. Este povoado é o único na região, fica a 3.170 metros de altitude e não conta com mais de duas mil almas. Houve uma confusão inicial, pois a nossa acomodação fora tomada por outro grupo de turistas e tivemos que nos albergar num bangalô de madeira, cujo chão foi forrado de colchões e tapetes. Onze homens ficaram em uma sala e cinco mulheres em outra. O povoado sofria com falha do fornecimento de energia, de modo que a iluminação estava por conta de lanternas individuais e lampiões coletivos. Não existia água encanada, apenas um tonel com torneira encostado à escadaria que conduzia à entrada da casa. A uns trinta metros do casarão encontrava-se o banheiro solitário e unissex: um buraco no chão coberto por assento de madeira instalado numa choupana triste no topo do desleixado jardim que circundava a habitação.

Justo neste lugar perdido nas cordilheiras que guardam a China tive a única crise intestinal na Rota da Seda. Prostático, levantei na madrugada e fui urinar na varanda. Para minha surpresa, em vez de um, saíram dois jatos. Daí para frente a logística foi bastante elaborada. Primeiro voltar à sala e catar roupas limpas. Ninguém me perguntou nada, mas presumo que o cheiro deve ter me traído.

Depois subir pelo capinzal até o precário banheiro, tirar a roupa e liberar o que fosse possível do intestino. A primeira limpeza foi realizada com lenços umedecidos para bebê dos quais, felizmente, tinha uma lata cheia por recomendação da companhia de turismo. Era um item que constava junto com máscaras cirúrgicas, úteis em tempestades de areia. Depois, na temperatura próxima a zero, vestido de cueca peregrinar até o tonel e usar um pouco de sua água gelada. Não vi nenhuma pessoa, na hora nem estava preocupado com isto, porém, mais tarde, a ideia de que algum empregado da casa tivesse observado a insólita movimentação no jardim, me divertiu muito. Descartei a roupa suja num recanto obscuro do jardim, vesti um abrigo limpo e voltei para dentro. Não ousei deitar e nem dormir. Fiquei cochilando numa cadeira, atendendo com muito carinho os clamores dos movimentos peristálticos.

O plantão não demorou muito porque às 5:00 seguimos a Kashgar, nossa primeira cidade chinesa. Até lá os colegas mais próximos tiveram que aceitar meu cheiro de bebê cuja limpeza foi incompetente. Portanto, registra-se: em 2008, entrei na China todo borrado.

Dentro da Rota da Seda isto foi um episódio destoante e insignificante, mas marcante. A noite mais viva nas reminiscências daquela viagem é esta e, atualmente, me provoca sorrisos. Mal comparando, é como um jantar que se prepara com todo esmero possível e sai um desastre perfeito, irretocável. Reina entre tantas festas de sucesso, inesquecível!

* * * * *

Não me posso queixar do meu sistema gastrointestinal, conto nos dedos de uma mão quando me deixou mal em viagens. A mais notável e surpreendente desfeita me fez em Nepal, a mais de 4 mil metros, no asséptico Sagarmatha. Conto esta história com muito prazer.

O avião Porter furou o nevoeiro e a majestosa cordilheira do Himalaia apareceu em todo seu esplendor incrustada na beleza do dia. Sentado no assento do copiloto, absorvia a visão mágica que se agigantava à medida que nos aproximávamos de Sagarmatha.

Por uma idiossincrasia minha não gosto do nome Monte Everest e de tantos outros que designam acidentes geográficos com nomes europeus, quando

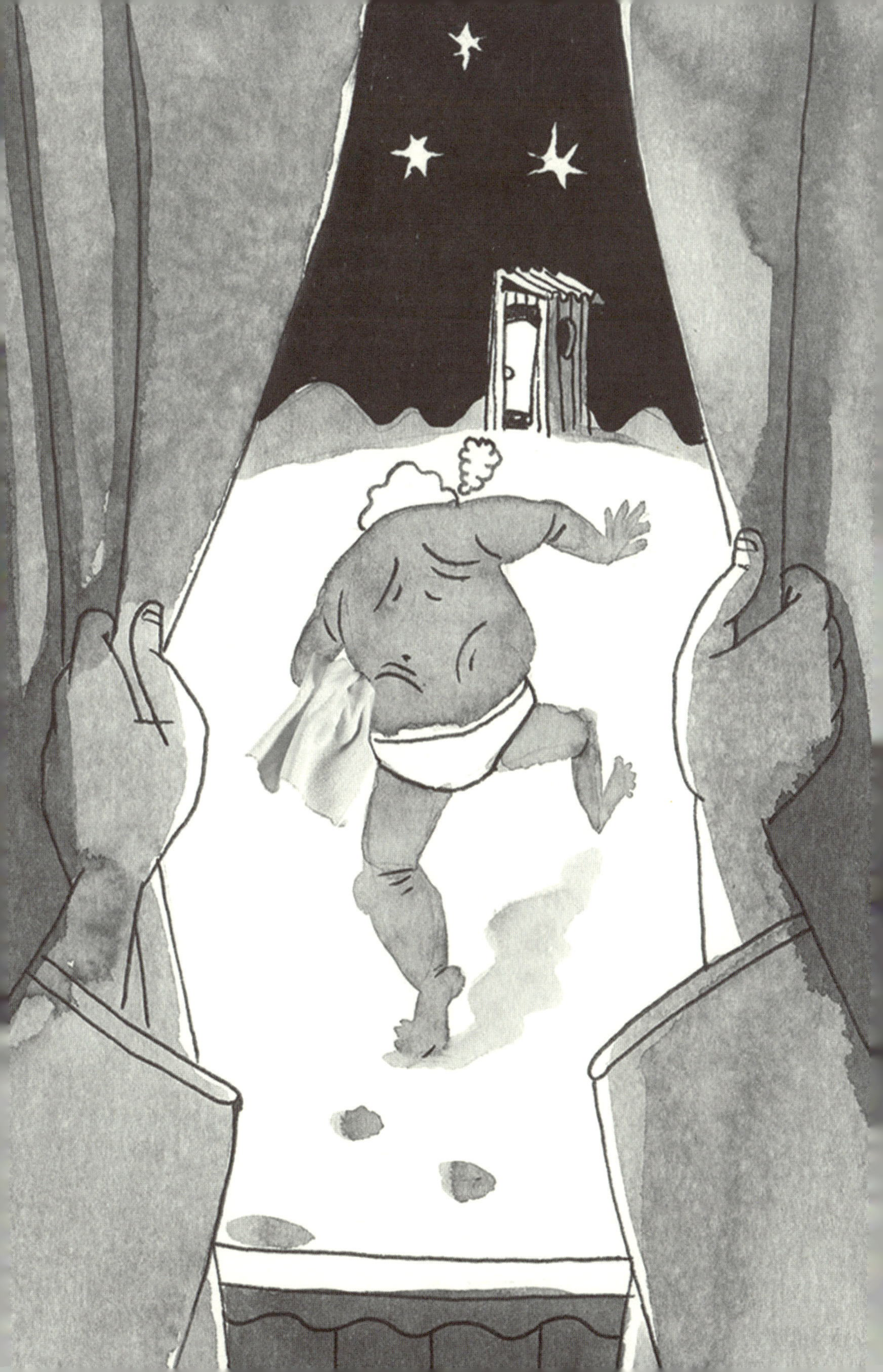

já foram batizados pelas populações autóctones. Everest foi um geógrafo inglês competente, merecedor de homenagens com certeza, porém os cartógrafos poderiam ter deixado a designação nepalesa em paz: Sagarmatha, a Face do Céu. Até a sonoridade da palavra supera o topônimo dado pelos britânicos. Os chineses fazem bem melhor: adaptaram o nome que os tibetanos deram ao pico da Terra, Chomolangma (Mãe do Universo), à sua língua.

Este voo consigo evocar com nitidez cristalina. O Porter entrou num desfiladeiro, sobrevoou a capital xerpa Namche Bazar e apontou o nariz para o teto do mundo. À direita os colossos Tamserku, Amadablam e Lotse, à esquerda Nupse e na frente o glorioso Sagarmatha com seus 8.848 metros! A imponência da visão, a sensação de conquista, a falta de oxigênio que, reconhecidamente, causa euforia, soltaram um grito inesperado da minha garganta. Eu fiquei surpreso, o piloto suíço riu e deu-me a máscara de oxigênio, ordenando que respirasse nela algumas vezes e passasse aos dois turistas que sentavam atrás para que fizessem o mesmo. Circulamos sobre o mosteiro de Thyangboshe[12]; os monges agitaram os braços em saudações. Não demorou para que o piloto confiscasse a máscara e se concentrasse na aterrissagem em Shyangboche.[13]

Em 1974, nada havia além da pista que consistia de uma faixa de terra aplanada desde o desfiladeiro até o encosto da montanha. Sua inclinação ajudava a frear o avião na chegada e acelerar a máquina na partida. O nosso valente piloto seguiu pelo enorme desfiladeiro, fez uma curva de noventa graus em direção à montanha e aterrissou levantando uma nuvem de poeira. Para nosso alívio sobrou pista entre a hélice e as primeiras rochas do Tamserku.

Perto de Shyangboche havia um pequeno hotel com doze apartamentos, cada um com duas camas e banheiro, o Mount Everest View Hotel. Ainda existe pelo que vi na internet; irreconhecível, totalmente ampliado e modernizado. Quando por lá estive não havia vilarejo nenhum, só casas dispersas de xerpas pelos campos, no entanto a região já era favorecida por turistas, sobretudo os amantes do *trekking*.

Os visitantes espalhavam seus acampamentos nos lugares mais aprazíveis ou hospedavam-se em cabanas de xerpas que ofereciam nota máxima em ama-

---

12. Thyangboshe ou Tengboshe, um vilarejo na região de Kumbu do Nepal a mais de 3.800 metros acima do nível do mar.

13. Shyangboche. Assim está na internet. Por coerência deveria ser Shyangboshe; a pronúncia é algo como Siangboche.

bilidade e mínima em conforto. O pior de tudo era a fumaça que as enchia. As casas que visitei usavam como combustível madeira, geralmente molhada, e não tinham chaminés.

Retirei meus pertences do avião, um xerpa colocou-os no lombo de um iaque e lá fomos caminhando devagarzinho até o hotel. É um passeio morro acima de uns 45 minutos e a pousada está duzentos metros acima da pista, a 3.900 metros. Pelas costas via um temporal se aproximando e quis apertar o passo. O guia impediu imediatamente: preferível ser alcançado pela tempestade do que sofrer uma crise de doença das alturas.

Chegamos sem incidentes, preenchi a ficha e entreguei ao gerente japonês. Já ia aos meus aposentos, quando fui abordado por um indivíduo alto de presença marcante. Foi direto ao assunto. Ele era médico canadense que trabalhava em Katmandu e estava excursionando com amigos. Todos já haviam voltado à capital exceto um israelense colhido pelo mal da montanha que dividia uma barraca com ele. Os dois foram ao hotel buscar refúgio perante o temporal prestes a desabar sobre a região. Ocorre que não tinham dinheiro para as diárias. A pergunta era se não poderia hospedar seu companheiro convalescente no meu apartamento onde eu estava sozinho. A minha diária era de sessenta dólares — se alguém estiver interessado no valor atual, que multiplique pelo menos por 15 — mas se estivesse com outra pessoa seria oitenta. A proposta era eles pagarem vinte e eu continuar arcando com minha parte.

Concordei imediatamente e acrescentei que ele também poderia se acomodar no quarto numa cama extra ou no chão mesmo. Theo, este era seu nome, foi parlamentar com o gerente que veio imediatamente e assegurou que salvaguardaria meus interesses. Entendi seu profissionalismo e reafirmei a proposta que fizera ao canadense. Apontei para a janela açoitada por rajadas de neve. Fez uma mesura cortês e sumiu. Entrei no apartamento e comecei a ajeitar minhas coisas. Apareceu Theo:

— Que conversa você teve com o japonês?

— Por quê?

— Acaba de nos oferecer um apartamento por vinte dólares! É verdade que sem calefação, mas mesmo assim é uma pechincha.

— Não se incomode — respondi rindo — o meu também não tem calefação. Os tubos congelaram.

Admirei o sr. Shizuo. Defendeu os interesses do cliente que fizera reserva em Katmandu, socorreu duas pessoas e, como tinha quatro apartamentos vagos, entrariam na caixa vinte dólares e mais a consumação que a dupla faria no hotel.

Fomos chamados para o almoço, que foi servido em torno de uma grande lareira redonda que tentava em vão esquentar o ambiente. A temperatura caíra de 20ºC positivos para 20ºC negativos, diferença de 40 graus!

Não me recordo do cardápio, apenas tenho uma vaga memória de uma massa à bolonhesa e que a água era servida em garrafas térmicas, morna. Uma vez colocada no copo tinha que se tomar imediatamente antes que virasse gelo; comida a mesma coisa. Pela primeira vez na vida fiz garfadas correndo contra o tempo de congelamento!

Se bem me recordo, todos estávamos nos finalmente, quando um indivíduo cambaleou porta adentro. Agarrou a maçaneta para evitar seu colapso e lá ficou pendurado de rosto crispado, olhos esbugalhados e lábios sangrando.

— É o Don! – exclamou Theo e o socorreu, ajudando-o sentar no chão encostado à parede.

— Perdi o avião – balbuciou ofegante.

Don era um estudante de medicina americano que participara da excursão liderada por Theo. Vítima da doença das alturas, foi transportado até Namche Bazar que está a 3.400 metros, uns seiscentos abaixo do nosso hotel. Sentindo-se melhor subiu a Shyangboche, a fim de pegar o avião. Provavelmente teria tido prioridade, mas chegou atrasado e, considerando a tempestade, preferiu tentar chegar ao hotel do que voltar à capital xerpa.

Nova conferência com Shizuo e colocamos Don embaixo de um cobertor elétrico no meu apartamento.

O pequeno grupo de hóspedes comprimiu-se em torno da lareira e começaram a rolar histórias. Aventuras nas montanhas, conquistas de picos, yetis ou homens abomináveis das neves e, naturalmente, as façanhas dos admiráveis e simpáticos xerpas:

Como um deles desceu de 6.000 metros a Namche Bazar com um australiano de 130 kg nas costas;

O menino de doze anos que integrou o grupo do Theo carregando 30 kg e aguentou melhor a excursão do que todos os participantes;

Vários testemunharam que os xerpas andam nas rochas cobertas de gelo e neve de pés descalços.

E assim por diante rolava a conversa, quando comecei a me sentir mal. Diagnóstico fácil: intoxicação alimentar aguda. Logo aqui, no meio da imaculada pureza da Himalaia? Se fosse na Índia, em Calcutá ou junto ao Ganges vá lá, mas aqui?

Deve ter sido o espaguete ou seu molho, pois estava conversando com o prato. Avisei Shizuo da situação, expliquei que precisaria de água, muita água e parti para o banheiro do meu apartamento. Foi uma agonia. Passei longos períodos num frio desgraçado plantado no vaso vazando por baixo e vomitando numa bacia que segurava nas mãos. Os canos de água estavam congelados e não havia como dar descarga e nem se livrar do conteúdo da bacia. O staff do hotel derretia baldes de neve junto à lareira e trazia ao apartamento. Serviço excelente! O que mais incomodou foram os respingos incessantes que o gelo do vaso remetia ao meu traseiro. Como limpar? De imediato, com folhas de jornais e revistas molhados, só mais tarde, com o passar da crise aguda podia pensar em higiene adequada. No fim da tarde o fluxo parou e fiquei prostrado com uma dor de cabeça de rachar. Estava pior que o pobre Don que gemia embaixo da coberta. Ainda bem que o gerador não parou e tivemos eletricidade para os cobertores. Theo dava assistência a nós dois e à noite comunicou que o céu estava espetacular, dava para ver até o cometa Kohoutec. Sim, naquelas montanhas o ar é transparente e não há luz para atrapalhar, a quantidade de estrelas que se vê é colossal! Perguntei pelo tamanho da cauda do Kohoutec e ele fez um gesto sugestivo de que era mixuruca. Não tive coragem de me mover.

Pela manhã dei a última vomitada e me senti aliviado. Olhei pela janela. A paisagem verde mudara completamente. Agora a neve cobria com seu manto toda a região. Curiosamente, a cordilheira não tomou conhecimento do temporal, permanecia com seu revestimento azul-escuro habitual, do qual sobressaíam as cabeças brancas dos picos que tocavam um céu imaculado de anil. Maravilhoso! Baixei a vista e vi uma pegada de pé descalço no parapeito da janela. Olhei melhor: definitivamente alguém veio em direção ao hotel e subiu até a janela. Fui lá fora a verificar. Depois do parapeito nada, as pegadas desapareceram. Passou um dos xerpas que trabalhava no hotel. Apontando as pegadas, eu disse: «Yeti». Balançou a cabeça. «Pés muito pequenos», murmurou sem mostrar estranheza. Estava acostumado com imbecilidade de turistas.

Saí a passear com Yona, o israelita que já se sentia bem. Era um homem interessante. Serviu na embaixada de Israel em Tóquio. Sua especialidade era segurança e, entre outras tarefas, cabia a ele examinar todas as correspondências para evitar que causassem dano aos diplomatas. Antes de voltar à sua casa, quis conhecer Nepal e foi assim que se juntou ao grupo do Theo.

O tempo nas montanhas é caprichoso e as nevascas não são raras, pelo menos no mês de janeiro quando por lá estive. No dia em que deveria partir, Shyangboche estava coberta de neve e o suíço sobrevoou a pista três vezes e deixou cair um bilhete com a mensagem:

— Se quiserem que pouse, limpem a pista em toda extensão.

— Cancele meu voo para Déli! – gritei ao alto, brincando.

A remoção da neve é feita à mão e os visitantes participam dela sem grande eficiência, porém com entusiasmo. Perdi minha conexão à Índia e fiquei um dia extra no Everest View Hotel, de coração leve, feliz da vida, tinha todo o tempo do mundo.

Na decolagem fiquei novamente de copiloto, uma das raras vantagens dos obesos. À medida que o Porter acelerava em direção do precipício, deu aquele frio na barriga. Contemplei o privilégio que me envolvia e viajei em silêncio, comovido.

23
VIVÊNCIAS DIFERENTES

Esta é a única história que não será contada por mim. Passarei a palavra ao amigo Moisés Steffanelo, que viajou comigo várias vezes nos últimos trinta anos. Aconteceu que a International Geographical Union (IGU) me convidou pela segunda vez a falar sobre a poluição atmosférica de São Paulo, desta vez na capital da República Altaica, Rússia. A reunião dos conferencistas foi em Moscou, de onde partimos em avião fretado para a Sibéria. Considerando que esta era a primeira visita de Moisés à Rússia, resolvi passar antes uns dias em São Petersburgo que sempre é um colírio aos olhos e ao espírito.

A mim, nada ocorreu que merecesse um relato. Basta dizer que o mais extraordinário foi um veículo que nos transportou a uma geleira. A IGU faz rotineiramente um passeio geográfico após seus congressos. Quando foi em Moscou (história 26: Espião em Moscou), visitamos uma região vizinha à capital, nas proximidades da casa de Lênin, e dois geógrafos russos abordaram o fascinante tema da paleogeografia local. Desta vez foi um passeio de quatro dias às montanhas Altaicas, exatamente onde as fronteiras da Rússia, China e Mongólia se encontram. Não achei muita graça na geleira, mas o passeio foi ótimo e a subida na montanha emocionante. Nosso transporte foi um veículo incrível que nunca tinha visto. Suas rodas eram mais altas do que eu e trabalhavam independentemente. Cabiam nele umas doze pessoas, entrava-se na carroceria por meio de uma escada e cada qual se afivelava o melhor possível. Esta cruza de trator gigante com van era capaz de passar no leito dos rios, por cima das rochas, como se fosse um tanque. Fantástico! Mas não é o caso de fazer um conto desta chacoalhação de hora e meia para subir e outro tanto para descer.

O interessante nesta viagem é que Barnaul para mim foi mais uma cidade de atividades universitárias e ao Moisés, uma aventura rara que eu escutava no fim do dia. Vivências completamente diversas. Palavra com Moisés.

* * * * *

O avião era um Tupolev russo, praticamente uma cópia do 747 da Boeing, coisa muito comum nos tempos da guerra fria. Eu e meu amigo Jorge sentamos no andar superior da aeronave. Nosso voo era de Moscou a Barnaul, no centro da Rússia, onde o rio Ob começa sua espetacular corrida ao mar Ártico. Ele havia me convidado para acompanhar um grupo de geólogos, que iriam para um congresso em Barnaul, onde seria um dos palestrantes. O dia estava muito lindo e fazia um frio em torno de 10º centígrados.

Quando aterrissamos, começamos a ter ideia do que era a Rússia no interior. O aeroporto era uma casinha rústica, de não mais de 100m², onde as malas eram entregues através de um buraco na parede. O legal disso era que o único idioma de comunicação era russo e a sinalização ainda não chegara a esta região da Sibéria, portanto tudo muito, mas muito fácil! Aí Jorge disse:

— Moisés, aguarde as malas que vou em busca de um bonequinho, – expressão que ele usa para designar banheiro, e foi.

Jorge era um homem de 1,90 metros e uns 140 quilos na época, portanto muito fácil de ser reconhecido. Fiquei cumprindo minha missão no meio do tumulto, atento às chamadas em russo e aguardando uma oportunidade, a fim de espiar pelo buraco na esperança de identificar as malas. Nem passou mais de minuto e o vejo voltando, lívido. Do meio da multidão, grito:

— Tão rápido assim?

Respondeu um tanto quanto murcho:

— Dou-me por feliz por não haver caído dentro da fossa, escavada em chão de terra batida, ensopado de urina, lamacento e fétido.

— Pelo menos conseguiste aliviar-te?

— De forma nenhuma, absolutamente impossível de respirar, vou me segurar até o hotel.

(Aqui faço um parêntese: realmente foi o banheiro mais asqueroso da minha existência. Coisa inacreditável!).

Nisso nossas malas chegaram, evidentemente as últimas para dar um pouco de emoção, e seguimos ao nosso destino: o melhor hotel, bem no centro da cidade. Ainda havia neve derretendo, fruto da última estação, o que tornava o chão às vezes um pouco barrento e escorregadio.

Estávamos em 2003, a Rússia presidida por Wladimir Putin, dezoito anos após a *glasnost* que foi em 1985, ou seja, depois da queda da União Soviética no governo de Mikhail Gorbachev. Comento isto, pois é importante para entender o que vem a seguir.

— Os vossos passaportes serão retidos e devolvidos somente no dia da vossa partida – sentenciou uma matrona na recepção do hotel em russenglish difícil de entender, mas alguma boa alma mais jovem nos salvou, traduzindo a sentença para um inglês compreensível.

Preenchemos uma papelada digna da alfândega brasileira e recebemos então as chaves.

Nossos apartamentos eram no 5º andar e no elevador não cabia a bagagem, de modo que tivemos que subir carregando as malas pelas escadas, o que nos remeteu a uma experiência singular. Em cada andar havia um pequeno saguão com uma escrivaninha no meio, em frente da escadaria. Nela uma pessoa sentada fazia anotações sobre a movimentação de quem por ali passasse. Pensamos em princípio que era somente no 1º andar, mas logo verificamos que o mesmo acontecia em todos os andares.

Pensei com meus botões: onde é que eles guardam e o que fazem com todas estas anotações? Depois, refletindo sobre a situação, concluí que, tanto a burocracia no registro do hotel, como este controle inútil, eram resquícios da era soviética, e o governo atual conservou estas rotinas para manter as pessoas ocupadas e empregadas. Preferindo o lado cômico deste atraso lamentável, decidimos entrar no jogo e inventamos codinomes a serem usados em nossas comunicações telefônicas: ele "Pato Amarelo", eu "Pato Branco". Assim, caso alguém estivesse ouvindo a conversa dos dois espiões, teria que decifrar o código dos Patos. Além disso, muitas vezes caminhávamos de um andar para outro e voltávamos somente para ver a expressão de angústia das "agentes", que, por certo, não sabiam interpretar nossos movimentos, entretanto os anotavam fielmente. Fazíamos de suspeitos e brincávamos de espiões. Creio que voltamos a nossa infância.

No final da tarde, resolvemos dar uma caminhada para nos situarmos. Ao lado do hotel havia um mercado, que nos atraiu a atenção. Entramos e planejamos comprar produtos locais russos, afinal estávamos no coração da Sibéria e os defumados locais mereciam ser degustados. Um vinhozinho estrangeiro também não era de desprezar e, assim, de sacolas na mão passávamos pelas guardas, a fim de preparar nosso jantar.

Elegemos um dos quartos e iniciamos a montagem da nossa mesa improvisada. Há que explicar que os apartamentos eram enormes, com três ambientes: dormitório, sala e banheiro, e ofereciam facilidades até para cozinhar. Uma cristaleira que deve ter servido a Primeira Guerra Mundial guardava louças variadas para refeições.

Antes que pudéssemos degustar os defumados siberianos, tocou o telefone. Jorge atendeu, agradeceu o que quer que fosse oferecido, e desligou. Nem dois minutos passaram, quando o telefone tocou novamente, e a cena se repetiu. Jorge, muito cavalheiro nas respostas, dispensou sistematicamente os oferecimentos, daí eu perguntei:

— O que está acontecendo?

— Estão oferecendo garotas de programa, Moisés, de qualquer idade, e querem mandar alguém aqui com um álbum ou coisa semelhante, é claro que descartei.

— É, Jorge, conheço bem este tipo de arapuca, já ouvi casos onde quem aceitou este tipo de oferta acordou depois em situação muitíssimo complicada. Em minha opinião é chave de cadeia.

E seguimos com nossa preparação para a degustação.

Após mais sete ou oito tentativas cada vez mais insistentes, e o Jorge cada vez menos cavalheiro e paciente, já utilizando palavras mais duras, julguei que a coisa estava ficando muito aborrecida e resolvi dar um basta. Ao novo toque insistente, me adiantei e disse ao Jorge que tentaria resolver o assunto. Passou-me o fone com uma risadinha e esgar de dúvida.

Atendi o telefone e uma voz feminina, muito agradável por sinal, desta vez com um inglês perfeito, insistiu em enviar alguém para demonstrar os produtos à venda. Deixei falar e quando ela me perguntou se eu concordava, respondi:

— Minha querida, eu acho que não vai dar, nós somos gays.

Silêncio do outro lado da linha, algumas limpadas de garganta, e após alguns momentos o telefone desligou.

— Está vendo Jorge, eu não disse que resolvia?

Ele me olhou com um sorriso irônico e disse:

— Que forma radical de solução, só falta agora eles ligarem para nos oferecer garotos.

Bem, isto não me tinha ocorrido, só faltava esta! Felizmente isto não aconteceu e finalmente pudemos concluir nossa degustação.

(Vale outro parêntese. Moisés não tinha ideia de que a descriminalização da homossexualidade aconteceu apenas dez anos antes da nossa visita. Sabe-se lá se a notícia disto chegou a Barnaul. Se houvesse denúncia teria dois problemas: Primeiro, com as autoridades siberianas para convencer que focinho de porco não é tomada e segundo, a repercussão do escândalo na comunidade da IGU. A falta da transmissão de resoluções nos causou dissabores anos mais tarde, em Anadyr, capital da região do extremo nordeste da Sibéria, quando visitamos o Ártico. Alguns meses antes, o passaporte brasileiro ficou isento de visto para entrar na Rússia, só que a notícia não chegou a Anadyr e fomos retidos até o esclarecimento da situação, coisa demorada pela diferença de sete horas no fuso horário entre esta cidade e Moscou. Em todo caso, voltando a Barnaul, não comuniquei minha ansiedade ao Moisés; preferi esperar pelo melhor e manter a harmonia da viagem. Deu certo).

No outro dia o Jorge foi ao Congresso e eu fui passear pela cidade para ter contato com aquela cultura. Cidade feia, construções com manutenção precária, e quase todas no estilo de caixote russo. De repente, encontro um mercado: misto de feira de tudo e mercado de carnes.

Dirigi-me a uma tenda de roupas para comprar uma camiseta de recordação do lugar. Afinal, um bom desenho com inscrições em cirílico e apelos comunistas, me trouxe recordações do meu tempo de jovem ainda com ideais revolucionários. Achei que seria engraçado comprar alguma.

Dentro da tenda havia uma senhora, meio dormindo meio acordada.

— Quero comprar aquela camiseta do tamanho G, – digo em inglês, apontando uma peça, pois o preço estava marcado e visível.

A fulana mal levantou a cabeça e voltou a baixá-la, sem manifestar nenhuma intenção de deixar a cadeira onde estava sentada. Tentei em alguns outros idiomas, sem resultado. Aí, então, tive uma brilhante ideia. Saquei o dinheiro chamei a atenção da fulana e apontei a camiseta. Ela me olhou, nem se mexeu e fez de conta que eu não existia. Soltei alguns impropérios em português mesmo e fui embora sem a camiseta.

Fulo da vida entrei no mercado e logo me animei com o cheiro de defumados e especiarias, que eram para mim desconhecidos. De repente bato os olhos em uma banca de frangos defumados, muito bem decorada com frangos em posição sexual inequívoca, como se fosse uma grande orgia. Comecei a rir, até um pouco alto, pois não me contive. O dono da banca ou o empregado, vendo minha reação, pegou dois frangos e completou o serviço simulando uma verdadeira cópula, os vizinhos dele pararam de trabalhar e deitaram a rir com a maior descontração. O pescoço do frango tinha papel especial na função. Foi um momento muito singular, pois no fundo acabei ficando constrangido pelo inesperado, mas foi divertido. Ri muito junto com eles e segui meu passeio pela cidade, tentando entender um sistema onde uma vendedora não tem interesse em vender, e os feirantes param de trabalhar para se divertir com as micagens do colega. Cheguei à conclusão de que aquilo ainda deveria ser resquício do comunismo, pois se vendesse ou não, se produzisse ou não, ganharia igual.

Bateu a fome e fui em busca de um restaurante. Achei um bem simpático, entrei, sentei e fui olhar o cardápio. Logo senti o drama, pois o cardápio estava, naturalmente, escrito em cirílico. Neste momento apareceu uma moça jovem, típica beleza eslava. Estou salvo, pensei, jovens pelo menos arranham inglês. Como único cliente no restaurante, pedi que se aproximasse com um gesto de mão e, para demonstrar minha ignorância do idioma, virei o cardápio de ponta cabeça. Ela sorriu, pois obviamente percebeu o problema. Tentei uma comunicação usando todos os recursos linguísticos que tinha, usei a mímica que sabia, mas só consegui que sorrisse. Seu sorriso era lindo. Como última tentativa apontei para minha boca aberta e fiz gestos de que eu queria comer. Me senti um macaco. O sorriso continuou, mas sem reação alguma. Bem, pensei, vamos tentar uma solução mais ousada. Levantei, peguei a mão dela e continuei com o gesto de apontar para a boca aberta. Pois não é que funcionou? Ela me levou para a cozinha, onde pude escolher um belo pedaço de salmão defumado. Depois, caminhando de volta ao hotel, refleti: o idiota no final da história era eu, fui capaz de imaginar que no meio da Sibéria pudesse encontrar alguém do povo que falasse qualquer outro idioma além do local.

Foi um dia muito divertido, e no dia seguinte iniciamos o passeio às cordilheiras Altaicas, junto com o grupo de geógrafos.

24
MÉDICO NA PATAGÔNIA

Visitei a Patagônia em janeiro de 1968. Nunca tive, antes ou depois, a sensação tão real de estar no fim do mundo. Nem na Antártica e nem no Ártico porque os polos estão além do domínio humano, é como se estivessem em outro planeta. A Patagônia não, apesar de inóspita, de paisagem austera, proibitiva, sentia pisar na minha terra, ainda estava no meu mundo, mas na última fronteira.

Fiz a lição de casa e mergulhei em sua história. Li sobre os patagônios. Em sua marcha para povoar a Terra, a humanidade não encontrou região mais adversa do que o extremo sul das Américas. A sobrevivência das tribos espremidas nos confins gelados da ponta austral da América do Sul é um assombro e atesta a incrível capacidade do homem de enfrentar condições adversas naturais. Só sucumbiram perante a crueldade e doenças trazidas pelo invasor europeu.

Seu descobrimento pela civilização ocidental cristã é assombroso. As naus eram as mais modernas da época, mas perante os olhos e a percepção do nosso tempo eram embarcações inviáveis. Os navegadores foram pessoas sem coragem por ausência de medo; no lugar do coração tinham uma fornalha de fanatismo. Sua obstinação empalidecia até as mulas. Mais do que carisma, irradiaram uma áurea mística que permanece admirada pelas gerações que os seguiram. Suas ordens eram mandamentos divinos: quem não as cumprisse tinha que prestar contas imediatas ao Criador. Integravam a raça dos conquistadores das grandes civilizações das Américas. Estes desbravadores dos mares não foram espasmódicas exceções de sua sociedade, impelidos pela sede por aventura, necessidade de afirmação pessoal ou por tendências suicidas. Não tinham nada de aventureiro. Foram filhos do progresso, do desejo de compreender o mundo em que viviam, do fanatismo religioso de sua época e da ânsia pela riqueza das casas reais da Península Ibérica. Fernão de Magalhães desafiou o desconhecido a serviço da coroa espanhola. Ele é comparável aos astronautas que foram à Lua, porém seus conhecimentos sobre os perigos e dificuldades que o aguardavam foram poucos, muito, muitíssimo menores do que daqueles que desbravaram o espaço.

A saga dos primeiros missionários e das famílias pioneiras de imigrantes à Patagônia é igualmente fascinante. A galeria da fama é pequena: o marinheiro e lobeiro português, José Nogueira, que chegou a ter uma concessão do governo chileno para explorar 1.009.000 hectares de terras com muitos milhares de ovelhas; José Maria Menéndez y Menéndez, empreendedor espanhol que fez a maior fortuna em Punta Arenas; e o imigrante judeu russo, Elias Hirsh Braun, que prosperou como hoteleiro e comerciante, entretanto alcançou a notoriedade através de seus filhos: a primogênita Sara e o primeiro varão, Moritz. Estes dominaram a segunda geração de colonizadores: Sara casou com Nogueira, que morreu precocemente e ela foi a única herdeira de sua fabulosa riqueza; Moritz, que mudou seu nome para Maurício, casou com a filha de Menéndez, Josefina. Graças a sua imensa competência e ótima relação com seu sogro, fez a maior fortuna da Patagônia de todos os tempos. Deixou numerosa família e eu conheci um de seus filhos, Eduardo Braun-Menéndez, eminente fisiologista argentino. As biografias desta gente já eram disponíveis na era pré-internet e suas mansões viraram museus em Punta Arenas. Tudo à minha disposição, tudo recente, pois esta epopeia começou no tempo dos meus avôs.

Mas é a geografia única da Patagônia que atrai aventureiros, viajantes e turistas. Recortada pelo mar, tem inúmeras ilhas e fiordes, os estreitos de Magalhães e de Beagle que são os corredores entre o Atlântico e o Pacífico, e a Terra do Fogo. Cordilheiras brancas, esculpidas pelas tormentas, enfeitam sua costa ocidental e imensas geleiras descem das montanhas alimentando lagos aprisionados pelos movimentos tectônicos, ou se esgotam no oceano. Esta região, marcada pelo frio inclemente e vento cortante, nutriu a evolução de flora e fauna singulares. Seus parques nacionais guardam tesouros preciosos, como o inigualável glaciar Perito Moreno e as montanhas El Payne e Chaltén (nos mapas, Fitz Roy), consideradas entre as mais bonitas do mundo.

Não me estenderei mais sobre a Patagônia. Visitem que vale a pena. Pretendo contar uma vivência pessoal – que mais poderia ser? – bem divertida.

* * * * *

Buenos Aires quando faz calor é insuportável. Poucas capitais do mundo misturam temperatura e umidade com a crueldade da capital portenha. Deixei o hotel às quatro da madrugada e tomei rumo ao sul no Aeroparque Jorge Newbery, junto às margens do rio da Prata. Que alívio!

Para além de Mar del Plata, não conhecia a Argentina e fiz um pinga-pinga por Comodoro Rivadavia, Río Gallegos e Ushuaia. Foram estas duas últimas cidades que mais me prenderam: a primeira, por ser caminho para o Lago Argentino e o glaciar Perito Moreno, e a segunda, pela fama de ser a cidade mais austral do globo.

Não havia muitos voos por lá na época e o mesmo avião se repetia, isto me permitiu certa familiaridade com a tripulação, que foi útil para esclarecimentos e orientações. Fiquei sabendo que em Ushuaia existia apenas um hotel, o Albatros, bastante caro e, de resto, só pensões familiares. Hospedei-me numa que me pareceu razoável. O quarto era aconchegante e a sala que servia de refeitório, muito simpática. O erro foi deixar de inspecionar o banheiro, que era coletivo. O vaso sanitário sem problemas, mas o chuveiro elétrico não funcionava e o chão era de madeira, escorregadia e imunda. Fui e desisti. Ao retornar aos meus aposentos – entenda-se no singular – passei por três mochileiros ingleses sentados no chão. Olharam para mim e observaram com fleuma britânica:

— *We also prefer to stink.* (Também preferimos feder).

Embora aceito no grupo dos gambás, pouco os vi. Fiz amizade com um pescador local de *centollas*, o caranguejo gigante dos mares gelados do Sul, e saía com ele no estreito de Beagle. Fazia sozinho a pesada faina de colocar e alçar as gaiolas de captura. Deveria haver muitos, pois também os capturava à noite arrastando cestas. Fiquei seu ajudante por dois dias a troco de *centollas* e sua conversa interessante.

Ushuaia é um daqueles lugares a que vale a pena retornar e recomendo a todos que o visitem. De lá voei a Punta Arenas, a legendária cidade chilena do estreito de Magalhães, passagem para a costa oeste do continente americano. Para meu constrangimento a tripulação me reconheceu; definitivamente eu cheirava mal. Com as informações obtidas, decidi pelo Hotel Savoy, mais em conta do que o Cabo de Hornos. Na falta de táxis, dividi um carro com um militar argentino e dois jovens, um seu filho e outro, amigo dele, engenheiros recém-formados. A viagem era um presente do pai pelo diploma conquistado.

Aguentaram estoicamente minha pestilência, mitigada pelo vento frio que varria o automóvel com seus vidros abaixados e concordaram que o único apartamento disponível com banheiro, fosse meu. Contentaram-se com o coletivo do corredor. Este era decente, porém eu tinha o luxo de uma banheira onde cabia de corpo inteiro! Estávamos no segundo andar, em três apartamentos, pois os dois engenheiros dividiram um entre eles.

Combinamos jantar juntos. O militar, confesso que não me recordo mais dos nomes e aqui batizarei de Juan, fez questão de procurar um bom restaurante, já que era a primeira noite fora de casa e a ocasião exigia uma celebração. Encontrou um lugar perfeito, a Adega Española (o nome é este mesmo: para assuntos de comida memória de gordo não falha.) Tinha dois níveis: o térreo e um porão ao qual se chegava por uma escadaria, com numerosas salas pequenas que, obviamente, foi nossa escolha. Em uma delas estava a tripulação que nos trouxe de Ushuaia e um aeromoço se levantou da cadeira e me saudou alegremente:

— !Ola, Macaquito, como te vas!

Juan reagiu imediatamente:

— ¡Pero qué dices!

Não havia má intenção alguma, só o costume de chamar brasileiros de macacos e uma boa dose de álcool na cabeça que permitiu o descuido. Fiz um gesto de cumprimento geral, dei uma risada e abracei o cidadão. Ficou atrapalhado, murmurou desculpas e assunto encerrado. Sentamos com a turma e pedimos reforço do que já havia na mesa: *paella* e *sangría*.

Foi uma noite animada. A conversa corria solta entremeada com canções argentinas desafinadas pela tripulação até que aparecesse um guitarrista profissional e nos brindasse com peças chilenas e espanholas. A meu pedido, tocou música flamenca, pela qual sou apaixonado. A *paella* estava riquíssima; imaginem os frutos do mar naquelas águas geladas! A *sangría* é um refresco de vinho em que a qualidade do mesmo não importa, é melhor nem desperdiçar garrafas nobres com a mistura de frutas frescas e açúcar. Na realidade, esta bebida dispensa água e é servida em jarras para consumo generoso. As criaturas do oceano gostam de nadar.

Chegamos no Savoy após as duas da madrugada e fui dormir em estado alfa. Nem preguei no sono direito, quando ouvi batidas à porta. Era o filho do Juan com seu colega, este quase irreconhecível. Rosto de lua cheia, ansioso e ofegando muito. Crise alérgica aguda com edema de glote. Mandei-os descer e chamar ambulância com a máxima urgência e, se não houvesse, um táxi, enquanto pusesse a roupa. Como não tinha nada para administrar, peguei meu canivete suíço e desci a escadaria. Em último caso, faria a traqueostomia a frio. Apareceu um carro e lá fomos ao hospital mais próximo. Parece que havia mais de um em Punta Arenas. Não foi necessário abrir a traqueia, tiramos o sujeito da crise com adrenalina e lá ficou internado para observação. Achei que nada mais me cabia fazer e resolvi voltar ao hotel.

Acordei em torno do meio-dia e desci resolvido a explorar a cidade. Alguém me informou que o café da manhã estava à minha espera. Realmente, no restaurante uma mesa estava posta para uma pessoa e fui servido regiamente. Entregaram-me um envelope. Nela encontrei uma carta breve de Juan, agradecendo tudo que fiz e comunicando que resolvera voltar a Buenos Aires. Que pena! Se tivesse me consultado, talvez teria permanecido. Enfim, assim é a vida. Fui conhecer Punta Arenas.

Voltei após jantar bem numa *trattoria* simpática, *centolla* com vinho branco. Os leitores mais argutos devem ter percebido que adoro caranguejo. Deveria ter sido em torno das dez horas e decidi me enfiar na cama. Estava cansado. Fui escovar os dentes, quando escutei pancadas à porta. Três militares estavam no corredor.

— *Do you speak English?*

Recebendo minha afirmativa, pediram licença para entrar. Eram da base norte-americana de Punta Arenas e ouviram falar do médico que salvou alguém no hotel. Um exagero e tanto, pensei, mas deixei por isso mesmo e fiquei aguardando o que lhes afligia. Em resumo:

Um camarada deles teve hemorroidas sangrantes e a base informou os Estados Unidos da situação. Veio a resposta: Operação pequena, faça em Punta Arenas. Pois foi operado ali mesmo. Agora, passados tantos dias (não me lembro exato quantos), tinha cólicas para esvaziar o intestino, porém, quando tentava, a dor ficava insuportável e ele desistia. Chorava até. Os médicos nada faziam, além de dizer que iria melhorar. Será que poderia ajudar?

Certamente, sim. Vesti-me e fui com eles para o alojamento do militar. Encontrei um paciente angustiado em sofrimento. Olhei. O ânus com a ferida cirúrgica parecia normal. Passei com cuidado uma quantidade generosa de novocaína, esperei um tempinho conversando com a turma e mandei levar o homem ao banheiro. Não demorou que voltassem com o companheiro chorando, só que desta vez de alegria. Sucesso absoluto. Deixei o tubo de pomada com eles e pedi que me levassem ao Savoy. No caminho perguntaram se queria voar até o cabo Horn. Claro que sim! Prometeram ficar em contato comigo, despedimo-nos e fui dormir.

Fiquei cinco dias na expectativa de visitar a ponta do continente por cortesia da Aeronáutica dos EUA num dos voos de rotina. Falávamos todos os dias por telefone ou diretamente no Savoy ou na base norte-americana, mas o clima não deu trégua e a forte ventania prendeu os aviões ao solo. Principalmente no verão, os ventos chegam a 130 quilômetros por hora; 80 quilômetros/h é comum. Em Punta Arenas existem corrimãos em parede de edifícios e cordas esticadas nas ruas para a segurança dos pedestres. O vento tende a ter intensidade e direção constantes, o que me permitia uma brincadeira diferente.

Eu usava um poncho para me defender do frio. No verão a temperatura média é de 15ºC. Um dia alcançou 18 e a lourinha da recepção, firme de carnes e com bochechas vermelhas em rosto redondo, dizia ofegante:

— ¡Pero que calor, doctor, que calor!

Pois bem, eu ficava ereto contra o vento e abria o poncho formando uma asa delta ao mesmo tempo em que inclinava contra o solo. Com um pouco de prática conseguia movimentar o corpo para cima e para baixo aumentando e diminuindo a superfície do poncho. O acidente mais frequente não era focinhar, mas sim cair para trás empurrado pelo vento. A quem quiser tentar, aconselho que procure um lugar com grama fofa.

O cabo Horn ficou para outra oportunidade e fui visitar o Parque Nacional El Payne, que ainda estava em condição prístina, sem acomodações e facilidades turísticas. Apenas na entrada do parque os guardas tomavam nota da identidade das pessoas. Eu não tinha tralha para acampar, de forma que fiquei em Puerto Natales e dormi numa casa que alugava espaços para dormir e fornecia cobertores. Espaços sim senhor, não salas ou camas. A cidade é simpática e oferece magníficos crepúsculos; os raios dourados infiltram uma fresta do poente e pintam as densas nuvens de vermelho. Gloriosos instantes que os céus da Patagônia não demoram a fechar.

De Natales fui duas vezes ao El Payne, a primeira com um pequeno grupo de visitantes de diversas nacionalidades e a segunda, com Pierre Cyman, diretor da Aliança Francesa de Buenos Aires. A mulher dele estava cansada de uma visita prévia e preferiu ficar em Puerto Natales. Felizmente, porque fomos até a geleira Grey, uma caminhada de quatorze horas com pouquíssimas paradas, por terreno irregular cortado por numerosos riachos vindos de geleiras que exigiam a remoção dos calçados.

Voltei ao Brasil, subindo a costa chilena com navio mercante até Puerto Montt; de lá, atravessando os lagos, cheguei a Bariloche, onde me aguardava um voo para São Paulo, via Buenos Aires. Claro que ainda havia a sobremesa: a viagem de quatro horas de ônibus até Ribeirão Preto.

25
MISTÉRIOS ENTRE ROMA E NÁPOLES

Em novembro de 1976 fui à Europa, a fim de participar de um curso de especialização sobre inflamação em Roterdã; cabia-me expor o tema Fenômenos Vasculares da Inflamação. Uma oportunidade excelente para apresentar a experiência adquirida durante doze anos de pesquisa na Faculdade de Medicina de Ribeirão Preto. Também decidi ir a Londres para discutir mais uma vez com os professores Spector e Lawther o Laboratório de Poluição Atmosférica Experimental que seria instalado na cidade de São Paulo em vez de Ribeirão Preto, caso vencesse o concurso de Professor Titular na Faculdade de Medicina da USP, marcado para 1977. Inseri mais dez dias dedicados à música e ao livro que escrevia sobre Caruso.

Iniciei a viagem em Barcelona, cidade que não conhecia, e assisti à abertura da temporada lírica no Gran Teatre del Liceu, em 4 de novembro. A ópera era *Boris Godunov*, de Mussorgsky, na época minha favorita, que iria estrear com as forças da Ópera Nacional da Bulgária, tendo como protagonista o famoso baixo Stefan Elenkov. Também tive o privilégio de um concerto no Palácio da Música de Barcelona. Ambos os teatros estão entre os mais bonitos do mundo e os espetáculos que oferecem são de altíssimo nível. Aliás, há que reconhecer que a capital catalã disputa o primeiro lugar entre as cidades mais belas e interessantes na face da Terra.

Passei um dia muito gratificante no Arquivo Histórico revirando folhas de antigos jornais para anotar informações da única apresentação de Enrico Caruso na Espanha, justamente no Liceu de Barcelona, em 1904. O serviço é impecável, a localização, absolutamente privilegiada e as salas de leitura têm classe! Descrevi, pormenorizadamente, esta joia de hemeroteca instalada na antiga arquidiocese em frente à catedral, na obra que publiquei sobre o legendário tenor.

Embarquei para a Itália lastimando o pouco tempo que passei em Barcelona, aliás, na Espanha que merecia uma estadia maior, pois se livrara havia um ano apenas do ditador Franco e passava por uma transição efervescente. Mas Caruso me esperava em Nápoles e Palermo, e a patologia, em Ribeirão Preto.

Nápoles, como já contei, é a cidade natal do mítico tenor e foi lá que iniciou sua carreira vitoriosa. Minha tarefa era fácil porque não faltavam biógrafos que já olharam os documentos existentes. Queria apenas me certificar de alguns detalhes e ir a Salerno, onde ele cantou *I Puritani*, de Bellini, em setembro de 1896. Certamente, esta ópera, de tessitura altíssima, não era para a voz dele e seria importante conseguir uma apreciação de algum crítico que tivesse assistido a seu desempenho. Fui duas vezes a Salerno de ônibus, se não me engano o número 5 que se tomava na vizinhança do Castel Nuovo, no centro histórico da cidade. O trajeto seguia a maravilhosa costa amalfitana e levava em torno de uma hora.

Meus esforços foram em vão; não consegui localizar nenhum jornal da época. Na prefeitura da cidade, várias pessoas se mobilizaram para localizar alguma biblioteca, hemeroteca ou acervo com jornais do ocaso do século XIX. Após várias tentativas infrutíferas, me perguntaram intrigadas:

— Afinal das contas, o que houve de importante na nossa cidade em 1896?

— Isto não posso dizer, por enquanto, – respondi seriamente, alegrando a vida de todos com uma pitada de mistério.

O Teatro Massimo de Palermo foi inaugurado, em 16 de maio de 1897, com a última obra de Giuseppe Verdi: *Falstaff*. A segunda ópera da temporada era *Gioconda*, de Ponchielli, com Caruso. Este teatro é um dos maiores da Europa, com capacidade para 2.500 pessoas e certifica que o artista, então com 24 anos e dois de atuação nos palcos, já conseguira importante prestígio nos meios empresariais. Também havia controvérsias quanto ao número de "Giocondas" que teria cantado, de modo que a pesquisa era importante.

Foi minha primeira visita à Sicília, que me surpreendeu agradavelmente. Sabia que a ilha tem uma rica e interessante história, pois foi ocupada pelos gregos, fenícios, romanos, normandos e espanhóis, porém também é conhecida pela máfia siciliana que a carimbou com fama da violência e intranquilidade. A primeira pergunta que fiz na recepção do hotel, após preencher as formalidades, foi sobre minha segurança: se podia andar pelas ruas. O cidadão esclareceu-me com um sorriso condescendente que, na realidade, os estrangeiros estão sob a proteção da máfia e que eu estava no lugar mais seguro do mundo.

— A máfia tem interesse na prosperidade do turismo. O senhor entende?

Entendi e aceitei. A explicação tinha lógica. Senti-me seguro a tal ponto que assisti o filme *Gattopardo*, de Tomasi de Lampedusa, na última exibição de um cinema e voltei tranquilo pelas ruas ermas ao hotel, fazendo uma boquinha num boteco lá pelas duas da madrugada.

Dei um giro pela ilha com coletivo, parando aqui e acolá, e não tive incômodo algum.

Tinha outro preconceito que provou ser igualmente equivocado: o de que os sicilianos são atrasados e rudes, uma espécie de ser primitivo, indesejado nas regiões setentrionais da Itália. São rejeitados sim, principalmente na Lombardia. Também são pobres. Entretanto, em nenhuma parte da península encontrei tanta fidalguia e finura como na Sicília.

De Palermo voei a Milão para tomar uma conexão a Londres. Decolamos num céu de brigadeiro e logo serviram o desjejum. Quando desfrutávamos a *colazione* tivemos uma queda brusca colossal. Os que consideram cintos de segurança inconveniências exclusivas das manobras de decolagem e aterrissagem, pararam no teto com as bandejas e, depois, caíram junto com pratos, talheres, xícaras, comidas e bebidas todas. Tínhamos gente machucada, felizmente sem gravidade, mas, a partir deste momento, não houve mais tranquilidade. Choros, orações e gemidos se misturaram num coro enervante. Para piorar, pegamos um temporal na altura da Toscana e fomos forçados a descer em Pisa. Enquanto aguardávamos no pequeno aeroporto, um grupo técnico estava inspecionando as asas do avião. Tivemos que esperar por outro e perdi minha conexão. Só consegui continuar o voo após um pernoite em Milão.

Esta introdução, em estilo telegráfico, foi necessária para colocar o extraordinário desta viagem no seu contexto. Algo bem inusitado me ocorreu, após chegar a Roma de Barcelona, onde tinha uma conexão a Nápoles. Episódio intrigante que justifica a inclusão nestas recordações do novembro de 1976.

* * * * *

O aeroporto de Fiumicino é meu velho conhecido desde 1959 e sempre o achei modesto demais para servir Roma que, afinal de contas, é uma das cidades mais visitadas do globo. Tampouco se pode gabar de um serviço bom, porém desta vez exagerou um pouco. A conexão para Nápoles estava atrasada e ninguém podia informar quanto. Perguntei de onde vinha a aeronave e não obtive resposta. Não tendo compromisso, fiquei na minha, aguardando. Não assim outros passageiros, particularmente os italianos: fleuma não faz parte do seu patrimônio genético.

Havia um grupo francês de umas vinte pessoas, a maioria de meia-idade ou até um pouco mais, perto ou dentro da aposentadoria. Queriam informações, coisa que inexistia, porém nem isto lhes ficou claro porque só falavam francês, língua que o balcão da Alitalia desconhecia. Foi assim, interpretando o nada, que travei conhecimento com o grupo. Eram todos de Marselha, torcedores do Olympique que chegaram à Itália a fim de assistir seu time jogar contra o Napoli.

Os relacionamentos casuais e fugazes não têm regras, são imprevisíveis; por vezes são positivos e outras vezes, negativos. Nesta oportunidade foi excelente, justamente por sermos gente com interesses diferentes. Minha ignorância sobre o futebol é redonda: o maior volume na menor superfície. Os marselheses logo perceberam minha incompetência de satisfazer suas curiosidades sobre o futebol brasileiro e que meu conhecimento pelo deles era zero. No entanto, ou talvez por isto mesmo, houve empatia enorme.

Outro fator de simpatia deveria ter sido minha comunicação com eles. Meu francês era tolerável, pronúncia precária, porém clara e compreensível, provavelmente bem engraçado aos seus tímpanos. Apenas um ano atrás tinha feito uma palestra científica em Paris, no vernáculo, e preparei-me com uma professora particular por três meses, recuperando o que fora negligenciado desde os tempos de estudante universitário. Contudo, a razão dominante da nossa ótima relação deveria ter sido meu espírito eufórico. Por vezes, alguma substância endógena – não tinha tomado álcool e nunca sequer experimentei drogas – me deixa confiante, alegre, loquaz, comunicativo, diria turbinado. Eu estava num daqueles momentos. Os marselheses eram pessoas simples, pouco viajadas e sem sofisticação. A situação do aeroporto deixou-os inseguros e eu dava atenção a todos, procurava esclarecer dúvidas e diminuir ansiedades. Deixava fluir a conversa em torno do interesse deles, escutava histórias de futebol e, conforme o conteúdo concordava vivamente, murmurava reprovação ou fazia cara de espanto. Se perguntado sobre algo do Brasil, falava pelos cotovelos e cheguei a engajar-me em conversas culinárias com algumas senhoras que acompanhavam os maridos. Ousadia extrema!

Após três ou quatro horas de espera, nosso voo foi anunciado e embarcamos.

Lembro-me que já tinha anoitecido. O voo foi absolutamente calmo, porém, passava o tempo e estranhamente não chegávamos. Afinal de contas trata-se de uma distância linear menor que 200 quilômetros e só voam de Roma a Nápoles pessoas que têm conexões, pois é mais fácil cobrir esta distância pela rodovia. Imaginei que estávamos circulando sobre Campânia e aguardando autorização de pouso, quando ouvi o comandante:

— Senhores passageiros. Infelizmente, não há condições de pouso em Nápoles. Dentro de instantes pousaremos em Roma.

Desembarcamos e, desta vez, a revolta foi imediata e a confusão maior. A Alitalia, em vez de anunciar logo as opções que nos aguardavam, optou pelo silêncio. Minha impressão era de que faltava alguém que falasse pela companhia aérea e só os balconistas estavam no aeroporto. Meus amigos de Marselha, desconsolados: o jogo era no dia seguinte. Juntei-me à confusão em frente do balcão. Uma gritaria em que ninguém se esclarecia. Ao meu lado, pressionou um cidadão de casaco de couro e óculos escuros, pinta de motoqueiro de filmes americanos. Conseguiu chegar ao atendente e sem cerimônia levantou o fone do gancho do telefone diante dele, e disse em tom nada amigável:

— Coloca teu chefe na linha.

Um número foi riscado e algumas palavras trocadas. Daí a pouco apareceu alguém com poder de decisão e nossa situação ficou esclarecida. Aqueles que desejassem voar no dia seguinte, a companhia levaria a um hotel; os que preferissem ir a Nápoles teriam à sua disposição coletivos. Expus as opções aos franceses que, evidentemente, escolheram seguir em frente. Tomei a mesma decisão. Chegaram dois ônibus e embarcamos. Ao subirmos num deles, um marselhês mais idoso, tentou explicar ao motorista a localização do hotel do grupo. O cara de casaco de couro e óculos de sol, sentado ao lado da porta, interrompeu-o e explicou que não era hora para isto e que ficasse tranquilo que ele ajudaria quando chegássemos a Nápoles. O francês dele tinha um leve sotaque que não me pareceu de italiano, mas era excelente.

Ao meu lado sentou um médico de Nocera, cidadezinha entre Nápoles e Salerno, que desejava conversar comigo. Já tínhamos trocado algumas palavras no aeroporto, de modo que sabia que eu era da Faculdade de Medicina da USP. Relatou que viajou a Londres com seu amigo e paciente, sentado algumas fileiras atrás, que estava com câncer pulmonar. Levou-o ao Brompton Hospital, onde foi examinado e considerado inoperável. Trocamos algumas ideias sobre o caso e logo percebi que era o amigo e não o médico quem falava. Dei o suporte que me pareceu necessário, ele se acalmou e o restante da viagem foi muito agradável. Recordo bem como se empenhou em explicar o dialeto napolitano que eu não entendia.

A primeira parada foi no aeroporto de Nápoles, onde parentes e amigos esperavam preocupados e cansados a maioria dos passageiros. Era passada meia-noite. (Gente, sei que é difícil, porém há que imaginar um mundo sem celular...). Então ficamos sabendo que não houve nada, nada que fechasse o aeroporto. A tarde foi ensolarada e a noite, estrelada.

E o nosso voo tranquilo, sem turbulências? Que fizemos nos céus da Itália durante mais de hora? O piloto não nos disse a verdade, por quê? Algum defeito na aeronave? Tivemos decolagem e aterrissagem perfeitas. Perguntas e mais perguntas sem respostas. O voo mistério da minha vida.

O ônibus foi deixando seus passageiros. Quando os franceses chegaram ao seu endereço, num bairro da periferia, desci e me despedi deles um por um, com sincera e divertida mesura. Continuamos apenas em dois: eu e o cidadão da porta. O motorista perguntou onde queria ficar. Respondi que em qualquer hotel no centro da cidade que não me custasse mais do que 200 dólares de hoje, (não me recordo em liras na época, seria o preço de um hotel de três estrelas numa boa localização).

— Vamos ao Ambassador, – decretou o casaco de couro.

Vamos. Lá sabia eu como era este hotel. Chegamos. Dei uma espiada pela janela e fiquei preocupado.

Hotel Ambassador era um imenso edifício de trinta andares, recém-construído, o mais alto da cidade, localizado no centro histórico de Nápoles e, na época, entre os mais luxuosos da Itália. Antes que pudesse piscar os olhos, o porteiro e o carregador colocaram minha mala próximo à recepção. O óculos escuros tomou a iniciativa e perguntou-me em inglês perfeito quanto tempo desejava ficar. Informado, dirigiu-se ao recepcionista:

— Meu amigo ficará aqui até o dia 10.

— Mas ele tem reserva?

— Tem. Dê a ele o apartamento de 200 dólares. Amanhã preencherá a ficha. Passa as chaves que estamos cansados. Acho melhor deixar seu passaporte com ele – disse, virando-se a mim, trocando o italiano pelo inglês.

E lá fomos aos nossos apartamentos. Ele saiu do elevador antes de mim e só deu para dizer um boa noite, muito obrigado.

Surpreso com o acontecimento insólito, pensativo fui escovar os dentes e dormir. Antes de cair no sono, cataloguei meu singular companheiro como cidadão inglês ligado ao cartel de drogas da Marselha. Certamente de alta hierarquia na organização.

Acordei lá pelas nove horas, me arrumei e fui explorar o hotel em busca de um café decente. Do balcão espaçoso do mezanino olhei o saguão. Localizei o suposto inglês no meio de uma roda de oito a dez pessoas. Ele virou a cabeça para mim e, na certeza de que me tinha reconhecido atrás de suas lentes escuras, fiz um aceno alegre, desci uma escadaria e fui em direção do grupo. Ele fez um gesto discreto, mas inequívoco de que não me aproximasse.

Não o encontrei mais e no acerto das contas na saída do Ambassador, o preço foi exatamente o combinado.

26
ESPIÃO EM MOSCOU

Convidado pela União Geográfica Internacional a fazer uma conferência em Moscou para abordar o Impacto das Alterações Ambientais sobre a Saúde Humana, fui à Rússia pela primeira vez em agosto de 1995. É importante lembrar que, oficialmente, a Guerra Fria terminou em 1989. Visitei somente a capital russa e São Petersburgo. Esta é uma cidade belíssima, nascida dos anseios do czar Pedro, o Grande, que sonhava com uma nova capital de urbanização e arquitetura europeias. Lá estão os palácios fabulosos da família imperial transformados em museus.

Considero o Hermitage o museu mais trabalhoso do mundo para conhecer porque mantém suas características de palácio e o seu acervo de pintura moderna contém a maior coleção de quadros impressionistas do mundo. Portanto, há que visitá-lo três vezes para desfrutar o palácio, apreciar a coleção clássica ou convencional e, finalmente, ver os quadros impressionistas avidamente colecionados pelos czares e trazidos da Alemanha no fim da Segunda Guerra Mundial. Um acervo maior que o das Tulherias em Paris.

Moscou tem estilo e sabor da Rússia. O Kremlin e a igreja de S. Basílio aguardam os visitantes na Praça Vermelha e, para muitos, são as atrações máximas da capital. Talvez sejam. Entretanto, Moscou é mais, muito mais e há que explorar. O que mais me surpreendeu é o aparente conflito entre sua arquitetura pesada e a quantidade impressionante de espaços verdes, pelo menos para nós, paulistanos, que vivemos em selva de concreto. Conheci esta cidade melhor na segunda visita, pois na primeira tive pouco tempo fora da reunião científica que recordo com satisfação: foi uma loucura simpática.

* * * * *

Vindo de Frankfurt, o aeroporto de Moscou pareceu-me incrivelmente deficiente. Ainda não tinha entrado na minha cabeça – e nem na deles! – o fato de que a União Soviética se transformara em Rússia. O que foi a União Soviética? Um colosso militar de economia pobre forjado de pactos à força entre povos e nações dissidentes. Com a Perestroika e a Glasnost a realidade veio à tona lentamente, à medida que o império desmoronava e abria suas múltiplas portas ao mundo. Uma surpresa após a outra me aguardavam nesta visita.

Em vão esperei a mala na esteira, ela ficara na Alemanha ou estava viajando para algum outro recanto do globo. Balcão de bagagens perdidas não existia e com os poucos funcionários e muitos policiais presentes a comunicação só era possível em russo, língua que não falo. Com bastante dificuldade encontrei os escritórios da Lufthansa e aí ficou esclarecido que não há serviço de entrega de malas extraviadas; quando chegam são encaminhadas a um depósito e cabe ao passageiro buscá-las. Telefone existia, porém precário e havia a barreira da língua. Melhor opção era esperar no aeroporto. O hotel mais próximo estava uns dois quilômetros, no entanto serviço de táxi, como eu conhecia, inexistia. O sistema era livre, qualquer um podia dar uma de taxista. Existiam pessoas que viviam do transporte de passageiros, contudo seus carros não tinham nada que os distinguisse dos outros, ou seja, eram irreconhecíveis. Preço sempre a combinar. Para dizer o mínimo, enfrentei uma situação insegura e hostil a quem não fala russo e nem está familiarizado com Moscou. Na segunda vez que fui à Rússia, em 2003, isto mudou completamente.

Esperei umas horas no aeroporto e, como a mala não vinha, decidi ir ao hotel; creio que seu nome era Novo Hotel. Isto aconteceu nas primeiras horas da tarde e, de lá, a cada duas a três horas retornava ao depósito das malas, com a etiqueta de bagagem colada no cartão de embarque e um bilhete escrito em russo por um funcionário da Lufthansa. Esta movimentação eu fazia com uma van dirigida por um cidadão muito simpático e comunicativo. Na época sabia o nome dele, mas esqueci e vou batizá-lo de Sergei. Entendeu perfeitamente minha desgraça e falava comigo o tempo todo amavelmente, só que em russo. Bem, o que fazer? De vez em quando dizia algo em português e assim convivemos alegremente. Na terceira ou quarta viagem, quase à meia-noite, consegui a mala e dormi tranquilo.

Dia seguinte, pronto para ir à Sociedade Russa de Geografia, abordei Sergei mostrando o endereço. Ele fez uma longa digressão. Quando terminou, fui à van com mala e tudo, mas ele chacoalhou a cabeça e deu novas explicações. Entenda-se que sempre em russo. Então, como ele não iria, agradeci sua amabilidade em bom português e disse *spasiba* (obrigado) apertando sua mão. Felizmente, a recepção conseguiu que alguém me levasse por uma pequena fortuna. Até que mereceu: perdeu-se e levamos mais de hora circulando em Moscou para achar a Sociedade.

Daí para a frente, sem barreira linguística. Fui alojado num hotel da Aeronáutica, numa suíte ampla, porém bem precária, sem cortinas, que é problema no verão moscovita porque o sol demora a sumir no horizonte e inunda de luz o quarto de dormir. Inconveniência pequena, nada que a máscara dos aviões não resolva. A TV da sala, em preto e branco, já deixara de funcionar quando Lenine frequentava a escola primária e no banheiro o chuveiro elétrico fornecia fios de água morna. Pouco depois, ao encontrar colegas que chegaram de vários países, percebi que fui tratado como hóspede VIP; alguns ficaram em instalações franciscanas, compartilhando banheiros e água fria.

O local do Congresso foi na Universidade de Lomonosov, a mais importante da Rússia. Seu edifício central é o maior dos sete edifícios gigantescos, tipo bolo de noiva, construídos por Stalin em Moscou. Sua torre tem 36 andares e as nossas atividades se concentravam no 18º. A estrutura pedia reformas urgentes. Elevadores não funcionavam direito e várias vezes ficamos presos. Situação prevista pelos telefones internos dos ascensores, frequentemente utilizados para pedir socorro. Nenhum dos banheiros públicos estava em condições de uso, sempre precisávamos solicitar a chave para usar as facilidades de professores. Nas áreas de passagem faltava iluminação. Em várias salas as janelas não tinham cortinas e a luz prejudicava as projeções. Na sessão solene de abertura, os tradutores simultâneos – excelentes! – ficavam no salão mesmo, com a cabeça enfiada em caixas de papelão para abafar o ruído e viam através de furos que eles mesmos abriam conforme as necessidades. A recepção foi espartana: bolacha, café solúvel e chá preto.

Por outro lado, o nível científico nada deixou a desejar e Svetlana, presidente da Sociedade Russa e do Congresso, colocou os alunos de pós-graduação, a maioria mulheres, para ajudar os congressistas. O clima de simpatia e amizade não poderia ter sido mais agradável. Faziam esforços incríveis para vencer as difíceis condições. Em pouco tempo, fiquei rodeado pela juventude e discutia trabalhos, falava de poluição atmosférica, satisfazia curiosidades sobre o Brasil e um grupo alegre me guiava pela cidade, entre eles o filho de Svetlana, Alex, que ficou muito meu amigo e pedia minha opinião sobre seus problemas pessoais. Nosso meio de comunicação era o inglês.

Uma moça, incrivelmente bonita, de disparar os batimentos cardíacos e perder o fôlego, indagou como não aprendi o russo. A pergunta tinha lógica, considerando meu nome húngaro e que na Hungria se estudava a língua obrigatoriamente sob a ocupação russa. Expliquei que emigrei ao Brasil ainda criança, omitindo pormenores da guerra, para evitar eventuais constrangimentos.

Tudo foi às mil maravilhas até a visita do Museu Tretyakov que é dedicado à arte nacional da Rússia. Fomos de metrô e o tempo era curto, porém meu interesse maior era ver obras dos pintores da vanguarda russa, Malevich, Gontcharova, Lissitzky e outros, que conhecia de livros, mas pouco tinha visto nos museus pelo mundo afora. Minha mãe gostava de pintar e tinha uma biblioteca que estimulou minha curiosidade e desenvolveu meu interesse e gosto pela pintura. Estes trabalhos dos assim chamados pintores malditos foram julgados impróprios para exibição pelo governo soviético, taxados de arte decadente e recolhidos em depósitos longe dos olhares do povo. Felizmente, a perestroika liberou-os e, agora, estavam à disposição da visitação pública.

Ficamos menos de duas horas, pois o congresso me chamava. Atrasado, propus que pegássemos um carro no lugar de transporte público, e fizemos sinais na rua aos automóveis. Por sorte parou uma van onde, apertados, cabíamos todos, eu na frente ao lado do condutor. Que surpresa, era Sergei e cumprimentamo-nos alegremente! Conforme seu hábito desandou a falar em russo e eu, de quando em vez, injetava uma frase em português. Lá atrás, a turminha em nada interferiu, mas, como deduzi mais tarde, deveriam estar murmurando entre si.

Dia seguinte sofri um acidente. No fim de uma das sessões, ao descer por uns degraus pelos escuros corredores, pisei em falso e rolei escadaria abaixo. Senti uma dor fulgurante no joelho direito e fiquei estendido no chão sem poder me levantar. Umas dez a quinze pessoas estavam em torno de mim, desorientadas, sem saber o que fazer. Bem, quando o caso não é de enterro, é melhor levar esportivamente. Reconheci um jovem pós-graduando, estendi a mão em sua direção e gemi:

— *Proshay moi syn, umirayu.*

São as palavras de Boris Goudnov a seu filho quando está nos seus estertores finais: "Adeus meu filho, estou morrendo". O moço me olhou desconcertado. Dei uma risadinha amarela e pedi, em inglês, que me ajudasse a levantar. Com auxílio de muitos braços, consegui me erguer. Propuseram me transportar a um hospital. Senti que estava com hemorragia capsular, pois a região em torno da articulação rapidamente inchou e pressionava o cano da calça, porém conseguia me apoiar na perna cerrando os dentes. Hospital não! Mancaria até São Paulo se necessário, mas enfrentar o serviço médico de Moscou, jamais! Tranquilizei os presentes e consegui que um carro me levasse ao hotel.

Amanheci bem razoável e enfrentei o último dia do congresso. Encontrei Svetlana e ela me perguntou se falava russo. Claro que não, disse surpreendido.

— Pois os estudantes acham que você fala.

Esclareci o episódio do acidente. A obra de Mussorgsky é uma das minhas óperas favoritas e lembro-me de muitas partes de cor, alguns trechos consigo cantarolar e nem sei o que estou dizendo. Expliquei que foi uma tirada para aliviar uma situação angustiante e mais nada. Por total falta de concentração não dei a importância devida à situação e nem me ocorreu falar da van do camarada Sergei. Deveria ter lembrado que a desconfiança faz parte da alma russa, as obras de Dostoievsky são bem esclarecedoras.

Uma sombra de dúvida escureceu minhas relações; alguns estudantes falavam ostensivamente russo em torno de mim. A direção do congresso pediu que presidisse os trabalhos de uma sala. Fui. As apresentações todas eram de pesquisadores russos. Chamei Dimitri, um pós-graduando que traduzia maravilhosamente o russo para o inglês e vice-versa, assegurei-lhe que não falava seu idioma e pedi que sentasse a meu lado traduzindo o necessário. A verdade é que comecei a gostar do jogo e dei o máximo de mim no sentido de dirigir os trabalhos, comentar apresentações e alimentar discussões. A sala encheu-se de alunos e o ambiente de expectativa foi crescendo. Apareceu Svetlana, sentou na primeira fila e daí a pouco me mandou um bilhete em inglês:

-Você deveria falar algo ao encerrar a sessão, principalmente, aos estudantes. Algumas palavras em russo, se possível..

Não era possível, mas falei com entusiasmo sobre a qualidade da ciência russa, do invulgar brilho e diligência dos estudantes com os quais tive o privilégio de conviver, o progresso e a liberdade que encontrei em Moscou e agradeci todo o carinho recebido. Acrescentei uma única palavra em russo: *SPASIBA*!

27 – MI BUENOS AIRES QUERIDO!

Depois do Brasil, o país que melhor conheço é a Argentina e contarei algo sobre sua capital, Buenos Aires, revisitada recentemente.

A mim esta cidade fala de ciência, ópera e *otras cositas*.

— Só?

Só. Fazer compras não é minha praia. Aprecio seus restaurantes, não vou dizer que não, mas definitivamente sua cozinha, como seus museus e seu inegável belo traçado urbanístico e arquitetura, ocupam nichos emocionais menos relevantes.

Nos anos cinquenta, quando estudante universitário em Porto Alegre, o domínio argentino na medicina sul-americana era inquestionável. Mais tarde, a proximidade entre nossos países proporcionou frequentes viagens à Argentina e o acaso permitiu que conhecesse razoavelmente bem dois cientistas portenhos internacionalmente reconhecidos: o prêmio Nobel Luis Leloir e um dos fundadores da biologia molecular, Eduardo de Robertis. Claro que também convivi e fiz amizade com vários outros ilustres pesquisadores argentinos de eminência menor.

— Como? Amizade?

Sim, é possível, desde que não se discuta futebol e nem se mencione a questão das ilhas Malvinas...

A ciência da nação vizinha, assim como meus amigos argentinos, me trazem gratas reflexões e merecem muitas palavras, mas será em outra oportunidade, aqui falarei de trivialidades.

* * * * *

A ópera em Buenos Aires é o Teatro Colón. Lá, dominando a avenida 9 de Julho, pulsa o coração operístico do hemisfério sul do planeta. Para quem gosta da arte lírica é uma das maravilhas do mundo. Externamente é sóbrio, mas sua massa é impressionante. Nas fachadas existem decorações neogregas, entretanto o conjunto arquitetônico não se subordina a um estilo. A harmonia das três partes fundamentais – social, musical e técnica – é perfeita.

A parte social é confortável, espaçosa sem ostentar luxo deslumbrante como outros templos da ópera. O importante na parte social de um teatro é que existam espaços para todos conversarem, discutirem e esticarem as pernas. Minha única queixa de mais de 40 anos de Colón é a falta de luminosidade nestas partes sociais. A enraizada cultura argentina de que *todo es media luz*[14] deveria ser limitada às tanguerias.

O auditório é magnífico e monumental. É um espaço que cativou e encantou a todos que por lá estiveram. Tem um equilíbrio mágico: imenso sem deixar de ser aconchegante. As cores dominantes são o vermelho e o dourado, que disfarçam seus brilhos com a pátina das coisas maduras. O teto é azul claro que, por alguma razão, não perturba. A sala de espetáculos fica mais leve à medida que o olhar sobe da plateia e ultrapassa os três andares de camarotes: os parapeitos são mais vazados e o último pavimento tem arcos altos e delicados para abrigar dois planos de espectadores, os da galeria, juntos ao parapeito, e aqueles do paraíso, que se perdem nos últimos recessos do teatro. A altura do anfiteatro é maior do que seu comprimento e os artistas têm a sensação de que cantam para um público que se perde no infinito.

Quando a grande cortina abre, o palco e o auditório fundem-se num ambiente único em que a música distribui suas bênçãos a todos. Sim, a todos, porque a acústica do Colón é perfeita, assim como outros aspectos técnicos. Todas as facilidades modernas para montagem e mudança de cenários, amplos espaços para ensaios e conforto aos artistas, foram previstos. Embaixo do edifício e estendendo-se pelo subsolo das ruas há depósitos enormes, oficinas para roupas, sapatos, cenários e tudo que é necessário para a criatividade operística e musical. Há setores de reparo das máquinas e, absolutamente indispensável, um restaurante para o pessoal que trabalha no teatro. Tudo isto está à disposição do público, pois existem visitas regulares organizadas pelas autoridades municipais. Este é um passeio que muito recomendo aos amigos que poderão julgar as opiniões de Toscanini, que disse que o Colón era o primeiro e o mais organizado dos teatros do mundo, ou

---

14. Letra de um tango muito famoso.

de Pavarotti, que teria declarado que o teatro só tinha um defeito: o de ser perfeito.[15]

Tive a ventura de assistir a 27 óperas neste templo da lírica em 24 viagens que se distribuem entre 1969 e 2013. Neste ano fui à Argentina com o propósito de escutar dois cantores brasileiros na ópera *Carmen*. O tenor Thiago Arrancam, que conheci acidentalmente numa apresentação da *Tosca*. Ele não estava no palco, mas a meu lado, assistindo à ópera e assim começamos um relacionamento pela internet. O barítono Rodrigo Esteves, meu amigo há mais de década. Ele é um artista internacional, carioca que vive na Espanha, bem apreciado pelas plateias do Brasil. Este encontro com ele é que me leva a escrever sobre *otras cositas*.

— *Otras cositas*? Que é isto?

É a magia, encanto e desencanto, realidade intangível e inesperada que experimentamos em toda parte e Buenos Aires foi pródiga em oferecer-me sortilégios.

A ópera foi um sucesso. Tive o prazer de ter a meu lado um habitué do teatro que suspirava pelos tempos de glória do Colón, uma era que nenhum de nós dois conheceu, pois se extinguiu nos anos 50. A Argentina trazia o que havia de melhor, primeiro com sua prosperidade e, depois, graças às contingências impostas pela Segunda Grande Guerra na Europa. Neste período, o Teatro Colón não tinha rivais no hemisfério sul e sua temporada, naturalmente assíncrona com as americanas e europeias, contava com a disponibilidade das grandes divas e divos. Lentamente, acompanhando o populismo instalado por Perón, perdeu a excelência de outrora e, hoje, não mais se coloca na galeria dos grandes teatros de ópera do mundo. No entanto, com toda decadência econômica e mesmo apesar dela, há que reconhecer que seus espetáculos ainda são uma grande atração. A casa é lindíssima, sua orquestra e coro excelentes, as produções competentes e os artistas bons. Mesmo sem elencos estelares é um grande privilégio assistir a óperas em Buenos Aires e, convém lembrar, custam muito mais do que a bilheteria é capaz de arrecadar.

Pois bem, voltando ao cidadão insatisfeito, sobretudo com o tenor, assim que terminou a última cena em que este teve uma atuação primorosa, lá estava ele de pé aplaudindo e disse-me emocionado: *!Él convenció!* Fiquei muito feliz.

---

15. Esta descrição foi em parte retirada do meu livro Enrico Caruso na América do Sul. O mito que atravessa o milênio; uma biografia analítica. Cultura Editoras Associadas. São Paulo, 2000.

Após a ópera encontrei o Rodrigo e fomos jantar pertinho dos nossos hotéis, na rua Lavalle.

Calle Lavalle! Até trinta anos atrás, uma multidão frequentava suas lojas, restaurantes e cinemas. Às três da madrugada de qualquer dia, viam-se famílias com crianças caminhando despreocupadas pelo calçadão que a cobria por umas seis quadras. A cidade não dormia. Agora, os antigos estabelecimentos agonizam chorando as glórias passadas. O que se vende é *fast-food* e *junk-food* sob o olhar atento dos policiais. A partir de meia-noite é uma rua abandonada como outra qualquer.

O mesmo se pode dizer da *calle* Florida. Lembro-me desta rua famosa por sua elegância, repleta de lojas e cafés exclusivos, onde bem atender era uma tradição. Com o tempo entrou em decadência e, atualmente, só vende quinquilharia e pedintes ocupam as calçadas imundas e esburacadas.

A verdade é que a cidade está cada vez mais arruinada. Desde o fim da Segunda Guerra Mundial escorrega por um plano inclinado que ultimamente está mais íngreme. Sempre digo aos amigos que há dois milagres econômicos no globo: Argentina e Coreia. Como aquela nação, que prometia ocupar o primeiro mundo junto com a Austrália e Canadá nos anos quarenta, chegou ao poço em que está? Tinha sistema de educação primorosa, analfabetismo erradicado, nível cultural admirável, exportação de trigo e carne em grande abundância, reservas de petróleo e minerais gigantescas, enorme extensão de terras e fácil acesso ao mar. Como, pergunto, como conseguiu ir à falência com tudo isto? Enquanto a Coreia do Sul, que o Criador não contemplou com riquezas, saiu do seu calvário de colônia japonesa, Segunda Guerra Mundial, Guerra da Coreia e de uma pobreza maltrapilha, para a opulência do primeiro mundo em trinta anos? Como? São os mistérios da economia e as misérias da política.

Terminamos nossos bifes no La Estancia, combinamos visitar o bairro San Telmo dia seguinte e buscamos o merecido sono reparador.

Fez um dia belíssimo e o passeio não poderia ter sido mais agradável. San Telmo é bairro antigo que para os visitantes começa na *Manzana de las Luces* e vai até a *plaza* Dorrego. O complexo histórico *Manzana de las Luzes*, o Quarteirão das Luzes, contém igrejas e os primeiros centros de saber, frutos do trabalho de ordens religiosas, e daí que vem o nome: luz como iluminação do conhecer. Poucos sabem que embaixo destas construções há um complexo de túneis que chegam até o porto da cidade a mais de um quilômetro de distância. A rua Defensa é o eixo principal de San Telmo e aos domingos é tomado por feirantes de antiguidades, sebos, bijuterias e tudo mais que se queira. Um quilômetro ou mais de congestão comercial até a praça Dorrego onde os turistas se acotovelam.

Não tínhamos este inconveniente, pois era sábado e desfrutamos o bairro com seus sobrados seculares e alguns casarões ainda remanescentes da época colonial. É uma região de boemia, com ótimos restaurantes e cafés. Almoçamos no La Brigada, que se orgulha em servir carnes que o garçom reparte diante os fregueses com colher! Vasculhamos os famosos antiquários que rivalizam com os melhores de Londres, Paris e Nova Iorque. Este comércio fascinante tem sua concentração máxima nas ruas que delimitam a praça Dorrego; a praça propriamente dita é inteiramente ocupada por feirantes todos os dias. Rodrigo espantou-se com a quantidade de objetos cuja utilidade há que esclarecer com os vendedores. Sem dúvida, concordei, entretanto acontece por vezes o oposto. Em visita anterior, comprei uma edição de 1936 da *Madame Crysanthème*, de Pierre Loti, que tem tudo a ver com a ópera *Madame Butterfly*, por uma ninharia. Com certeza o vendedor desconhecia a rara importância da obra. Aos domingos este recanto atraente oferece mais: exposição de centenas de pinturas de artistas que ainda sonham em viver de sua arte e dançarinos profissionais de tango nas suas esquinas à disposição das mulheres que desejam ensaiar alguns passos.

Mostrei ao Rodrigo a Casa Mínima, que é um espanto. O sobrado tem 2.20 metros de fachada e paredes de adobe de setenta centímetros. Os neurônios dos visitantes se retorcem angustiados ao imaginar a vida de uma família dentro de uma fresta vertical de metro e meio.

Fomos em frente desfrutando a caminhada e conversando sobre Buenos Aires velha e nova, enfim, de todos os tempos. Lembrei-me de uma história de amor de uma mocinha argentina e um famoso pirata inglês preso em Buenos Aires nos fins do século XVI.

— Qual é o nome do pirata?

— É um dos famosos, agora me escapa o nome – disse agoniado. – Sabe Rodrigo, li num livro usado que comprei aqui mesmo em San Telmo. Nem consegui lê-lo todo porque Tição, um cachorrinho vira-lata que habita minha casa de campo, decidiu que era a comida de sua existência!

— *¿Puedo saber qué libro era?*

A pergunta veio de um cidadão de meia-idade sentado na soleira de uma porta ao lado de umas poucas dezenas de obras de segunda mão encostadas à parede. Por puro acaso passávamos em frente de um vendedor. Expliquei que não me recordava do título e autor, mas continha contos de Buenos Aires antiga.

— *¿No será este?*

Estendeu-me um livrinho embrulhado em celofane.

— *¿Cuánto es?* — a prudência exigia que fizesse a pergunta.

Com a informação de que custava quarenta pesos, ou seja, uns doze reais no câmbio negro, examinei a capa: *Misteriosa Buenos Aires* de Manuel Mujica Lainez. Pareceu-me tão familiar! Removi o celofane e virei as páginas. Entre os contos iniciais encontrei *La enamorada del pequeño dragón* e o nome do pirata: John Drake. Era o mesmo livro, em edição diferente e melhor conservada. Paguei.

Estupefatos, por instantes saboreando a magia que acabara de ocorrer, prosseguimos em direção do centro da cidade.

28
O LIVREIRO DE CALCUTÁ

O vendedor de livros de Buenos Aires lembrou-me um outro, absolutamente singular, de Calcutá. Conheci-o saindo de um restaurante em 1974. Uma recordação que vive em mim e vale a pena compartilhar.

Entrei na Índia por Calcutá, vindo da Birmânia, e passei cinco dias nesta cidade tristemente famosa pela miséria. Basta dizer que um terço de seus habitantes dormia nas ruas e vi milhares de pessoas acocoradas na calçada e usar a água que corria na sarjeta para a higiene matinal.

— Escovas de dente?

Esqueçam, a higiene bucal é feita com os dedos com a água que corre pelo cantinho da rua. Vi operários taparem buracos nas vias públicas com asfalto e a ferramenta usada eram as mãos sem proteção alguma. E assim desfilam os horrores a quem está disposto a encará-los. Mas passemos à história do livreiro.

Na terceira noite, no dia 3 de janeiro para ser exato, fui jantar no Skyroom, restaurante lendário que cerrou suas portas em 1993 e até hoje é mencionado saudosamente na internet pelos calcutaenses que tiveram o privilégio de frequentá-lo.

Ao seguir a recepcionista, meus pés afundaram na espessura do tapete e afogaram o ruído dos passos. Cada uma das mesas tinha iluminação discreta, porém suficiente, e entre elas reinava a escuridão. Mãos de seres invisíveis recuaram a cadeira para que sentasse e acenderam o castiçal de prata. O serviço do Skyroom me deixou encantado: era sem esforço, lubrificado, limpo e invisível. Bastava pensar em algo, que se materializava ou acontecia. O *maître* tinha classe: suavemente guiava o neófito e respeitosamente servia o *connaisseur*. A estética dos pratos combinava com a impecável cobertura da mesa e, em alguns, certos ingredientes tinham a superfície coberta por prata comestível. No cardápio toda a Índia estava presente e o cozinheiro honrava a tradição secular de buscar a mais alta satisfação do paladar.

Nunca mais experimentei tal qualidade na culinária indiana. A que lhe chegou mais próxima foi em Varanasi (cidade também conhecida como Benares ou Kashi). Vamos lá, contarei uma história dentro da outra. Espero não ser cansativo.

* * * * *

A cidade de Varanasi é o centro do universo hindu na margem esquerda do Ganges, um dos lugares obrigatórios do turismo internacional, como Praga, Kyoto, Rio e algumas outras urbes cantadas em prosa e verso. O melhor de tudo é madrugar e ir até o rio sagrado para afagar os primeiros raios do sol. Mais de uma vez, fiquei recolhido no topo de um molhe a admirar aquele amanhecer único, prenhe de religiosidade.

Nas frias águas algumas pessoas faziam suas preces e abluções, a maioria era de idosos; o inverno arrefece o ardor dos jovens. Uma infinita sucessão de cânticos religiosos, transmitidos por alto-falantes dia e noite durante o ano inteiro, quebrava o silêncio. Assim que a escuridão cedeu à tonalidade cinza da alvorada, pude ver alguns barcos flutuando no denso nevoeiro que cobre as águas do rio. Um quadro que poderia ter sido pintado por Salvador Dalí. Ganges pareceu-me infinito e, por algum tempo, tive a ilusão de estar no oceano. O sol nasceu no horizonte como uma flor abrasada de amor e reteve seus dardos fulgurantes convidando-me a trocar olhares com seu enorme disco vermelho. *Hare Krishna, Hare Krishna, Hare, Hare* — saudou o hino e a bruma encrespou suavemente. O sol retribuiu com alguns raios tímidos que o Ganges refletia à medida que desvestia seu véu branco. Aos poucos a irradiação cresceu e abraçou o mundo com seu calor. O canto de Krishna ecoou triunfante na luminosidade e os corações se fundiram com a natureza como as águas que escorriam ao rio das mãos postas em concha.

Foram momentos preciosos que me enriquecem até hoje.

Um guia indiano de túnica branca trazia pequenos grupos de estrangeiros para apreciar a alvorada. Reparou na minha presença repetida e conversamos. Tomei a liberdade de me queixar da comida. Afinal, onde é que havia uma refeição decente nesta cidade?

— Vá ao Clark›s e diga que é vegetariano.

Ao Clark›s? Hotel de nome estrangeiro para estrangeiros? Bem, ele deveria saber. Confiei nele e fui. Sensacional! Só perdeu para o Skyroom pela ambientação e serviço. Esta é a outra memória que acalento. E voltemos a Calcutá.

* * * * *

Deixei o restaurante pensando no paradoxo feito pela natureza: de um lado a imperiosidade de comer, e do outro a efemeridade dos prazeres do paladar.

A temperatura da noite me acolheu com doçura e resolvi caminhar um pouco. Em uma rua vizinha encontrei o livreiro. Estendido na calçada havia um pano branco de dois por um metro, pouco mais ou pouco menos tanto faz, com algumas dezenas de livros e um homem sem camisa, magro, com cabelos grisalhos longos e barba. Um tipo que preenche a figura de faquir na nossa ingênua fantasia ocidental. Tomei-o por idoso, porém a lâmpada do poste mais próximo não tinha iluminação suficiente para estimar sua idade. Eu me encurvei sobre o lençol, mexi nos livros e peguei um com capa escura da qual sobressaíam uma mulher desejável e um tigre. O título tinha qualquer coisa a ver com marajás.

— *This is a bad book* — ouvi espantado a voz do livreiro.

O cara diz que o livro não presta quando não tem onde cair morto? Como assim? Desestimula eventual comprador estrangeiro? Que fosse imbecil e levasse uma droga qualquer, que importa! Não me ocorreu outra coisa, a não ser lhe pedir que me desse, então, um livro bom.

— *Here it is.*

Deu-me um livro pequeno, em bom estado que na capa amarela ostentava o título: *The autobiography of an unknown Indian*, escrito por um certo Nirad Chaudhuri. As páginas eram muitas e as letras, pequenas. Sem pestanejar paguei o preço pedido, uma ninharia, agradeci e continuei meu passeio noturno. Que pessoa extraordinária deve ser este indiano, pensei comigo, apertando o passo para chegar ao hotel e examinar a obra.

Li a autobiografia de Chaudhuri durante minha estadia no subcontinente. Ele simplesmente abre as portas para entender a Índia, nada mais li e nem precisei. Um trabalho maravilhoso. Se quiserem saber mais, abram a internet e vejam quem foi Nirad Chaudhuri e o valor desta obra escrita em 1951. Um autor celebrado e um livro imortal. Encantado com meu tesouro, depois de cada leitura rendia homenagens ao honesto e competente livreiro anônimo de Calcutá. Pessoa de respeito que ajuda a crer na humanidade. Sentia-me devedor e achei um modo de pagá-lo indiretamente.

Ao descrever sua infância, Chaudhuri conta que um de seus passatempos favoritos era folhear a Enciclopédia Britânica. Particularmente, se interessava por navios e os dois que mais admirou foram os cruzadores Minas Gerais e São Paulo, do Brasil. Termina este tópico perguntando-se o que teria acontecido com estas belonaves.

Pensei comigo, ele nasceu em 1897, portanto, agora está com 76 anos; seus desejos de conhecer deveriam ter umas sessenta primaveras bem contadas. E se um de seus leitores brasileiros lhe desse informações sobre os cruzadores, não ficaria feliz? Decidi satisfazer sua curiosidade.

Ao voltar para o Brasil comecei a procura. Não foi muito difícil, já que o pai do meu amigo e colega do Instituto de Biofísica, Ayres da Fonseca Costa, era almirante da Marinha do Brasil aposentado e serviu no Minas Gerais. Além de dar esclarecimentos, indicou o Museu Naval para saber exatamente o que aconteceu com os cruzadores. Eu nem sabia da existência deste museu que fica no centro do Rio de Janeiro e tem um acervo rico e bem montado. Consegui as informações desejadas e, ainda, algumas fotografias; uma tirada por mim da grande maquete do Minas Gerais que domina o centro de uma das salas do museu.

Mais difícil foi obter o endereço do escritor naquela era pré-internet. Felizmente, através de uma prestigiosa editora da Índia, soube que Chaudhuri emigrara para a Inglaterra e obtive o endereço de uma editora de Londres que poderia me auxiliar na procura. E foi assim que o escritor Nirad Chaudhuri recebeu a resposta para sua curiosidade em Oxford, no mesmo ano de 1974, junto com o relato de como conseguira seu livro. Sua longa carta de agradecimento, onde transparece a emoção, é a gratidão que deposito na fraternidade universal, na esperança que de alguma forma chegue ao LIVREIRO DE CALCUTÁ.

29
HISTÓRIAS DE ÓPERAS

Em algumas histórias as óperas aparecem como golfinhos em alto mar: brilham na superfície por instantes e, depois, somem nas profundezas. Está na hora de explorá-las um pouco mais. Minha experiência é considerável: até o Ano Novo de 2015, a coleção de programas musicais que guardo em casa fala de 1019 eventos musicais clássicos assistidos, dos quais 406 são óperas. Porém, se algum dia tiver vontade de revivê-las, farei em outro livro. Só terá interesse a entusiastas como eu, uma tribo de futuro incerto, para não dizer em extinção.

Embora o universo musical e, especialmente, a arte lírica seja riquíssima de incidentes e anedotas, narrados em diversas obras, é leitura para aficionados. As três histórias que se seguem nada têm a ver com música ou arte lírica, foram singularidades que aconteceram em contexto com o Teatro de Ópera, entretanto à margem de sua magia artística.

Vejam só: o título acima é falso, porém o conteúdo é fiel à proposta destas narrativas.

Palavrão na Ópera de Paris

Esta aconteceu em abril de 1965. Pela loucura, deveria ter sido no dia primeiro, mas não foi.

Estávamos em Paris, eu de cicerone e minha mãe de visitante. Claro que L'Opera estava incluída no roteiro. Este teatro, chamado de Palácio de Garnier em homenagem a seu arquiteto, é uma visita obrigatória. Sem dúvida, é o mais luxuoso dos grandes templos da arte lírica do mundo. Foi feito para o deleite da burguesia parisiense, sem medir custos, e sua parte social de escadarias, corredores e salões é imensa e fabulosamente decorada. No auditório, o dourado do estuque e o carmesim do veludo, dominam as demais cores, exceto quando se olha para cima, pois o gigantesco candelabro de cristal ilumina a pintura de Chagall em que todas as cores se destacam. Esta obra do pintor bielorrusso judeu era a grande novidade na época, pois passou a substituir a decoração clássica original em 1964. É foco de discussões intermináveis; até hoje, ora é elogiada e ora reprovada pelo púbico.

Tomamos um táxi com a devida antecedência para desfrutar a magnificência da Ópera de Paris com tranquilidade. A peça era a favorita da minha mãe: *Carmen*. Pelo elenco, nada podia esperar de excepcional, mas este pressentimento não dividi com ela.

A visita foi muito gratificante, perfeita. No salão nobre, mamãe desabou numa poltrona e murmurou frases espaçadas, como se estivesse sem fôlego:

— Incrível! É mais luxuosa que a sala de espelhos de Versailles. Uma reação da riqueza da burguesia contra a opulência e privilégios da realeza. Creio que a ornamentação barroca ficou pesada demais – e foi desfilando sua admiração.

Vinte minutos antes do início da ópera, voltamos ao imponente vestíbulo que possui uma escadaria sem par, beleza de nobre harmonia que conduz às galerias superiores. Considerando que os nossos lugares ficavam no quarto andar, achei mais conveniente tomar o elevador. Dirigi-me a um funcionário de *libré* ricamente adornada e perguntei pelo ascensor. Deu-me uma olhada de general ao mísero ajudante de campo, levantou o braço e indicou uma direção. Não era o elevador, mas sim, outro cidadão de *libré* menos ostensiva. Este prontamente conduziu-nos ao ascensor e abriu a porta pantográfica com exagerado gesto de cortesia, esperando a recompensa pelo seu esforço. Além de nós, entraram três damas.

O aparelho decolou e parou entre o segundo e o terceiro piso. Tentei inutilmente remediar a situação no painel de botões e só me restou pedir por socorro, ao que as senhoras aderiram imediatamente. Não demorou que funcionários aparecessem e, depois de algum esforço conseguiram abrir a porta do elevador emperrado. Após análise da situação e troca de ideias, livramo-nos dos chapéus, casacos e sobretudos e começamos o trabalho pesado. O pessoal puxava as senhoras pelos braços do terceiro andar, enquanto eu servia de guindaste para erguê-las do piso do ascensor. O pior sobrou a mim: ninguém a me levantar. Puxei a porta pantográfica deixando-a semiaberta, a fim de escalar pelas treliças. Com a colaboração de muitos braços, gemidos de esforço, consegui emergir pela fresta, engatinhando pelo corredor. As mulheres foram às toaletes para se recompor, coisa nada trivial.

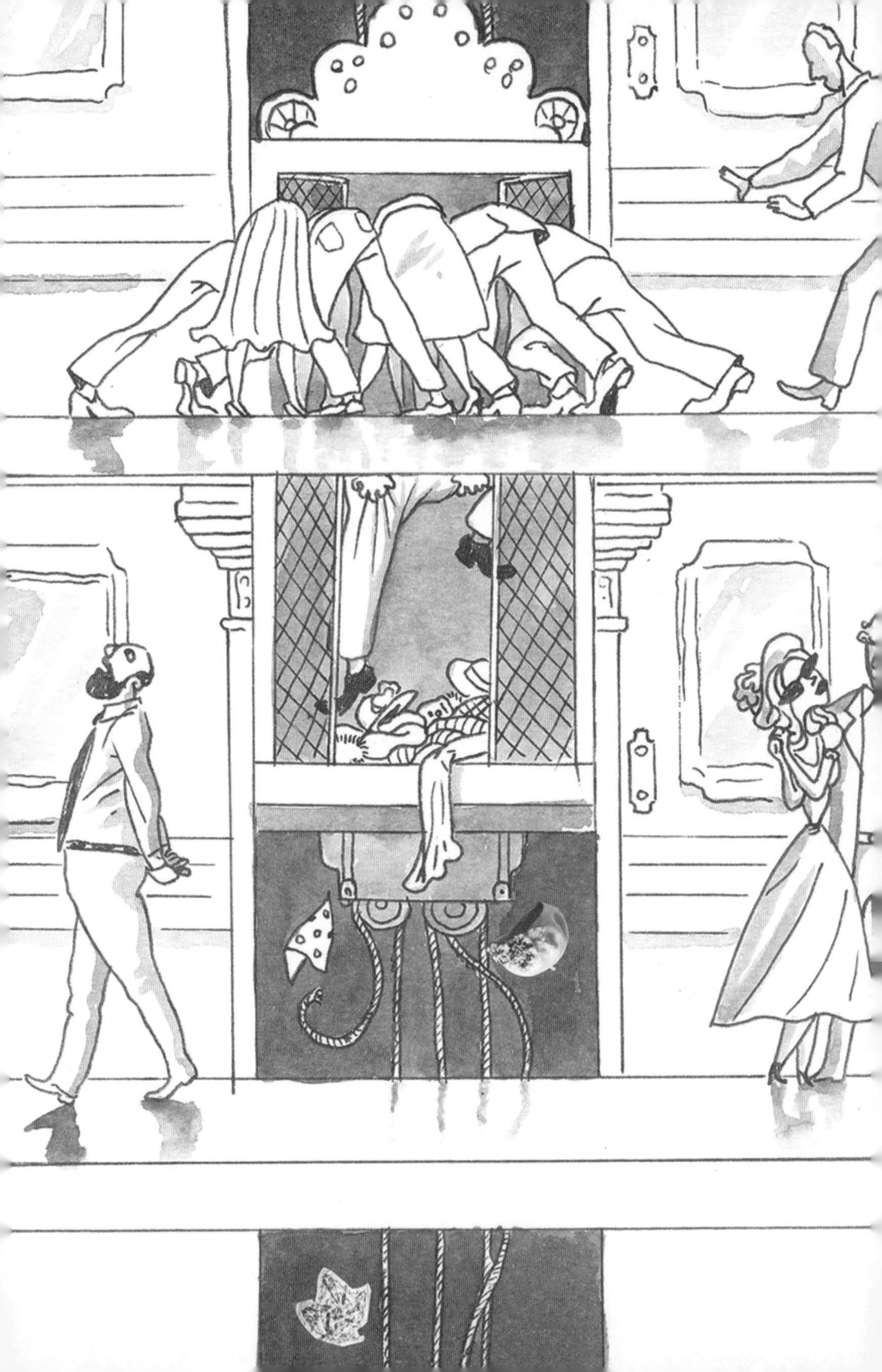

Depois, mamãe e eu subimos um lance de escada para nossos lugares. Ofegantes chegamos à porta de acesso à plateia. Um funcionário disse que precisávamos deixar nossos casacos no guarda-roupa; era proibido entrar no auditório com sobrevestes. Considerei uma norma singular do L'Opera que, por certo, mantinha a tradição dos tempos em que a gala era obrigatória nas noitadas. Entretanto esta foi abolida, como em outros teatros no mundo, porém o impedimento dos sobretudos permaneceu em Paris, obviamente para o benefício dos funcionários. A contragosto, cumprimos a exigência e retornamos à entrada, onde uma fila de umas quinze a vinte pessoas nos aguardava. Por alguma razão escoava a conta-gotas. Fui ver o porquê. As pessoas eram conduzidas a seus lugares pela lanterninha, uma a uma, ou em pares. Um gendarme perfilado ao lado da entrada supervisionava a ordem.

Quando comecei a ouvir a abertura da ópera, não resisti e perguntei, reforçando o volume, se os lugares do teatro eram tão desordenados que se necessitava de guia, ou se as autoridades achavam que o público era tão ignorante que não podia encontrá-los sozinho. Não tive resposta, obviamente. Minha mãe pediu que me acalmasse.

Nossa vez chegou quando a cortina já estava aberta para o lindo cenário. Em outros países não se pode entrar na plateia depois do início do espetáculo. Aqui tudo bem, no meio de um sentar e levantar dos espectadores, a lanterninha, senhora de meia-idade, procurava nossas cadeiras e não achava. Fez com que um grupo de orientais se levantasse para ver o número dos assentos. Começou um murmúrio de indignação. Ouvi claramente: *Toujours l'étrangers!* Chauvinismo parisiense típico. Por fim, encontrou nossos lugares ocupados, inadvertidamente ou, o mais provável, por incompetência da lanterninha, por um par de aparência europeia. Conferência de entradas e, após mais perturbação, cada dupla foi acomodada corretamente. Comecei a me ligar aos acontecimentos no palco, quando a lanterninha colocou uma mão no meu ombro esquerdo e a outra, aberta, em baixo do meu queixo e sussurrou na minha orelha direita:

— *Pour boire, la service, monsieur.*

Respondi a plenos pulmões em bom francês:

"*ALLEZ A LA MERDE!*"

Enfermaria no London Coliseum

Em março de 2001, atendi a um convite para falar sobre Medicina Baseada em Evidências num simpósio internacional na Universidade Americana de Dubai. Fui com Eduardo Massad, que tinha compromissos maiores naquele evento, e fizemos uma escala em Londres, cidade que ambos amamos muito. Livres de alguns compromissos, resolvemos assistir o *Tríptico*, de Puccini, no belíssimo London Coliseum.

Gosto muito desta obra que contém três óperas de um ato cada.

A primeira, *Il Tabarro* (A capa), conta um drama passional, que se desenrola às margens do rio Sena. Um velho barqueiro tem como esposa uma mulher jovem que é assediada por moço de boa pinta. Tudo termina quando o intruso é esfaqueado pelo marido inconformado. Parece um tango argentino, mas também serve para dramalhão parisiense.

A segunda, *Suor Angelica*, aborda o sofrimento de uma aristocrata que tem um filho fora do casamento, coisa inadmissível no contexto social da época e é reclusa em um convento. Toda a história se passa num dia ensolarado quando a tia dela, uma princesa autoritária, vai ao convento para conseguir algumas assinaturas da sobrinha no interesse de uma herança e revela que o filho dela morreu há algum tempo. A freira, depois de passar as assinaturas, se envenena. Nas agonias da morte aparece a Mãe de Deus, que a perdoa e ela expira tendo uma visão do filho. É um conto clássico, um tanto batido, mas o fato de que só existem vozes femininas na ópera e a ambientação musical religiosa torna-a inusitada e singular, surpreendente até, pois tudo que sabemos de Puccini leva a crer que não era chegado a igrejas e freiras...

A última ópera, *Gianni Schicchi*, é uma farsa alegre florentina, em que morre um velho camponês rico e todos os parentes ficam estarrecidos ao perceber que não há um testamento que distribuísse devidamente os bens do falecido. Então, partem para o crime. O plano é esconder o cadáver, passar alguém pelo velho a ditar um testamento perante autoridade competente e, finalmente, substituir o vivo pelo morto. Assim todos ficariam aquinhoados. Feitos os preparativos, Gianni Schicchi é escolhido para fazer o papel do moribundo e ele, muito esperto, passa tudo que é substancial para o próprio nome e apenas algumas migalhas para os outros, que só podem remoer suas raivas caladinhos, considerando os rigores das leis de Florença.

As três partes do Tríptico têm forte contraste entre si: dramático, religioso e cômico. A noite foi trágica, comovente e engraçada, mas, infelizmente, não só no palco.

Estávamos muito bem localizados na segunda fila e no centro da plateia, quando me começou a doer o joelho. Na realidade, já vinha sofrendo com o dito cujo e sempre precisava esticar a perna esquerda, porém desta vez, imprensada entre as poltronas estava imobilizada e o sofrimento foi pra valer: na primeira ópera, dor de corno no palco e joelho em chamas no auditório. Quase que não deu para aguentar!

Apenas baixou o pano sobre a barcaça do Sena, levantei depressa e saí da sala. Depois de andar um pouquinho, meu inferno diminuiu e perguntei ao serviço do teatro se não poderia assistir ao resto do espetáculo de um dos corredores, sentado em uma cadeira e com a perna esticada. Não, não podia, entretanto arrumaram um camarote em que havia duas senhoras da minha idade, para ser generoso. Apresentei-me conforme manda a circunstância e educação, como médico brasileiro e professor da USP. Lembro que trocamos poucas palavras. Certamente souberam que nasci em Budapeste, fiz pós-doutorado no St. Bartholomew's Hospital e pouca coisa mais. Elas preferiram se isolar, colocando distância sem hostilidade. Como ficaram sentadas na frente e eu confortavelmente atrás, o segundo ato passou sem problemas. Tanto a freirinha como eu fomos abençoados pela Virgem e tudo terminou na santa paz.

Aí entrou um oficial do teatro e perguntou se não poderia colocar no camarote mais uma pessoa que também estava com problemas de saúde. Da minha parte nada havia o que dizer, porém uma das mulheres levantou a voz e perguntou rispidamente se ela estava num teatro ou num hospital? Se aquilo era camarote ou enfermaria?

— Este senhor tem problemas de joelho. Posso saber de que sofre a outra pessoa?

Não houve resposta e ninguém mais apareceu no camarote.

É importante esclarecer que elas não compraram todo o camarote, apenas dois lugares e o resto estava desocupado. Após a ópera uma delas, para aliviar o ambiente ou para mostrar superioridade, não consegui decidir, perguntou se Budapeste era aquela cidade que tinha um rio importante passando pelo meio. Respondi que sim.

— Qual é mesmo o nome do rio?

— Volga – respondi suavemente e abri a passagem dando-lhes passo com mesura exagerada.

No Teatro Colón o impossível acontece

O Teatro Colón de Buenos Aires resolveu montar *Die tote Stadt* (A cidade morta), de Korngold. Uma grande iniciativa, pois pela primeira vez se ouviria nos palcos da América Latina esta pouco conhecida ópera. Mesmo em gravações se escuta pouco, salvo uma única ária para soprano que conheço desde a adolescência. Naquele tempo só havia discos de 78 rotações e tudo era novidade. Ouvíamos menos, porém bem e construíamos as imagens no cérebro por falta de ilustrações, filmes e TV. Maria Jeritza registrou este trecho melodioso e de fácil audição, em 1922. Foi uma loira lindíssima e sabíamos que cantou a súplica *Vissi d'arte* da Tosca, deitada no palco do Met, numa época em que robustas prima-donas soltavam a voz, estáticas: se emocionadas mexiam um braço e, em situações de grande dramaticidade, os dois! Puccini estava presente em Nova Iorque e ficou gamado pela austríaca.

Atualmente vivo uma época bem diferente: com um clique no computador ouço uma centena de cantoras na ópera de Korngold e vejo no palco sopranos sem voz, porém com corpo de miss e cantando até de cabeça para baixo.

Mas deixemos isto para lá e venham comigo ao Teatro Colón num ensolarado domingo de tarde, de 1999. Nosso lugar está no camarote presidencial, fila 4, cadeira 32.

Uma ideia brilhante esta de vender entradas para o camarote do presidente. Politicamente não é mais obrigatório, nem mesmo vantajoso ir a ópera e a concertos de música clássica; então, tratando-se de uma peça desconhecida de um compositor austríaco de que ninguém ouviu falar, nunca que Menem iria aparecer! A direção da casa pôde vender despreocupada o espaço presidencial. E o camarote é grande, dá para armar várias fileiras com dezenas de lugares.

Quase pontualmente às 17:00 horas, o maestro Lano apareceu e, depois de agradecer os aplausos, deu início à partitura. Uns vinte minutos depois minha concentração foi perturbada por uma senhora bem aflita. Ao mesmo tempo, insistia que eu estava ocupando o seu assento e protestava que a ópera iniciara. Bem, a primeira coisa era pouco provável, mas conferível, já a segunda, um absurdo além das minhas possibilidades de consertar.

Deve ser uma criatura que se valoriza um tanto excessivamente para querer que o teatro se adapte a seu horário — pensei com meus cadarços (botões estão um pouco desgastados...), e para não perturbar o desfrute do espetáculo cedi meu lugar. Fiquei de pé no canto do camarote, lamentando que a deixaram entrar depois do início do espetáculo.

No intervalo, chamei-a às falas. Parecia uma criatura normal de meia-idade. Com meu bilhete na mão, fila 4, cadeira 32, pedi que mostrasse sua entrada: li fila 3, cadeira 24 e vi uma coisa espantosa. Disse que podia escolher o lugar que bem entendesse. Ela, tímida e meio sem jeito, perguntou se me incomodaria se ela ficasse onde estava. Bem-humorado, respondi que nem um pouco, mas que a entrada dela ficaria comigo. Concordou, é claro.

Tenho as duas entradas coladas no meu programa. Numa se lê:

LA CIUDAD MUERTA — Domingo 19 de Septiembre 17:00 horas e na outra, *LA CIUDAD MUERTA — Domingo 19 de Septiembre 17:30 horas*. Cinco e meia!

30
HISTÓRIAS DE CRIANÇAS

Algumas vezes crianças me deixaram extraordinárias recordações.

Crianças na Argentina

Espreguicei-me na cama e mergulhei nos pensamentos. Para maior êxito coloquei minhas mãos com os dedos entrelaçados na testa. O que fazer numa Buenos Aires em dia de greve geral? O que nem é a pergunta, a questão é como.

Na ausência de qualquer ideia melhor, dei uma espiada na TV. Reportagens não faltavam. (Aliás, – que interessante! – não me recordo de ter visto ou sequer ouvido falar de greve de repórteres. Será que alguém já?) As notícias fluíam em grossa enxurrada:

A polícia está em greve? E as ambulâncias? O que funciona no setor de transportes? Esclarecimentos sobre serviços essenciais. As negociações entre sindicatos e governo. Palavras agressivas de líderes sindicais, opiniões cautelosas dos políticos e, principalmente, reclamações de populares.

Os repórteres estão em toda parte extraindo entrevistas. Fazem perguntas e mais perguntas a quem quer e não quer falar. Os microfones movimentam-se agitadamente de uma boca à outra, como se fossem beija-flores. Lá pelas tantas aparece o portão de uma escola.

— Professora, por favor, haverá aulas no dia de hoje? As crianças têm como chegar à escola?

— Claro que haverá aula! Os pais encontrarão meios de trazer as crianças à escola. O que certamente está ocorrendo, como o senhor percebe, é um atraso lamentável!

Nisto chega uma menina e, antes que desaparecesse entrada adentro, o repórter a segura pelo braço e dispara:

— Diga-me: foi muito difícil chegar à escola?

— Não – informou ela com voz baixa.

— E o que pensas desta greve, desta confusão que está acontecendo na cidade?

A criança arregala os olhos para a câmera e permanece silenciosa.

Será que este sujeito não tem uma pergunta menos estúpida? – pensei, pegando um refrigerante do minibar.

— Não achas que é uma coisa má e atrapalha os estudos na escola?

— Não – balbucia a boquinha.

— Não? Por que não?

Após um instante de incerteza, a menina levanta a cabeça, olha a cara do entrevistador e responde irritada:

— !Porque no me gusta ir a la escuela!

* * * * *

Estava esperando minha amiga Josefina na entrada principal do Teatro Colón.

A vesperal foi esplêndida! Pela primeira vez levaram a ópera *Ermione* de Rossini em Buenos Aires e com um elenco estrelar liderado pelo tenor Chris Merritt. Um grande êxito que lembrava a época de ouro quando as temporadas do Colón se ombreavam com aquelas dos mais afamados teatros do mundo e o público fazia parte do espetáculo. Sim, porque as damas em vestidos fabulosos exibiam suas joias e os cavalheiros trajavam fraques obrigatoriamente na plateia e nos três andares de camarotes.

Cruzei a rua e fiquei nas beiradas da praça Lavalle para facilitar à Josefina que me achasse. Distraído, admirava a seringueira imensa, uma das mais belas árvores da cidade, realmente digna do Teatro Colón, quando algo bateu na minha perna esquerda. Olhei. Era uma bola de futebol que saiu rolando. Atravessou a rua em direção ao teatro, driblou todos os obstáculos e parou no centro de uma roda de senhoras. Mais exatamente cinco damas remanescentes da época em que a arte de bem vestir era mais que tradição, uma obrigação. Todas de longo impecável, todas de chapéu elegante, todas com adereços sem preço, todas perfeitas.

Atrás de mim um garoto gritou impaciente:

— !La pelota, por favor!

O guia do Nepal

Saí do carro nas margens do rio sagrado do Nepal. O chofer fez o mesmo. Era um tipo aborrecido que não parava de falar e insistia em dar uma de guia turístico na esperança de uma gorjeta mais gorda. Já tentara despersuadi-lo de seus intentos inutilmente. Subi, resignado, um morro que descortinava uma vista bonita sobre a paisagem dominada por um pagode. Sentei-me sobre uma pedra e ele ficou parado como se fosse minha sombra. Cada vez que tentava soltar o verbo eu fazia um pequeno gesto com a mão pedindo trégua. Assim ficamos até que os longos minutos calados dissolvessem a paciência do motorista e pude contemplar o belo panorama sozinho em silêncio.

Embaixo, as águas brancas e geladas do Bagmati corriam velozes à Índia. Nas suas margens duas fogueiras desprendiam rolos de fumaça rodeadas por gente ocupada com a cerimônia da cremação. As famílias ficam em vigília dia e noite, até que as chamas completem seu trabalho e se possam verter as cinzas dos falecidos no rio. A diversificação dos rituais que acompanham os mortos à última morada é fascinante e, a meu ver, a cremação é de todas a melhor forma de dispor um cadáver.

Fui em direção ao pagode que, agora, vendo melhor, percebi que fazia parte de um monastério. Eis que brotou do nada um menino de uns oito anos talvez. Dispensou os prolegômenos e se ofereceu a ser meu cicerone, em inglês. Sem dar sinais de encorajamento continuei a caminhada em silêncio. Partiu para o italiano, alemão e francês. Incrível, pensei, o pequenino é capaz de contar sua história nestas línguas todas. Prossegui sem lhe dirigir a palavra. Persistente, decidiu que deveria ser francês e acompanhou-me dando explicações nesta língua. Era uma lenga-lenga decorada, sem graça, mas com uma pronúncia deliciosa. Eu, nem bola. Lá pelas tantas ele ficou bravo. Encarou meu corpanzil avantajado, para ele certamente imenso, e disse com desdém:

— *Monsieur, vous mangez beaucoup!*[16]

Classe é classe! Contratei seus serviços.

O menino de Gwalior

Aluguei um Tata com motorista em Khajuraho para retornar a Delhi. Viagem de uns 700 quilômetros planejada em duas pernadas, ambas estimadas em sete a oito horas. A cidade de Gwalior foi eleita como ponto de pousada.

Dirigir naquele país é uma temeridade; motorista é uma comodidade necessária. As vias asfaltadas vicinais, ou seja, uma pista para as duas direções, sem acostamento, são repletas de defeitos, quebras e buracos. Esta precariedade é disputada por pedestres, bicicletas, carrinhos de tração humana, equina, bovina e até dromedária, veículos de toda espécie inimaginável com predomínio de riquixás motorizados que são estruturas de três rodas, duas suportando uma carroceria feita para dois seres humanos comuns e uma integrando a dianteira de um motociclo. Não é por acaso que qualifiquei as pessoas, pois os espaços têm conceitos peculiares na Índia: é difícil encontrar menos de quatro passageiros nestes riquixás e várias vezes contei sete! Nestas estradas, também há transeuntes animais: cães, porcos, cabras, vacas, búfalos e, um espanto, macacos! A maioria é inconveniência previsível, contudo podem se materializar inesperadamente. E, quase deixo de mencionar, um comércio vigoroso se realiza na beira do asfalto, indiferente ao trânsito.

Nas rodovias de dupla mão, além de tudo que foi apontado acima, inúmeros caminhões param na pista lateral ou acostamento, dependendo da disponibilidade, torturando o trânsito e mais de uma vez me surpreendi com veículos em contramão. Contramão, sim senhor. Na minha experiência, as rodovias oferecem mais adrenalina do que as vias secundárias pela velocidade. Uma vivência real do entretenimento oferecido nos filmes de ação. Mas o que tenho a contar é bem mais surpreendente e emocionante do que esta jornada a que sobrevivi sem acidentes ou incidentes.

A região dominada por Gwalior pareceu-me uma imensa planície fértil cortada por numerosos rios e interrompida por morros isolados. Na cidade há um

---

16. Senhor, vós comeis demais!

bem alto e espaçoso coroado por uma imensa muralha que deve ter uns quatro quilômetros de circunferência. É a fortaleza de Gwalior, fruto do labor de muitas gerações e, em consequência, abriga construções de diferentes épocas. Os palácios e templos que mais impressionaram pela magnificência são da era dos imperadores *moguls* (literalmente mongóis e na realidade afegãos) que dominaram o subcontinente do século XV ao XVIII. Perguntei a Parvez, este era o nome do motorista, se conhecia o forte. Respondeu que apenas por fora. Convidei-o a visitar comigo, pois podia deixar o automóvel aos cuidados de seu cunhado que nos acompanhava, a fim de lhe fazer companhia no retorno a Khajuraho.

A primeira atração foi um lindo palácio do século XVI. Paguei a minha entrada e a do motorista: a fortuna de 100 rúpias (4 reais) para estrangeiros e 5 para nativos. Entreguei os boletos ao guarda e tomei a dianteira. Logo fui rodeado por guias, cujos serviços recusei prontamente. Aí o guarda partiu para cima de Parvez com um palavreado que me soou ríspido. Evidente que o estava acusando de dar uma de cicerone e tirando o pão de outros. Com seus 21 anos de garoto rural, tímido por natureza, pouco se defendia. Cortei a discussão com energia, mostrando o bilhete que tinha nas mãos e dizendo que era meu convidado e que parasse imediatamente de molestar. Ficou acuado, pediu desculpas, porém continuou a pestear o rapaz. Dei uma olhada feroz na cara do cidadão, peguei Parvez amistosamente pelos ombros, dirigi-me ao meio do primeiro salão e embarquei numa digressão arquitetônica sobre cúpulas que, no caso, em vez de fruto de pendentes resultava da transformação de um recinto geométrico de quatorze faces em estrutura redonda. Meu convidado estava constrangido e, obviamente, nada entendia da minha explicação, porém o guarda e os guias acharam mais prudente deixar-nos em paz. O resto da visita foi sem aborrecimentos, no entanto meu amigo motorista permaneceu abatido.

A próxima parada era um conjunto de monumentos e as entradas subiram de preço: 250 rúpias para gringos e 10 para indianos. Já tinha entregue o dinheiro à caixa quando uma voz aguda e cristalina disse algo em hindi. O cobrador parou e eu escutei em inglês nítido que "motoristas de estrangeiros não pagam!" Olhei surpreso para o dono da vozinha; um menino franzino de calça e camisa surradas, em sandálias que pediam aposentadoria urgente. O rostinho era bem desenhado, inteligente e enérgico, transmitindo determinação e estava iluminado por dois olhos negros vibrantes. Apresentou-se como guia profissional e perguntou se queria seus serviços. Contratei-o imediatamente. Começou sua digressão e logo percebi que tinha domínio completo da língua, ao contrário de Parvez, que apenas oferecia um inglês precário. Pouco depois interrompeu sua narrativa:

— *You are not English speaking. Are you Spanish? Usted habla español?*

O quê? Topei o castelhano. Perfeito. O menino não era um papagaio que memorizara a história de Gwalior e, se interrompido, recomeçava tudo do início da frase cortada. Não. Era proficiente e à vontade na conversação.

Embora, a julgar pela estatura, parecesse 8, tinha 10 anos, no entanto a idade mental era bem mais do que isto. Não demorou em perceber que, embora fluente, tampouco o espanhol era minha língua nativa. Ofertou francês e italiano. Fizemos um bate-pronto e em ambas ele levou a melhor. Duas famílias indianas assistiam ao espantoso diálogo e convidei-as a acompanhar meu tour.

— Você fala alemão? — indaguei curioso.

— Não. Meu vocabulário é limitado. Comecei a estudar recentemente — respondeu em alemão. — Antes tive que aprender polonês. *Zjsashiklick svobodi nobodi...?*

— Lamento nada entendi, pois não falo polonês, posso lhe servir o português ou húngaro.

— Com turistas que falam português me comunico em espanhol. Não aprendi o húngaro, apenas sei que a moeda é forint e dizer *köszönöm* (obrigado).

Perguntei em que língua preferia continuar a história de Gwalior. Escolheu o espanhol e assim continuou, dirigindo-se a mim em castelhano e às famílias indianas em hindi.

Contou-me também que aprendeu as línguas no serviço de turismo local, que não tinha pai e trabalhava como guia para ajudar a mãe e quatro irmãos menores. Não frequentava escola alguma.

— Verdade ou estratégia de sobrevivência? — pensei. Mas que importa!

A criança era um fenômeno genético com grande senso de responsabilidade. E eu bem sei que estes atributos são ingredientes seguros de possível sucesso e de alto risco para a infelicidade. Mais do que o dinheirinho que ganha ele precisaria de um tutor que canalizasse seus talentos extraordinários e o encaminhasse até a maturidade com competência e amor.

Deixei a fortaleza triste e o desconforto acompanhou-me o resto da tarde. Dispensei a janta e passei uma noite mal dormida.

Meu sobrinho, Atila

Durante muitos anos mantivemos o costume de passar o Natal na casa do meu irmão em Porto Alegre. Nos anos 60 eu descia de carro para as Festas pela rodovia 116. Uma gostosa viagem de dois dias entre Ribeirão Preto e a capital gaúcha com pernoite, geralmente, no Hotel Emacite, de Mafra, a primeira cidade catarinense nesta jornada para o sul. Na bagagem, entre presentes para a família toda, levava recordações de uma viagem recente que fizera.

Na ceia de Natal tive que contar algo sobre minhas aventuras. Na realidade, responder perguntas. Jantares não são apropriados para histórias maiores, os pratos não dão espaço a elas. A oportunidade apenas permite fragmentos e precisa-se de cuidado para manter interesse sem monopolizar a palavra que é de muito mau gosto.

Pois estava contando algo que despertou a curiosidade do meu sobrinho, Atila, de uns 5 anos, se tanto. Ao interromper o relato para me servir de um marreco gostoso ao repolho roxo, o menino falou:

— Porra tio, e aí?

A reprimenda paterna veio de imediato:

— Atila, isto é palavrão. Não é coisa que se diga.

Retomo o fio da meada até que ocorre nova interrupção.

— Porra tio, e aí?

— Atila! Se falar de novo tu vais sair da mesa!

Minha historinha deve ter encantado a criança, porque na próxima parada exclamou:

— Porra tio... Não, não, não falei. Mas papai, por que porra é palavrão?

Meu irmão, imperturbável, respondeu tranquilamente:

— Teu tio que é professor e médico te explicará depois da ceia.

Obrigado mano. Esclarecer uma criança de cinco anos o significado deste pedaço do nosso vernáculo e das convenções sociais que rotulam palavrões foi o maior desafio didático de toda minha vida de professor universitário. PORRA!

* * * * *

Isto me lembra do único Natal do qual queria ter uma fotografia. Mais precisamente, de sua árvore festiva. É uma história pessoal com melancólicas recordações, porém não vejo porque não a contar. As tristezas acompanham-nos como as alegrias, porém são melhores mestres da vida.

31
MINHA ÁRVORE DE NATAL

Em 24 de janeiro de 1993 escrevi uma carta a Koichi Sameshima, que se inicia com uma queixa:

"Estou com um ataque agudo de gota que me dá uma excelente oportunidade para escrever. Incluo você entre os meus alvos, já que o Nava entregou as fotos. Você tem, sem dúvida, um ótimo olho para a fotografia e abre-se a perspectiva para mais uma profissão. (Nunca se sabe se algum dia necessária!). Lamento que sou tão pouco fotogênico, mas isto aumenta suas virtudes. Agora, tenho uma reclamação séria a fazer: e a árvore? A nossa, de Natal? Você não se lembrou de enviar nenhum retrato dela.

"Sem dúvida, foi o acontecimento central da minha estadia, admiravelmente prevista no presságio do biscoitinho chinês! E... entre as fotos... nada. Talvez a mim significasse mais do que a você, talvez não, certamente! E, por isso, entre os retratos falta um, o essencial".

Este pequeno episódio, ocorrido em S. Francisco, Califórnia, só é compreensível conhecendo meu relacionamento complexo e tormentoso com o Natal.

— Desculpe interromper, mas por que você não tirou foto desta árvore que lhe é tão cara?

— Boa pergunta, meu amigo. É que parei de fotografar após minha volta ao mundo em 1973 – 1974. Cansei de carregar a máquina ao pescoço e incomodavam-me os milhares de fotos que entupiam as gavetas. Sim, porque passadas as primeiras semanas após o retorno das viagens, ninguém mais se interessa pelas fotos, nem eu. Viajei sem fotografar por trinta anos, apenas em 2004 adquiri um pequeno aparelho digital que, realmente não pesava; cabia em qualquer bolso. Os retratos tampouco ocupavam espaço, só da memória do computador. No entanto, passada a novidade o abandono é idêntico... Posso continuar a história?

* * * * *

Para uma criança húngara, Natal é o acontecimento mais significativo de sua pequena existência. Trata-se de uma festa no início do inverno, quando os dias são curtos e o sol puxa seu cobertor às quatro da tarde. Naqueles anos da minha infância, a neve sempre cobria a cidade, porém, por alguma razão que desconheço, o clima mudou e, atualmente, Natal Branco é excepcional em Budapeste. Que pena, é tão bonito!

As festividades eram religiosas por excelência e nunca ouvi falar de Papai Noel. Os presentes eram trazidos pelo Menino Jesus que, em húngaro, tem um tratamento mais íntimo – Jézuska (Iêzuchkó) – diminutivo de Jesus (Jesusinho) que não foi dicionarizado e nem soa bem em português, mas fica natural naquela língua, sobretudo em boca de crianças. Esta forma de referência dá uma conotação de companheirismo que Menino Jesus não permite.

Os meus pais preparavam a árvore em uma sala de portas cerradas, até mesmo o buraco da fechadura era selado, de modo que só restava a mim e meu irmão espiar pela fresta entre o assoalho e a porta. O inverno branco, a sala com os presentes, o cheiro da árvore, a religiosidade, o mistério, tudo contribuía para uma ocasião de alegria plena. A árvore e o aniversariante invisível dominavam a festa. Um sininho tocava anunciando a chegada de Jesus e o início das festividades. A primeira visão da árvore, no canto da sala completamente escura, cheia de velas acesas, a estrela roçando o teto, o perfume do pinheiro, as canções sagradas que precediam a abertura febril dos pacotes, tudo, tudo fazia de cada Natal a coroa anual de nossa existência.

Um parêntese: como o pavio em chamas supera as lampadinhas dos fios elétricos! Tem mais aconchego, calor, mãe, sexo, e tudo o mais que Freud quiser...

Sou incapaz de recordar as ceias, por certo bem gostosas. A chegada de familiares e amigos dos meus pais – que brincavam com o nosso trem elétrico tradicional, engenhosamente armado na sala toda – assim como a hora de ir para a cama, não causaram perturbação nas minhas emoções. Por vezes, levantávamos da cama e ficávamos espiando a brincadeira dos adultos, às escondidas. E como era bom!

Em dezembro de 1944 deixamos a Hungria. Viagens de trem, nervosismo e medo dos adultos, bombardeios, mortos e feridos, dominam minhas recordações e não sou capaz de evocar o Natal que certamente meus pais fizeram. A próxima lembrança natalina é a primeira grande desgraça de tantas e tantas outras.

Doente, fui internado no sanatório de Vordinborg, Dinamarca. Quando minha mãe me deixou, pediu que não chorasse, e eu não o fiz, lembro-me perfeitamente. Fiquei sozinho, recebendo visitas esporádicas, talvez mensais, da minha mãe. As recordações são boas até o Natal e não me incomodam. Então, uma árvore gigantesca, no solo um monte de embrulhos festivos, uma festa ruidosa, sem mistério e religiosidade, Papai Noel bonachão, fizeram-me sentir absolutamente miserável, traído por Jesusinho e perdido no meio daquela festa que, mais tarde, apenas mais tarde, entendi ser a tradição de muitos povos. A imagem de Papai Noel para mim era algum engano, pois para nós, na Hungria, ele chegava invisível em 8 de dezembro e colocava algumas frutas, doces e uma decoração vegetal tradicional em nossas botas de inverno, arranjadas com ansiosa expectativa no parapeito da janela. Este Natal singular manchou, para sempre, as queridas recordações. Outras festas natalinas dinamarquesas não consigo evocar por mais que queira...

Três anos depois, a próxima versão: uma pequena árvore, com velas que se vergavam no calor sufocante. Tiveram de ser apagadas antes que incendiassem a casa. Lá fora, o calor úmido, viscoso de Porto Alegre. Invocamos Jesus em húngaro, entoamos as canções, entretanto tudo me parecia impregnado de falsidade. A minha própria meninice também, pois já tinha doze anos. Logo depois, veio o desajuste entre os meus pais, que se manifestava de uma forma constrangedora nas festas do fim de ano.

Novo estilo de festa natalina a partir da minha contratação pela Faculdade de Medicina de Ribeirão Preto. Mamãe, irreversivelmente esquizofrênica, foi comigo por decisão da família, inclusive minha. Coube-me a missão de unir a família nos fins de ano. Difícil, muito mais difícil do que alguém possa imaginar por essas linhas, porém não há por que dar mais esclarecimentos. As festas de Natal eram quase as únicas oportunidades para nos reunirmos. Meu irmão era casado e tinha duas crianças, sogra e cunhado. Minha chegada a Porto Alegre permitia a reunião dos meus pais e, desta forma, em ambiente mais ou menos artificial e plúmbeo, eu fazia o papel de Papai Noel. Suava embaixo da roupa vermelha quando, na verdade, era melhor colocar um maiô. Com raras exceções, uma na Inglaterra e outra na Austrália, isto se repetiu por vinte anos, rotina que não me deixou saudades.

A ceia de Natal de Londres, celebrada no dia 25 de dezembro de 1964, vale a pena relatar. Foi na casa do amigo Stan que encontrei na Rodésia do Norte, atual Zâmbia, uns três meses antes. Inclusive visitamos as cataratas de

Vitória juntos. Os *christmas dinners* são almoços que se estendem das três da tarde até seis ou sete da noite. A quantidade de comida é uma loucura, a começar pelo tradicional peru, seguido de leitão, carneiro, bifes e linguiças variadas, com todos os acompanhamentos imagináveis. Pensando bem, nada a estranhar, pois boa parte do mundo segue o mesmo esquema. O que a Grã-Bretanha tem de especial é o pudim de Natal. É uma criação surreal com frutas frescas e secas, farinha, ovos, açúcar mascavo, pão amanhecido, especiarias diversas, conhaque e sebo. Sebo sim senhor! As etapas do preparo são complicadas, mas terminam com cozimento no vapor. É servido quente, pois quando esfria empedra. Claro que cada lar tem sua receita secreta passada de geração a geração. O pudim anuncia o fim dos comes da ceia. Aceitei o pudim da casa e gostei, no entanto, trata-se de guloseima peso pesada e a porção que recebi foi generosa. Por pouco não joguei a toalha, deixando metade no prato.

Foi então que aconteceu. A mãe do meu amigo confessou suas dúvidas de que eu comeria a iguaria britânica e, por isso, tinha preparado um doce brasileiro. Que não seja! Supliquei no íntimo, enquanto ela desaparecia em direção à cozinha.

Na época, três coisas eu não suportava: tâmaras, por ter tido uma intoxicação colossal no Egito que deixou memórias permanentes, doce cristalizado de casca de laranja e óleo de fígado de bacalhau.

Mas era. Ninguém escapa do seu destino. A senhora voltou triunfante com uma bandeja de prata contendo seis metades de laranja cristalizada. Com as desculpas habituais pela falta de familiaridade com o quitute, colocou uma delas num pratinho diante dos meus olhos. A família toda se concentrou ao redor para ouvir o veredito. Não sei de onde saquei as forças para comer, bem devagar como se estivesse saboreando e, ao final, fazer um agradecimento com tom de sinceridade. Antes que pudesse murmurar um ai, antes que conseguisse esboçar um gesto de defesa, ela derrubou outra metade no pratinho. Vou dar vexame, pensei.

Foi então que o acaso veio a me socorrer. Stan, satisfeito com o triunfo da mãe, perguntou se não queria ver as fotos tiradas na África. Grande ideia! Suspirei aliviado. A sala foi escurecida e o projetor começou a trabalhar. Desabei numa poltrona, mas inutilmente. Puseram uma mesinha ao meu lado com o doce mortal.

E agora? Quando acenderem a luz? Estava ruminando pensamentos negros, quando o avantajado totó da casa colocou sua cabeçorra no meu colo. Afaguei atrás das orelhas e ele nem se mexeu. Quem sabe, pensei. Cortei um pedacinho da casca cristalizada e enfiei na sua boca. Engoliu sem protestar. Cortei mais e assim, bem devagar esquartejando a fruta coberta de cristais, consegui me livrar dela. Quando a última porção desapareceu na goela do animal, agarrei-o pelas orelhas e implorei:

— Não me vomites esta porcaria no tapete, pelo amor de Deus!

Houve uma pequena interrupção na exposição dos slides, perguntaram se o animal me incomodou. Protestei que não, que era uma criatura adorável, que deixassem ficar comigo e que continuássemos a apreciar os retratos de Stan.

Na Austrália foi uma celebração entre adultos, Natal tranquilo, sem extravagâncias.

* * * * *

Voltando ao Brasil, as festas em família foram subitamente interrompidas por uma crise de relacionamento entre meu irmão e minha cunhada em pleno 25 de dezembro. Foi uma cena e tanto, e eu impus armistício forçado, enquanto nós empacotávamos as malas e deixamos a casa em poucas horas em direção a São Paulo. Eu já era professor titular da Casa de Arnaldo.

Nova moda: Natal a sós com mamãe. Ela comprou uma pequena árvore artificial e armou-a no fim de cada ano até o fim de sua existência. Faleceu em janeiro de 1989. Eu entendia suas necessidades, mas era um triste ritual, espectro lúgubre do Natal da minha infância, a única que amei.

1989 inaugurou os natais independentes. O primeiro em Budapeste, marcado pelos trepidantes acontecimentos na Transilvânia, quando o ditador da Romênia foi fuzilado. Junto com meus primos acompanhávamos tudo em primeira mão, porque a Transilvânia, além de estopim de todo o processo, possui mais de um milhão de húngaros. Levando em conta que a população da Hungria é de dez milhões apenas, é fácil imaginar que, praticamente, todas as famílias estavam apreensivas por um ou mais parentes.

Incidentalmente, as minhas raízes, de ambos os lados, estão nas terras de Drácula que por lá é apenas um importante estadista; o dentuço é invenção inglesa.

Alguém poderia pensar que fui a Budapeste em busca do Natal perdido. Não. De forma alguma. Então já sabia que as buscas de coisas passadas são como jornadas ao arco-íris: podem proporcionar uma caminhada até agradável, no entanto a meta é ilusória. Nesta fase, os natais aconteciam e eu passava à margem sem atrapalhar ninguém. Esta foi a razão de passá-lo na Califórnia, pois estava de passagem pela casa da minha sobrinha em New Jersey, onde a família se dedicava aos preparativos natalinos.

* * * * *

Cheguei em S. Francisco sem tropeços com a intenção de ignorar os festejos no apartamento de Koichi Sameshima, amigo e colega japonês, naturalizado brasileiro. Programa perfeito: ele não tinha o hábito de festejar o Natal por razões culturais e eu menos ainda pelas razões expostas.

Estávamos colocando a prosa em dia, quando tocou o telefone. Era Yoshino, sua esposa, dando notícias de São Paulo e pedindo que ele montasse uma árvore de Natal porque seu pai tinha uma na sala e sua filhinha adorou. Assim, seria bom se a criança encontrasse este enfeite ao chegar em S. Francisco. A família dela também era japonesa, mas resolveram festejar o Natal conforme as tradições brasileiras.

— Nem sei por onde começar, – Koichi olhou para mim como quem pede desculpas.

Nossos fantasmas são caprichosos, surpreendem-nos quando menos esperados. Melhor recebê-los numa boa, afinal trazem fragmentos de nós mesmos. E por que não fazer uma árvore de Natal? Bonita e grande, como aquelas da minha infância?

— É comigo mesmo – respondi, – o problema maior é que hoje é dia 24 e, talvez, não será fácil de encontrar uma árvore boa. Vamos sair já à procura de uma.

Na escuridão do fim de tarde pegamos o carro e Sameshima foi dirigindo pela cidade. Rodamos bastante até encontrar um pinheiro adequado.

— Mas não é muito grande?

— Não – disse, enquanto meu entusiasmo crescia – sossega que sei o que estou fazendo.

Na minha cabeça a árvore estava pronta. O ponteiro tinha de tocar o teto, como as árvores da minha infância na Hungria. A medida foi quase perfeita, tive de cortar a ponta para que os dois galhos seguintes encostassem no teto fazendo um V. Isto me deu uma nova ideia.

No dia seguinte fomos atrás dos adereços: enfeites, iluminação, ponteiro e presépio. Tarefa bem ingrata no Natal e só foi completada no dia 26. Os enfeites foram exclusivamente bombons de que o Fischerman's Wharf tem um sortimento infinito. Enchemos um balde com os mais diversos chocolates das lojas: animais, moedas, casinhas, papais-noéis, estrelas, bolinhas e tudo mais em todas as cores. Comprei agulha e linha verde e uma folha de papel lindíssima, prateada, dourada e vermelha. Custou quatro dólares e, se bem me lembro, Koichi perguntou o que faríamos com aquela luxuosa folha e eu não lhe respondi para criar um pouco de suspense.

Tudo adquirido, sugeri que fôssemos a Sonoma para visitar uma adega. Em 1959, lá estive na do conde húngaro, Harsányi, e desejava vê-lo de novo. No caminho, coloquei todas as alças nos chocolates com a linha verde e agulha que havíamos comprado, enquanto Sami dirigia. A adega do conde não encontramos e tive que me satisfazer com uma outra. Devidamente calibrado, dormi no caminho da volta, já que os enfeites estavam preparados.

Ficamos aprontando nossa árvore a noite toda e em alguma hora do dia 27 ficou como queríamos. Ricamente enfeitada de bombons de todas as formas e cores. A iluminação foi experimentada com metros de fios de lâmpadas coloridas e brancas. Optamos pelas brancas, para realçar melhor os enfeites. O presépio foi colocado junto ao pé da árvore com alguns presentes.

Foi então que quebrei o suspense e perguntei a Sameshima se sabia fazer o clássico origami de cegonha. Aí ele entendeu o porquê da folha. Prudentemente, pegou umas folhas comuns, fez uns ensaios e partiu para sua obra-prima. Ficou lindo! Encaixamos no V dos galhos que tocavam o teto e a cegonha japonesa coroou a única árvore de Natal que fiz na vida com amor.

Yoshino e a menina Miti chegaram dia 28 e nossa árvore foi um sucesso. Com a recomendação de que os enfeites fossem consumidos com prudência, embarquei na mesma tarde para Nova Orleans, onde passei o Ano Novo com um casal de primos húngaros.

E não tenho uma foto sequer da árvore que tantas recordações trouxe. Talvez seja melhor assim.

32
NINGUÉM VOLTA O MESMO DA ÍNDIA

A imensidão azul do mar de Bengala nada me dizia. E poderia ter me segredado, pelo menos, que me cuidasse, pois daí a trinta ou mais anos teria um acidente feio em uma de suas ilhas. Talvez até tivesse e eu é que estava surdo às suas advertências. Pode ser. A meu lado, o passageiro escarnado era um chato que ensinara inglês na Indonésia e nada tinha a dizer além de suas lamúrias existenciais. Queixas sem fim que procurei não escutar encostando a cabeça na janelinha.

Com tanta água lá embaixo, deu-me vontade de ir ao banheiro. Ao lavar as mãos, tive a sensação de ter visto algo fora do comum. Sim: nos últimos bancos à direita da aeronave um pequeno grupo de monges budistas discutia animadamente. Até aí nada de mais, aquela parte do mundo está repleta deles e com seus mantos amarelos chamam mais atenção do que trabalhadores em rodovias. Mas havia um com rosto europeu, de resto igualzinho aos outros, e o assento ao lado dele estava vago. Tomei a decisão de mudar de lugar e me dirigi a ele:

— *Are you British?*

— *No, I am French, but please have a seat* – respondeu calmamente.

Tentei uma aproximação delicada: se fosse britânico ficaria contente, caso contrário, esperava que não se ofendesse. O monge percebeu a verdadeira intenção e antecipou o passo seguinte oferecendo que sentasse a seu lado. Possivelmente estivesse acostumado com turistas lhe enchendo o saco com perguntas banais, pois a maioria estranha que um ocidental seguisse uma religião oriental. Talvez decidiu me atender, quem sabe, por piedade.

E foi assim que conheci o único monge importante na minha vida por duas breves horas.

Descrevê-lo não consigo, pois nada tinha de marcante, com roupas ocidentais passaria despercebido em qualquer lugar, era do tipo que se esquece. É como imagino os verdadeiros espiões internacionais, Sean Connery só serve para Hollywood. Contudo, permaneceu na minha memória um rosto sereno, introspectivo, por assim dizer tímido, entretanto seus olhos eram penetrantes. Sua voz era fina e suave. Não me ocorreu perguntar por sua idade, pois era irrelevante no momento. Talvez fosse mais jovem do que eu.

Sem rodeios, abordei o tema que me angustiava e esperava resolver na Índia. Com 37 anos recém-feitos, as dúvidas religiosas ainda me incomodavam. Nasci em país católico e fui batizado nesta religião. Na adolescência meu zelo religioso diminuiu e aos 20 anos comecei a me preocupar com a questão religiosa seriamente. Li os livros básicos das grandes crenças. Em todas encontrei a assinatura do homem, o esforço de modelar um deus à imagem e semelhança do ser racional insignificante que habita a Terra e a tentativa de eternizar sua presença no universo. Não consegui resolver o enigma da minha existência e nem encontrei a paz. Mais que os textos clássicos, os místicos me intrigavam. Alguns anacoretas, sufis e swamis deixaram mensagens. A notável semelhança que encontrei nelas foi o hermetismo. Parecia que desejavam comunicar algo além do poder das palavras. Fiquei com a ideia de que suas percepções talvez fossem como a música, incomunicável pela palavra escrita ou falada. Mas, neste caso, havia uma verdade a transmitir e os esforços do cristianismo, do judaísmo, do islamismo, do taoísmo, do budismo, do hinduísmo e de todas as religiões tinha sentido. Salvação pela fé, promessas de Alá, iluminação pela meditação não eram chavões ocos. Rejeitei muito, porém não tudo da religiosidade adquirida, me tornei num livre-pensador de segunda categoria, digamos em tempo parcial, bem parcial.

Fui à Índia para conhecer melhor o hinduísmo, a religião com que mais me identifiquei. A síntese de Deus dada por Shânkara, místico indiano que viveu de 788 a 820, foi a que mais me agradou: Deus existe, tem consciência de si mesmo e permeia todo o universo. Simples assim, sem antropomorfismos, sem preceitos litúrgicos.

Bem, estou contando uma história e não é hora de fazer digressões sobre religiões, buscas por crenças e sistemas filosóficos, nem mesmo para *stripteases* psicológicos pessoais. Aqui basta dizer que nosso entendimento transcendeu palavras, o monge passou-me ideias e conceitos sem responder diretamente minhas perguntas. As mais fúteis afastava delicadamente dizendo que não tinham importância. De repente ficou tudo claro, resolvido e, desde então, não tenho problemas e dúvidas religiosas. Falo sério, nunca mais tive de nenhuma espécie. Por um acaso, antes mesmo de pôr os pés em Calcutá, minha porta de entrada à Índia, meu questionamento evaporou e não procurei nenhum anacoreta dos Himalaias para iluminar meu espírito.

— ???????????

É difícil revelar a luz que tive e temo que seja inútil qualquer tentativa. Não me parece que resolva os questionamentos de outrem, pois isto depende de muitas coisas pessoais, por exemplo, do estado religioso de cada um. Ele me perguntou se estava disposto a conhecer a Verdade, ou seja, pagar o preço pelo aprofundamento nas questões religiosas. Naquele diálogo entendi que os monges e outros religiosos não são idiotas que precisam anos de trabalho árduo para perceber o que eu poderia compreender com muito menos tempo e esforço. "Vem e segue-me", disse Cristo e todas as religiões repetem o mesmo, mas eu não estava disposto a seguir. Meu caminho era outro. Portanto, a resposta foi que não. Tinha acumulado uma cultura ou conhecimento religioso que me levou ao caminho da tolerância a religiões, sem seguir nenhuma. O conhecimento pela razão estava aberto, o conhecimento pela fé não mais ou nunca esteve. A fé se apoia em crenças, tradições e dogmas e a fé varia com as vivências. Uma religião que tivesse a crença certa e que fosse a única verdadeira, eu não concebia mais naquela época.

— Se não estiver disposto a dedicar-se aos seus problemas religiosos com profundidade, não se preocupe mais com questões metafísicas, viva sua vida com seus princípios que são bons e suficientes.

Esta frase ele não fez de palavras, antes foi um vetor de entendimento recebido naquela breve convivência. O encontro com o monge foi providencial e decisivo à minha tranquilidade e colocou um ponto final nas minhas buscas e inquietações.

Sei que levantei várias perguntas, entretanto não tenho respostas a oferecer e mesmo estou convencido de que as respostas valem pouco, o descobrimento é tudo. Deixem-me prosseguir minha história, pois há coelhos para tirar da cartola.

* * * * *

No aeroporto de Calcutá, em 31 de dezembro de 1973, aproximadamente às 5:00 horas da tarde, passei pelas formalidades num estado estranho de felicidade e autoconfiança. O monge seguia atrás de mim com sua trouxinha de pano; nada mais possuía.

O aeroporto era pequeno e logo estávamos na rua. Não encontrei serviço de táxi. Chamei um garoto, esfreguei duas rúpias em sua mão e pedi que buscasse um carro. Mal desapareceu, chegou um táxi e deu uma confusão feia entre o motorista e o passageiro, que era japonês. O monge foi lá, sem levantar o tom falou em japonês e bengali (pode ser que foi híndi), e questão resolvida. Explicou-me que o passageiro entendeu *forty* como *fourteen*; quarenta era preço exagerado e quatorze um valor pequeno. Foi então que soube que o monge estivera no Japão por um período mais longo.

Chegou o menino com o nosso carro, mas na falta de táxis, tive que o dividir com mais três passageiros, uma mulher suíça, a Clara, e dois homens. O monge deu instruções ao motorista e paramos em algum lugar que me pareceu periferia da cidade. Ao nos despedirmos trocamos de endereços, ele me deu o de seus pais, em Paris. Acrescentou que se quisesse encontrar o Dalai Lama, que fosse a Bodgaya no dia 6 de janeiro. Seu tom foi casual, como de alguém que informasse a localização de uma atração turística. Despareceu na escuridão e nunca mais o vi. Deixou um presente, pois quem é que não quer ver o Dalai Lama?

Passei com Clara o Ano Novo no Ritz e ficamos amigos. Por ora, é importante contar que nos separamos dois dias depois: ela queria visitar o sul da Índia imediatamente e eu, após breve estadia na cidade, a região central do país. Ambos tivemos que viajar sempre de trem, pois a Air India entrara em greve.

* * * * *

Fui a Bodgaya no dia 6 de janeiro e muitos milhares de tibetanos tiveram a mesma ideia. Foi um dia longo e contá-lo é um desafio. Não por mais de quarenta anos terem passado, mas por lembrar-me de cada hora. O risco que corro é de aborrecer com excesso de detalhes ou com uma síntese descolorida. Tentarei seguir a senda bem estreita entre estes extremos.

Até meio-dia tudo foi rotina de viajante. Tomei o trem de Patna a Gaya e acomodei-me num hotelzinho modesto próximo à estação rodoviária. Tudo foi muito fácil graças ao cidadão gentil e bem informado com quem compartilhei o banco do vagão. Ele me orientou no sentido de nem tentar dormir em Bodgaya por ser um lugar entupido de peregrinos. É a cidade sagrada onde o príncipe Sidarta foi iluminado embaixo de uma figueira e se transformou em Buda.

Refrescado por um banho rápido e tutelado por um jovem de terno preto, gravata escura, óculos contra o sol, jeito de siciliano em luto, peguei o ônibus do meio-dia a Bodgaya. Tarefa nada simples, a rotina é o seguinte: Assim que o veículo chega da garagem, os passageiros sobem, marcam o assento, descem e compram a passagem, que não indica lugar algum, e voltam para o interior do ônibus. Não me perguntem a razão ou a lógica disto, assim é e sem meu gentil guia teria dançado. É que a ação descrita acontece como o assalto aos trens por fugitivos em filmes de guerra: tumulto violento com empurrões e cotoveladas, mas sem rancor. Tomar o assento, consegui; descer contrafluxo, não; quem comprou as passagens foi meu jovem protetor.

Gente, um ônibus na Índia enche, lota, o conteúdo extravasa o continente, literalmente. Não há limites de pessoas e nem de coisas a transportar, totalmente democrático para humanos, animais e plantas. Quando nada mais cabe no interior, ocupam o teto do veículo e, finalmente, se penduram na parte posterior e lateral da carroceria. Ao trafegar parece uma mudança carregando toda a população vilareja.

O percurso de 15 quilômetros foi coberto em meia hora. Cheguei são e salvo com um monte de pacotes no colo e uma criança montada no pescoço. Afortunadamente com a nuca seca.

Bodgaya pareceu-me um centro religioso vibrante, relativamente, pequeno. Sua população estável deveria ser em torno de 20 a 30 mil habitantes, porém poderia dobrar facilmente com o influxo de peregrinos. Nesta festividade apareceram milhares de tibetanos.

O *sancta sanctorum* é a figueira que descende daquela que deu guarida à meditação de Gautama Sidarta. Sempre foi replantada no mesmo lugar onde nasceu uma ideia-força dois mil e quinhentos anos atrás. Trouxe sentido e esperança à vida de milhões de pessoas, espalhou sementes de harmonia pelo mundo e orientou povos de várias nações.

Ao lado da árvore sagrada construíram um grande pagode com pátio semeado de estupas. Estes são monumentos religiosos que marcam algum evento sagrado, podem conter relíquias, entretanto, mesmo quando grandes, não possuem um recinto. O local estava repleto de monges e crentes, a maioria rezando, cantando, pagando promessas, enfim praticando os mais diversos rituais do budismo.

Espalhados pela cidade, vi templos budistas de várias nações, hospedarias a peregrinos, banheiros públicos, refeitórios mantidos sei lá por quem, restaurantes e gente, muita gente, sobretudo tibetanos, facilmente reconhecíveis por sua etnia e vestidos típicos. O espírito da paz e da confraternização permeava a localidade e transformou meu passeio em participação, visita em vivência, interessante em fascinante. Inesquecível!

Nenhum país do mundo mergulhou tanto no budismo como o Tibete. Por séculos foi lamaísta, tendo uma hierarquia monástica rígida com o poder centrado num deus-vivo, o Dalai Lama. No século XVII, o 5º Dalai Lama fez substanciais construções no local de uma antiga fortaleza, criando o palácio Potala que, na realidade, é um complexo de vários palácios. Anos mais tarde fui ao Tibete e o visitei. Bonito não é, antes colossal e impressionante. O atual Dalai Lama é o 14º na linha sucessória e tem um nome longo e complicado que se abrevia de Tenzin Gyatso. É um ano e meio mais velho do que eu, pois nasceu em 6 de julho de 1935. Fugiu do comunismo chinês para a Índia em 1959, assim como milhares de seus compatriotas. Se entendi bem, a festa tinha como principal objetivo fortalecer a união política dos refugiados e distribuir bons auspícios para as atividades anuais do povo.[17]

Não foi difícil achá-lo porque todo mundo sabia que ele estava hospedado na Casa do Tibete e foi para lá que me dirigi. A poucos passos desta casa havia uma construção pequena de madeira, com enormes janelas à prova de bala que olhavam um descampado grande. Estava cercada de modo que a multidão ficasse pelo menos a uns vinte metros da construção. Perguntei a uma monja se o Dalai Lama apareceria. Respondeu que sim, dentro de uns trinta minutos. Resolvi ficar no meio do povo e lutei até que ficasse razoavelmente próximo ao templo.

Sua Santidade saiu da Casa do Tibete, ostensivamente protegido por uma escolta armada, e entrou no templo por uma porta lateral. Logo apareceram monges e guardas com persuasivos bastões e sinalizaram que os presentes ajoelhassem. A porta frontal foi escancarada e vi religiosos em seus atavios coloridos tendo o rosto coberto por grandes máscaras douradas. Ao som de uma música monótona, dominada por instrumentos de percussão, começaram a dançar e cantar. De longe, ajoelhado e colado a um poste de madeira pela multidão, via por uma das janelas o Dalai Lama sentado no fundo do recinto. Depois de algum tempo, agoniado pelo desconforto tomei a decisão de abandonar a posição. Os orientais são acostumados, desde a infância, a se acocorar e apoiar o traseiro

---

17. Nada disto. Como fui informado pelo melhor das fontes em abril de 2015, tratou-se da Iniciação de Kalachakra (pronúncia: Calacacra). Maiores informações sobre este ritual o leitor interessado poderá encontrar na internet.

sobre os calcanhares ou trançar as pernas e sentar no chão. Ficam confortáveis nestas posições, que não é, definitivamente, meu caso. Exatamente nesta hora, apareceu um monge alto com bordão do seu tamanho, parou na minha frente e perguntou:

— Senhor é repórter?

— Não – sacudi a cabeça.

— Fotógrafo profissional?

— Não. Sou médico – disse, erguendo-me do chão.

— Venha comigo se desejar ver Sua Santidade.

Conduziu-me até a porta dianteira e disse em voz baixa que não demorasse muito e seguiu seu caminho.

Entrei emocionado. Senti uma discreta tontura e encostei-me à parede junto à porta, a fim de me recompor. O recinto deveria ter 8 por 12 metros, um pouco mais ou um pouco menos. Ambiente despojado, montado recentemente, com as paredes parcialmente cobertas de tapetes coloridos com os tradicionais motivos religiosos do budismo tibetano. Oito monges dançavam, sem cessar, rodando pelo ambiente com o rosto coberto por grandes máscaras coroadas que pareciam de ouro. Havia seis monges armados com fuzis distribuídos pela sala e mais três ou quatro que deveriam atender eventuais pedidos do Dalai Lama.

Observei o deus-vivo tibetano por muitos minutos. Estava sobre um trono atrás de uma mesa coberta por uma toalha ricamente bordada. O assento devia ter a mesma altura da mesa ou era continuação desta porque permitia ver que sentava em posição lótus. Na frente dele nada havia, além de um microfone ao qual murmurava preces. Portava um pesado manto amarelo que deixava seu braço direito de fora. O rosto era ovalado, harmonioso e jovial, mais branco que dos tibetanos em geral. O reflexo de seus óculos não me permitiu ver seus olhos.

Transmitiu-me, além de inteligência, franqueza e confiabilidade. Compraria seu carro usado com tranquilidade. Não tinha traços autoritários e nem persuasivos. O carisma que encontrei em raríssimas oportunidades, por exemplo, em João XXIII, não percebi no Dalai Lama. Tampouco me pareceu muito concentrado nas orações que deveria estar dirigindo à multidão e deduzi que eram rezas de rotina. Certamente, não se tratava de um sermão. Algumas vezes olhou em torno e observou o único estrangeiro da sala. Se com curiosidade ou cautela, não sei.

A visão era esplêndida e o momento emocionante, entretanto a presença dele não me intimidou e os sentimentos que me provocou não foram de adoração, mas de amizade. Creio que a magia do Dalai Lama reside justamente nestas características humanas que conquistam admiração e granjeiam afeição. Aliás, isto ficou comprovado mais tarde, quando Sua Santidade começou a viajar pelo mundo inteiro, batalhando pela independência tibetana. Quando o vi, ele era um refugiado na Índia, fortemente protegido contra eventuais atentados e visto por poucos.

Os Dalai Lamas, seus antecessores, viveram num país cujas portas estavam fechadas para visitação estrangeira e, geralmente, estiveram enclausurados no palácio Potala. Eu tinha plena consciência de que vivia momentos singulares na minha vida, instantes preciosos nos quais uma informação dada por um monge casualmente encontrado no voo de Rangum a Calcutá, chegava ao bom êxito. Contudo, a condução inesperada por um guardião à presença do líder religioso do Tibete deu o que pensar e conferiu algo de místico à ocasião que seria lembrada para sempre.

Pedi permissão a um dos atendentes para tirar fotos. Foi me dada, desde que fosse sem flash. Nem tinha naqueles tempos. Depois, fiz a volta pela sala para sair pela porta lateral e dei uma última olhada no Dalai Lama. Estava a três metros de distância.

Eram quatro horas da tarde, quando entrei no formigueiro de peregrinos que ia e vinha como se fosse embalado pelas ondas do mar. Enchi as narinas com o cheiro humano vindo do Himalaia. Muito peculiar, pois se sente a manteiga rançosa que usam nos lampiões como combustível. Visitei as tendas dos clãs, examinei seus artesanatos, observei a fadiga dos penitentes que mediam o chão com o próprio corpo. Interagi intensamente com tibetanos. Recordo que uma família me abordou mostrando cápsulas de terramicina e a boca de alguém que imaginei fosse o patriarca. Juntou gente e uma corrente linguística permitiu que orientasse o caso: o antibiótico não servia para dor de dentes, convinha um analgésico e, sobretudo, um dentista. Tirei da minha sacola comprimidos de aspirina e dei ao paciente. Pra quê! Fiquei envolvido por uma grande roda pedindo consultas. O entendimento se desfez e instalou-se a confusão. À custa de muitos sorrisos forçados, postura de mão em forma de reza e enérgicos passos, consegui refúgio num templo. Aí minha privacidade foi totalmente respeitada.

A noite descia lentamente e tomei a decisão de voltar a Gaya de riquixá. Em pouco tempo afastamo-nos das multidões, dos templos, da cidade e fiquei

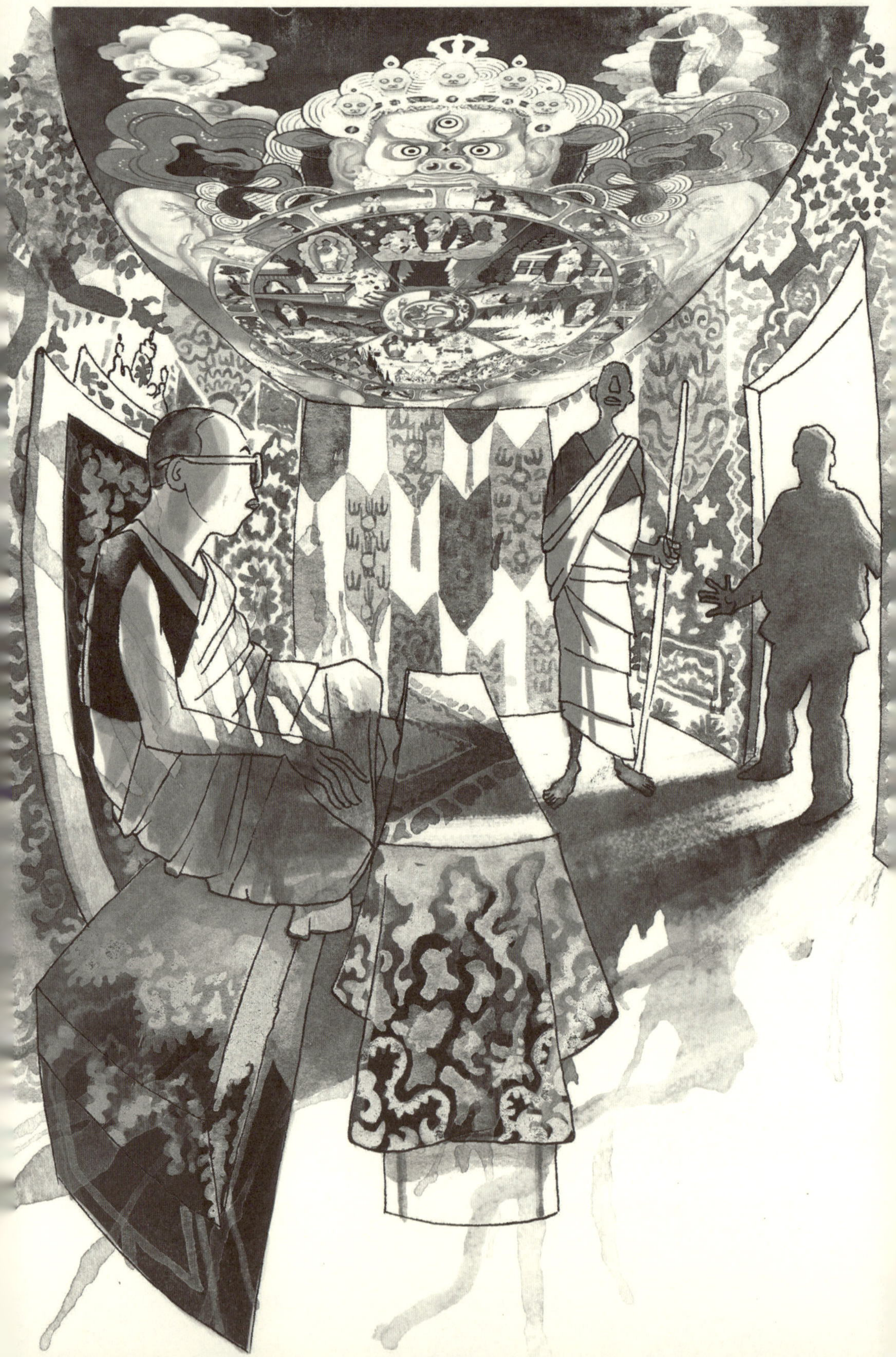

envolvido pelo silêncio. Me perdi na reflexão das experiências pelas quais passara, enquanto o homem ia pedalando entre as lavouras. A lua iluminava o arvoredo junto à estrada e o dorso das colinas que se via à distância. Aqui vivera Sidarta e esta mesma lua espiou através das folhas de uma figueira a metamorfose que marcaria a história da humanidade.

Cheguei ao hotel, larguei a sacola e pedi ao homem do riquixá que me levasse ao centro da cidade. Achei um restaurante aprazível, onde além dos acompanhamentos, que na Índia são muitos, serviram um frango inteiro assado no tendoori. Veio negro, não de carvão, mas de pimenta. Considerando a plateia que me observava atentamente, segui o costume deles e comi com a mão, compartilhando meu prazer e comentando o excelente trabalho do cozinheiro. Com o estômago forrado e deitando fogo pela boca dei umas voltas e achei um vendedor de *pan*, ou seja, o pacotinho refrescante de folhas de betel recheado de cal, noz de areca, fumo e especiarias.

— *Tomaco, nein,* — disse em híndi monossilábico, pedindo que excluísse o tabaco.

— Entendo, você deseja *pan doce* — respondeu sorrindo em inglês.

Agradeci e continuei o passeio ruminando até normalizar as papilas gustativas em polvorosa. Aos que não conhecem *pan*, esclareço que folhas e nozes de betel ou areca são muito consumidas em vários países do Oriente como digestivo e estimulante psicoativo. Suas propriedades são bem discutíveis, contudo seu consumo é hábito milenar e está profundamente enraizado na cultura destes povos. O gosto depende dos ingredientes, porém, quando não dominado pelo tabaco, é mentolado, levemente adocicado e refrescante. À medida que se masca o *pan*, sob a ação da saliva seu sumo fica vermelho vivo que tinge os dentes e a boca. A arte está em dar corpo ao suco e, quando se tem certeza que já adquiriu sua coloração rutilante, dar aquela cuspidela certeira em alguma superfície branca. Pedras ou paredes caiadas servem. É lindo de morrer!

Continuei andando e como nunca consegui cuspir direito, um dos meus muitos recalques, tive que me contentar com modestas manchas na sarjeta que, no início, eram de cor marrom frustrante. Próprio de principiante desastrado. Finalmente exibindo dentes dignos de vampiro em período pós-prandial, parei em frente de um cinema e assisti à luta pela compra de entradas.

— Psiu! Venha ver conosco o espetáculo.

Era o convite de um homem que com a família apreciava o tumulto do balcão do edifício situado diante do cinema. Subi.

Só na Índia! É uma algazarra selvagem bem-humorada, violenta e alegre, onde se procura o êxito com toda força, mas sem ressentimentos. Sei que parece lorota, porém acreditem que vi um jovem subir no ombro de um cidadão e daí passar por cima da multidão, correndo com agilidade sobre o tapete de ombros e cabeças até afundar mais próximo à bilheteria.

Fiquei confraternizando com a família toda numa conversa muito animada e instrutiva regada a chá. Passara das dez, quando me ajudaram encontrar um riquixá e deram instruções ao ciclista para que me levasse à "rua dos doces" e, depois, ao meu hotel. Tinham falado de uma especialidade de Gaya preparada havia gerações por várias famílias que moravam na mesma rua, e eu manifestei a curiosidade pela atividade doceira que garantiam ir noite adentro.

Realmente, ao longo de uma rua pude ver o trabalho em várias casas. Partia de uma massa grande de melado escuro que crianças e adolescentes espichavam, grudando num cravo enorme fincado num poste e puxando com a mão repetidamente até que se tornasse branco e brilhante como nossas balas de coco. A seguir, a massa era dividida em pedaços menores que batiam com pilões de metal sobre tábuas. Esta tarefa cabia a adultos sentados numa roda. Após certo tempo, acrescentavam diversos tipos de nozes e especiarias e continuavam a sova. Por fim, davam o formato de pequenos biscoitos redondos e ensacavam o produto. O resultado é um doce que derrete na boca, deixando as nozes para os dentes. Bom, muito bom! Por certo, há segredos na arte, pois verifiquei diferenças flagrantes de sabor de uma família para a outra.

Deixei a rua com uma quantidade de doces que jamais iria consumir e dei-os de presente ao homem do riquixá que me pedalou até o hotel. Sua gratidão foi o fecho perfeito para o longo 6 de janeiro de 1974.

* * * * *

O encontro com Dalai Lama tem um epílogo surpreendente. Três semanas depois, atravessando distraidamente a av. Janpath em Nova Dehli, esbarrei em alguém. Murmurei um *sorry* e já ia continuando, quando ouvi uma voz chamando meu nome. Era a Clara!

Nem preciso dizer que nos juntamos novamente e colocamos a prosa em dia, saboreando as aventuras de cada um. Dias mais tarde, ela foi a Varanasi (também chamada de Benares) e eu para Amritsar, o centro espiritual dos sikhs, em Punjab. Lugares bem afastados um do outro.

Algum tempo depois, já em Ribeirão Preto, recebi um cartão postal da Tailândia do monge, onde ele manifestou seu contentamento por eu ter visto Sua Santidade, o Dalai Lama.

Como? Será que estava me espiando em Bodgaya? Nada disso. Na correspondência com Clara ficou esclarecido que, em Varanasi, ela tropeçou num religioso nas margens do rio Ganges. Reconheceu da viagem de táxi: era o monge.

Que coincidências! Ou será que foi algo a mais?

Dizem que ninguém volta o mesmo da Índia. Eu, certamente não. O acontecer da vida traz mudanças que podem ser bem diversas. Esta foi súbita, grande e permanente. Tive outras e contarei uma que foi surpreendente, mas passageira.

33
MORTE DO CHICO (22 de abril de 2014)

Apoiando os passos na bengala, descia a 8ª avenida de Nova Iorque procurando as lojas indicadas pela *concièrge* do hotel. Minhas intenções eram despretensiosas: comprar cuecas e um suspensório. Curiosamente, não é uma missão trivial. Na véspera já tinha fuçado alguns magazines renomados, até a Macy's, porém tudo em vão. O suspensório queria azul, pois o mesmo quebrara e só me sobrou um vermelho. Encontrei alguns poucos e um mais feio que o outro. Parti para as cuecas. Por incrível que possa parecer, não havia uma só para meu tamanho! E olha que para os padrões norte-americanos até que sou de dimensões aceitáveis. Invariavelmente o veredito era o mesmo: só encomendando.

Explicada está minha presença na 8ª avenida. Visitei duas das lojas indicadas, sem sucesso, e parti para a última. Após umas vinte quadras, a coxa direita, operada quase dois anos antes, começou a incomodar e entrei numa pequena pizzaria para descansar à altura da rua 42. Pedi um expresso, para o desapontamento da garçonete que me veio atender. Contudo, trouxe o café acompanhado do indefectível copo cheio de gelo e um pouco d'água com sorriso profissional. Foi quando meu celular tocou.

Olhei. Renato Minamisava, aluno meu dos tempos de Ribeirão Preto e muito meu amigo. Com poucas palavras, notificou-me do falecimento do Chico, que teria infartado em Curitiba. Chico, Francisco de Souza Filho, um dos mais queridos filhos que não tive.

Recordações passaram céleres neste momento de tristeza. Uns trinta anos antes, um dentista propôs um implante dentário que era uma técnica bem nova na época. Encaminhou-me a um profissional que tinha um consultório chiquérrimo em uma avenida importante de São Paulo. Não me passou confiança alguma. Telefonei a Oslei, chefe do departamento de Patologia da Faculdade de Odontologia de Piracicaba, pessoa da minha intimidade que a vida me privilegiou a orientar na pós-graduação.

— Venha logo a Piracicaba – decretou sem hesitar.

Fui e lá estava um moço que me examinou minuciosamente e disse que o caso não era de implante e se propôs a me tratar. Era o Chico e assim começou nosso relacionamento. Não conheci dentista mais hábil na vida. Em Piracicaba tornou-se professor titular da Escola e na sua terra natal, Itapetininga, onde começou a prática odontológica, fez o imenso Orocentro.

Tratar dente em Itapetininga ficou um dos prazeres da vida. Sendo rotina imperiosa, podia interromper sem remorsos meus afazeres na capital e viajar ao interior para o tratamento necessário. Fui incorporado à família do Chico, que fazia seu trabalho profissional pelo qual jamais cobrou e, ainda, dormia e comia em sua casa, dependendo do que havia de errado na boca.

Francisco de Souza Filho era uma pessoa queridíssima na sua cidade, muito popular por sua competência profissional e mais ainda pela sua personalidade alegre e amável. Um tipo sociável e desportista: craque em futebol e bom de tênis. Nunca conheci uma pessoa sequer que não gostasse dele. Tinha o dom de ser querido, ao contrário de outras criaturas ótimas às quais a natureza negou este privilégio e necessitam maior esforço para serem aceitas nas rodas de amizade.

Cinco dias atrás recebera dele uma carinhosa mensagem de Páscoa, de Curitiba, cidade de sua esposa. Agora ele estava morto.

As notícias ruins batem em nossas portas muitas vezes sem aviso prévio; não marcam consultas. Mortes inesperadas de pessoas da nossa intimidade são porradas na boca do estômago da psique. Felizmente, só tive uma antes desta em viagens. Aconteceu na cidade de Cairns, na Austrália, quando me notificaram o falecimento súbito da minha querida prima Maria, em Budapeste. Alguma atividade que não requer concentração ajuda a assimilar estas infaustas mensagens. Caminhar, a esmo, sem pensar em cuecas e suspensórios, teria sido a opção, se não fosse minha limitação física. Tomei um táxi e voltei ao hotel.

À noite tinha entrada para a ópera *I Puritani*. Hugh, marido da minha sobrinha que mora em New Jersey, telefonou dizendo que vinha assistir à ópera de Bellini comigo, pois dela tinha as recordações mais vibrantes: assistira o *I Puritani* com Pavarotti e Gruberova, há tempos atrás, no Met! Ocorreu-me dizer que não perturbasse suas memórias, pois esta noite não seria nem sombra daquela apresentação legendária. Não fiz. Tampouco lhe contei a morte do Chico. Fui ao teatro como um zumbi. Lá ou no hotel, tudo era a mesma saudade doída.

Durante a ópera, de alguma forma os neurônios seguiam obediente a linda partitura que lhes era familiar desde a adolescência, enquanto as emoções estavam vagando longe do teatro. Só revelei a tragédia ao Hugh, no Clark's, onde comemos algo e tomei uma garrafa de Merlot quase sozinho; ele estava de carro e a mim faziam bem as virtudes de Bacco.

A morte de pessoas queridas, assim como a perda de coisas que julgamos valiosas, permite uma reflexão que pode servir de consolo: o tamanho da perda é proporcional ao privilégio de alegrias e prazeres que tivemos. E conviver com Chico foi uma riqueza rara na minha vida que posso agradecer ao destino, embora o tivesse roubado prematuramente.

* * * * *

Recolhido em minha tristeza segui para a Coreia do Sul, conforme planejado e tudo pago. Rodei a península durante dezessete dias. Desfrutei de sua cultura única fascinante, cujas raízes penetram cinco mil anos e senti a terrível tortura reservada a este povo, pois o alvorecer do século XX encontrou-o na brutal colonização do Império Japonês. Este terminou com a não menos cruel Segunda Guerra Mundial que, após o armistício celebrado em 1945, deu passagem à insana luta fratricida entre os coreanos. A nação partiu-se em dois: Coreia do Norte e Coreia do Sul, ambas arrasadas. Aquela ficou coberta pelo manto pestilento de um comunismo ultrapassado, até hoje. Este teve ditaduras controvertidas que promoveram a economia, mas também deram banhos de sangue substanciosos até a década dos 80, quando a democracia se firmou definitivamente. Hoje, é uma potência econômica mundial, detendo o quinto lugar em PIB per capita e com boa distribuição de renda, tendo um dos três melhores sistemas educacionais do mundo apontado por vários indicadores internacionais e uma população séria, trabalhadora e amável. Um país em que reinam a segurança e a honestidade.

Vi tudo sob o diáfano véu de tristeza que me acompanhou desde que soube que meu bom amigo Chico não mais existia. Só se dissipou nos primeiros dias do meu retorno a São Paulo.

Tive seis guias na Coreia, três mulheres e três homens, e todos foram, estranhamente, muito além de suas obrigações profissionais. Que não se aceite gorjetas na Coreia é uma particularidade, diria cultural, entretanto, dar presentes aos clientes, garrafas de vinho, doces e CDs na despedida e enviar mensagens de carinho pela internet após a viagem, achei singular e surpreendente. Transcrevo trechos de quatro:

— *You were a charming client. I had a terrific time and chat with you.*

— *I was so happy to meet you here in Jeju. You have something to make people smile.*

— *I had an unforgettable time during tour with you. Because I learned much about life from you. l hope your memory of the trip in Korea was good. Have a nice time and good health.*

— *You are one of the best person I ever met in my life. I was able to feel how good person/educator you are and I really enjoyed every moment. Always take care of yourself.* [18]

Que teriam visto e sentido para inverter as posições? Não sou isto e nem tentei agradá-los. Demorou, mas caiu a ficha: Obrigado Chico!

---

18. — Você foi um cliente amável. Tive excelentes momentos e conversas consigo.
— Fiquei tão feliz de encontrá-lo aqui em Jeju. Você tem qualquer coisa que faz pessoas sorrirem.
— Tive momentos inesquecíveis durante o tour com você. Porque eu aprendi muito sobre a vida com você. Espero que sua lembrança da viagem para Coreia tenha sido boa. Tenha bons tempos e boa saúde.
— Você é uma das melhores pessoas que encontrei na vida. Senti quão boa pessoa/educador você é e realmente gostei de cada momento. Sempre se cuide bem.

34
SORTILÉGIO NAS FILIPINAS

Estive quatro vezes nas Filipinas. Conheci o país, mergulhei em seus mares e admirei a cultura de seu povo. Como tantas vezes na vida, o acaso me deu um privilégio imenso: conhecer José Rizal e seu irmão, Paciano. Já contei esta história no livro que escrevi sobre Paciano Rizal. No entanto, acho que foi um episódio tão extraordinário que devo narrar de novo. E, depois, muitos não conhecem a biografia que escrevi e o tema me parece obrigatório nesta prosa que tenho com vocês.

Manila, março de 2007

O aeroporto Ninoy Aquino recebeu-me com o calor dos trópicos numa radiante manhã. Nunca estive nas Filipinas – por alguma razão, ou melhor, por falta de razão jamais me interessei por esse país. Enquanto aguardava minha vez na fila da imigração, procurei na memória algum resquício de informação sobre a terra que visitava de passagem a caminho de Palau e Yap, na Micronésia.

Ninoy Aquino... Sim! Soou o sininho: cidadão assassinado a mando do ditador Ferdinando Marcos, que a imprensa apresentava ostentando riqueza ao lado de sua mulher, a tristemente famosa Imelda. Diziam ter ela sido miss Filipinas, porém só se via nos jornais como matrona madura e pesada, noticiada por ter à disposição milhares de sapatos nos seus armários e poucos neurônios na cabeça. E, claro! Corazón Aquino, presidente da nação e filha do assassinado. Pinatubo, o vulcão fatal cuspindo cinzas e lava sobre vilarejos desesperados. Furacões e maremotos enxotando milhares de refugiados para o lugar nenhum dos pobres. Estes frutos de manchetes sensacionalistas saíram de algum recesso do meu cérebro. Ocorreram-me, também, algumas lembranças mais antigas e triviais. De um cirurgião que aportou em Porto Alegre vindo das Filipinas, quando eu era estudante de medicina; dos impecáveis serviços de bordo dos alegres filipinos que servem nos transatlânticos pelo mundo afora, e de um e outro *diving master* daquelas ilhas, que sempre deixaram a melhor das impressões pela sua competência e cooperação nos mergulhos. E... acabou. Era tudo que tinha no baú das recordações naquele momento.

Passei pelas autoridades, peguei minha bagagem e aí estava na soleira da capital das Filipinas com quarenta e oito horas para desfrutar.

A capital é o resultado da conglomeração de dezessete cidades e, hoje, é um gigante com tufos de arranha-céus separados entre si sinalizando as urbes que formam a grande Manila. A cidade não tem muita coisa a mostrar além da vibrante atividade cotidiana dos países do Extremo Oriente. Certamente não tem a pujança econômica de São Paulo, mas esbanja simpatia, tem museus lindos e uma população que compete com a da Bahia em amabilidade. Vi uma coisa rara: um órgão inteiramente construído de bambu. Tem um som maravilhoso! Um tesouro entre os instrumentos musicais da humanidade.

Claro que fui a Intramuros, no coração da cidade, que é a antiga Manila espanhola; ainda se vê boa parte das muralhas que a cercavam completamente. O local mais visitado é a fortaleza Santiago. Confesso que não achei nada atraente, pareceu-me pobre e malconservada. Ao passar pelo reforçado portão fiquei intrigado com passos marcados em cobre na direção contrária de quem entra. No meio da fortaleza há um espaço de duas salas modestas dedicadas à memória de José Rizal. Quem? José Rizal. Não o conhece? Nem eu o conhecia, por mais força que fizesse não encontrei eco de seu nome na abóbada craniana. Ele é apenas o herói da independência e o mártir da pátria dos filipinos...

Alguns objetos nas salas complementavam a explicação de uma guia. Rizal foi médico, especializado em oftalmologia, escultor e poeta de mérito. Por ter escrito dois romances que feriram a Espanha colonial, sobretudo os frades que dominavam as Filipinas, foi morto aos 35 anos, em 1896. Esclarecido pela guia, entendi que os passos de cobre representam aqueles por ele dados da prisão até uma praça onde foi fuzilado pelas costas, como era o procedimento de costume do governo colonial com as pessoas julgadas como traidoras. Tudo isto ouvia da boca de uma senhora solícita em dissipar a espessa ignorância que me envolvia, mas confesso que estava meio desligado. Enfim, mais um mártir da pátria. Em uma das paredes havia uma poesia gravada. Tratava-se do poema que ele escreveu na véspera de sua morte. Estava em castelhano, língua que não me apresenta percalços, e embora as letras estivessem meio apagadas resolvi lê-lo:

Adeus, Pátria adorada, região de sol querida.
Pérola do mar de Oriente, nosso perdido Éden!
Vou te dar alegre a triste e murcha vida.
E fosse mais brilhante, mais fresca, mais florida,
Também para ti daria, a daria para teu bem.

Em campos de batalha, lutando com delírio
Outros te dão suas vidas, sem dúvidas, sem pesar;
O lugar não importa: cipreste, laurel ou lírio.
Cadafalso, campo aberto, combate ou cruel martírio.
São iguais quando as pedem a Pátria e o lar.

Eu morro quando vejo que o céu se colore
E o fim anuncia o dia atrás lúgubre capuz;
Se carmesim necessitas para tua aurora,
Verte meu sangue, derrama-o em boa hora
Doura-o com o reflexo de sua nascente luz.

Meus sonhos quando apenas moço adolescente,
Meus sonhos quando jovem já cheio de vigor,
Foram te ver um dia, joia do mar de Oriente,
Com olhos sem lágrimas, de testa reluzente
Sem cenho, sem rugas, sem mancha de rubor.

Sonho de minha vida, meu ardente anseio,
Salve! Grita a alma que logo irá partir!
À tua liberdade caio feliz sem receio!
Morrer para dar-te vida, morrer em teu seio
Encantada terra, a eternidade dormir.

Se sobre meu sepulcro vieres brotar um dia,
Entre espessa erva, simples e humilde flor,
Aproxima teus lábios e beija minha alma
Que sinta no rosto embaixo da tumba fria
De tua ternura o sopro, de teu hálito o calor.

Deixa a lua me ver com luz tranquila e suave,
Deixa que a alva envie resplendor fugaz,
Deixa gemer o vento com seu murmúrio grave;
Se baixar e pousar sobre minha cruz uma ave,
Deixa que entoe seu lindo cântico de paz.

Deixa que o sol ardente as chuvas evapore
E ao céu voltem puras com meu clamor de adeus,
Deixa que um ser amigo meu fim precoce chore
E nas serenas tardes quando por mim alguém ore
Ora também, oh Pátria, por meu descanso a Deus!

Ora por todos quantos morreram sem ventura,
Por quantos padeceram tormentos sem igual,
Por nossas pobres mães que gemem sua amargura,
Por órfãos e viúvas, por presos em tortura
E ora por ti que vejas tua redenção final.

Quando noite escura envolve o cemitério
E só, apenas mortos ficam velando ali,
Não perturbes repouso, não perturbes mistério;
Talvez acordes ouças de cítara ou saltério,[19]
Sou eu, querida Pátria, sou eu que canto a ti.

E quando minha tumba de todos esquecida
Já não tiver cruz nem pedra que marque seu lugar,
Deixa que a are o homem, que espalhe com inchada
E minhas cinzas, antes que retornem a nada,
O pó do teu tapete permite que vão formar.

Então nada me importa que me ponhas no olvido;
Teu céu, teus montes, prados e vales eu cruzarei
Vibrante e limpa nota serei ao teu ouvido,
Aroma, luz, cores, rumor, canto e gemido
Sem cessar a essência de minha fé ecoarei.

---

19. Saltério – instrumento de cordas.

> *Minha Pátria adorada, dor de minhas dores.*
> *Querida Filipinas, ouça o último adeus,*
> *Aí te deixo tudo, meus pais e meus amores.*
> *Vou aonde não há escravos, verdugos, opressores.*
> *Aonde a fé não mata, aonde quem reina é Deus.*
>
> *Adeus, pais e irmãos, pedaços de minha alma,*
> *Adeus amigos da infância do perdido lar,*
> *Deem graças que descanso do fatigante dia.*
> *Adeus, doce estrangeira[20], minha amiga e alegria!*
> *Adeus, queridos seres, morrer é descansar.[21]*

Foi um choque tremendo. Mesmo hoje, quando escrevo estas palavras, aquele momento me deixa emocionado. Pois foi aí que percebi que estava nos recintos onde uma pessoa extraordinária passou os últimos dias de sua vida. Quem teria a serenidade para escrever assim na soleira da eternidade? Condenado à morte aos 35 anos por amar sua terra? Os versos não têm ódio, desespero, tristeza, amargor ou mágoa; das estrofes só desprende serenidade e paz das almas grandes, colocam quem os elaborou no rarefeito pináculo ético-moral da humanidade. Finalmente, estava na presença de um herói cujo pedestal não fora feito com cimento de cadáveres, lágrimas e sofrimento de outros; repousava sobre convicções firmes feitas de ética, moral e amor. E o patriota filipino foi oftalmologista, médico! Colega! Saí muito comovido à procura de uma livraria. Obviamente, não podia descansar enquanto não achasse os famosos romances que causaram a morte de uma pessoa tão rara.

Na primeira livraria encontrei seus livros: *Noli me tangere* (Não me toques – frase bíblica de Jesus a Maria Madalena), a obra fatídica, prova de sua traição, e a continuação, igualmente condenado pelo poder colonialista, *El filibusterismo* (o filibusteirismo ou, para ser mais atual, a guerrilha), ambos em inglês. Fui informado de que as versões originais em espanhol não se encontram no país, salvo nas bibliotecas, já que ninguém mais entende o castelhano.

Assim, nos intervalos dos mergulhos em Palau, repleta de beleza dos corais, de conchas gigantes, de peixes revestidos com as mil cores do arco-íris, de elegan-

---

20. Estrangeira – referência à mulher irlandesa Josefina (Josephine) Bracken, com quem vivia.

21. Tradução do original espanhol por mim.

tes tubarões e tantos outros seres do mar que não me canso de admirar, devorava o *Noli me tangere*. Ao terminar, deixei o livro na biblioteca do navio com uma dedicatória, pois resolvi conseguir a versão espanhola para a minha coleção pessoal.

Durante a estadia maravilhosa em Yap, entre gigantescas e majestosas mantas e minúsculas joias do mar que levam o nome mágico de peixe-mandarim, comecei o *El filibusterismo* que, como já comentei, é a continuação do *Noli*. Graças ao longo retorno de Yap a São Paulo, consegui terminá-lo justo no café da manhã que é a distração oferecida pela tripulação antes da aterrissagem em Guarulhos.

* * * * *

Assim conheci José Rizal e fiquei impressionadíssimo. Mal suspeitei que fosse muito maior do que então o imaginava...

Nos anos seguintes li o que pude sobre o herói filipino. Fiquei familiarizado com as Filipinas do seu tempo, a família no seio da qual cresceu e a sociedade em que viveu. Mais eu lia, mais o admirava. Ele se ombreia com Abraham Lincoln dos EUA, Benito Juárez do México, Mahatma Gandhi da Índia e Nelson Mandela da África do Sul. O que o distingue dos outros heróis da pátria é o padrão intelectual e o nível ético-moral. Mesmo no meio destes quatro imortais, o malaio se sobressai pelos seus imensos dons, graças a uma genética privilegiada: foi cirurgião oftalmologista, pintor, desenhista, naturalista, linguista e poliglota que dominava bem onze línguas e lia mais de vinte, poeta, escritor e patriota. Fuzilado aos 35 anos, foi mártir da independência das Filipinas, mas não viveu para ver a liberdade de sua pátria.

José Rizal é o herói mais próximo ao seu povo, o culto dos filipinos a ele é impressionante, como se fosse um santo. Por outro lado, o menos conhecido fora de sua pátria é ele também; o mundo sabe menos sobre as Filipinas do que sobre a Índia, o México, os Estados Unidos e, mesmo, sobre África do Sul.

Rizal foi abençoado com um conselheiro e protetor ímpar: seu irmão Paciano, dez anos mais velho do que ele, e que até hoje permanece na obscuridade. Ele foi tão imenso que o irmão caçula poderia até dispensar aquele anjo da guarda que se crê que todos têm no ombro. Paciano abriu o caminho para que José ocupasse o lugar que é indiscutivelmente seu por mérito. Os irmãos parecem dois corpos celestiais dividindo o mesmo sistema gravitacional; um de brilho extraordinário, fácil de observar, e outro invisível, mas de massa igual; sua presença é apenas detectada pelo trajeto do outro.

Não havia nenhuma biografia sobre Paciano Rizal e foi por isso que decidi escrever sobre ele. Foi então que o acaso me deu um novo empurrão para que conhecesse sua família. O extraordinário mais uma vez bateu na minha porta.

*****

Minha terceira visita às Filipinas ocorreu em 2010. A intenção era visitar Dapitan, em Mindanao, local de exílio de José Rizal; explorar Ilocos e ver, entre outros lugares históricos, as casas ancestrais do padre José Burgos e do pintor Juan Luna; participar das famosas celebrações de Páscoa na ilha de Marinduque e mergulhar em Anilao, província de Batangas, com o casal Minamisava que vinha do Brasil.

Viagem excelente, tudo certinho, menos o Festival de Páscoa. Este deu lugar a um daqueles episódios fortuitos que se atribuem ao acaso e tudo ocorreu em 1º de abril, bem inverossímil como manda o espírito da data.

Comecei a dialogar sobre a parte terrestre da minha viagem às Filipinas, ainda em São Paulo, com um certo *mister* Clemente, agente de turismo em Manila. Ele provou ser semicompetente, ou seja, bem inútil às minhas pretensões. Não conseguiu formular nenhuma proposta atraente e vivia atrapalhado com as datas. Não o julgo má pessoa, mas antes prejudicado pela inclemência da dança dos genes. Ao final dos nossos desentendimentos, a única coisa que decidi fazer com ele foi visitar a ilha de Marinduque, famosa pelo Festival dos Moriones, que acontece todos os anos durante a Semana Santa. (Moriones são os soldados romanos que participaram do evento histórico máximo do cristianismo e o povo local se fantasia em trajes de centuriões).

Desde o novembro do ano anterior, sim senhor, desde novembro, *mister* Clemente nada fez direito, exceto manter uma reserva no hotel Boac, em Marinduque, que foi essencial para a visita. Intuía que um festival de Semana Santa num país ultracatólico como as Filipinas deve ser inundado por peregrinos e turistas nacionais e possivelmente não conseguiria lugar algum por minha conta, pois o calendário estava bem adiantado.

Graças à persistente falta de iniciativa da agência, não consegui nenhum voo de Manila a Marinduque, só no sentido contrário, para 3 de abril. Olhei o calendário: sexta-feira santa seria dia 2 de abril, portanto, o melhor dia, o mais nobre do festival que reproduz cenas da paixão de Cristo. Consultei o mapa; era possível ir de Manila a Marinduque de carro, pois a distância é, aproximadamente, 200 quilômetros por terra até o porto de travessia de barco entre as ilhas Luzon e Marinduque. O único dia disponível no meu calendário apertado para a ida era 1 de abril, quinta-feira, e voltaria a Manila sábado por via aérea. Neste dia havia lugares disponíveis à vontade nos aviões; também, quem seria tão idiota de sair de um festival da Semana Santa num sábado? Só eu.

Tudo atrapalhado, desconfortável, porém era o que tinha e, afinal de contas, quem quer aventura aprecia surpresas. Então tive uma ideia: por que não visitar o túmulo de Paciano Rizal? Sabia que ficava em Los Baños e a cidade estava no caminho que iria percorrer. Fechei o esquema.

Dias antes do 1º de abril, entre minhas idas e vindas pelas Ilhas Filipinas, telefonei à agência de turismo para tentar acertar os finalmente. Até então nada recebera além do *vaucher* para o Boac Hotel. Uma senhora, infectada pela doença do *mister* Clemente e com um inglês quase impossível de entender, marcou a saída com o carro para às dez da manhã. Disse-lhe que não servia, porque pretendia parar na cidade de Los Baños, que ficava ao longo da rodovia. Portanto, sugeri partir às nove. Ela indagou o que é que queria fazer em Los Baños. Expliquei que desejava ver o túmulo de Paciano Rizal.

Assim ficaram nossos entendimentos até a véspera da partida. Então ela me ligou aflita, dizendo que era bem possível que a quinta-feira teria um tráfego congestionado e era aconselhável sair às nove mesmo. Além disto, não conseguiria visitar Los Baños por falta de tempo e nem valia a pena porque o general Paciano não estava sepultado naquela cidade. Esta última assertiva não discuti: era como dizer que os ossos de Dom Pedro I não estivessem em São Paulo. Quanto ao horário, sugeri que era melhor sairmos às sete. Após vários argumentos concordamos em oito horas e foi neste horário que parti do PanPacific hotel de Manila em direção a Marinduque com uma van provida de chofer e guia, no dia 1º de abril de 2010.

Logo pegamos um tráfego pesado, coisa de São Paulo a Santos em feriado prolongado. Os primeiros 100 quilômetros percorremos em três horas e, finalmente, chegamos à periferia de Los Baños. No carro reinava um ambiente amistoso, meus companheiros eram alegres, amáveis e muito dispostos. Não duvidavam que Paciano estivesse repousando em Los Baños, porém onde? Isto tampouco sabia. Continuamos de coração apertado. Logo na entrada o guia parou um cidadão e perguntou pelo túmulo.

— É logo ali, no centro da cidade – respondeu, indicando o caminho.

Prosseguimos aliviados e daí a pouco estávamos em nosso destino. Claro que imaginávamos uma pesquisa de lápides no cemitério da cidade. Entretanto, o túmulo está na casa de Paciano Rizal, construída em 1926 pelo arquiteto André Luna, filho do famoso pintor que visitara dias antes. Como era quinta-feira santa, quatro dos bisnetos de Paciano vieram de Manila, a fim de passar a Semana Santa em Los Baños. Eu estava no meio dos descendentes do Rizal! Foi muito difícil dominar minha emoção, mas as duas bisnetas e os dois bisnetos foram tão amáveis que logo fiquei à vontade. O guia e o chofer estavam com vertigens, pois o herói nacional é um santo para os filipinos. Convidaram-me a passar o fim de semana por lá. Declinei como manda a cortesia e, após uma hora, segui para Marinduque com os dois filipinos abestalhados e com o folheto que celebrava o sesquicentenário do nascimento do General Paciano Rizal que, na segunda capa, tinha nome e endereço de seus descendentes.

Li e reli o folheto. Minhas primeiras perguntas foram dirigidas à bisneta Ester López Azurin, enquanto mergulhava nas maravilhosas águas de Anilao. Recebi pronta resposta de José Rizal López, neto de Paciano, a quem a sobrinha encaminhou as indagações. Desde então, as informações trafegaram entre Brasil e Filipinas dando vida à biografia: *Paciano Rizal — O herói que falta na Luneta*, publicado em português como livro e em inglês, como e-book.

* * * * *

Considerando que mencionei mais de uma vez os mergulhos, penso que chegou o momento de contar como foi este negócio de aprender a mergulhar depois de velho.

35
O MERGULHO ENTRA NA MINHA VIDA

— Professor, chequei todas as possibilidades. O senhor só poderá chegar a Londres no dia 16, pela manhã.

— Tem certeza, Renato?

— Certeza absoluta.

Que pena! Meu amigo inglês, Ralph, convidara-me para sua festa de quarenta anos de casado que celebraria nos arredores de Londres. Tinha tantas esperanças de comparecer e, agora, restava tão somente mandar uma mensagem carinhosa. A comemoração era no próprio dia 16 de julho de 2000 e eu só poderia deixar a Austrália no dia anterior, devido aos compromissos assumidos com a Sociedade Ecosystem Health. Desembarcar em Heathrow, depois de um voo Brisbane — Sydney — Deus-sabe-onde — Londres, instalar-me num hotel, tomar banho, colocar o traje adequado, pegar o trem na estação de Waterloo para bater na porta dele uma hora depois, não me pareceu coisa civilizada.

Prudentemente, pedira férias da USP durante o mês de julho e, agora, tinha que reorganizar os planos de viagem. Fazer o quê na Austrália? Não que conhecesse tudo, mas a época de fazer explorações de grande esforço já passara e surfar nunca aprendi. Foi nesta hora que me lembrei da Grande Barreira de Coral. E mergulhar? Como será mergulhar?

Sentei confortavelmente na poltrona de couro, com os pés no escabelo africano, e de telefone em punho abri as páginas amarelas em Mergulho. Escolhi uma das tantas escolas que constavam na lista:

— Quem fala?

— Da Escola de Mergulho tal...

Entendi que tinha de fazer um curso intensivo, passível de ser comprimido em um fim de semana, e um *check-out*, que é uma prova de quatro mergulhos no mar, num outro fim de semana. Passando nos exames, obteria uma carteira de permissão para mergulhar até 30 metros de profundidade em águas abertas, ou seja, nada de cavernas ou interior de naufrágios.

Descobri uma escola próxima à minha casa, no Pacaembu, a Divers University e as coisas precipitaram-se. Comecei uma troca de mensagens pela internet com a cidade australiana de Cairns, que é a Meca dos mergulhadores da Grande Barreira de Coral. Faltavam menos de quatro semanas para embarcar; tempo miseravelmente curto e tinha de tomar decisões rápidas nas duas pontas: São Paulo e Cairns.

O investimento de esforço e dinheiro era considerável e com alguns riscos: se amarrasse as coisas em Cairns e não passasse pelas exigências do esporte, teria que pagar uma multa pesada; por outro lado, ter a carteirinha de mergulhador e não ter vagas nas embarcações de mergulho seria igualmente desastroso. Acabei armando o seguinte esquema: num fim de semana agendei as instruções teóricas e as aulas práticas na piscina; no seguinte, o *check-out* em Parati; e na última, antes do embarque ao exterior, já sabendo dos resultados dos meus esforços na Divers University, o pagamento de um programa de mergulhos de quatro dias pelos corais com o catamarã Nimrod, que fazia a rota Cairns – Lizard Island.

Compareci no Divers com uma bolsa contendo as havaianas, calção e toalha. Apresentou-se Maurício, que seria meu instrutor. Subimos para a aula teórica. Era o único aluno. Situação difícil para Maurício: dar aulas para um é muito mais pesado do que para um grupo, com certeza, nisto sou doutor. Após o almoço, piscina. Troquei-me no vestiário e desci uma escadaria que levava à piscina. Pronto, – afaguei as barbas – ao ver meu físico obeso e idoso, ele diria que talvez fosse mais aconselhável adquirir um cantinho no cemitério da minha preferência do que me meter em *scuba*.

Nada disto, Maurício comportou-se como se tivesse o hábito de trabalhar em ambulatórios de geriatria. Objetivo, paciente, ensinou-me os fundamentos da arte. Esforcei-me bastante dentro do pouco tempo que o meu trabalho permitia e passei nas provas. Tive um bom professor.

Sexta-feira seguinte, no fim da tarde, estava trafegando na rodovia Carvalho Pinto em direção ao litoral para o *check-out*. O sono apertou e cochilei uns cinco minutos no primeiro posto. O serviço sempre dobra em vésperas de viagem e estava cansado. Cheguei a Parati às 23:00 horas e fui dormir.

Enquanto tomava café na manhã ensolarada de sábado, conheci Robert, responsável pela direção do *check-out*. Ele era o dono da embarcação de mergulho Mr. Big e o *dive master*, ou seja, autoridade máxima a bordo do barco e durante os mergulhos no mar. Indicou o caminho a seguir para a marina. Fui com meu carro e descarreguei minha tralha para mergulhos. É substancial: roupa de neoprene de duas peças, capuz, botas, nadadeiras, máscara, *snorkel*, computador de mergulho e cinto de lastro, além das coisas triviais para o mar. Um cidadão ajudou a carregar o cinto de lastro até a Mr. Big.

— Senhor é o instrutor? – perguntei aliviado por não precisar carregar o desajeitado objeto de 18 kg.

— Não, sou o carregador oficial de cintos de lastro – respondeu bem-humorado.

Tratava-se de um engenheiro que os amigos chamavam de Hobby e que ia mergulhar com sua esposa. Pensei que no *check-out* estaria entre principiantes, mas não. Só havia uma moça na minha condição, os outros eram desportistas do mergulho.

Fiz meu primeiro mergulho em águas de pouca visibilidade, mal distinguia Rafael, o instrutor. O cinto de lastro, como na piscina, vivia escorregando pernas abaixo. A descida foi difícil, minha sinusite alérgica crônica atrapalhou muito para equilibrar as pressões entre o ouvido interno e externo. Além disto, sentia-me enjoado, possivelmente pelo balanço da embarcação misturado ao cansaço e, talvez, aos problemas de ouvido que já se manifestaram na piscina. Fiz os exercícios solicitados. No segundo mergulho do dia, ao subir inflei o colete e confortavelmente flutuando na água, coisa que faço bem, comecei a vomitar. Rafael chegou e perguntou se tudo estava bem. Fiz o sinal convencional de OK e continuei a vomitar. Que vexame, este cara vai me desclassificar – praguejei.

— Bom para os peixes. Limpe a barba – observou o instrutor tranquilo e sem sinais de nojo.

Nadamos até o barco como se nada tivesse acontecido. Os mergulhos no domingo foram bem melhores: água mais clara, meu desempenho satisfatório. A bordo, minha aceitação era completa. Fiz muitas amizades. De surpresa, chegou a Parati meu sobrinho Atila, com seu veleiro, e desembarcou com a mulher e filhinha: o único bebê embarcado a velejar pelos mares do Atlântico. Apesar do meu cansaço e dores várias, tivemos um encontro alegre, prazeroso e arredondamos o dia jantando com Robert e esposa em um restaurante italiano superlativo num dos cantos da praça Matriz.

Voltei para casa pensando na próxima etapa. Algo me incomodava. O mergulho é obrigatoriamente praticado em duplas e todos que estão na profundidade estão cientes dos riscos e seus deveres de ajudar. De certo modo, era constrangedor que pessoas dividissem comigo suas aventuras na Grande Barreira do Coral. A ideia de um principiante atrapalhar gente acostumada a mergulhar e que estava pagando caro por seu prazer, me preocupava.

Mandei um e-mail esclarecendo completamente minha situação: condição física de sessentão que, de experiência, só tinha os quatro mergulhos do *check-out*. Venha tranquilo, foi a resposta e mandei meu cartão de crédito selando os negócios em Cairns.

Na última semana fiz consulta com os médicos que me tratam. O mais importante foi com o otorrinolaringologista, pois me saía muco sanguinolento pelo nariz e sentia crepitações nas orelhas.

— Laércio, sei que estou com barotrauma nas orelhas, porém estou voando para o exterior, sábado, depois de amanhã. Não me proíba de mergulhar porque não lhe quero desobedecer.

— Quando é que vai mergulhar?

— No dia 18 de julho.

Tínhamos três semanas. O esquema terapêutico foi impecável. Em 24 horas as pressões da orelha média e externa já se equilibraram e no dia do mergulho estava em condições perfeitas!

* * * * *

Nimrod é uma embarcação feita para acomodar dezoito pessoas e só havia seis mergulhadores. É isto mesmo, éramos apenas seis. Tendo pago cabine dupla, deram-me o camarote vip com cama de casal e banheiro privativo amplo com um espelho enorme. No dormitório, o famoso capitão Cook vigiava-me da parede. Que sorte!

Tivemos a preleção do capitão Ian e dos instrutores, Dave e Darryl, todos mergulhadores profissionais e bota profissional nisto! Antes do jantar, vimos Mercúrio, o planeta elusivo que possui um brilho singular quando o sol se põe. Dormimos cedo, enquanto o catamarã sulcou as águas em direção norte e deitou âncora lá pelas duas da madrugada.

O primeiro mergulho do dia foi planejado para às 7:00 horas. Enquanto tomávamos algum líquido quente, Dave explicou a topografia do *boomy*, que é um morro de coral cercado por outras elevações coralinas menores. Chamou atenção às principais atrações existentes no local. Falou dos peixes, sobretudo dos tubarões e acrescentou:

— Não há tubarões agressivos na região, os que visitam corais são bonzinhos.

Com certeza, foi para me tranquilizar, o único novato. Combinou conosco a profundidade máxima e a permanência embaixo da água.

Coloquei a roupa e o equipamento. É um saco! Durante dias tive dor na polpa dos dedos de tanto puxar neoprene, bota, nadadeira e tudo mais.

Olhando o mar não via coral algum, apenas ondas azuis que se perdiam no infinito. Finalmente, pulei na água esperando que os tubarões tivessem escutado atentamente as palavras do instrutor. Darryl fez dupla comigo neste batismo. Desempenho pífio, muito abaixo do combinado: 30 metros de profundidade máxima e uma hora embaixo da água. Meu mergulho foi de 13 metros e 34 minutos, mas saí satisfeito, feliz da vida. A sensação de flutuar entre peixes e corais... O encontro com uma concha gigante azul... A extraordinária visibilidade... Um mundo novo se abria para mim.

Dos treze mergulhos oferecidos durante o passeio, fiz onze. Nada mau. Contarei apenas um: o primeiro e único grande susto da minha vida de mergulhador. E bota susto nisto, com perdão da palavra foi um verdadeiro cagaço. Não foi tubarão, não. Eles de fato compareceram, mas tiveram ótimo comportamento.

No primeiro mergulho do último dia fui a 23,5 metros de profundidade. Feliz e tranquilo, estava em posição vertical numa parede admirando a vida coral que é um tapete de infinitas cores, formas e movimentos, quando apareceu na minha máscara a cabeça de uma cobra verde escura. A serpente foi descendo na minha cara, seu corpo parecia não terminar nunca. Rodeou minha perna direita e lá se enroscou. Fiquei petrificado. Sabia que o veneno das serpentes do mar é muito mais mortal do que o de suas colegas terrestres. Se inocular toda a peçonha, terei 20 minutos de sobrevida. Adeus viola. Darryl assistiu a tudo calmamente e fez sinal de "tudo bem". Eu respondi com o gesto convencional que "tudo mal". Ele repetiu o OK. "Este imbecil não está vendo a serpente!" Apontei com o dedo em direção da perna. Recebi a mesma mensagem do instrutor. Suando em bicas, imóvel, fiquei observando a serpente. O animal tocou-me de leve com seu focinho duas vezes e foi se embora.

Ao subir no catamarã falei do meu susto e indaguei Darryl se percebera o perigo pelo qual passei.

— *No worries* – sem preocupações, disse com seu pesado acento australiano. – Não há um único caso registrado de acidente com serpentes do mar entre os mergulhadores. Elas atacam quando enroscam na rede de pescadores e são içadas a bordo. Ademais, têm boca pequena e só conseguem morder lugares especiais, os dedos por exemplo.

Isto me lembrou da nossa cobra coral, mas que é pequenina e não tem o hábito de enroscar na perna. De toda forma, perdi o medo e não tive temor algum no último mergulho, que foi no *boomy* batizado de *Snake-Pit* (cova das cobras)! Este foi o único que não fiz com os instrutores. Foi com a Catarina, uma moça escocesa que preparava nossa comida. Sinal de desmame dos instrutores. Um universo de emoções estava aberto à minha curiosidade.

36
WAKATOBI (2002)

(Às vezes o deslocamento é mais emocionante do que a meta, assim como as circunstâncias podem superar os objetivos.)

Jacques Cousteau considerou Wakatobi o lugar mais bonito para mergulhar no mundo. Pois tinha que visitá-lo.

— E onde que fica isto?

Wakatobi é uma ilhazinha perdida entre Sulawesi e Timor no mar de Banda, Indonésia. Se alguém quiser ver onde fica, dê uma olhada no mapa e verá, ao lado de Bornéu, uma ilha de forma estranha: parece uma cruz surrealista pintada por Salvador Dalí após um pesadelo ou bebedeira. É a Sulawesi, antiga Célebes. Provavelmente, Wakatobi não estará no mapa, seria um pontinho abaixo do braço inferior direito (sudeste) da cruz.

Terça-feira

A viagem começou mal. Tinha planejado terça-feira livre, a fim de fazer as malas sem pressa e preparar-me psicologicamente para a mudança de atividade. Desde as minhas primeiras aventuras percebi a necessidade disto: desvestir o estado de espírito cotidiano, postergar todas as preocupações, congelar tudo que estivesse em andamento e partir para a jornada com cabeça limpa, zero quilômetros, para desfrutar o que me seria oferecido.

Deu tudo errado: na última hora surgiram obrigações e as malas foram feitas na bacia das almas, cheguei ao aeroporto atrasado e cansado. Assim como gosto de surpresas, detesto o improviso, é coisa para gente que não planeja por preguiça ou incapacidade. E, quando se trata de início de viagem, é uma falta de classe total, fico irritado comigo mesmo e isto custa a passar!

Durante o caminho ao aeroporto fiz exercícios de relaxamento no táxi, sou bom nisto. Pudera! Pratiquei-os, seriamente, durante dois anos. Consegui chegar composto. O *check-in* e o embarque foram sem problemas. O pessoal da South African começou o embarque com uma hora de antecedência.

No avião a confusão de sempre; perdão, um pouco maior, pois os filhos da África são mais descontraídos do que a média das outras raças. Gritaria, agito, troca-troca de lugares, finalmente se instalou a calma que antecede a decolagem. Pois bem, ficamos grudados na pista e passaram-se minutos, infinitos minutos! Lá pelas tantas, o comandante anunciou que tínhamos um problema com o compartimento de bagagens. Para mim, sem problemas: entre a chegada em Johanesburgo e a saída para Hong Kong tinha sete horas. Porém, às vinte e pouquinho veio a notícia má: o problema era sério e a partida seria postergada para o dia seguinte a tarde ou a noite. E eu deveria chegar a Denpasar, Bali, até sexta-feira da manhã, a fim de pegar o avião para Wakatobi. Este voo era fretado, não haveria outro.

Foi anunciado jantar a bordo. Sim, coisa de louco! Fui reclamar em alto e bom som que não tinha cabimento, os passageiros de São Paulo poderiam voltar às suas casas e todos deveriam ter a opção de sair da aeronave e cuidar de suas vidas.

— Não, porque não pode, a fiscalização não deixa, etc.

— Corta esta de fiscalização — e fui embora.

Queria tentar alguma alternativa para que chegasse a tempo na Indonésia. Mas como, sem a mala? Nela estava todo o equipamento de mergulho. Pois é, recebi a minha às 22:15 horas! Fui aos balcões e cheguei à conclusão de que só me restava a alternativa de avisar o escritório de Wakatobi dos acontecidos. Já em casa, acionei a Internet: 23:30 horas no Brasil é dia seguinte, 12:30 horas em Denpasar. Em meia hora obtive a resposta:

— Não entre em pânico, venha, avise os novos arranjos.

O cara falar em pânico é uma boa, jargão de mergulhador. Com este pensamento dormi como um anjo, já estava viajando.

Quarta-feira

— Regino Turismo, bom dia, às ordens.

— Desejo falar com o Renato.

— Da parte de quem?

— Professor György.

— Oi, professor, o que é que aconteceu?

Esclareci a situação e pedi informações sobre alternativas de voos. Veio rápido: a melhor alternativa era a South African mesmo, que partia hoje à tarde.

Mandei a mensagem para Crispin Jones da Wakatobi sobre o novo arranjo e a uma hora da tarde retornei ao aeroporto. Fui cedo porque esperava confusão. Pressentimento perfeito, a atrapalhada foi monumental! Levou uma hora e meia só a emissão do novo bilhete. Como não tinha vaga na classe econômica do voo da Cathay para Hong Kong de onde seguiria a Bali, puseram-me na executiva, porém sem reserva de assento. Saí desconfiado porque este filme já vira: a nova empresa não encontra o passageiro transferido no seu computador e a vítima fica presa no aeroporto até o novo voo da própria companhia, no caso a South African. O despacho da mala foi outra maratona de hora e ninguém entendeu o porquê.

Quinta-feira

O voo em si foi sem problemas, mas a batalha em Johanesburgo foi longa:

— O senhor não está em nosso computador.

Por essa já esperava: Lamento pelo computador, mas tenho uma passagem marcada com OK, e assim por diante. No fim ganhei uma poltrona na executiva e o voo foi muito bom.

Sexta-feira.

Cheguei em Denpasar sexta-feira após o almoço. Ninguém me esperava no aeroporto. Fui para o hotel onde deveria ter chegado à noite anterior. Mal entrei no quarto, tocou o telefone: era Jones da Wakatobi. Desculpas pela falta de recepção no aeroporto, explicação dos novos arranjos e jantar marcado com a diretora da companhia, a senhora René.

O que arranjaram foi que no dia seguinte, sábado pela manhã, eu voaria para Ujung Pandang, ou seja, Makassar, cidade importante de Sulawesi. Explico:

A localidade era chamada pelos nativos de Ujung Pandang, que significa Cabo das Palmeiras. Durante a conquista holandesa foi fundado um entreposto naquele lugar e batizado de Makassar. O entreposto virou cidade e continuou com este nome até a independência conquistada em 1950, quando rebatizaram tudo e Makassar virou oficialmente Ujung Pandang. Só que a população da cidade não tomou notícias disto e o Ujung Pandang dos mapas continua Makassar para seus habitantes.

Continuando o trajeto planejado: de Makassar voaria para Kendari, outro lado de Sulawesi, de onde um barco zarparia para Wakatobi, a fim de levar provisões e a mim. Assim, depois de vinte horas de navegação, chegaria a meu destino.

O jantar com René foi num restaurante lindíssimo, francês, e o dono era amigo dela. René era uma figuraça de mulher saída das páginas de James Bond. Malaia, de origem chinesa, que girou o mundo todo. Falava uns onze ou treze idiomas e fizera de tudo na vida. Quando a conheci, era empresária e sócia dos empreendimentos Wakatobi, que têm sede na Suíça.

Sábado

Encalhei novamente em Makassar. A conexão para Kendari não decolou às onze, como previsto. Prometeram para às vinte e, em vez de mofar no aeroporto, instalei-me no hotel Sedona, bem confortável, onde me deram um apartamento no oitavo andar com vista para o mar.

Descansei um pouco e, antes de dar umas voltas pela cidade, olhei pela janela e observei o porto. Pareceu-me abraçado por um calor nada convidativo. O estreito asfalto que serpenteava ao lado do mar soltava fumaça e me dava a impressão de que, a qualquer momento, um carro ou moto iria grudar na estrada como moscas nas armadilhas pegajosas que antigamente pendiam do teto dos botecos de interior. Junto à murada da orla do oceano, as ondas mansas da baía acumulavam uma quantidade considerável de latas, papéis, plásticos e garrafas, como sói de acontecer em toda parte onde o mar serve de lata de lixo. Nas águas rasas, perto da praia, uma centena ou mais de pessoas estava na água e jogavam cestas de lama em canoas. Não parecia pesca de caranguejo pela quantidade de lama que enchia os barcos. Desci e explorei a cidade, que é a capital de Sulawesi do Sul. Nada encontrei de interessante, porém não fiz esforço algum para conhecê-la melhor, estava cansado, esbodegado.

Finalmente, parti e o avião levou uma hora e meia de Makassar a Kendari: partiu do ponta sudoeste de Sulawesi e chegou ao braço oposto da península, na região sudeste, próximo de sua extremidade.

O agente da Wakatobi cumprimentou-me na noite tépida e pediu que me apressasse. Sem demora pegamos uma camioneta para ir não sei aonde. Em torno das 22:30 horas chegamos num embarcadouro rústico onde fui recebido pelo capitão de um barco que nada falava além de sua língua local e a língua franca da Indonésia, a *bahasa indonesia*. Pediu que entrasse na cabina e assim fiz de quatro, um pouco desajeitado, mas era o único modo. Este compartimento foi feito de tábuas de caixotes e, sentado, minha cabeça por pouco não batia no teto. Tinha uma entrada diminuta na frente, um pouco à direita para evitar as pernas da pessoa no timão, e outra, igualmente apropriada para cães de grande porte, que abria para o convés da popa. As quatro claraboias da cabina foram feitas a serra, grosseiramente, e eram pequenas, nem uma cabeça passava por elas. Um confortável colchão ocupava uma metade do assoalho e outra armazenava legumes, frutas e outras coisas não identificáveis.

Zarpamos. Estiquei-me no colchão e dormi.

Domingo.

Acordei de madrugada com um barulho de vai-e-vem e vozes. Dei uma espiada. Estávamos parados no porto de alguma vila e pessoas estavam embarcando, entre elas duas mulheres e duas crianças. Preciso dar uma ideia melhor da embarcação.

Ela tinha 25 metros aproximadamente e um pouco para a frente do meio do convés situava-se o gabinete de comando. Um cubículo tosco aberto atrás, com o timão e espaço suficiente para duas pessoas em pé. Imediatamente atrás do gabinete seguia a cabina que já descrevi. O teto deste caixotão servia para guardar pacotes e acomodar pessoas que, no início eram três. No convés traseiro, com pouco mais de dois metros, havia facilidades para cozinhar ao ar livre e o banheiro. Este consistia num cercado de um metro quadrado com uma porta de pano; no chão havia um buraco que permitia urinar e defecar diretamente no mar.

O convés dianteiro era bem maior, talvez com 10 metros de comprimento e tinha uma cobertura de lona. Servia de carga e de dormitório para quatro pessoas. As mulheres e crianças ficaram acomodadas na cabina, no meio das frutas e legumes e no colchão. Na ponte estavam o comandante e o timoneiro, de modo que, ao todo, completávamos dezesseis pessoas. E ninguém falava inglês.

Com o pensamento estimulante de como sair desta ratoeira se soçobrássemos, dormi até ao alvorecer. Saí, melhor, engatinhei para fora, com muito custo ladeei a cabina e fui ao banheiro para descarregar a bexiga. Tarefa nada fácil; imaginei os problemas de esvaziar o intestino e decidi fazer greve de fome, seguindo a filosofia "se nada entra, nada sai". Até Wakatobi, só água!

Pela manhã pude observar a costa que me pareceu bem bonita. Junto ao mar, morros cobertos de floresta tropical e, no fundo, uma cadeia de montanhas de mais de mil metros de altitude. Em algumas horas, abandonamos a península e enfrentamos o alto mar e o início do baile: a nossa tragédia flutuante começou a dançar pra valer! Em pouco tempo, as mulheres e crianças iniciaram os enjoos. Tarde demais para o dramim: botavam fora os comprimidos com todo o resto. Admirei o esforço das mulheres de tentar, inutilmente, não sujar a cabina. Dos homens não vi ninguém vomitar, seus problemas eram outros: as ondas começaram a lavar o convés dianteiro, de forma que se aglomeraram no teto da cabina e no convés da popa.

E aí começou a falhar o motor.

Dois marinheiros entraram no porão para reparar a máquina. Conseguiram e a viagem prosseguiu. Daí a algumas horas o motor tossiu de novo. Mais consertos. Sucesso e o barco recomeçou a jornada. Esta cena repetiu-se sete vezes. A última, às 22:00 horas, quando, além de ficarmos sem motor, apagou a luz. Acenderam um lampião de querosene, porém sua luz bruxuleante era de pouca valia. Com gestos vigorosos pedi que me trouxessem minha bagagem que estava no porão. Fizeram com imensa má vontade. Só faltava um estrangeiro inútil encher a paciência! Quando tirei minhas duas lanternas de mergulho com seus focos poderosos, o clima emocional mudou instantaneamente. Foi a solução para despertar a máquina e a embarcação arrastou-se até a ilha de Wakatobi.

Segunda-feira.

Em alguma hora ignorada da madrugada um cidadão sueco, sonolento, deu-me a chave do bangalô, onde mal achei a cama e desabei em sono profundo. Não contando o fuso horário, levara uma semana para chegar ao meu destino. Sete dias de emoções.

37
SANGALAKI

Fazer *scuba* em Wakatobi é um privilégio. O melhor mergulho noturno da vida foi lá. Espetacular! Na descida inicial fiquei flutuando sobre um disco coral azul de uns quatro metros de diâmetro que parecia uma dália gigante, absolutamente regular. Em cada pétala se via as barbatanas da cauda de um peixe-cirurgião de igual cor. Um dormitório mágico. A estadia na ilha foi sem incidentes, no entanto a continuação da jornada reservava surpresas. Alguma fada do destino entediada resolveu brincar comigo.

O avião fretado me levou de Wakatobi a Bali. Após uma viagem de três horas, pernoitei no hotel Kuta Paradiso e, no dia seguinte iniciei minha viagem a Sangalaki.

Quem me falou desta ilha foi Steve Fish. Este homem é uma lenda entre mergulhadores. Que soubesse, foi a primeira pessoa a mergulhar no rio Amazonas. Um fotógrafo submarino excepcional que deixou muitos filmes bonitos de localidades famosas. Quando o conheci, trabalhava para a Borneo Divers na minúscula ilha de Sipadan, que fica entre Bornéu e Sulawesi e pertence à Malásia. Foi numa ocasião singular em que mostrou toda sua perícia.

Estávamos em quatro neste paraíso, liderados por Gabriel Ganme do Diving College de São Paulo. Gabriel filmou toda nossa aventura, até que no penúltimo mergulho sua câmara inundasse. Perdeu-se tudo. Ficamos consternados, pois queríamos levar uma recordação desta ilha privilegiada. Pedimos ao Steve que filmasse nosso último mergulho. Ele consentiu e fez com perfeição: captou toda a magia de Sipadan nesta única oportunidade!

Steve Fish, além de exceler entre os profissionais da fotografia submarina, é uma pessoa quieta, séria e bondosa. Irradia confiança. Fizemos amizade e assim soube que no próximo ano ele se moveria a Sangalaki, outra ilha pequena não longe de Sipadan, mas com características bem diferentes. Primeiro, pertencia à Indonésia e não à Malásia. Também tinha belos corais, sim, porém suas atrações eram as gigantes raias-manta e uma ilha vizinha, Kakaban, com uma lagoa interna coalhada de águas-vivas que não queimam, pois ficaram isoladas durante centenas de milhares de anos de seus predadores e perderam os nematocistos. Pelas minhas informações, só havia outro lugar semelhante no mundo: em Palau, na Micronésia. Pois decidi visitar Steve em sua nova ilha.

A viagem de Wakatobi a Sangalaki também foi bem atrapalhada.

Sangalaki é uma ilha minúscula entre Bornéu e Sulawesi, mas muito mais perto de Bornéu, portanto a costa desta ilha era meu caminho. Primeiro voei de Bali a Surubaya, que é a segunda cidade mais importante de Java e muito próxima a Bornéu. Embora de trânsito, tive que retirar minha mala e despachá-la novamente porque seguia com outra companhia aérea para Balikpapan. Após duas horas e meia aterrissei nesta cidade que fica no lado oriental de Bornéu, junto ao mar.

O aeroporto de Balikpapan esbanja charme, pois foi construído no estilo das cabanas longas dos Dayaks, aqueles piratas célebres que cortavam a cabeça dos navegadores portugueses, holandeses e de outras nações que se aventuravam por estes mares. Dissipado o primeiro encantamento, tive que enfrentar dois incômodos: apesar de contratado, ninguém me esperava e minha bagagem, com todo o equipamento de mergulho, não chegara.

E agora? Dia seguinte, pela manhã, tinha que voar a Berau, mais ao norte, onde uma embarcação me esperava para cruzar o mar até Sangalaki. Sem o equipamento? Traje de mergulho para meu tamanho não há nos resorts. Poderia permanecer em Balikpapan até a chegada da bagagem e ir a Berau no outro dia. Mas e o barco? Estará me aguardando? Além disto, a pessoa que me deveria esperar no aeroporto tinha minha passagem de avião para Berau. Xeque-mate.

A confusão era grande e tinha que colocar as coisas em ordem: antes de tudo, resolver o problema do extravio de bagagem. Nada fácil considerando a barreira linguística. Por meio de vários intérpretes voluntários e semicompetentes, folha de papel com palavras e desenho da mala, a questão foi entendida pelos funcionários da companhia aérea e, de alguma forma, encaminhada. Aí me perguntaram qual seria meu endereço para fins de comunicação. Consultei minhas anotações e respondi: Hotel Adika Batera. O cidadão apontou um recanto do salão do aeroporto e fez um gesto de interrogação. Que achado! Lá estava um balcão do hotel Adika e o idiota – entendam: eu – não tinha enxergado! Fiz sinal confirmando e fui falar com a atendente. Uma moça linda com um inglês precário, mas com um amigo ou companheiro que falava fluentemente este idioma. Finalmente, alguém compreendeu tudo e estava disposto a ajudar. Esclareci que eu era hóspede do hotel e pedi que telefonasse ao mesmo avisando da minha chegada, na esperança de que meu contato me procurasse por lá. Me certifiquei, também, se a companhia aérea entendeu bem a urgência de achar a minha bagagem com os equipamentos de mergulho. Sim, entenderam. A seguir, sugeri telefonar às agências de viagens da cidade para descobrir o contato. Acertamos na primeira. Fácil, só havia uma em Balikpapan.

Em menos de meia hora, chegou uma jovem baixinha, quase anã, com inglês proficiente e a passagem. Dei uma bronca pela ausência no aeroporto, à qual respondeu que a pessoa designada não me tinha encontrado. História difícil de engolir considerando o pequeno movimento do aeroporto e a minha silhueta peculiar, para dizer o mínimo! Continuei mal-humorado durante todo o trajeto do aeroporto ao hotel. Respondendo uma pergunta minha, a balikpapanesa disse que poderia telefonar para Sangalaki porque havia um sistema de telefone por satélite na ilha. Menos mal, pensei, se até a noite a bagagem não chegar, poderei notificar o pessoal do barco de que não apareceria na data e hora combinadas.

Após o banho, deitei-me e repensei tudo que acontecera. Na realidade, nenhuma desgraça maior e, considerando o local e as dificuldades de comunicação, até que uma aventura interessante. Coisa que tipicamente enriquece, valoriza uma viagem. Entretanto, ficara nervoso e mal-humorado no aeroporto. Por quê? Certamente estou mudado, ficando velho e sem as capacidades de antigamente de ver lucidamente as situações e gozar as circunstâncias novas e inesperadas das viagens que, aliás, são as melhores partes, as reais aventuras, pois o resto é turismo. E com estes pensamentos negativos adormeci.

Em torno das cinco da tarde, veio a notícia de que a bagagem chegara e perguntavam o que fazer com ela. O melhor era deixá-la na agência da companhia no aeroporto e pegá-la antes do embarque para Berau.

Saí para um giro pela cidade. Balikpapan é pequena, de uns 100 mil habitantes, tranquila e próspera no meio de uma floresta tropical montanhosa. A região é rica, pois possui petróleo e várias minas de grande porte. O governo aplica os recursos obtidos mais em Java, conforme a queixa da população, de modo que esta parte da Indonésia continua atrasada em seu desenvolvimento.

No dia seguinte, em Berau, o pessoal de Sangalaki estava me esperando. Fomos de automóvel para um pequeno barco a motor e, após uma hora sobre o rio Berau e mais outra pelo mar, desembarquei na ilha recebendo as boas vindas de Steve Fish, sua esposa e seu filho. Fui o hóspede solitário da ilha nos cinco dias que se seguiram e tive a companhia maravilhosa de Lis, a *dive master* londrina de Sangalaki.

As raias não decepcionaram e foi a única vez na vida que um cardume de dez a quinze mantas passou ao meu lado ou por baixo de mim, enquanto de respiração suspensa, imóvel, encarava estas magníficas e gigantescas criaturas. Quando o cardume apareceu estava no barco; agarrei a máscara e pulei imediatamente na água. Tive a sorte de colocar-me no caminho delas e ficar bem quieto. Desviaram com perícia, às vezes colocando centímetros entre nossos corpos, mas nenhuma me tocou.

A sopa de águas-vivas inofensivas existe sim senhor. É só ir a Kakaban...

* * * * *

A volta para casa começou sem incidentes. Sangalaki – Berau – Balikpapan – Surubaya – Bali – Hong Kong. Planejei ficar um dia para matar as saudades nesta cidade chinesa vibrante. Dei um adeus a Hong Kong e fui ao aeroporto com mais de três horas de antecedência, a fim de retirar a mala do guarda-bagagens e fazer um *check-in* tranquilo na South African Airways. Aí aconteceu o inesperado: todos os passageiros que iam ao Brasil foram notificados de que seriam transferidos para um voo da Cathay a Paris e, de lá, prosseguiriam com a Air France a São Paulo. Para tranquilizar os ânimos acrescentaram que chegaríamos apenas duas horas mais tarde ao nosso destino.

Não mesmo! Que ideia mais surrealista! Os voos da Europa para o Brasil vivem lotados, logo encalhe certo em Paris! Indaguei se ocorreu *over-booking*. Não, absolutamente não e explicaram que havia excesso de peso em nossa aeronave. Um absurdo! Perguntei se estavam transportando elefantes em algum compartimento. Meu senso de humor não encontrou receptividade. Consegui ressonância junto aos poucos passageiros que iam ao Brasil e liderei a reclamação até que o impasse ficou resolvido. Embarcamos na última hora e a South African me deixou em casa após vinte e duas horas de voo e quatro de espera pela conexão no aeroporto de Johanesburgo.

38
FUGITIVO APOSENTADO

4 de dezembro de 2008

O guarda da portaria do edifício Higienópolis viu dois carros da polícia estacionar na rua e perturbar o trânsito. Seu esgar de reprovação mudou para receio quando quatro pessoas à paisana saíram dos veículos e se dirigiram à sua guarita.

— Abra a porta e chama o zelador – ordenou um deles após tocar o botão do intercomunicador.

Apareceu o funcionário e sem rodeios aquele que se apresentou como delegado exibiu uma folha de papel, disse que era um mandado de busca e apreensão e mandou que os conduzisse ao apartamento 22A.

— O dono está viajando e não tem ninguém no apartamento – informou o zelador.

— Você tem chave?

Diante da negativa, declararam que iriam arrombar a porta.

O zelador, pessoa muito capaz e responsável, ficou preocupado com a possibilidade de ter um apartamento sem moradores com a entrada inutilizada exposta a furtos e propôs chamar a empregada que, com certeza, tinha chave de acesso ao apartamento 22A.

— O irmão dela é manobrista do edifício — acrescentou.

Telefonemas foram feitos imediatamente, porém quando os policiais se inteiraram de que ela morava em São Miguel Paulista e levaria mais de hora para chegar, resolveram forçar a porta. Então o chefe dos funcionários pediu que não fizessem violência e se prontificou a chamar um chaveiro que morava na vizinhança e poderia abrir a porta sem danos. A sugestão foi aceita. O grupo entrou no apartamento, revirou gavetas e armários e levou um microcomputador, um *notebook*, um *pen-drive* e vários CDs, usando como testemunhas o zelador e mais outro funcionário do edifício Higienópolis. Ao saírem, o delegado que comandava a operação observou uma pintura e indagou:

— É retrato do dono do apartamento?

— É – confirmou o zelador.

— Acho que o Ministério Público está fazendo alguma besteira – sentenciou mastigando as palavras, enquanto saíam para pegar o elevador.

O retrato era de um professor da USP ataviado na beca tradicional da Faculdade de Medicina: deste que está escrevendo esta crônica.

* * * * *

Os mergulhos na Indonésia foram superlativos, Raja Ampat oferece o que há de melhor no mundo em vida coral. Acomodados no hotel Nusa Dua, em Bali, o casal Minamisava e eu descansávamos antes de retornar ao Brasil.

No dia 5 de dezembro de manhã dei uma olhada na internet ao me preparar para ir ao restaurante onde tomaria o café da manhã com Renato e Marina. Encontrei uma mensagem de Chao Lung Wen, chefe da Disciplina de Telemedicina da FMUSP, que lia assim:

04/12 16:29 (data e hora de São Paulo, em Bali é dia 05/12 05:29)

Prof.

Eu e a família queríamos lhe desejar um Feliz Aniversário e desejar um bom retorno ao Brasil.

Abraços,

Chao, Rosangela, Maira e Mariana.

PS: quando o sr. chegar no Brasil poderia ligar para mim?

Que se lembrasse do meu aniversário era natural, mas estranhei o *post scriptum*: parecia fora do contexto. Não tendo celular, tentei ligar imediatamente do meu quarto. Sem êxito. Fui ao restaurante, onde o casal já me esperava. Pedi que começassem o desjejum, pois eu queria ir à recepção para fazer nova tentativa de chamada. Outro furo n'água: foi impossível conectar. Voltei para tomar café e comentei com eles a mensagem do Chao, colega que conheciam muito bem. Os Minamisavas também se lembraram do meu aniversário e me surpreenderam na véspera com um bolo cujas sobras estavam na minha frente.

O dia estava lindo e resolvemos dar uma volta nos bem cuidados e floridos jardins do hotel. O frescor perfumado da manhã desvaneceu com o calor tropical e decidimos espreguiçar junto às piscinas.

Pouco depois do meio-dia abri o *laptop* e encontrei nova mensagem do Chao:

04/12 23:30

Prof.

Espero que o sr. tenha aproveitado bem a viagem.

Preciso conversar com o sr. sobre um acontecimento com a Polícia Federal. Quando o sr. chega a São Paulo?

Há alguma forma de conversarmos antes por telefone? Já dei início ao levantamento do que está acontecendo.

Um grande abraço

Chao

Minha intuição esteve acertada, algo de mais sério estava ocorrendo. Chao escreveu quase à meia-noite, modificando a urgência do telefonema para agora e não mais "assim que chegasse a Sampa". Considerando o fuso horário, ele remeteu o e-mail menos de uma hora atrás. Em vez de perder tempo com o sistema telefônico precário, mandei uma mensagem propondo que contasse o que estava acontecendo através da internet. Ele, acordado na madrugada, respondeu logo:

05/12 2:05

Prof.

Acionei um Advogado que conheço da OAB-SP para investigar um inconveniente que ocorreu hoje à tarde no seu apartamento, após a sua empregada me ligar, informando que havia 4 investigadores da PF com mandato de apreensão de materiais.

Nelson (advogado da OAB-SP) conseguiu diversas informações sobre o mandato. Liguei para o Moisés, e ele me disse que Lauro tinha uma procuração sua, e estamos procurando obter detalhes do processo que está em andamento, para quando o sr. retornar, termos informações mais detalhadas para lhe oferecer.

De qualquer forma, tudo que pode ser acionado, estou procurando resolver. Gostaria de trocar algumas ideias com o senhor. Tenho preocupação de que com o e-mail eu não consiga transmitir as informações.

Abraços

Chao

(Os nomes dos advogados são pseudônimos colocados por mim.)

É, sem dúvida se trata de pequeno inconveniente. Respondo:

Chao,

Talvez possamos tratar o assunto mais confortavelmente pela internet que por telefone. Podemos fazer pingue-pongue.

GB

Mais eloquentes que qualquer narração são as mensagens que transcrevo aos leitores. Os cuidados de Chao em me querer tranquilizar são bem simpáticos e divertidos.

05/12 2:23

Prof.

Aproveite a sua viagem que estou cuidando aqui para obter mais informações.

Consegui obter o número do processo, o nome da Juíza e o conteúdo geral do processo que é sobre "Racismo". Achei muito estranho. Vou investigar mais.

As coisas estão sob controle.

Abraços

Chao

E dez minutos depois:

05/12 2:33

Prof.

O Advogado Nelson ligou para o investigador que estava no seu apartamento e deixou o número de OAB dele, endereço e telefone para acompanhar o processo.

Ele me informou que levaram o microcomputador, *notebook*, *pen-drive* e CDs, com presença de 2 testemunhas. Pediram para um chaveiro abrir a porta. Parece que a administradora do prédio autorizou a entrada.

Nelson em princípio acha que até seria interessante conversar com o sr. logo que voltar e, talvez, antes do sr. ir para o seu apartamento. Se quiser, a minha casa está inteiramente à sua disposição. Parece que o processo foi desencadeado por algum procurador de Brasília.

Vou ver com o Lauro se ele conseguiu mais alguma informação.

Estou acompanhando com cuidado. Se o sr. quiser que eu providencie alguma outra coisa, é só me avisar.

Chao

Pouco entendi ao ler a mensagem. Mais tarde ficou esclarecido que Luzia, minha empregada, telefonou ao Chao imediatamente ao se inteirar do que estava acontecendo. Ele, por sua vez, deflagrou no ato a ação do advogado que telefonou à minha residência e conseguiu falar com o delegado durante a ação. A demora em achar o chaveiro e abrir a porta foi providencial.

Respondi que não conhecia o advogado Nelson e, salvo se me enviasse seu endereço eletrônico, só poderia entrar em contato com ele após o meu retorno. Lembrei-o que não usava telefone celular e questionei a estratégia de não ir à minha casa, pois se a polícia federal quisesse fazer algo, faria no aeroporto. Rastrear meus voos era fácil. Aconselhei-o a dormir e continuar nossa conversa digital dia seguinte, a hora que lhe conviesse e me juntei aos amigos mergulhadores na piscina. Contei-lhes que a polícia federal entrou no meu apartamento, levou meus computadores e que a provável acusação seria racismo.

— Ah, racismo? Certamente racismo, professor, racismo contra orientais! – e Renato deu uma de suas risadinhas características de quando fazia troça de algo.

Este meu aluno dos tempos de Ribeirão Preto, agora já cinquentão, é uma pessoa positiva e alegre; não iria perder uma oportunidade destas para dar vazão ao seu humor peculiar.

*****

O meu retorno ao Brasil foi via Cingapura e Paris. Nos aeroportos podia acessar meu correio eletrônico. A troca de mensagens foi volumosa, mas sem esclarecimento maior. Destaco alguns fragmentos desta conversa tensa, conduzida com tanta delicadeza pelo Chao:

05/12 13:39

Prof.

O Nelson é advogado que conheço do OAB-SP, e ele já investigou se haveria algum problema no desembarque no Brasil. A resposta foi de que está tudo OK e não têm problemas. Apenas sugeriu que, eventualmente, o sr. não fosse à sua casa. Mais para evitar constrangimentos ou outros inconvenientes.

Acho que deve haver algum mal-entendido ou então pessoas que desconhecemos querem lhe prejudicar. O que não me conformo é que isto ocorreu no dia do seu aniversário. É muita coincidência.

Abraços

Chao

É, certamente havia algo sério. Este negócio de evitar o meu endereço não me parecia bom. Respondi que não tinha constrangimento algum de ir à minha casa. Quanto à "inconveniência" isto precisaria ser melhor explicado. Acrescentei:

— O importante seria saber quem é o acusador que convenceu o juiz a acionar a PF. Situação curiosa,

GB

A possibilidade de ser preso no aeroporto não podia ser afastada. De Cingapura mandei uma correspondência extensa a Paulo Saldiva, Professor Titular do Departamento de Patologia, com cópia ao Chao, explicando tudo que sabia dos ocorridos. Caso fosse preso no aeroporto, pedi que acionasse um senador, conhecido meu e que tinha grande prestígio na segurança pública do país. Expliquei, pormenorizadamente, as balas que tinha na agulha, mas alertei que nada fizesse preventivamente, só se fosse detido na chegada. Tudo estava por demais às escuras.

Também troquei ideias com o advogado Lauro, amigo meu de longa data, e que tinha uma procuração minha de outros tempos. Ele foi telegráfico e objetivo:

— Não haverá qualquer problema no aeroporto (onde chegaria no domingo), mas na segunda o delegado acho que tentará intimá-lo. Então, se for possível, não ir para o apartamento no domingo.

O delegado disse que é crime hediondo. O processo é de 2007. Não se sabe quem está sendo acusado.

O processo está sendo tocado pelo Ministério Público Federal em absoluto sigilo. A juíza concedeu a quebra do seu sigilo eletrônico.

Alguma orientação?

Lauro

Portanto, ambos os advogados eram da mesma opinião. O bom senso comandava obedecer e não ir para o meu apartamento.

Numa carta mais longa, Chao contou quem era Nelson, como conhecera, e que ele estava disposto a me encontrar no aeroporto. Assegurou que já tinham o número do processo e, portanto, o pedido de vistas estava em andamento. Também explicou que poderíamos fazer um *backup* dos dados do meu micro na polícia. É claro que não faltaram frases de consolo, encorajadoras:

— Nelson me garantiu que não há nenhuma outra ação contra o sr., o que bate com o que o Lauro me disse ontem.

Ainda bem, um crime hediondo é suficiente.

— Acho que tem gente ruim no meio ou então é confusão. De qualquer forma, podemos pensar sobre eventual processo por calúnia. Neste momento, a melhor coisa a fazer é deixar as coisas evoluírem um pouco.

Ninguém de nós acredita em qualquer denúncia desta natureza. Na nossa convivência, o sr. nunca foi assim. Pelo contrário, sempre se preocupou com as pessoas mais indefesas. Conte conosco!!!

Felizmente, estava – e estou – rodeado de ex-alunos que me queriam bem, gente absolutamente confiável.

Sendo meticuloso mandei a lista dos artigos em meu poder com seus registros alfandegários para o Lauro, com cópia ao Chao que era meu acesso ao Nelson. Ocorreu-me a probabilidade de confisco dos meus pertences ao ser preso no aeroporto, alegando falta de declaração na saída do país e, assim, abrir caminho para agravamento do processo com acusação de contrabando.

As últimas trocas de ideias com Chao foram breves comunicados:

Prof.

Espero que o sr. tenha descansado.

Não se preocupe. A Tânia e o Nelson irão ao aeroporto.

Em relação ao Projeto.... (Outro assunto).

Abraços

Chao

Respondo:

Chao,

Três coisas:

1 — Estou preparado para enfrentar uma situação como esta. Tenha certeza disto.

2 — Claro que estou preocupado na concepção exata desta palavra. Se não estivesse, aí sim algo estaria seriamente errado comigo.

3 — Agradeço suas providências.

GB

* * * * *

Durante o voo filosofava comigo mesmo. A situação era séria. O judiciário para autorizar uma violência destas deveria ter motivos relevantes. Inimigos não me faltavam para tramar algo, ao contrário que as pessoas em geral pensam, as universidades não são oásis de paz e amor. Quanto mais intelectualizada a instituição, mais sofisticados são as rivalidades, desentendimentos, confrontos e retaliações. Tinha vivências negativas pessoais à vontade, sobretudo quando estive na frente da Fundação Faculdade de Medicina. Será que algum desafeto daqueles tempos estava agindo? Procurando envolver-me num crime hediondo? Sem ser hediondo, o magistrado não autorizaria a busca e apreensão.

Impossível não era, porém pouco provável: decorreram dez anos desde que larguei a direção da Fundação. Também estava na aposentadoria compulsória há, exatamente, dois anos, em outras palavras uma carta fora do baralho em questões de poder na Faculdade de Medicina. Quem estaria movendo os pauzinhos? Quem? E por quê? A invasão do apartamento ocorreu no dia do meu aniversário, no mínimo uma coincidência curiosa. Precisava tomar precauções, pois más intenções podem extravasar e prejudicar amigos. Conjunturas e mais conjunturas passavam pela minha cabeça como nuvens plúmbeas em tempestade. Estava perdido na escuridão de fatos inexplicáveis. Nada fazia sentido. Uma situação realmente extraordinária.

O desembarque em São Paulo foi liso, sem incidente algum até Tânia cair nos meus braços muito emocionada. Nosso relacionamento vinha dos primórdios da Fundação, ou seja, há uns vinte anos e, agora, ela trabalhava na secretaria da Telemedicina. Passada a emoção, cumprimentei o cidadão a seu lado:

— Boa noite, doutor Nelson. Vamos tomar um cafezinho para conhecer-nos melhor.

Sentamos na mesinha de uma das cafeterias do saguão. O advogado fez elogios ao professor Chao e praticamente nada mais. Percebi que seu interesse era tomar um táxi o mais rápido possível e me deixar no lugar que bem desejasse, desde que não fosse no meu apartamento. Fiz-lhe ver que, considerando que era domingo e a eventual ação dos investigadores seria a partir de amanhã, se é que houvesse, poderíamos passar primeiro na minha casa para deixar os equipamentos de mergulho dessalgando na banheira. Este procedimento é bem importante para a manutenção dos instrumentos e as roupas que entram em contato com o mar. E, depois, era um alívio livrar-se das malas e prosseguir para o esconderijo com roupas limpas e só com o essencial.

No táxi tínhamos falado de trivialidades já que o assunto era impróprio para ser ventilado junto ao motorista. No apartamento, antes de partir, Nelson fez um relato do processo e seu andamento, pediu que assinasse uma procuração e outros documentos de rotina e partimos para o *flat* que eu tinha escolhido na rua Oscar Freire, bem próximo à Faculdade de Medicina. Pedi a Tânia que avisasse o Ruberval, fiel escudeiro desde os primórdios do meu Laboratório de Poluição Atmosférica nos anos setenta, que iria precisar dele. Insisti que ninguém me procurasse, eu é que telefonaria dando um local, uma esquina ou um ponto na calçada e, depois de cinco minutos, com outra chamada a hora do encontro, quando passaria com um táxi para a pessoa embarcar e continuar a outro lugar para resolver pendências. Nelson escutou minha estratégia com um sorriso e acrescentou:

— Eu espero ter o processo em mãos quarta ou quinta-feira. Posso telefonar ao seu *flat*, não posso?

Fui um fugitivo até quarta-feira. A experiência não me aborreceu, pelo contrário, voltei aos tempos de jovem quando fazia travessuras. Tinha a consciência tranquila. Não me pesava nenhum crime, muito menos hediondo e acusações vazias e calúnias enfrentei diversas vezes na vida profissional, até mesmo investigação pelo Ministério Público denunciado por um deputado rufião.

Nelson conseguiu vistas do processo e então ficou evidente que estava envolvido num caso de racismo contra nordestinos! Não houve acusação, nem maldade, apenas equívoco, incompetência e desconsideração. Li o documento com cuidado e descobri como fui incriminado por um erro banal.

Tentarei resumir os aspectos jurídicos deste processo de 136 folhas.

Alguém denunciou ao Ministério Público Federal comunidades Orkut na internet que incorriam em crimes racistas previstos na legislação extravagante — penal (lei 7.716/89). Extravagante porque instituem penas não incluídas no Código Penal. Convém esclarecer isto para evitar confusões: interpretação de extravagante pode ser dúbia já que nordestino como raça não fica bem.

Tratava-se de sites que vociferavam contra nordestinos, caracterizando-os como "invasão silenciosa", "câncer de SP", etc., com palavras ofensivas de todo tipo, denotando ódio e desejo de que São Paulo se transformasse num país independente do Brasil. Sobravam preconceitos e observações desvairadas também para imigrantes sul-americanos e africanos. Infelizmente são posturas raivosas e crenças estúpidas bem frequentes em nosso meio, mormente nas comunidades estudantis. Nada de novo ou algo que realmente ameaçasse a integridade da nação.

Os participantes, quando não usavam códigos, eram facilmente localizáveis; já os criadores dos Orkuts apresentavam mais dificuldades. Era mister encontrar as pessoas que usaram o número do IP na criação da conta dos Orkuts na Google. IP, *internet protocol*, é um número que identifica uma comunicação na internet e seu uso mudou com os anos. Houve uma época em que o IP era dinâmico, ou seja, várias pessoas usavam o mesmo IP, evidentemente não ao mesmo tempo. Só mais recentemente ficou fixo, isto é preso a um computador.

O Orkut racista VLM foi criado em 27/11/2006 às 07:07 pm com e-mail de registro titao89@yahoo.com.br e IP 201.0.99.137 utilizado na criação da conta Google. A telefônica respondeu ao Ministério Público que investigava o IP 201.0.99.137: "Registro não localizado na base de dados disponíveis para pesquisa, na data e horário indicados". (27/11/2006 às 07:07 pm, importante notar o ano.)

No vaivém dos autos do processo, quando uma juíza autorizou nova pesquisa junto a Google e a Telefônica, em junho de 2008, o escrivão em vez de colocar o IP em 2006, transcreveu como sendo de 2007, ou seja, perguntaram quem usou o IP 201.0.99.137 em 27/11/2007, às 07:07 pm. Pois fui eu. Para quê e aonde liguei não sei, nem foi investigado, é irrelevante: não se pode criar algo um ano após que foi criado.

O Ministério Público, sem sequer verificar quem é este cidadão de nome singular e que não aparece em nenhum dos Orkuts racistas, mandou a Polícia Federal executar uma busca e apreensão na sua residência. Entenda-se: na minha. Leviandade com certeza. Escrevi indignado ao advogado Nelson apontando o erro do processo e acrescentando:

Nego a criação e a participação destas comunidades citadas no processo.

Nego qualquer ato criminoso citado no processo no passado ou presente.

Existe um equívoco grosseiro no processo, pois é impossível criar um http um ano depois que foi criado. Assim, a Justiça deveria reconhecer o erro cometido e devolver-me imediatamente o que me pertence.

Meu computador – se não se tiver alterado por mãos alheias – mostrará que não criei e nem participei destas comunidades mencionadas no processo. Nem em 2006 e tampouco posteriormente. Entretanto, isto tomará muito tempo e considero-me submetido a um prejuízo enorme ao ficar privado do meu computador. Situação que considero injusta e intolerável, sequer por um dia a mais.

É o que tenho a dizer nesta primeira análise do processo.

Claro que o advogado se dirigiu à juíza que assina a busca e apreensão em outros termos, menos emotivos e mais eficientes. Para expor o erro detectado no processo, tivemos que contratar um perito creditado em tecnologia de comunicação na internet.

Em abril de 2009, recebi uma página de desculpas do Ministério Público e a comunicação que o material apreendido estava à minha disposição. Telefonei à Polícia Federal e pedi que trouxessem tudo. Responderam que, lamentavelmente, não tinham serviço de entrega e tive que buscar meus pertences pessoalmente. O delegado foi cortês e pediu que não culpasse a polícia, ela estava apenas executando ordens. Nisto tinha razão, a incompetência, o atabalhoamento, a desconsideração era do Ministério Público e só não dou nomes aqui porque ignoro a quem cabe a responsabilidade. Desconfio que a muitos. Estes cidadãos deveriam saber que:

— Ação de Busca e Apreensão tem consequências de convivência irreparáveis no meio em que um cidadão vive. Merece uma indenização por danos morais quem for molestado por grosseiro equívoco.

— A acusação de crime hediondo obriga qualquer pessoa inocente a fazer contestação e defesa. Isto tem um custo que deveria ser ressarcido com juros e correção monetária.

Mas o que bem sabem e eu fiquei esclarecido por duas bancas de advocacia, altamente competentes e respeitadas na capital paulista, é que ações de indenização por dano moral contra órgãos da União Federal são possíveis, porém: (1) implicam em despesas consideráveis, (2) o ressarcimento é incerto e distante, provavelmente muitos anos, e (3) exigem depoimento de terceiros com eventuais transtornos e constrangimentos. Bem informado e aconselhado, desisti de processar o Ministério Público Federal.

Racismo contra nordestinos! Minha amiga Maria Sucupira, cearense de Maranguape, considerou esta acusação um absurdo e até queria vir a São Paulo para depor em juízo a meu favor. Claro que a desaconselhei, entretanto penso oportuno alertar as torcidas brasileiras para que se cuidem nos jogos contra os argentinos!

39
A ÚLTIMA VISITA À ÍNDIA

É, como reza o anexim: ninguém volta o mesmo da Índia. Eu com certeza não, desta vez voltei com uma lesão grave no joelho direito.

Esta história começa nas Filipinas. Em 2011 resolvi conhecer as águas das ilhas Visaias e aluguei uma cabine do Philippine Siren para um *liveaboard* de doze dias. Era para duas pessoas, porém, considerando o conforto reclamado pela idade, paguei o necessário para ficar só. Tudo correu às mil maravilhas, Cebu, Negros e Bohol ofereceram mergulhos memoráveis.

Pouco depois de retornar ao Brasil, recebi uma comunicação singular: a companhia da Siren Fleet, dona do Philippine Siren, colocava à minha disposição US$ 1.893,00 para usar em qualquer excursão de seus barcos. Este crédito correspondia ao dinheiro extra que pagara pela ocupação simples. Como faltou passageiro para encher o navio, eu teria ficado só, mesmo se tivesse aceitado a ocupação dupla e, assim, a firma se sentia na obrigação de compensar o que havia pago a mais. Bonito, não?

A retidão reina no universo deste esporte. Entre tantas coisas que me encantam na prática do mergulho estão a seriedade, confiabilidade e camaradagem que encontrei em toda parte. Só uma vez presenciei um ato desabonador e foi por um europeu no Mar Vermelho. Um cidadão, ao verificar que seu tanque de ar não estava completo, em vez de solicitar que trocassem ou completassem seu cilindro, simplesmente trocou-o pelo do vizinho que, por alguma razão, se distanciara. Coube a ele descobrir e corrigir a falha. Em quatorze anos nada mais testemunhei que merecesse reprovação.

Escolhi o Oriental Síren, que iria às ilhas Andaman e lá fui eu à Índia em fevereiro de 2012. Já que voltava ao Subcontinente Indiano, achei que, além de uma semana embaixo da água, cabia algo em cima. Resolvi visitar três lugares sagrados: Ajanta, Ellora e Khajuraho.

Os dois primeiros estão próximos da cidade de Aurangabad, mas são totalmente diferentes tanto na forma como no espírito.

Na encosta de um morro feito de rocha, religiosos budistas cavaram uma série de recintos para práticas religiosas. Alguns são grandes o suficiente para orações em comum e educação de neófitos, outros são minúsculos, próprios à meditação solitária. O conjunto forma as grutas de Ajanta, que se estendem por mais de quilômetro, fruto de uma atividade espiritual cujo início remonta ao século II a.C. e continuou ininterruptamente até a metade do primeiro milênio. O trabalho arquitetônico é antes impressionante que bonito, porém as pinturas rupestres são lindíssimas e mereceram a proteção da UNESCO, a partir de 1983. Ajanta oferece uma experiência reflexiva sobre a espiritualidade humana.

Menos escondida que Ajanta, Ellora também é uma elevação rochosa com vários templos, mas estes pertencem a três religiões, budismo, hinduísmo e jainismo que, aparentemente, conviveram em harmonia. Aqui as obras são monumentais, especialmente o templo Kailasa dedicado a Shiva, cortado numa única rocha a partir de sua superfície e ricamente esculpida. Tudo concebido de cima para baixo. Uma profusão de galerias, altos-relevos, estátuas e colossos dão boas vindas aos turistas que se perdem nas suas entranhas e emudecem de admiração. É uma obra sobre-humana que desafia a inteligência. Ellora fala de esforço e tenacidade, de engenhosidade criativa e sustentada, obriga-nos a curvar respeitosamente em homenagem às gerações que a criaram.

Khajuraho, com menos de 10 mil habitantes fica no limbo entre vilarejo e cidade; o que a coloca no mapa mundial do turismo é um complexo de templos construídos pela dinastia Chandela, entre os séculos X e XII.

Nos anos sessenta eu discutia em Ribeirão Preto os templos de Khajuraho com a colega Maria Lico. Suas esculturas eróticas nos intrigavam. Seriam ilustrações do Kama Sutra? Aulas práticas de sexo? Rituais tântricos? Duas vezes e meia estive desde então na Índia — a meia é por conta de passagem de dois dias — e não visitei os controvertidos templos e seus intrigantes altos-relevos. Agora, antes de mergulhar na baía de Bengala, resolvi satisfazer esta curiosidade, talvez uma subliminar urgência estimulada pela cirurgia de próstata que decidi consumar assim que voltasse da viagem.

Os templos superaram todas as expectativas: se os deuses comandarem um concurso de obras arquitetônicas, a hindu será representada por estas criações do belo. Só dá para sentir, impossível descrevê-los. São formas harmoniosas que embelezam a paisagem, totalmente revestidas por esculturas primorosas. Há representações de práticas orgíacas; algumas parecem integrar a espiritualidade do hinduísmo tântrico e outras são cenas do cotidiano de uma sociedade que abraçou os prazeres do sexo sem restrições, como uma dádiva da existência.

Khajuraho é toda beleza e harmonia, um hino à arte e testemunha de que a vida vale a pena ser vivida.

* * * * *

De Nova Dehli até Port Blair, capital das ilhas Andaman e Nicobar, leva-se em torno de oito horas de avião com escala em Calcutá. Se desejar achá-la no mapa, procure na baía de Bengala próximo à Tailândia. Em algum lugar escondido nas ilhas Nicobar está o centro das armas nucleares da Índia. É absolutamente vedado aproximar-se. Felizmente, as ilhas Andaman são mais que suficientes para mergulhar.

Port Blair foi construída num porto natural na ponta sul da ilha de Smith. É cheia de morros e meu hotel estava no topo de um deles, mas não faltam *tuc-tucs* para se movimentar. Esta invenção asiática é um táxi ou riquixá, como se queira, montado sobre um motociclo. Transporte barato e prático desde que não haja mais ocupantes, pelo menos do meu porte. A cidade é tranquila, própria para descanso à beira-mar. O monumento mais importante é uma prisão de tenebroso passado, pois servia para deter, torturar e matar prisioneiros políticos indianos que lutaram para livrar a pátria do jugo britânico. Sua história é apresentada todas as noites, em forma de espetáculo de som e luz, que assisti no dia da minha chegada. Como o embarque foi programado para o dia seguinte, deixei a exploração de Port Blair e suas vizinhanças para depois do nosso retorno.

Os barcos da Siren Fleet são bonitos e confortáveis; veleiros que navegam a motor diesel. As velas estão rizadas praticamente o tempo todo, só são levantadas para fins de fotografia no meio da excursão. Então, os mergulhadores entram nos botes e circulam, admirando e documentando a soberba nau com seu enorme velame azul.

Tivemos recepção festiva, breve e objetiva, antes de acomodar os pertences nas cabines e ajeitar os equipamentos de mergulho. Isto requer máxima atenção, pois a preparação cuidadosa é o passo mais importante para um mergulho tranquilo. E, antes de cada mergulho, tudo deve ser revisto nos mínimos pormenores. A maioria dos companheiros ainda precisou montar as máquinas fotográficas e isto consome muito tempo. Como não fotografo embaixo da água, pelo menos fico livre destas fadigas.

Mergulho é rotulado como esporte radical. Não me parece que seja. Considero-o como integrante da atividade maior de viajar, é um viajar especializado para visitar o mundo submarino.

O universo submarino enfeitiça. Nos sessenta minutos que dura cada mergulho, a experiência sempre é nova. A intenção muitas vezes é ver algo específico: um peixe grande, cardumes, corais, criaturas minúsculas elusivas, entretanto a realidade é muito mais: é surpreendente. Meu maior prazer é o mundo coral, com suas mil formas, cores inigualáveis e incontáveis habitantes. Uma maravilha que só pode ser sentida; ler descrições é perda de tempo, mais proveitoso é folhear álbuns de fotografias. À busca de tudo isto é que fui a Andaman, considerada o melhor lugar da Índia para mergulhar.

O Oriental Siren não defraudou minhas expectativas. O líder da excursão era um mestre mergulhador alemão e a maioria da tripulação, tailandesa. Nós, hóspedes do barco, deveríamos ter sido uns quinze, não me lembro do número exato, e a camaradagem logo se estabeleceu e se manteve sem tropeços a viagem toda.

No calendário da minha existência 28 de fevereiro de 2012 é data indelével. À tarde ancoramos diante da ilha Barren, na realidade, um vulcão que se ergue do solo marítimo de uma profundidade de 2.250 metros e espicha seu cume 354 metros acima do nível do mar. É o único vulcão em atividade na Índia e sua cratera fumega constantemente. O mergulho após o almoço foi muito gratificante, mesmo na ausência das anunciadas raias-manta. Próximo à ilha os paredões caem verticalmente no abismo e exibem uma rica variedade de anêmonas e corais, com seus habitantes multicoloridos. Quando desnudas, as rochas são negras e, aqui e acolá, exibem um coral raro chamada de *purple haze* (traduzindo: névoa púrpura) coberto de esmalte roxo que incandesce o fundo preto vulcânico. Virando o corpo e dirigindo os olhos para o azul do oceano aberto, vi tubarões galha branca, grandes napoleões e *bumpheads* que são peixes-papagaio "bate-cabeça", assim chamados por sua cor verde brilhante e a protuberância na testa. Dizem que esta resulta de seu hábito de arrancar pedaços de coral para a alimentação e bater a cabeça em pedras e calcários. Não acredito nesta versão, mas não consegui outra.

Tanta beleza fez-me inscrever na próxima atividade: um mergulho na hora do crepúsculo, quando o mundo submarino troca de guarda. De acordo com meu diário, o 486º mergulho da existência.

O sol estava a puxar sua coberta, quando nos preparamos no convés. O topo do vulcão pintou-se de vermelho com os últimos raios solares e a lava escorria dos lábios da cratera. O oceano balançava nosso barco com ondas de uns dois metros. Nada preocupante, mesmo porque próximo à ilha costumam ser mais mansas. O bote inflável que transporta os mergulhadores subia e descia junto ao casco e a plataforma da escada foi regulada para emparelhar com a borda inflada do barquinho na subida. Fui o primeiro a entrar. No momento certo coloquei o pé esquerdo acima do salsichão, dei a mão ao tailandês que ajudava o embarque e enfiei a perna direita no fundo do barco que caía junto com a ondulação. Uma dor fulgurante atravessou meu joelho direito e desabei como um saco disforme.

— *Is it OK?* – perguntou o rapaz.

— *It is over!* – grunhi agarrando o joelho e sentindo a rótula fora do lugar. Acabou.

Ele nada entendeu, mas o americano que me seguia percebeu o drama e começaram a tomar providências.

Como subi na coberta principal do Orient Síren, não sei. Por certo me empurraram, puxaram e eu obnubilado pela dor devo ter colaborado. Afinal tratava-se ainda de 120 quilos, após ter perdido trinta. Livre da tralha e roupas, estendido sobre um banco, examinamos a perna: rotura dos ligamentos distais do músculo quadríceps. Fizera tudo certinho, entretanto meu peso, mais os equipamentos que pesam 30 kg e a força da gravidade em descida de quase dois metros, exigiram um esforço que a máquina envelhecida já não possuía. Alguém trouxe um analgésico e copo de água. Nosso chefe alemão improvisou uma muleta de uma vassoura, virando-a de baixo para cima. Alguém disse umas palavras em tailandês e o mestre mergulhador, também tailandês, que várias vezes fora meu par em mergulhos, disse que continuasse quieto sobre o banco. Não demorou mais de dez minutos e voltou com uma muleta de tubos de PVC, leve, sólida, de altura correta, com proteção de toalhas para a axila e antiderrapante de pneus na ponta inferior. Uma maravilha que guardo até hoje entre minhas recordações mais gratas. Entre permanecer no deck ou descer à minha cabine, decidi pela última, mesmo que isto significasse negociar uma escadaria no ventre do navio. Ajudado por dois companheiros e apertando os dentes, consegui. Finalmente, instalado na cama adormeci.

Tarde da noite tive uma conversa com o alemão e tranquilizei-o que não se preocupasse em voltar imediatamente a Port Blair, de qualquer forma estávamos no penúltimo dia da nossa excursão e 24 horas não fariam diferença. Vários amigos apareceram perguntando por meu bem-estar e colocando-se à disposição para qualquer necessidade. A decisão assoprara as brasas da amizade. Houve um instante de humor inesquecível brindado pelo mergulhador tailandês:

— Sabe o que falou o colega no deck, quando o capitão lhe ofereceu a vassoura como muleta e eu lhe pedi que permanecesse deitado?

— Claro que não, só sei meia dúzia de palavras na sua língua. O que falou?

— Que não deixasse você levantar com aquilo, pois só serviria, talvez, para limpar suas axilas!

Passou dia 29 de fevereiro — era ano bissexto! — e ancoramos, como planejado, em Port Blair. Não fui a hospital algum, cuidei de mim mesmo. Gessos e talas nem pensar! Precisava evitar tromboses de qualquer modo. Felizmente carrego comigo anticoagulantes, tanto ácido acetilsalicílico como clexane. Consegui permissão de uma colega indiana para viajar e antecipei minha passagem para o dia seguinte. Isto é norma internacional: há que ter permissão médica para viajar em caso de doenças e acidentes.

No aeroporto fiquei em uma cadeira de rodas meia-boca que não tinha extensão para esticar a perna e o único jeito foi me arrastar de costas e deixar a perna pendente sulcando o chão. O avião só tinha classe econômica e pedi um assento de corredor que permitisse colocar a perna lesada no centro da aeronave. Ao chegar à escadaria, avisei o jovem que me puxava que segurasse firme a cadeira, pois iria me levantar. Não o fez e me estatelei no chão. O piloto viu do *cockpit* a patética cena. Graças à milagrosa muleta de alguma forma superei os degraus e cheguei a meu lugar com uma dor que não conseguia disfarçar. Apareceu um sikh uniformizado de piloto e perguntou se conseguiria ficar em pé. Disse que sim. Pediu que ficasse no meio do corredor e dirigiu-se ao cidadão que estava sentado ao meu lado.

— Há um lugar no meio do avião, por favor, se mude para lá.

Atendido, dirigiu-se ao outro junto à janela e apontou um assento nos fundos.

— Mas aquele não tem janela!

O homem de turbante, absolutamente controlado e calmo disse:

— Senhor, eu sou o piloto deste avião e todos os assentos são meus. O senhor pode se mudar ou descer do avião. É bem provável que no próximo voo consiga um lugar na janela.

O tom não permitia argumentos e eu fiquei com os três lugares, suando, apertando e massageando o músculo que se contraíra em forma de bola na raiz da coxa. A região em torno do joelho aumentava devido a um sangramento que não iria estancar tão cedo por causa do anticoagulante que me apliquei duas horas antes do voo.

Aterrissamos em Nova Delhi ao anoitecer e o capitão me ajudou bastante para chegar ao Crowne Plaza de Gurgaon, onde minha popularidade sobrevivera os dez dias de ausência. Fiquei num apartamento para deficientes, contando com um serviço amável e competente.

Cheguei a São Paulo na manhã do dia 6 de março. Eduardo e Ruberval me aguardavam no aeroporto e, apesar da minha insistência em deixar meus pertences em casa, levaram-me diretamente ao Hospital das Clínicas, onde fui operado. Meu amigo Camanho fez um bom trabalho: no fim do ano estava suficientemente recuperado para mergulhar em Raja Ampat, Nova Guiné Ocidental.

Não sei por que, quando viajo, os amigos mais próximos pedem: Juízo, professor.

40
PENÍNSULA DE IZU

Nada contei do Japão, e é um país que tem muito a oferecer. Suas belezas naturais cantadas em prosa e verso, sua rica história de nação insular, sua sensibilidade extraordinária manifesta em todas as formas da arte, sua cultura, culinária singular, enfim tantas coisas para ver, ouvir e sentir. O que contar sobre o Japão? É aí que está o problema; dentro do espírito deste livro é difícil porque não recordo nada que coubesse. É um daqueles países em que o inesperado não me aconteceu.

Vou confessar uma coisa: de tudo que há por lá, o mais extraordinário é o povo. De todos que conheci, os japoneses são os mais enigmáticos. A começar pela inexplicável contradição entre as monstruosidades que fizeram durante sua expansão imperial no século passado, pela qual são odiados por todos os seus vizinhos da Ásia, e a correção e delicadeza que lhes são naturais em sua terra. Mas quem sou eu para discutir comportamento humano, antropologia e psicologia? Ninguém. Não é assunto que possa oferecer com competência e em consonância com as amenidades que aqui relato despreocupadamente.

Contarei uma historieta japonesa que aconteceu fora do Japão e, depois, pensarei no resto.

*****

Passei as férias de verão nas serras gaúchas em Vila Oliva, não longe de Caxias do Sul, junto com sessenta colegas do colégio. Corria o ano de 1952. Havia alunos de diversas classes e eu estava na quarta série ginasial. Foi então que encontrei o primeiro japonês da vida.

Além da guerra do Pacífico e as bombas atômicas despejadas sobre Hiroshima e Nagasaki — logo Nagasaki! Cenário da *Madame Butterfly* que considero a mais perfeita obra de Puccini e que nunca escutei como imagino que deveria ser interpretada — nada mais sabia sobre o Japão e o colega oriental despertou muita curiosidade. Ele não era do nosso colégio e nem sei como o padre Pauquet incluiu na Casa de Férias do

Colégio Anchieta. Como tinha dificuldades em se comunicar, pensei que seus pais o mandaram passar as férias conosco para dominar melhor o português.

Depois que sua presença deixou de ser novidade, a turma perdeu o interesse pelo rapaz que, constrangido ou de natureza solitária, quase passou em branco os trinta dias, se não apresentasse uma coisa interessante: cantava com gosto músicas de sua terra. Todas as vezes que fazíamos festas noturnas, ele participava e uma canção do seu repertório sempre era exigida: a do trenzinho. Um sucesso! Entrou na minha memória com todos os vagões e, após duas semanas, fazia duos com ele. Nunca entendi as palavras, mas o ritmo do trenzinho saía direitinho e meu amigo japonês sorria feliz.

A canção tem um epílogo que guardo com muito carinho.

Sendo padrinho de casamento do Chin com a Lena (para quem não saiba, informo que são de origem chinesa), não é raro que me reúna com toda família Chin: ascendentes, colaterais e descendentes. Uma vez foi num almoço na minha casa de campo e na hora das despedidas em frente do portão onde estavam estacionados os carros, entoei minha musiqueta ao filho de Chin Shien, irmão do meu afilhado, que estava irrequieto nos braços de sua mãe de origem japonesa. De repente, o senhor Lin, o pai dos irmãos Chin, juntou sua voz à minha. Surpresos, olhamos um ao outro rindo.

— Quando é que aprendeu esta canção? — perguntou.

— Na adolescência, há mais de cinquenta anos.

— Eu também, durante a ocupação japonesa de Taiwan.

A canção conquistou nossos corações, mas em circunstâncias muito diferentes e nos lados opostos deste planeta que nos tocou viver. Foi um instante de pura magia.

*****

Ah, veio à lembrança uma história que rolou em outubro de 2001 aos pés do monte Fuji. Extraordinária não é, apenas fora dos padrões turísticos, talvez vocês a achem chocha.

A 8ª Conferência Internacional sobre Mutágenos Ambientais organizada pela Universidade de Shizuoka foi um luxo, proveitosa em tudo. E não foi o esperado porque poucos meses após o convite, que recebi através do meu amigo, Te Hsiu Ma, professor da Universidade de Illinois, chegou uma carta circular aos conferencistas expondo uma situação séria e embaraçosa: a direção do evento não tinha certeza de que poderia arcar com as facilidades prometidas aos palestrantes convidados. Respondi imediatamente, com cópia para Ma, que não se preocupassem, pois confirmava minha presença por minha conta. De alguma forma, contornaram as dificuldades e honraram todas as promessas. Nossa seção saiu-se a contento sob a direção hábil do colega de Illinois que, além de carismático é um ser que irradia bondade.

Apreciei especialmente os *coffee-brakes*. Quem é que quer café, quando naquele solo generoso se cultiva o melhor chá verde do Japão? Preciso dizer que voltei com pacotes de Gyokuro Hoshino na bagagem?

Os passeios todos foram bem-sucedidos, já que o tempo ajudou Fuji-san a vencer sua caprichosa timidez e aparecer diariamente na sua olímpica perfeição supervisando a região.

Com um dia de sobra, decidi conhecer a península Izu, que está ao lado de Shizuoka. Busquei informações e fui à recomendada agência de turismo. Era enorme, entretanto a maioria dos funcionários falava apenas o vernáculo para atender a multidão de turistas locais e nacionais, e somente dois atendiam os estrangeiros. Tive que aguardar um bocado até que chegasse a minha vez.

Não, não havia nenhum passeio a Izu. As alternativas eram: alugar um carro com motorista e guia ou fazer um giro com ônibus regular ou turístico. Este percorria a península e os passageiros subiam e desciam onde bem entendessem, porém, durante o trajeto um guia discorria sobre a geografia da região e a história das localidades. Sobre as linhas comuns, apresentava a particularidade de ficar mais tempo em cada parada, sendo que em Shimoda e na cidade de Izu, por uma hora. A pequena dificuldade seria que as explicações eram em japonês e era pouco provável que os guias falassem qualquer língua europeia. Comprei o Izu Tour da empresa Tokai Bus para o dia 26 de outubro.

A península de Izu é um destino popular no Japão para trekkings, relax em águas termais, banhos de mar e apreciação da natureza. É relativamente pequena, 1.500 quilômetros², ou seja, tamanho do município de São Paulo, coberta de florestas amigáveis que dão passo à caminhada entre uma cadeia de montes vulcânicos, dominada pelos 1.406 metros do Amagi, que se pronuncia Amagui.

Há trilhas para todos os gostos. Dos rios, o mais importante chama-se Kano e é cortejado por incontáveis riachos que formam caprichosas quedas de água que afagam a imaginação dos pares apaixonados. Em si, a densidade populacional é baixa, considerando o país, no entanto Izu é um formigueiro de turistas. Os mais acomodados são distribuídos em hotéis, pousadas e pensões, e os mais românticos semeados em acampamentos ou dormindo ao relento como aprecia a paixão da juventude.

— E por que quis conhecer a península de Izu?

As motivações das viagens e visitas têm uma variação enorme e, por vezes, incompreensível. É gente que vai atrás de borboletas, queijos, artistas vivos e mortos, cenários de batalhas, fantasmas e a lista não termina nunca. Resolvi passear pela península por causa de um conto: *Izu no Odoriko*, de Yasunari Kawabata, o primeiro entre os escritores do Japão a receber o prêmio Nobel. Em português é *Dançarina de Izu*, mas como soa melhor em japonês! A sonoridade de Odoriko tem ritmo, traz a dança no corpo da palavra. Trata-se de um jovem de 19 anos a descobrir ou conhecer melhor o amor – sua experiência prévia não é revelada – que sai de Tóquio para passar uns dias em Izu. Tipo intelectual, de poucas palavras e muitas reflexões, encanta-se com uma dançarina, menina pobre e simples em seu desabrochar inocente dos 13 anos, que vive no seio de uma família que ganha a vida como trupe mambembe, alegrando o público de vilas e hospedarias. A riqueza e delicadeza da descrição da jornada de um povoado ao outro, encantam a sensibilidade do leitor e a sutileza profunda com que a psicologia dos personagens é exposta, subjuga-o totalmente. Um conto maravilhoso traduzido para muitos idiomas; durante sua leitura fiquei babando como seria bom lê-lo no original.

Pois fui conhecer Izu motivado pela obra-prima de Kawabata. De bônus, conheceria o local onde o sol nascente foi forçado a se abrir ao Ocidente. Logo mais, explico.

Levantei cedo e me certifiquei que o dia prometia ser glorioso. Tomei uma taça de chá e comi o tradicional arroz com peixinho frito que, por alguma razão, vem marcado a faca com um X no lado virado para cima. A seguir, peguei o trem e desci em Numazu, uma jornada de breves quinze minutos. Encontrei uma mulher com um pequeno cartaz tendo meu nome. Deveria ter em torno de 30 anos, bem-feita de corpo e vi pelo rosto sorridente que era uma criatura em paz com a vida. Bem devagar disse algo em japonês. Eu me apresentei em inglês e ficou claríssimo que um não falava a língua do outro, porém esclarecemos os nomes: ela era Noriko e eu fiquei George. Gostei dela. Um carro levou-nos a uma estação rodoviária onde fui convidado a subir num ônibus e ocupar lugar no lado esquerdo junto à janela. Ganhei um folheto da nossa viagem de pouca utilidade, visto que tudo estava escrito em hiragana e katakana, em todo caso reforçou o que já sabia: começaríamos na costa leste da península, acompanhando o mar até Shimoda, que está praticamente na sua extremidade. De lá voltaríamos pelo centro, passando pela cidade de Izu.

Partimos quase lotados e nossa guia começou a falar. Distraído olhava pela janela, quando ouvi meu nome. Levantei a cabeça e dirigi o olhar a Noriko, que falava a mim bem devagar, em japonês. Não entendi nada além do meu nome, mas era agradável de ver e escutá-la. Imaginei que fez uma apresentação para os passageiros e, ao sentir que concluiu o que tinha a dizer, agradeci com um *domo arigato*. Logo alcançamos a orla marítima, recortada de rochas escuras, traindo suas origens vulcânicas, e várias ilhas desfilaram pela janela, todas como silhuetas, pois o sol batia no meu rosto virado ao mar. Ouvi meu nome novamente. Noriko tinha terminado sua narrativa aos passageiros e dirigiu-se a mim explicando algo, utilizando adágio como andamento, bem devagar. E isto continuou por toda a viagem. Nunca ficou claro a mim o porquê disto. Imaginaria que tivesse alguma familiaridade com a língua? Cumpria alguma regra da empresa? Sentia ser seu dever se dirigir a mim? Não sei, porém seu ritual cativava minhas atenções e Noriko ficou parte da lânguida paisagem da península.

Como é curioso o quanto passa de entendimento pelo tom, expressão facial e gestos, pelas circunstâncias e uma ou outra palavra que se reconhece. É só ficar bem atento. Creio que tenho a vantagem de um aprendizado subliminar, já que passei a infância entre dinamarqueses e brasileiros sem entender o idioma das outras crianças por algum tempo. Perdi-me em doces devaneios que se dissiparam ao pararmos na cidade de Atami, famosa por suas águas termais e o ônibus teve todos os lugares ocupados.

Seguimos e Noriko, muito animada, intercalou as explanações com canções. Pela expressão corporal e mímica facial tive a impressão de que ilustrava algo. Seria uma canção local típica ou referencial a um acontecimento? Isto não podia adivinhar e bem poderiam ser ambas as coisas. Sua voz, bem timbrada e rítmica, fazia carícias nos meus tímpanos e meu rosto, sem minha permissão, deve ter transmitido o prazer que sentia. Por um tempinho ela desviou o olhar e, quando voltou a me encarar, não disfarçou seu contentamento.

Passageiros desciam e outros subiam, no entanto havia pessoas que, como eu, faziam um passeio pela península, como verifiquei no fim do tour. Não me pareceu que fosse um grupo. De vez em quando, alguém oferecia alguma guloseima ou fruta a todos. Não era gesto de pura cortesia porque uns aceitavam e eu segui o exemplo. Na parada de Ito, vi um vendedor de mexericas e comprei duas dúzias. Eram frutas lindas e passei pelo corredor oferecendo. Sucesso, até Noriko pegou uma. Dei duas ao motorista. Não pensem que houve maior confraternização depois deste gesto, cada qual continuou na sua. Se pedisse algo, certamente procurariam atender com a maior boa vontade. Atenção, cortesia, amabilidade com o próximo fazem parte do comportamento japonês; aproximação, amizade e intimidade fácil, não, isto requer tempo, bastante tempo. Em muitos países as pessoas grudam no visitante estrangeiro, não no Japão.

Assim, chegamos a Shimoda para a parada do almoço. Acalentei a ideia de compartilhá-lo com Noriko no restaurante de sua escolha. Desci do ônibus e procurei-a em vão: ela evaporou sem que percebesse.

Desisti de comer e usei a hora que tinha à disposição para visitar o museu e passar os olhos pela história de Shimoda. Como é bastante conhecido, o Japão foi uma nação isolada que, além de uma única tentativa malsucedida de invadir a Coreia no fim do século XVI, ficou fechada em si mesma. As primeiras tentativas europeias de comercializar com o Império do Sol Nascente e converter seu povo ao cristianismo, terminaram em 1639 por determinação do xogum Tokugawa. Apenas uma pequena ilha, em frente do porto de Nagasaki, ficou como entreposto holandês, detentora do privilégio de manter o comércio até que, Mathew Perry, comodoro da marinha dos EUA, chegasse com seus navios de guerra, em 1853. Na base de ameaças e canhonaços, Perry exigiu a abertura dos portos nipônicos para o comércio com o Ocidente.

Com que direito? Nenhum outro que o desenrolar da história dos povos. Esta força irreversível também ditou a dinâmica dos impérios, a invasão dos bárbaros, os imperialismos, a colonização de continentes e tudo mais. No século XIX chegou a era do alvorecer da globalização comercial. O Japão medieval não tinha como resistir e assinou a Convenção de Kanagawa em 31 de março de 1854, cedendo às exigências americanas. Tudo isto aconteceu em torno da baía de Yokohama, porém o porto licenciado para o comércio exterior foi Shimoda, que sediou o primeiro consulado norte-americano. Feito o estupro, seguiram rapidamente os tratados de "amizade" do Japão com a Inglaterra, Rússia e França. Com o representante do czar, o contrato foi assinado num pequeno templo budista de Shimoda, em 1855. Bem podemos imaginar o conteúdo destes documentos e não é por nada que entraram na história do Japão sob o nome de "sistema de tratados desiguais".

A participação de Shimoda na história foi ruidosa, mas breve. O despertar das relações com os poderes ocidentais foi violento: muita areia para o caminhãozinho da pequena cidade marítima. Cinco anos depois, em 1859, o shogunato de Edo, atual Tóquio, abriu o porto de Yokohama, os consulados se mudaram e as facilidades de Shimoda foram encerradas para o comércio exterior.

Nosso ônibus deixou Shimoda e iniciou a jornada no interior da península. Demos adeus ao mar e saudamos as florestas e montanhas convidativas. Noriko recomeçou sua rotina de esclarecimentos, desta vez dirigindo-se a mim com maior naturalidade, sem destacar tanto as palavras e enfatizar as frases, esforçava-se na clareza da pronúncia, porém a narrativa era mais fluente. Pareceu-me que estava mais confiante na minha compreensão; entendíamo-nos melhor e nossa familiaridade aumentou. Entrementes, passávamos por gentis florestas que ofereciam tapetes outonais a caminhadas, riachos que tilintavam alegres entre pedras e rochas, cascatas cristalinas prontas para receber juras de amor e por clareiras que ofereciam instantes para espiar a cone dos vulcões beijando o céu azul. Fantasiei os caminhos percorridos pelo jovem par de Kawabata e fiquei feliz ao passar por Kawazu, pois me lembrei que a trupe aí fez apresentações a turistas. O espírito se alegra ao encontrar algo na realidade que guardou com carinho na imaginação. Neste trecho do passeio, Noriko só cantou duas vezes; com certeza canções de amor, celebrando Izu no Odoriko.

A recordação mais viva guardo de Izu, onde paramos por uma hora. Esta cidade, nas fraldas do vulcão Amagi, vive do turismo, oferecendo águas termais para banhos terapêuticos e massagens, caminhadas grandes e pequenas, pescarias nas águas do rio Kano e, obrigatório de ver na península, as quedas de Joren, uma cachoeira maior que encanta os visitantes.

Próximo ao local onde estacionou nosso ônibus há uma estátua celebrando a dançarina de Izu. Noriko fez questão de me explicar do que se tratava e, pela primeira vez senti em sua voz certa ansiedade: queria tanto que o *gainji* a entendesse! Olhei nos olhos dela e disse bem devagar:

— *Yasunari Kawabata, Japanese Noble Prize for Literature,* — balanceando sim, sim com a cabeça.

O rosto dela se iluminou e com movimento brusco, espontâneo, abraçou-me e me deu um beijo.

Não me digam que deixei de avisar que esta história era meio sem graça.

41
CAÇANDO FANTASMAS

Convivo com mistérios nem sei desde quando, por certo comecei a lidar com eles na infância. Nada que tivesse me apavorado, não; foram fantasmas simpáticos que alberguei com alegria porque me colocaram questionamentos a resolver. E se há algo que gosto de fazer é solucionar interrogações que aparecem; as que vivem em mim, então, nem se fala!

O último mistério de que tenho consciência de carregar desde criança, foi solucionado no início do milênio pelo amigo Salomão Schwartzman. Coisa incrível!

Em algum dia do viscoso novembro de 2001, quando o calor e a umidade de São Paulo começaram a pesar, recebi dois CDs do amigo Salomão: um com músicas de Vivaldi e outro do tenor irlandês John McCormack cantando músicas populares. Eu curto muito este cantor, contemporâneo e amigo do meu ídolo, Caruso. Dia seguinte, ao ir à Faculdade, levei comigo, a fim de escutá-lo no carro. Trafegando com o fundo musical oferecido pelo artista irlandês na av. Dr. Arnaldo, lembro-me com clareza, levei um choque tamanho que quase trombei o carro na minha frente e subi na calçada. Ainda bem que não havia ninguém para atropelar! O fantasma apareceu e se despediu naquele instante.

Explico. Quem leu estas histórias talvez lembre que fiquei internado em um sanatório dinamarquês aos oito anos. Uma enfermeira ou auxiliar de enfermagem, não sei e nunca saberei, mas certamente uma mulher de meia-idade e que tinha um defeito na perna porque coxeava, muitas vezes sentava em uma cama da enfermaria e cantava. Imagino que éramos seis a oito crianças na mesma sala, contudo isto não me recordo bem. Acompanhava-se com uma cítara rústica e tinha enorme prazer de cantar. Eu achava sua voz bonita e gostava muito destes momentos. Muitas vezes repetia a mesma música e dizia emocionada: esta é a canção mais linda do mundo e a melodia flutuava no ar. Fiquei fascinado e guardei-a para o resto da existência.

À medida que minha consciência musical amadurecia, crescia a curiosidade de identificar a canção da qual apenas guardara a melodia. Uma vez ouvi-a em

Porto Alegre, na adolescência, ao passar por uma casa de discos. Entrei esperançoso apenas para descobrir que ela vinha através da rádio e, para minha frustração, nem anunciaram de que se tratava. Nunca mais a escutei, salvo quando eu mesmo a cantava. Na Hungria perguntei ao filho da minha prima Maria, que é regente de orquestra, se conhecia. Escutou e disse que não a identificava.

E, de repente, em 2001, indo da minha casa à escola, John McCormack revelou o segredo: uma balada americana do compositor Dansk, feita em 1873 (o ano do nascimento de Enrico Caruso!), chamada de *Silver threads among the gold*. É uma declaração de amor de alguém avançado na idade à esposa que está encanecendo. No fundo, não há nada de especial exceto as circunstâncias. E que circunstâncias! Ou será idiotice, idiossincrasia da minha parte? Seja o que for, não me importa, sem sombra de dúvida foi a maior emoção do ano.

*****

Duas vezes me dei o trabalho de viajar para conhecer fantasmas portadores de imperiosas curiosidades. Estas, sempre que afloravam na consciência, traziam fortes desejos de esclarecimentos, de desvendar mistérios. É coisa muito banal, mas profunda, é um espinho de interrogação encravado na subsconsciência e todas às vezes que aflora incomoda, e incomoda muito.

Mandalay

Em 1993 aproveitei o rabinho de uma visita preparada para o sudeste da Ásia — Tailândia, Vietnã e Camboja — para caçar fantasma. Como este tinha o nome de Mandalay, fui a Mianmar pela segunda vez e a chegada ao aeroporto de Yagon não deixou nenhuma dúvida de que as coisas por lá não mudaram muito. Pelo contrário, a falta de progresso e a comparação com Bangkok e Cingapura fizeram com que tivesse impressão de atraso, um país de contramão na história. Uma tristeza, entretanto devo confessar que acho estes lugares mais atraentes do que aqueles que deram o pulo tecnológico e entraram na globalização.

As formalidades no aeroporto quase que foram nulas. O toque pitoresco foi que o governo obrigava os turistas a trocar 200 dólares americanos por 200 "dólares de turista" que não poderiam ser reconvertidos. Isto deixou muita gente fora de si. Não sei por quê; quem sai em dia chuvoso, se molha, e atitudes deste tipo devem ser esperadas de regimes totalitários. Era um governo militar, extremamente ineficiente e tratava-se, apenas, de uma forma de ficarem com moeda forte e dar em troca sua moeda podre. O que foi intrigante era a variação do valor deste dinheiro de fantasia: em Yagon uma lata de cerveja custava um pouco mais de 5 destes dólares, porém em Bagan a mesma garrafa me custou em torno de um. Não deu para entender. Vá saber o que é que o governo paga aos cidadãos por esta moeda!

Fiquei no Inya Lake Hotel, o melhor da capital. Assim mesmo, não tinha uma tomada sequer no quarto e para usar meu computador recorri à corrente elétrica oferecida aos barbeadores no banheiro. Sentado na beira da banheira, com *laptop* em equilíbrio precário na ponta da pia, sentia-me como um correspondente na guerra fria. Por demandas profissionais, deixei para a vigésima quinta hora a arrumação da mala e não trouxe a tomada de soquete de lâmpada, que é a única defesa universal para que se tenha acesso às redes elétricas mundo afora, pois as lâmpadas têm o mesmo bico em toda parte.

No salão de jantar havia uma árvore de Natal ridícula, enfeitada com balões. Jantei com um casal alemão e concordamos que a comida era uma tristeza. A mulher era lindíssima, bem-educada e, pelo que entendi, de família rica envolvida em comércio marítimo com frota mercante própria. Ao contrário, o marido era mal-educado, arrogante e sem um pingo de bom senso. Mas deixemos isto para lá, assim como o Yagon turístico.

Passei o Natal em Bagan, lugar que recomendo visitar. Na região há mais de duas mil edificações religiosas e é impregnado de silêncio; reina uma atmosfera de paz como em poucos lugares no mundo. A vasta planície, semeada de pagodes, templos e estupas, atravessa o rio Irauádi e esbarra em uma cadeia de morros que servem de esconderijo ao sol. Mágico foi o anoitecer visto do alto de um pagode. Os milhares de torres recolheram-se como um bando de pássaros exóticos: primeiro serenaram as cinzas e aquelas de cor de tijolo; as outras, pintadas com ouro ou caiadas de branco, continuaram a se agitar até que os últimos raios dourados sumissem no horizonte. Quando por lá estive, o número de visitantes era pequeno, talvez duzentas almas perdidas em toda área.

De Bagan viajei de trem até Mandalay na companhia dos alemães e um casal de Chicago. Foi um momento raro de conhecer americanos da camada econômica mais alta. São pessoas completamente diferentes do turista habitual que se encontra em toda parte. São educados em colégios exclusivos, conhecem o mundo, falam várias línguas e não se misturam com as outras classes. Viajam em seus aviões particulares e se hospedam em lugares exclusivos, onde o dinheiro é uma barreira aos que não podem gastar três mil ou mais dólares por noite. O casal era idoso. Ele, muito bem-humorado, explicou que a seu avião não foi permitido pousar em Mianmar e teve que deixá-lo em Bangcoc. No entanto, tinha que acompanhar a madame, assim se referia à mulher.

Ela, bem mais reservada, era curadora de vários museus nos Estados Unidos, entre eles do Metropolitano de Nova Iorque e seu interesse maior era na arte do sudeste asiático. Viera a Mianmar, exclusivamente, para examinar um palácio em Mandalay. Falava bem o espanhol e me perguntou se conhecia Gilberto Chateaubriand. Não, não conhecia, apenas sabia que era o filho do Assis Chateaubriand, porém nunca o tinha visto na vida. O Gilberto era seu colega curador em algum museu americano que não me recordo, mas me assalta uma vaga lembrança que era o Guggenheim.

O milionário tinha um cacoete que imagino ser exclusividade da classe. Sempre o vi pagar tudo com dólares, sem perguntar preço. Algumas vezes o valor era óbvio, porém outras vezes não, e ele dava o que achava justo. Claro que muito mais do que o esperado pelo vendedor e os bilhetes eram muito bem-vindos, contudo, com aquele governo ditatorial era um risco sério. Perguntei isto a ele e me respondeu que não tinha receio algum e recusava usar aquela porcaria de "dólar de turista". Quanto ao câmbio negro, era contrário aos seus princípios.

Mandalay é uma cidade imunda e sem graça. A única e importante atração seria a cidadela de Mindon, o penúltimo rei de Mianmar. Digo, seria, porque só se vê o fosso e o muro que circundavam o palácio real. As construções internas queimaram todas durante a Segunda Grande Guerra: os aliados bombardearam os japoneses que ali estavam instalados. Foram lutas duras com muitas crueldades de ambos os lados, entretanto há que reconhecer que o exército nipônico se comportou pior. Na minha visita, a gigantesca estrutura – dois quilômetros de cada lado! – continha a guarnição do exército da província acomodada em barracas e a entrada era absolutamente proibida. Imaginei que os generais esperavam uma guerra que não viria ou, o que me parecia bem mais provável, deveria ser precaução contra uma revolução interna, uma boa probabilidade considerando a impopularidade do regime.

Sobraram alguns monastérios, pagodes e outras construções birmanesas para visitar. Nenhuma destas relíquias arquitetônicas vale uma viagem a meu ver, nem mesmo aquela que motivou a visita da madame. Contudo, é possível que atualmente as condições sejam outras e mais favoráveis ao turismo.

Nossas acomodações em Mandalay foram precárias e deprimentes. Eu e o casal alemão ficamos num hotel caindo aos pedaços, com banheiros imundos e a sala em que tomamos o café da manhã lembrava um prostíbulo negligenciado. Os americanos foram acomodados em alguma outra hospedaria. Quando reencontramos ele me perguntou como era nosso hotel. Respondi que lembrava aquela prisão do rio Kwai. E o seu? — indaguei. Como as latrinas da prisão, respondeu bem-humorado. Acho que convêm esclarecer às novas gerações que *A ponte do rio Kwai* é o título de um filme famoso dos anos 50 sobre a saga de militares britânicos presos pelos japoneses por aquelas bandas da Ásia.

Os ingleses conquistaram Mandalay lá pelos idos de 1875 e prenderam o último rei birmanês. Transformaram a cidade seguindo modelos vitorianos e deu no que deu: uma cidade ocidentalizada e subdesenvolvida. Lugar triste que não vale a pena visitar. Nem a cerveja presta e, considerando que o rótulo se gaba de existir desde 1886, já poderia ter melhorado.

Fui a Mandalay por causa de uma canção cantada pelo colossal barítono Leonard Warren, *The Road to Mandalay*, que me enfeitiçou na adolescência. Até hoje a ouço com muito prazer. A letra é de Kipling sobre soldados britânicos que participavam das guerras de expansão imperial na Ásia. Impressionaram-me, particularmente, os versos:

Ship me somewhere east of Suez, where
the best is like the worst,
Where there aren't no Ten Commandments
an' a man can raise a thirst.

A tradução literal é problemática:

> Mande-me a algum lugar a leste de Suez,
> Onde o melhor é igual ao pior,
> Onde não há Dez Mandamentos,
> E um homem pode ficar com sede.

Talvez seja útil interpretar estes versos. Ficar com sede, o poeta quer dizer satisfazer-se com álcool, mulheres, seja com que estiver sonhando porque não está mais sujeito às regras de casa; na Ásia vale tudo, o bem e o mal se confundem. Este era o conceito que a maioria no Ocidente fazia do Oriente. Levou mais de cem anos para mudar...

Quando estive em Mianmar, em 1973, quis visitar Mandalay, mas as autoridades não me permitiram e tive que permanecer em Yagon e arredores. Vinte anos depois, consegui e fiquei em paz com a canção, ela ficou redonda.

Nome

Nome é uma cidade no Alasca virada para o estreito de Bering, fundada em 1898 por garimpeiros. O povoamento foi batizado como Nome por Jafet Lindenberg, um dos pioneiros a encontrar ouro na região, em memória de um vale norueguês. Eu não sabia nada disto quando Nome incendiou minha imaginação aos 12 anos. O responsável foi padre Pauquet, ou melhor, um de seus felizes sermões durante as missas que celebrava. Contou a história da epidemia de difteria que se abateu sobre os habitantes de Nome e os esquimós que viviam nas vizinhanças, durante o inverno de 1925. A única possibilidade de conseguir soro antidiftérico era em Anchorage, a maior cidade de Alasca e localizada a 870 quilômetros ao sul. Os habitantes organizaram um revezamento com trenós puxados por cães e partiram para a corrida contra o tempo no rigor do inverno, assumindo os sérios riscos de não voltarem vivos. O empreendimento foi coroado com sucesso, seus participantes viraram heróis e a notícia correu o mundo.

Evidentemente, padre Pauquet colocava emoção e pintava com cores vivas e fortes o acontecimento histórico, para no fim transmitir a lição moral que pretendia. Esta última parte não gravei, porém a cidade cujo nome é Nome e a frenética corrida contra a morte nunca mais esqueci. E como seria Nome? Esta coruscante curiosidade foi satisfeita quando fui convidado a participar de um congresso sobre ecossistemas e saúde, em Ottawa. O evento foi proveitoso, tanto mais que sempre tive e tenho problemas com ecossistemas.

É um conceito que carrega consigo coerência e unidade na natureza. Será isto uma realidade ou é a nossa fantasia que se acomoda melhor com a harmonia do que com condições que têm variações quase infinitas? É bem possível que exista pluralidade de matizes. Ecologia e ecossistema são palavras poderosas, totêmicas que expressam divindades, novos deuses à imagem e semelhança do homem que estão sendo esculpidos. Estamos a caminho de uma liturgia rica e complexa, já que existe uma paixão, por assim dizer religiosa em torno destes termos. A quantidade de ativistas que desfraldam bandeiras ecológicas antagônicas e lutam por crenças, sem base racional, merece uma análise mais profunda. Encontra-se mais fé do que ciência em muitos eventos centrados em ecossistemas e ecologias.

Perdoem, me perdi em divagações que nada têm a ver com a história que estava contando.

Aproveitei o afastamento para o congresso a fim de conhecer a região noroeste do nosso continente. De Vancouver fui navegando até a porta de entrada do Alaska, Seward, parando pelas cidades escondidas no mar Interno do Canadá. A que mais me encantou foi Sitka que cresceu a partir de uma fortaleza erguida pelos russos em 1799. As guerras com os índios Tlingit foram épicas e trágicas, entretanto quem mais saiu perdendo foram as lontras marinhas. O comércio da pele destes animais graciosos dava fortunas, sobretudo na China. Trata-se da pelagem mais densa que se conhece; tão densa é, que a água jamais penetra até o couro do animal. O bicho flutua no mar, em geral de costas, com sua capa de pelos que retém ar. Os russos batizaram a cidade de Santo Arcanjo Miguel e, depois de arrasada pelos índios e reconstruída, de Novo Arcanjo. Quando o czar resolveu vender o Alasca por falta de lontras, duas nações habilitaram-se: Inglaterra e USA. A Inglaterra foi rejeitada por causa da guerra da Criméia e, assim, os americanos compraram o Alasca todo por US$ 7.200.000. Uma pechincha! Novo Arcanjo foi rebatizado para Sitka, pelo menos um nome de raízes *tlingit*.

O mar Interno é lindíssimo! Vêm-se milhares de ilhas, incontáveis fiordes, muitas geleiras e vida selvagem: baleias, orcas, leões-marinhos, focas, lontras, veados e variedades de pássaros, entre elas, a famosa águia americana. É uma ave majestosa de corpo preto, cabeça e cauda brancas e bico amarelo.

As grandes geleiras são sempre uma festa. Para ver a geleira Hubbard, acordei bem cedo e subi ao ponto mais alto do navio. A paisagem era espetacular! Sob um céu azul profundo livre de nuvens, lá longe se estendia a cordilheira branca e entre os picos estava Logan que, com seus 5.951 metros, é a montanha mais alta do Canadá. À medida que nos aproximávamos, a boca da baía abriu para descortinar a geleira e suas montanhas. As colinas verdes deslizavam lentamente ao meu lado e o mar mudou de cor. As águas mais próximas tingiram-se de oliva e, depois, separado por um traço firme, de azul-turquesa onde flutuavam blocos de gelo. No fundo, a geleira levantava-se abruptamente como se fosse muralha de torres azuis e brancas, e continuava a subir entre as rochas negras que a prendiam nos lados. Este imponente rio de gelo e neve, à medida que se afastava do mar, ficava cada vez mais largo até desaparecer no horizonte entre alvos picos da magnífica cordilheira. Que cenário maravilhoso! O sol se encarregou da iluminação perfeita: as cores todas dançavam entre fulgores e faíscas cristalinas.

Em Seward desembarquei e fui a Anchorage, cidade plana, limpa e quase sem graça, se não fossem seus excelentes museus de arte e história. O acervo sobre os povos esquimós é riquíssimo e primorosamente exposto: as peças falam umas com as outras e com os visitantes. De algum modo misterioso, sua arte é ligada à dos povos pré-colombianos de todas as Américas. Quando penso em suas expressões artísticas do Ártico até a Patagônia, as palavras: delicado, gracioso, romântico, sensual, quente, amoroso, não me surgem. As sensações são mais bem qualificadas por: austero, forte, grotesco, aterrorizante, misterioso, fascinante e similares. É o belo sofrido, torturado.

De Anchorage voei a Kotzebue. Este é um povoado esquimó acima do círculo ártico e lá cheguei no dia 4 de julho, festa da independência dos Estados Unidos. Gostei muito desta comunidade *inupiat* com mil ou pouco mais de habitantes. Os esquimós têm uma unidade notável, parecem uma única família e as crianças são cuidadas por todos. A festa foi animadíssima, com músicas, danças e competições esportivas tradicionais. Antes de me recolher, acompanhei o sol da meia-noite sentado sobre uma costela de baleia e coberto por uma nuvem de mosquitos gigantes. Porém, felizmente, o que tinham de tamanho correspondia à sua incompetência de picar. Por determinações federais que me pareceram misteriosas e inúteis, Kotzebue acompanhava o horário de verão e a maior aproximação do sol com o horizonte ocorreu a uma da madrugada. Mas não vi, algumas nuvens odientas frustraram minha expectativa.

Dia seguinte tive o privilégio de conhecer as atividades cotidianas dos *inupiats*, orientado pela professora local. Mulher simpática e de forte personalidade. Fizemos um pequeno passeio à tundra e uma curta visita ao museu local que é interessante, porém, mais do que o conteúdo, sua simples existência é admirável!

Voei a Nome acalentando expectativas superlativas, mistura de Punta Arenas com Kotzebue. Afinal das contas, se a cidade chilena prosperou na corrida do ouro ao Alasca sem ter uma pepita sequer, a cidade canadense deveria ser bem mais opulenta; se a comunidade esquimó era tão simpática e amável naquele vilarejo mais a norte, imagine uma comunidade maior, mais estruturada e próspera!

Bem, o Nome que encontrei não passou de uma vila marítima, um pouco abaixo do círculo ártico, de três mil habitantes talvez, e achei-a interessante por ser um dos lugares mais desgraçados e antipáticos que conheci na vida! Feia e imunda, chega a ser atração turística pelos seus aspectos negativos. A população dominante é de raça branca. Os esquimós que por lá vi, estavam em estado lastimável, enrolados em trapos jogados na rua, totalmente alcoolizados.

Há pouco a ver. Além da miséria dos bêbados, reminiscências da corrida do ouro, quando mais de 40 mil garimpeiros chegaram a Nome, memoriais erguidos à famosa Corrida da Misericórdia de 1925 celebrada pela competição anual Iditarod, e alguns bares-restaurantes típicos que sobrevivem desde a fundação da cidade.

Vi uma demonstração de trenó puxado por dez cães na praia, que foi o mais interessante de tudo. Pobre, não?

Os bares eram..., bem, que querem que diga, forçando um elogio, rústicos. Sujos e frequentados apenas por brancos, davam a impressão de que o racismo continuava firme por aquelas bandas. Nas paredes, exibiam recordações do passado turbulento da febre de ouro. Não sei se foi no Discovery Saloon ou no Board of Trade, li uma anedota que celebrava a prostituta Molly. Foi uma criatura linda, desejada por todos os garimpeiros. Um dia faleceu e foi enterrada. Aconteceu que numa das periódicas enchentes da primavera, o cemitério não resistiu à correnteza e o caixão de Molly flutuou até o bar. Aberto no meio do salão, um dos frequentadores assíduos exclamou:

— *Molly, Molly, tu és ainda a mais linda e desejável de todas as putas!*

Gostaram da piada?

Também não. Contei porque cada bar, sobretudo aqueles da noite, possui um espírito a captar e sentir. Por isso é que alguns têm freguesia cativa. Os de Nome têm este a oferecer.

* * * *

Pois meus amigos, foi assim que cumpri o destino traçado na minha adolescência e visitei Nome. Mais um fantasma que me deixou. O último a se despedir foi naquela revelação da canção gravada na Dinamarca, como relatei logo no início destas histórias. Sinto-me vazio e estou à procura de novos mistérios.

Ah, que saudade dos fantasmas!